W. SIUDMAK

LE MARIAGE DE LA PRINCESSE LEIA

CHEZ POCKET

STARWARS : LA TRILOGIE

1. LA GUERRE DES ÉTOILES, *par George Lucas*
2. L'EMPIRE CONTRE-ATTAQUE, *par Donald F. Glut*
3. LE RETOUR DU JEDI, *par James Kahn*
4. TRÊVE À BAKURA, *par Katy Thyers*

LA CROISADE NOIRE DU JEDI FOU, par Timothy Zahn

1. L'HÉRITIER DE L'EMPIRE
2. LA BATAILLE DES JEDI
3. L'ULTIME COMMANDEMENT

L'ACADÉMIE JEDI, par Kevin J. Anderson

1. LA QUÊTE DES JEDI
2. SOMBRE DISCIPLE
3. LES CHAMPIONS DE LA FORCE

LA TRILOGIE CORELLIENNE, par Roger McBride Allen

1. TRAQUENARD SUR CORELLIA
2. ASSAUT SUR SELONIA
3. BRAS-DE-FER SUR CENTERPOINT

LE CYCLE DE STARS WARS

DANS L'ORDRE CHRONOLOGIQUE DE LA GUERRE

AN 1 George Lucas, *La guerre des étoiles* (Pocket)

AN 3 Don Glut, *L'Empire contre-attaque* (Pocket)

Steve Perry, *Les ombres de l'Empire* (Presses de la Cité)

Christopher Golden, *Les ombres de l'Empire*, version junior (Pocket Junior)

AN 4 James Kahn, *Le retour du Jedi* (Pocket)

AN 5 Kathy Tyers, *Trève à Bakura*

Paul & Hollace Davids, *La Saga du prince Ken* (Pocket Junior):

1. Le gant de Dark Vador
2. La cité perdue des Jedi
3. La vengeance de Zorba le Hutt
4. Le prophète Suprême du Côté Obscur
5. La reine de l'Empire
6. Le destin du prince Jedi

AN 8 Dave Wolverton, *Le mariage de la princesse Leia*

AN 9 Timothy Zahn, *La croisade noire du Jedi fou* (Pocket):

1. L'héritier de l'Empire
2. La bataille des Jedi
3. L'ultime commandement

AN 11 Kevin J. Anderson, *L'Académie Jedi* (Pocket):

1. La quête des Jedi
2. Sombre disciple
3. Les champions de la force

AN 12 Barbara Hambly, *Les enfants du Jedi* (Presses de la Cité)

AN 14 Vonda McIntyre, *L'étoile de cristal* (Presses de la Cité)

AN 18 Roger McBride Allen, *La trilogie corellienne* (Pocket):

1. Traquenard sur Corellia
2. Assaut sur Selonia
3. Bras-de-fer sur Centerpoint

AN 23 Kevin J. Anderson & Julia Mœsta, *Les Jeunes Chevaliers Jedi* (Pocket Junior):

1. Les enfants de la Force
2. L'académie des Ténèbres
3. Génération perdue

SCIENCE-FICTION
Collection dirigée par Jacques Goimard

DAVE WOLVERTON

LA GUERRE DES ÉTOILES

LE MARIAGE DE LA PRINCESSE LEIA

PRESSES DE LA CITÉ
Laurédit inc.

Titre original :
STARS WARS
THE COURTSHIP OF PRINCESS LEIA

Traduit par Gilles Dupreux

Si vous souhaitez recevoir régulièrement notre zine **« Rendez-vous ailleurs »**, écrivez-nous à :

« Rendez-vous ailleurs »
Service promo Pocket
12, avenue d'Italie
75627 PARIS Cedex 13

PRESSECO
PAPIER RECYCLÉ
NATURE PROTÉGÉE

Édition originale : BANTAM-USA

ISBN 2-266-08043-1

1

Le général Yan Solo se tenait devant la baie d'observation du croiseur calamarien *Mon Remonda*. De petits bruits rappelant des clochettes agitées par le vent l'avertirent que le vaisseau s'apprêtait à sortir de l'hyperespace dans le secteur de Coruscant, la capitale de la Nouvelle République. Il y avait longtemps que Solo n'avait pas vu Leia. Cinq mois, pour être précis ; cinq mois passés à traquer le *Poing d'Acier*, le destroyer Super Star du seigneur de la guerre Zsinj.

A l'époque, la Nouvelle République semblait en sécurité. L'impression était trompeuse, mais avec la fin du destroyer — un handicap pour le seigneur de la guerre — les choses avaient de bonnes chances d'aller mieux.

Tout au long de la mission, Yan avait bouilli d'impatience. Pressé de quitter le navire calamarien, trop *humide* pour lui, il l'était plus encore de retrouver le goût des baisers de la princesse et le doux contact de ses caresses sur son front.

Il avait vu tant de noirceur, ces derniers temps...

Une fois les moteurs d'hyperdrive coupés, le champ d'étoiles blanches de l'hyperespace disparut de la vue de Yan. Aussitôt, Chewbacca grogna pour donner l'alarme : sur le fond bleuté de l'espace, autour d'une planète où seules brillaient les lumières nocturnes de Coruscant, évoluaient des dizaines de navires en forme de soucoupe que Yan identifia au premier coup d'œil. Des Dragons hapiens. Dans leurs rangs volait un essaim de destroyers impériaux.

— Manœuvre d'évasion ! cria Yan. Boucliers au maximum !

De sa vie, il n'avait vu qu'un seul Dragon hapien et ça lui suffisait amplement.

Les canons à ions du Dragon le plus proche s'orientèrent vers le navire calamarien. Yan vit les tourelles des blasters latéraux faire de même.

Le *Mon Remonda* piqua vers la planète, visant les lumières de Coruscant. L'estomac de Yan manqua se retourner. Le pilote du croiseur, un Calamarien expérimenté, savait qu'ils ne pourraient pas s'enfuir avant d'avoir calculé un nouveau cap. En plongeant dans la formation ennemie, il mettait les Hapiens au défi de tirer sans se toucher les uns les autres.

Comme toute la technologie des vaisseaux calamariens, la baie d'observation était d'une exceptionnelle qualité. Lorsqu'ils frôlèrent la proue d'un Dragon, passant à un souffle de son module de commande, Yan vit avec netteté les visages stupéfaits de trois officiers hapiens reconnaissables aux barrettes d'argent fixées à leur col. D'après ce qu'on disait, c'étaient des plaques d'identification...

Solo n'avait jamais croisé de Hapien. Vivant dans une zone prospère de la galaxie, les bougres en défendaient jalousement les frontières. Yan savait qu'ils étaient humains — une espèce qui se répandait décidément dans tout l'Univers — mais il fut étonné de constater que ses trois adversaires, des femmes, étaient d'une beauté saisissante de fragilité et de délicatesse.

— Fin de la manœuvre d'évasion ! ordonna le capitaine Onoma, un Calamarien à la peau couleur saumon penché sur l'écran de contrôle des senseurs du *Mon Remonda*.

— Quoi ? s'étrangla Yan, surpris qu'un officier moins gradé que lui ose contredire ses ordres.

— Les Hapiens ne tirent pas. D'après les messages que je reçois, ils sont tout à fait amicaux, répondit

Onoma en posant sur Solo un de ses yeux jaunes globuleux.

Le croiseur cessa sa course folle ; il ralentit.

— Amicaux ? répéta Yan. Ce sont des Hapiens ! Cet adjectif n'est pas fait pour eux !

— Pourtant, ils sont venus négocier je ne sais quel traité avec la Nouvelle République. Les destroyers n'appartiennent plus à l'Empire. Ce sont des prises de guerre. Regardez, général, les défenses de la planète sont intactes...

Le capitaine désigna un destroyer qui évoluait un peu à l'écart. Solo l'identifia sans peine. C'était le *Rêve des Rebelles*, le vaisseau-amiral de la princesse Leia. Quand ils l'avaient enlevé de haute lutte aux Impériaux, il semblait si grand, si menaçant. Comparé à la flotte hapienne, on aurait cru un minable transport. Le long de ses flancs papillonnaient une dizaine de cuirassés de la République. Sur leurs coques, Yan reconnut les marquages de l'ancienne Alliance Rebelle.

L'unique fois où il avait vu un navire de guerre hapien, Solo appartenait à une flottille pirate qui se livrait au trafic d'armes sous les ordres du capitaine Rula. Les Hapiens n'étant pas alliés à l'Empire, les contrebandiers avaient établi leur avant-poste dans la zone neutre qui bordait leur frontière. Cette précaution était censée tenir à distance les forces impériales.

L'idée se révéla bonne, mais dangereuse. Un jour, sortant de l'hyperespace, les pirates s'étaient retrouvés face à un Dragon. Zone neutre ou non, intentions pacifiques ou pas, seuls trois des petits navires — sur vingt — avaient survécu à l'attaque.

La voix de l'officier des communications arracha Yan à ses souvenirs.

— Général, nous avons un appel de l'ambassadrice Leia Organa.

— Je le prends dans ma cabine... répondit Yan.

Il tourna les talons et partit.

Sur le petit écran, Leia souriait de toutes ses dents. Solo vit dans ses yeux une lueur qui lui plut beaucoup.

— Oh, Yan, souffla-t-elle, la voix très douce, que je suis heureuse de te revoir...

Vêtue de l'uniforme blanc d'un diplomate alderaanien, elle n'arborait pas son chignon habituel. Depuis quelques mois, ses cheveux avaient beaucoup poussé, atteignant une longueur jamais vue par Yan. Emu, il remarqua qu'elle portait les peignes qu'il lui avait offerts. Ils étaient faits d'argent et d'opale collectés sur Alderaan avant que le Grand Moff Tarkin ne désintègre la planète avec la première Etoile Noire.

— Tu m'as manqué aussi, avoua Solo d'une voix rauque.

— Je t'attends à Coruscant, dans le Grand Hall des réceptions. Les ambassadeurs hapiens ne vont pas tarder...

— Que veulent-ils ?

— L'important n'est pas ce qu'ils veulent, mais ce qu'ils ont à nous proposer. Il y a trois mois, je suis allée sur Hapes pour m'entretenir avec la reine-mère. Je lui ai demandé de nous aider à combattre Zsinj. Elle est restée très distante, mais elle m'a promis d'y réfléchir. Je suppose que ses envoyés viennent nous annoncer que c'est d'accord.

Récemment, Yan avait réalisé que la guerre contre les vestiges de l'Empire pouvait durer encore des années, voire des décennies. Zsinj et d'autres seigneurs de la guerre de moindre importance étaient solidement implantés dans un bon tiers de la galaxie. Ces derniers temps, ils s'étaient mis en mouvement, pillant des systèmes solaires entiers sur la route qui les menait aux mondes libres. La Nouvelle République ne pouvait contrôler un front si étendu. Un peu comme jadis le vieil Empire par l'ancienne Alliance, elle risquait à tout moment d'être débordée.

Yan entendait que Leia ne se fasse pas trop d'illusion au sujet des Hapiens.

— N'espère pas trop de ces gens, lui conseilla-t-il. Ils n'ont pas pour habitude de donner quoi que ce soit, sauf des coups...

— Tu ne les connais pas, Yan. Viens me rejoindre,

tu verras bien. (Elle parlait en diplomate, toute intimité oubliée.) Bienvenue quand même, général Solo.

La transmission cessa abruptement.

— Merci beaucoup, ambassadeur Organa, maugréa Yan.

Yan et Chewie avançaient à grandes enjambées dans les rues de Coruscant. Ils se trouvaient dans un vieux quartier de cette ville aux dimensions planétaires, un des rares qui ne fût pas construit sur des ruines. Autour d'eux, des gratte-ciel de verre et d'acier s'élevaient comme les parois d'un canyon. Leurs ombres étaient si imposantes que les navettes qui circulaient entre eux devaient conserver nuit et jour leurs feux de position, créant ainsi une gigantesque toile d'araignée de lumière.

Quand Yan et Chewie arrivèrent devant le Grand Hall, la fanfare jouait déjà une marche étrangement mielleuse à grands coups de cymbales et de tromblons.

Le Grand Hall était une énorme construction à ciel ouvert longue de plus de mille mètres. Gradins et loges se répartissaient sur quatorze étages. Approchant de l'entrée, Yan constata que tous les portails étaient pris d'assaut par une foule de curieux avides de voir les Hapiens.

Solo passa rapidement devant les cinq premières entrées. Soudain, il aperçut le sommet du crâne puis la tête d'un droïd-protocole doré qui sautait comme un cabri pour tenter de voir par-dessus la foule. Même si beaucoup de gens affirmaient que tous les droïds d'une série se ressemblaient, Yan reconnut immédiatement C-3P0.

C'était la seule unité protocole de l'univers qui pouvait se montrer aussi excitée qu'une puce.

— C-3P0, espèce de tas de fer-blanc ! s'exclama Yan.

Chewbacca se fendit d'un grognement ravi.

— Général Solo ! triompha le droïd, visiblement soulagé. La princesse Leia m'a chargé de vous trouver et de vous escorter jusqu'à la loge de l'ambassadeur alderaanien. Heureusement que j'ai eu la clairvoyance de vous attendre ici. Suivez-moi, je vous prie.

Le droïd les conduisit jusqu'à une entrée gardée par plusieurs soldats en armes.

Tandis qu'ils remontaient un long couloir sinueux, laissant derrière eux une succession de portes, Chewbacca renifla l'air et laissa échapper un grognement. Puis C-3P0 s'arrêta devant l'entrée d'une loge. A l'intérieur, Solo reconnut la plupart des privilégiés qui regardaient la procession à travers la vitre blindée.

Il y avait là Carlist Rieekan, un général alderaanien, ancien commandant de la base Hoth ; Threkin Horm, le président du Conseil d'Alderaan, tellement obèse qu'il préférait confier sa graisse à une chaise antigrav plutôt qu'à ses jambes. Mon Mothma, l'actuelle dirigeante de la Nouvelle République, se tenait à côté d'un Gotal à la barbe grise qui regardait en bas d'un air impassible, la tête légèrement inclinée, ses cornes sensitives braquées en direction de la princesse Leia.

Les diplomates conversaient à voix basse ou écoutaient les commentaires officiels grâce à leurs comlinks. Tous regardaient Leia. Assise sur une estrade, la jeune femme contemplait d'un œil royal la navette diplomatique hapienne qui venait de se poser sur l'aire de l'immense hall réservé à cet effet.

Près de cinq cent mille spectateurs se massaient dans les étages, chacun tendant le cou pour apercevoir les visiteurs. Des milliers de gardes formaient une haie d'honneur le long du tapis couleur or menant de la navette au trône de Leia.

Yan embrassa les loges d'un regard circulaire. Presque tous les systèmes solaires du vieil Empire en avaient eu une, signalée par un étendard. Aujourd'hui, près de six cent mille de ces drapeaux décoraient l'imposante bâtisse, chacun représentant un membre de la Nouvelle République.

Dans le hall, le silence se fit. La navette hapienne venait de déployer sa rampe de débarquement.

Yan s'approcha de Mon Mothma.

— Que se passe-t-il ? Pourquoi n'êtes-vous pas sur l'estrade avec la princesse ?

— Les envoyés hapiens n'ont pas jugé ma présence

nécessaire. Ils ne veulent voir que Leia. L'Ancienne République elle-même avait fort peu de contacts avec les monarques hapiens. Les choses sont ainsi depuis plus de trois mille ans. Il m'a semblé judicieux de rester à l'écart jusqu'à ce qu'on m'invite...

— C'est très délicat, mais vous êtes la présidente élue de la Nouvelle République, et...

— La reine-mère s'inquiète de nos pratiques démocratiques. Franchement, si ça doit les mettre à l'aise, je préfère que ses émissaires s'adressent à la princesse. Avez-vous compté les Dragons de la flotte hapienne ? Ils sont soixante-trois, Yan, un pour chaque planète habitée de la Confédération hapienne. Jamais prise de contact n'a été si massive. Une page d'histoire est en train de s'écrire, j'en suis sûre...

Yan ne l'aurait pas avoué sous la torture, mais il était vexé de ne pas être assis aux côtés de Leia. Que Mon Mothma subisse le même sort ajoutait à son courroux.

Il ravala momentanément sa frustration : les Hapiens se montraient.

La première à sortir de la navette fut une femme aux longs cheveux et aux yeux d'onyx qui brillaient sous les lumières artificielles. Vêtue d'une robe courte couleur or, elle laissait admirer à tous ses longues jambes. Les haut-parleurs installés dans les loges pour restituer l'ambiance transmirent les murmures que soulevait dans la foule le passage de la jeune beauté.

Quand elle fut assez près de Leia, la Hapienne mit un genou au sol et, les yeux rivés sur la princesse, fit une déclaration dans sa langue :

— *Ellene Sellibeth e Ta'a Chume. 'Shakal Leia, ereneseth a'apelle seranel Hapes. Rennithelle saroon'.*

Se retournant, l'envoyée tapa six fois dans ses mains. Des dizaines de femmes en robe étincelante descendirent de la navette. Certaines jouaient de la flûte, d'autres du tambour. D'autres encore psalmodiaient d'une voix cristalline :

— Hapes ! Hapes ! Hapes !

Grâce à son comlink, Mon Mothma avait eu la

traduction immédiate des propos de la Hapienne. Yan, lui, n'y avait rien compris.

— C-3P0, tu parles le hapien ? demanda-t-il.

— Général, je pratique plus de six millions de langues et de dialectes, soupira le droïd, mais je dois avoir un problème de circuits. L'émissaire ne peut pas avoir dit ce que j'ai cru entendre. (Il fit volte-face et se dirigea vers la sortie.) La peste soit de la rouille ! Je m'éclipse le temps d'une réparation...

— Minute ! cria Yan. Oublie tes circuits et répète-moi ce qu'elle a dit.

— Général, j'ai dû mal comprendre...

— Je t'écoute ! ordonna Yan, impérieux.

Chewie le soutint d'un grognement.

— Eh bien, si vous le prenez sur ce ton... gémit C-3P0. Sauf panne de ma part, l'émissaire a transmis à la princesse les paroles suivantes de la reine-mère : « Inestimable Leia, je t'offre des cadeaux au nom des soixante-trois mondes de Hapes. Qu'ils t'apportent beaucoup de plaisir. »

— Des *cadeaux* ? répéta Yan. Voilà qui paraît idyllique.

— Ça n'est qu'un leurre, général, expliqua C-3P0, quelque peu condescendant. Les Hapiens ne demandent jamais une faveur *avant* d'avoir offert un présent d'une valeur équivalente. Ce qui me trouble plus, c'est l'utilisation du mot *shakal. Inestimable* est un terme qu'ils réservent à leurs égaux. La reine-mère n'aurait jamais dû l'appliquer à Leia.

— Pourquoi pas ? objecta Yan. Elles sont de sang noble toutes les deux...

— C'est exact, concéda C-3P0, mais les Hapiens vénèrent littéralement leur reine. Un des noms qu'ils lui donnent est *Ereneda*, à savoir : « Celle qui n'a pas d'égal. » Il n'est donc pas logique qu'elle traite Leia comme telle....

Yan regarda de nouveau en bas et frissonna. Alors que le roulement des tambours s'intensifiait, trois femmes vêtues de soieries étincelantes sortirent de la navette. Elles portaient un grand coffre de nacre.

C-3P0 secoua la tête et marmonna :

— Il faut vraiment que je fasse réparer ces circuits...

Au même moment, les trois Hapiennes vidèrent sur le sol le contenu de leur coffre.

— Des gemmes multicolores de Gallinore ! s'écria la foule.

Ces pierres d'une fabuleuse valeur avaient la particularité de posséder une sorte de feu intérieur qui les faisait briller de toutes les couleurs de l'arc-en-ciel. A la vérité, ça n'était pas des gemmes, mais une forme de vie basée sur la silice bel et bien dotée d'une lumière interne. Souvent portées en médaillon, ces créatures atteignaient leur maturité au terme de milliers d'années de vie quasi minérale.

Avec une seule, on pouvait s'offrir un croiseur calamarien.

Des centaines étincelaient aux pieds de Leia, qui les observait d'un air impassible.

Un deuxième trio de femmes, beaucoup plus grandes que les précédentes, descendit de la navette. Celles-là étaient vêtues de cuir couleur cannelle. Tandis qu'elles dansaient au son des flûtes et des tambours, entre elles flottait une plate-forme antigrav chargée d'un petit arbre aux branches lestées de fruits marron. Deux lumières jumelles brillaient au-dessus du végétal comme le soleil double d'une planète désertique.

— *Selabah, terrefel n lasarla*... annonça l'émissaire.

— Venu de Selab, un arbre de la sagesse, traduisit C-3P0.

Des cris de joie montèrent de la foule. Yan en resta bouche bée. Jusqu'à ce jour, il tenait les arbres de la sagesse pour une légende. On disait que leurs fruits pouvaient améliorer considérablement l'entendement des personnes très âgées.

Le pouls de Solo s'accéléra ; sa tension monta d'un cran. Un homme avançait sur le tapis doré. C'était un guerrier cyborg vêtu d'une armure hapienne noire à rayures d'argent. Presque aussi grand que Chewbacca, il s'immobilisa devant l'estrade, tira un objet métallique de son bras et le posa sur le sol.

— *Charubah endara, mella n sesseltar.*

— De Charubah, un monde où la science est reine, accepte ce Poing de Soumission, traduisit de nouveau C-3P0.

Yan dut s'appuyer à la vitre pour conserver son équilibre. Les Poings de Soumission étaient l'arme secrète des Hapiens ; en combat rapproché, ils les rendaient invincibles grâce au champ électromagnétique neutralisant le processus de pensée de l'adversaire. Ceux qui étaient touchés devenaient des zombies susceptibles d'obéir à n'importe quel ordre, y compris ceux des officiers ennemis. Yan sentit qu'il transpirait.

Chaque planète de la Confédération offre son bien le plus précieux, songea-t-il. *Que veulent-ils en retour ? Qu'espèrent-ils gagner ?*

La cérémonie dura plus d'une heure. Le son des tambours et des flûtes, conjugué aux voix des femmes poussant toujours leurs : « Hapes, Hapes, Hapes ! », finit par résonner dans la tête de Solo comme s'il s'était agi de son sang battant à ses tempes. Douze des mondes les plus pauvres de la Confédération offrirent à Leia des destroyers pris à l'Empire ; d'autres lui firent présent d'objets plus exotiques. Une vieille femme d'Aranbath fit une brève déclaration sur l'importance d'ouvrir les bras à la vie tout en acceptant la mort, puis remit à la princesse un « puzzle mental » que son peuple tenait pour un trésor. La planète Ut envoya une femme qui chantait si bien que Solo se crut soudain transporté par une douce brise sur son monde natal.

A un moment, il entendit Mon Mothma murmurer :

— Je savais que Leia avait demandé l'aide financière de la Confédération, mais à ce point...

Quand les tambours, les flûtes et les chanteuses se turent, une bonne partie des trésors des mondes de Hapes s'étalait sur le sol du Grand Hall. Alors Yan réalisa qu'il avait serré les poings à s'en enfoncer les ongles dans les paumes.

Après tant de bruit, le silence semblait presque inquiétant. Plus de deux cents émissaires de Hapes se tenaient sur l'esplanade. Une fois encore, Solo s'émerveilla de leur grâce, de leur beauté et de leur force. C'étaient les premiers Hapiens qu'il voyait ; nul doute qu'il ne les oublierait pas de sitôt.

Personne n'osa briser le silence. Solo, lui, attendait que les Hapiens présentent l'*addition*. Avec ce déploiement de richesses, ils ne pouvaient désirer qu'une chose : un pacte avec la République. C'était ça, à coup sûr ! La Confédération voulait de l'aide contre les seigneurs de la guerre, ces ultimes soldats perdus de l'Empire.

Yan releva les yeux. La tête inclinée juste ce qu'il faut, Leia contemplait les cadeaux avec un sourire satisfait.

— Vous m'avez parlé de présents venus de vos soixante-trois mondes. Je n'en vois que soixante-deux sortes. Hapes elle-même ne m'a rien offert.

Yan fut choqué par la remarque. Alors qu'il avait perdu le compte depuis beau temps, ébloui par la générosité des Hapiens, voilà que la princesse cédait à la mesquinerie. À la place des émissaires, il aurait remballé les offrandes et levé le camp.

Mais l'ambassadrice sourit chaleureusement et soutint sans frémir le regard de Leia. Elle parla, Yan bénéficiant de la traduction simultanée de C-3P0.

— Noble dame, c'est parce que nous avons réservé le morceau de choix pour la fin.

Elle fit un signe de la main. Les émissaires s'écartèrent, libérant le passage. Sans fanfare ni chant, arriva le moment de l'ultime hommage.

Deux femmes pudiquement vêtues de noir, des mèches argentées dans leurs cheveux de jais, sortirent du vaisseau. Un homme marchait entre elles. Un bandeau d'argent tenait en place le voile noir qui lui couvrait le visage. De longs cheveux blonds cascadaient sur ses épaules. Poitrine nue, une cape sur le dos, il portait sur ses avant-bras musclés un coffret d'ébène incrusté d'argent.

Quand il eut posé le coffret aux pieds de Leia, il s'accroupit, les mains posées sur les genoux. Les femmes lui retirèrent alors son voile, révélant aux yeux de tous le plus bel homme que Yan ait jamais vu.

Ses yeux, bleus comme peut l'être la mer sur la ligne d'horizon, promettaient un caractère bien trempé où se mêlaient harmonieusement courage, humour et sagesse. Ses épaules carrées et sa mâchoire volontaire exhalaient la puissance. Solo devina qu'il s'agissait d'un dignitaire de la maison royale hapienne.

— *Hapesah, rurahsen Ta'a Chume, elesa Isolder Chume'da*, déclara l'ambassadrice.

— La reine-mère t'offre son plus grand trésor, chuchota C-3PO. Son fils, Isolder, le *Chume'da* dont l'épouse régnera un jour sur la Confédération.

Chewbacca grogna ; dans la foule éclatèrent des conversations nerveuses. Le tumulte rappela à Yan celui d'une tempête.

Mon Mothma coupa son comlink et regarda Leia, l'air interloquée. Un des généraux lâcha une bordée de jurons, puis sourit.

Solo s'éloigna de la vitre.

— Qu'est-ce que ça signifie ? demanda-t-il.

— La Ta'a Chume veut que Leia épouse son fils, répondit Mon Mothma.

— Mais elle n'en fera rien, n'est-ce pas ?

Aussitôt ces mots prononcés, Solo sentit ses certitudes s'effondrer. Régner sur soixante-trois mondes comptant parmi les plus riches de la galaxie... Etre la souveraine de milliards de gens, aux côtés d'un homme pareil...

Mon Mothma le foudroya du regard.

— Avec le soutien de Hapes, Leia mettra un terme à la guerre et sauvera des milliards de vies. Je sais quels sentiments vous aviez pour elle, général. Pourtant, au nom des citoyens de la Nouvelle République, j'espère qu'elle acceptera l'offre de la reine-mère.

2

Luke avait *senti* les ruines du refuge de l'ancien maître Jedi bien avant que son guide whiphide l'ait conduit sur les lieux. Comme l'essentiel du paysage de Toola — une plaine nue où des lichens rouges parvenaient par endroits à percer une fine couche de glace —, les ruines étaient d'une propreté et d'une *fraîcheur* surprenantes. Mais elles semblaient vides, comme si jamais un humain ne les avait visitées. La sensation de propreté assura Skywalker que l'endroit était autrefois habité par un Jedi dévoué au bien.

Le grand Whiphide dont la fourrure ondulait au vent pataugeait dans la mousse, une vibrohache entre les pattes. Il s'arrêta et huma l'air de son long museau ; ses défenses pointèrent vers le soleil, aussi rouge que la mousse. Puis le guide siffla, ses petits yeux noirs scrutant la plaine.

Luke rabattit la capuche de son parka et étudia à son tour la menace. Une horde de démons des neiges venait de jaillir de la brume. Leurs ailes couvertes de poils prenaient des reflets gris sous le soleil pourpre.

Le sifflement du Whiphide était un appel à la bataille. Le guide craignait une attaque, mais Luke sonda l'esprit des démons et capta leur faim. Ils chassaient un troupeau de motmots qui ondulait à l'horizon comme une mer de fourrure. A l'évidence, les prédateurs cherchaient un animal assez jeune et inexpérimenté pour faire une proie facile.

— Du calme, souffla Luke en posant une main sur l'avant-bras du guide. Montre-moi les ruines...

Il tenta d'utiliser la Force pour calmer le guerrier. Brandissant sa hache, celui-ci ne parut pas convaincu du tout.

Il siffla une longue réponse et désigna le nord. Luke la traduisit en utilisant le pouvoir de la Force.

— Cherche la tombe du Jedi si tu veux, petit homme, moi, je dois chasser. J'ai vu un ennemi, mon honneur commande que je l'attaque. Ce soir, mon clan fera ripaille avec un démon des neiges.

Le Whiphide portait pour tout vêtement le ceinturon où étaient accrochées ses armes. De cet arsenal portable, il tira un coutelas à la lame enduite de suie afin de ne pas briller au soleil. Un engin de mort dans chaque main, il partit à la poursuite de ses proies, traversant la toundra à une vitesse que Luke n'aurait pas cru possible.

Skywalker secoua la tête, plaignant de tout cœur les démons. Derrière lui, D2-R2 émit une série de sifflements pour demander à son maître de ralentir le pas, car, pour le petit droïd en forme de tonneau, il n'était pas simple d'avancer sur la glace. Côte à côte, l'homme et le robot se dirigèrent vers le nord. Bientôt, ils arrivèrent devant un étrange spectacle : trois rochers plats jaillissaient du sol pour former les parois et le toit d'un tunnel qui s'enfonçait dans le sol.

Le conduit paraissait sec. Luke tira une mini-torche de sa ceinture et s'y engagea. Très vite, un obstacle apparemment insurmontable se dressa devant lui. Un énorme rocher lui barrait le passage ! Des traces noires, sur la pierre, indiquaient qu'on avait utilisé un détonateur thermique pour déloger le roc de sa position et obstruer le tunnel.

Luke ferma les yeux, appelant la Force à la rescousse. Il déplaça le rocher, le souleva, et le maintint en suspension dans l'air.

— Passe le premier, D2...

Le droïd se glissa sous le rocher en sifflant des protestations compréhensibles de lui seul. Luke fit de même — sans les protestations — puis il laissa retomber l'énorme bloc de pierre.

Sur le sol poussiéreux, immédiatement après l'obstruction, Skywalker repéra des empreintes de bottes. C'étaient celles de commandos de l'Empire, il l'aurait juré. Mais il trouva surprenant qu'elles fussent encore visibles après tant d'années.

Il s'accroupit, se demandant s'il n'était pas en train de regarder les traces de son père. Dark Vador était sûrement venu. Lui seul pouvait avoir tué le maître Jedi qui habitait ces grottes...

Hélas, les empreintes ne lui apprirent rien de plus.

Le tunnel, fort sinueux, cheminait jusqu'à des cavernes artificielles creusées dans la roche. Luke supposa qu'il s'agissait d'entrepôts. L'air charriait des effluves de fourrure et d'excréments : des rongeurs, très probablement.

Dans un coin, Skywalker repéra un petit droïd aux batteries depuis longtemps déchargées. La salle suivante abritait un système de chauffage dont tous les câbles avaient été rongés par de petits animaux.

Guidé par la sensation de *propreté*, Luke continua d'avancer et trouva bientôt la chambre du Jedi. Il ne restait plus rien de son corps, désintégré comme l'avaient été ceux de Yoda et d'Obi-wan, mais les vestiges de la Force de ce maître flottaient encore dans son ancien refuge. Skywalker découvrit une combinaison de neige lacérée et brûlée. A côté était posé un sabrolaser.

Luke le saisit et l'alluma. Un flux d'énergie opalescente jaillit.

Avant de désactiver l'arme, le Jedi se demanda à quelle sorte d'homme elle avait appartenu. Il ne savait presque rien de lui, sinon qu'il avait servi l'Ancienne République vers la fin de sa vie. Luke suivait sa piste depuis des mois. Conservateur des archives des Chevaliers Jedi, à Coruscant, ce petit fonctionnaire n'avait pas attiré l'attention des troupes impériales ayant envahi la planète. Ainsi, il avait pu échapper aux soldats, emportant avec lui l'histoire de milliers de générations de Jedi.

Ces archives, espérait Luke, ne pouvaient pas être un simple catalogue des faits et gestes de ses glorieux prédécesseurs. Il espérait y trouver la sagesse des anciens maîtres, leurs pensées les plus intimes et leurs aspirations. Incomplètement initié aux mystères de la Force, il avait besoin de savoir comment les Jedi formaient les guerriers, les guérisseurs, les voyants...

Le fils de Dark Vador fouilla la pièce, attentif à ne pas laisser échapper le moindre indice. D2 s'était engouffré dans un passage latéral, ses lampes intégrées déchirant l'obscurité. Quand il entendit une succession de sifflements informatiques, Luke suivit la voie ouverte par le droïd.

Il déboucha dans une autre caverne où étaient stockés des centaines d'enregistrements vidéo-holographiques. Hélas, tous avaient été réduits en cendres. De petits tas de métal fondu, voilà ce qui restait d'un trésor inestimable ! Pour faire ce sale travail, on s'était servi de détonateurs thermiques et de charges à retardement. Le coupable, quel qu'il fût, avait fait ce qu'il fallait pour qu'il ne subsiste rien d'utilisable.

Luke explora d'autres salles, jonchées des mêmes débris. Son cœur se serra : il n'y avait plus rien. Tout était perdu.

L'héritage des Jedi, détruit, pulvérisé...

— Inutile d'insister, D2...

Ses paroles semblèrent comme avalées par l'obscurité et le silence. L'astrodroïd siffla tristement. Il roulait en tous sens, se dressant sur la « pointe » des roues pour regarder dans chaque niche.

Il ne reste plus rien, se répéta Luke.

L'Empereur ne s'était pas contenté de traquer les Jedi pour les faire assassiner. Dans son mégalomaniaque désir de régner seul sur la galaxie, il avait éprouvé le besoin de détruire les Chevaliers *et* d'écraser tout ce qui était leur pour qu'ils ne puissent jamais plus se dresser contre lui.

Voilà pourquoi, après des mois de recherches, Luke n'avait découvert que des cendres.

Il s'assit sur le sol, se passa une main sur les yeux et

se demanda ce qu'il pouvait faire de plus. Il devait exister d'autres archives, ou au moins des copies. Le mieux serait de retourner à Coruscant pour reprendre son enquête à zéro.

A l'autre bout du tunnel, D2 se mit à siffler joyeusement.

— Tu as trouvé quelque chose ? demanda Luke.

Il se leva, chassa les cendres de ses vêtements et se contraignit à marcher à pas mesurés.

Le droïd avait repéré une niche où les archives n'étaient pas fondues. Luke avisa un détonateur thermique qui avait fait long feu. La charge à retardement avait explosé, mais peut-être n'avait-elle pas été assez efficace. Le Jedi prit un cylindre de données et l'introduisit dans le lecteur de D2. Le droïd siffla et se pencha en avant comme s'il allait projeter un hologramme. Après un moment, il éjecta le tube avec un grincement dégoûté.

— Ne baissons pas les bras... déclara Luke sans grande conviction.

Il essaya un second cylindre. Cette fois, D2 projeta la silhouette d'un homme vêtu d'une toge vert pâle. Hélas, l'image disparut presque aussitôt. D2 cracha le cylindre et se retourna vers la niche pour indiquer à son maître qu'il fallait continuer.

— D'accord...

Le dernier des Jedi fourragea dans la pile pour prendre un des cylindres du dessous, peut-être mieux conservé. Il en avait choisi un quand la Force, impérieuse, guida ses doigts dans une autre direction. Quand il eut trouvé le bon tube, il éprouva une immense paix intérieure.

Celui-là, celui-là, sembla lui murmurer une voix. *Là se trouvent les réponses que tu cherches.*

Luke sortit le cylindre de la niche et recula. D'instinct, il sut que les dés étaient jetés. S'il devait obtenir quelque chose, ce serait maintenant. Fouiller davantage la caverne ne servirait à rien.

D2 avala le cylindre de bonne grâce. Presque immédiatement, il projeta une image holographique.

Luke reconnut une antique salle du trône où, un par un, les Jedi venaient faire leur rapport au grand maître de l'ordre. Malheureusement, les pistes étaient à moitié effacées, et Luke n'obtint que des bribes d'informations.

Un homme à la peau bleue décrivait en détail les péripéties d'une bataille spatiale contre les pirates...

Un Twi'lek aux yeux rouges racontait comment il avait fait échouer un complot contre un ambassadeur ; le tentacule qui prenait naissance à l'arrière de son crâne battait l'air en cadence...

Après chaque rapport était indiquée une date. Tout cela remontait à près de quatre cents ans.

Puis Yoda apparut, les yeux levés vers le trône. La peau moins verte que dans le souvenir de Skywalker, il n'utilisait pas de canne pour marcher. Dans la force de l'âge, le petit être avait une allure presque désinvolte ; rien à voir avec le Jedi voûté et soucieux que Luke avait connu. La bande son était quasiment inaudible, mais Skywalker capta pourtant les paroles suivantes :

— Nous avons essayé de libérer... Chu'unthor de Dathomir, mais les sorcières nous ont repoussés... J'étais avec les maîtres Gra'aton et Vulatan... Une escarmouche... Quarante acolytes tués... Nous devons y retourner pour retrouver...

Le son mourut ; l'image ne tarda pas à disparaître...

Il y avait d'autres rapports, mais aucun ne semblait porteur d'un quelconque espoir. Dans l'esprit de Luke tournaient trois mots : *Chu'unthor de Dathomir.*

Chu'unthor était-il le nom d'un individu, par exemple d'un chef politique, ou de toute une espèce ? Et où diantre se trouvait *Dathomir* ?

— D2, consulte ton fichier d'astronomie et dis-moi si tu as une référence à un endroit nommé Dathomir. Il peut s'agir d'un système solaire comme d'une planète...

Et même d'une personne !

D2 travailla en silence puis émit un sifflement négatif.

— Ça ne m'étonne pas... Je n'ai jamais entendu ce nom...

Pendant les Guerres Cloniques, des centaines de mondes avaient été détruits ou rendus inhabitables. Dathomir était peut-être l'un d'eux. A moins qu'il s'agisse de la lune d'une planète de la Bordure Extérieure, si loin de la civilisation qu'on avait oublié son existence.

Une lune ne représentait déjà pas grand-chose. Comment trouver si c'était un continent, une île, une cité ?

Qu'importait ! Un jour, Luke saurait, il en était certain.

D2 et lui remontèrent à la surface pour constater que la nuit était tombée. Le Whiphide revint sur ces entrefaites, tirant le cadavre éviscéré d'un démon des neiges. L'animal était renversé sur le dos, une langue pourpre démesurément longue pendant entre ses crocs.

Déplacer un poids pareil n'était pas une mince affaire. Pourtant, le guide tenait la queue du monstre d'une seule main. Et qui pouvait dire sur quelle distance il l'avait traîné...

Skywalker passa la nuit dans le camp des Whiphides. Sous une gigantesque carcasse de motmot, couverte de peaux pour couper le vent, les humanoïdes poilus firent un feu et rôtirent le démon. Tandis que les adultes jouaient de harpes primitives, les gosses, surexcités, dansaient joyeusement autour du festin.

Assis à l'écart, Luke méditait.

« Le futur tu verras, et le passé. De vieux amis depuis longtemps oubliés... »

Voilà ce que Yoda lui avait dit, des années auparavant, quand il l'entraînait à percer les brumes du temps.

Luke regarda les côtes géantes du motmot. Les Whiphides avaient gravé des lettres dans l'os, à près de dix mètres du sol. C'était leur arbre généalogique. Luke ne pouvait pas lire les mots, mais ils semblaient composés de flèches et de pierres qui tombaient du ciel en tournoyant.

Ces projectiles le visaient, c'était l'évidence. Malgré le climat rigoureux de Toola, le Jedi sentit de la sueur couler sur son front.

Alors lui vint une vision.

Il se trouvait dans une forteresse de pierre, au sommet d'une montagne, le regard baissé sur la plaine qui s'étendait à ses pieds et sur les collines qui moutonnaient dans le lointain.

Une tempête se leva. Un vent formidable amenait avec lui de gros nuages noirs et des tourbillons de poussière.

Les arbres pliaient sur son passage...

Bientôt, des grappes de nuages déchirés par le tonnerre et les éclairs oblitérèrent le soleil.

Sentant une présence maléfique dans ces nuées, Luke comprit qu'elles devaient leur existence au Côté Obscur de la Force.

La poussière et les pierres tourbillonnaient dans les airs comme des feuilles d'automne. Pour ne pas être emporté, Luke se retint au parapet de pierre de la forteresse. A ses oreilles, le vent rappelait le grondement d'un océan déchaîné.

Un cyclone animé par le Côté Obscur de la Force ravageait la région. Soudain, dans l'épouvantable vacarme, Luke entendit le son cristallin d'un rire de femme.

D'autres se joignirent au concert. Quand il leva les yeux, Skywalker vit les silhouettes qui chevauchaient les nuages en se jouant des pierres et des débris.

Ces rires, quelle horreur !

Alors une voix murmura :

— ... sorcières de Dathomir...

3

Leia déconnecta le comlink de son oreille et regarda l'ambassadrice hapienne sans dissimuler sa stupéfaction. Ces gens étaient décidément impossibles : culturellement à des années-lumière du reste de la galaxie, prompts à prendre la mouche...

Le murmure de la foule se muait en grondement. Leia leva les yeux vers la loge d'Alderaan comme si cela avait pu l'aider à trouver une réponse. Dos à la vitre, Yan conversait fébrilement avec Mon Mothma.

Dominant le tumulte, la princesse Organa parla enfin :

— Dites à la Ta'a Chume que les cadeaux m'ont ravi l'âme. Quant à son offre... Il me faut y réfléchir...

Elle se tut, peu sûre du délai qu'elle pouvait demander. Les Hapiens n'étaient pas du genre à méditer. La Ta'a Chume avait la réputation de prendre des décisions essentielles en quelques heures. Une journée serait-elle trop ?

— Puis-je parler ? demanda Isolder dans un basic à l'accent épouvantable.

Leia le regarda, soufflée qu'il pratique sa langue — si mal que ce fût. Elle chercha le regard du prince. La couleur de ses yeux lui rappela ce qu'elle connaissait du ciel de Hapes, majestueux au-dessus des montagnes tropicales.

Isolder eut un sourire d'excuse. On lisait de la force et de la volonté sur son beau visage.

— Je sais que nos coutumes diffèrent, chère princesse. Chez moi, c'est ainsi que s'arrangent les mariages royaux. Mais je ne veux en aucun cas hâter votre décision. Prenez le temps de connaître mon monde... de *me* connaître...

A la manière dont il parlait, Leia comprit que la proposition était inhabituelle.

— Trente jours ? proposa-t-elle. Je pourrais me décider plus vite, mais je dois partir pour le système de Roche. Une mission diplomatique.

Le prince inclina la tête.

— C'est tout à fait normal... Une reine doit être constamment à la disposition de ses sujets... Mais avant votre départ, puis-je solliciter l'honneur de vous rencontrer dans des circonstances moins... officielles.

Leia réfléchit à toute vitesse. Elle avait une foule de documents à étudier avant son départ : des contrats commerciaux, des libellés de plaintes et des textes d'exobiologie.

Les Verpine, une race insectoïde, avaient « omis » de respecter plusieurs contrats de fabrication de vaisseaux de guerre à livrer aux Barabels. Hélas, il était dangereux pour la santé de mécontenter ces derniers, des carnivores peu commodes. Depuis, les Verpine se défendaient en prétendant que les navires avaient été annexés par une de leurs reines devenue folle à qui ils ne se sentaient pas le courage de les reprendre. Quelques rumeurs inquiétantes compliquaient l'affaire. Par exemple, on murmurait que les Barabels avaient pris des contacts avec les Kubazis, grands amateurs d'insectes grillés devant l'Eternel. Selon certaines sources, les « livraisons » devaient commencer sous peu.

Jusque-là, Leia n'avait jamais laissé sa vie privée gêner son travail. Mais s'agissait-il vraiment d'une affaire personnelle ?

Elle leva les yeux vers la loge. Yan et Chewbacca étaient partis. Mon Mothma regardait toujours en bas, son comlink activé. Elle ne dit rien, mais Threkin Horm, le président du Conseil d'Alderaan, fit signe à la princesse de répondre par l'affirmative.

— S'il vous est possible de vous libérer, prince, je serai ravie de vous voir avant de partir...

— Pour vous, trouver du temps est toujours un plaisir, répondit Isolder avec un sourire.

— Alors, me feriez-vous l'honneur de dîner avec moi ce soir dans mes quartiers, sur le *Rêve des Rebelles* ?

Isolder baissa les yeux. Utilisant le pouce et l'index de ses deux mains, il remit le voile sur son visage. Lors de sa visite sur Hapes, Leia s'était émerveillée de la beauté des autochtones. Voyant le prince se voiler, elle éprouva comme un pincement au cœur et se sentit aussitôt coupable d'avoir eu envie de le regarder plus longtemps...

Un peu plus tard, elle quitta le Grand Hall sous des milliers de regards. Troublée, mal à l'aise, elle ne désirait qu'une chose : trouver Yan ! Elle retourna à l'ambassade, où elle vivait, dans l'espoir qu'il l'y attendrait. On lui apprit qu'on ne l'avait pas vu. Perplexe, la princesse régla son comlink sur la fréquence militaire. Elle découvrit ainsi que le général Solo avait emprunté une navette pour rejoindre le *Rêve des Rebelles*.

C'était un mauvais signe. Le *Faucon Millenium* se trouvait dans un hangar du navire-amiral, où il attendait depuis des mois le retour de son propriétaire. Quand il était soucieux, ou déprimé, Yan aimait bricoler sur son vaisseau. Le travail manuel et le plaisir de résoudre des problèmes simples lui nettoyaient l'esprit.

Son départ signifiait que la demande en mariage d'Isolder l'avait profondément perturbé.

La princesse était épuisée, mais elle pouvait comprendre que Solo ait mal pris la chose. Elle ordonna qu'on prépare sa navette personnelle...

Elle trouva le *Faucon* sur le quai dix-neuf. Dans la cabine de pilotage, Yan et Chewie s'affairaient devant des panneaux de commandes ouverts. Les entrelacs de câbles composaient un spectacle surréaliste aux yeux de Leia.

Chewie tourna la tête et la salua. Yan ne broncha pas, éteignant simplement la lampe à plasma qu'il tenait dans la main droite.

— Hum... fit Leia, je pensais que tu m'attendrais chez moi, à l'ambassade...

— Mouais... J'avais des choses à contrôler dans les entrailles de mon vieux *Faucon*... Désolé...

Leia ne dit rien pendant un long moment. Chewbacca se leva et vint serrer la petite femme dans ses bras, lui enfonçant le nez dans la douce fourrure de son ventre. Puis il partit pour la soute, laissant seuls la princesse et le pirate.

Yan se tourna enfin vers Leia. Même s'il n'avait pas travaillé assez longtemps pour ça, la jeune femme vit que de la sueur ruisselait sur son front.

— Alors, comment ça s'est terminé ? Qu'as-tu répondu aux Hapiens ?

— J'ai demandé quelques jours pour réfléchir...

Pour l'instant, mieux valait éviter de mentionner le dîner de ce soir...

— Mouais... grogna Yan.

Leia lui prit les mains ; elles étaient couvertes de cambouis, mais elle ne s'en soucia pas.

— Yan, je ne pouvais pas les envoyer au diable, ça aurait créé un incident diplomatique. Je n'ai aucune envie d'épouser leur prince, mais je ne peux pas réduire à néant nos chances d'établir avec eux des rapports fructueux. Les Hapiens sont très puissants. Je suis allée voir la reine-mère pour...

— Je sais, coupa Yan. Tu veux qu'ils t'aident à écraser les seigneurs de la guerre. Pour ça, tu es prête à faire n'importe quoi.

— Puis-je savoir ce que signifie cette dernière remarque ? s'enquit Leia.

— Tu vomissais l'Empire. Zsinj et les seigneurs de la guerre sont tout ce qu'il en reste. Pour les combattre, tu as risqué ta vie des dizaines de fois. Et pour la Nouvelle République, tu te sacrifierais sans réfléchir. Je me trompe ?

— Non, mais...

— Je pense que l'heure de te sacrifier a sonné, Leia. Tu vas donner ta vie aux Hapiens. Ta vie, non ta mort... C'est quand même plus agréable...

— Yan... Jamais... Jamais je ne ferai une chose pareille...

Solo la regarda, véritable incarnation de la douleur et du reproche.

— Bien sûr que non ! railla-t-il. (Il posa la lampe sur le sol.) Comment ai-je pu penser une chose pareille ?

Leia lui caressa le front. Après cinq mois de séparation, elle se sentait un peu désorientée. En temps normal, il aurait pris à la rigolade la proposition des Hapiens. Pourquoi ce sérieux ? Il devait y avoir plus. Quelque chose qui le blessait profondément.

— Qu'est-ce qui ne va pas ? Cette manière de réagir ne te ressemble pas...

— J'ignore ce qui cloche, souffla Yan. C'est ma dernière mission, peut-être... Je suis si fatigué. Tu as vu ce que le *Poing d'Acier* a fait sur Selaggis. La colonie n'était plus qu'un charnier... J'ai suivi le vaisseau pendant des mois. Partout, c'était le même tableau : des stations spatiales rasées, des ports en ruines... Un seul destroyer Super Star avec un meurtrier aux commandes... Un seul...

« Après la mort de l'Empereur, j'ai cru que nous avions gagné. C'était faux. Le combat continue, car nous affrontons un ennemi omniprésent. Chaque fois que je respire, un obscur Grand Moff accouche d'un plan de réunification de l'Empire, et un général encore plus obscur tend l'oreille, prêt à toutes les monstruosités. La nuit dernière, j'ai rêvé que je combattais une bête immonde dans le brouillard. Je ne voyais pas son corps, juste sa tête, aux yeux rouges flamboyants. J'avais une hache pour seule arme... A un moment, j'ai réussi à décapiter le monstre. Sais-tu ce qui s'est passé ? L'instant d'après, j'ai entendu des rugissements dans la brume. La bête avait une nouvelle tête. Leia, je ne sais d'où elle vient, je ne vois pas son corps, mais la créature est toujours là, invisible et meurtrière. Nous avons tant perdu dans cette guerre. Et ça continue...

— Perdu ? s'indigna la princesse. C'est ce que vous pensez, sur le front ? C'est vrai, les seigneurs de la guerre, comme l'Empire, sèment la terreur et la haine. Mais sur le plan diplomatique, je ne vois que des victoires. Chaque jour, une nouvelle planète rejoint la République. Et le soleil ne se couche jamais sans que nous ayons fait un pas en avant. Nous perdons des batailles, je l'admets, mais nous gagnerons la guerre !

— Tu en es si sûre ? Qu'arrivera-t-il si l'ennemi parvient à perfectionner les boucliers d'invisibilité de ses destroyers ? On entend sans cesse des rumeurs à ce sujet. Que ferons-nous si Zsinj ou un Grand Moff réussit à fabriquer un autre vaisseau comme le *Poing d'Acier* ? Ou même une flotte ?

— Si ça arrive, nous nous battrons ! Les destroyers de cette classe consomment énormément d'énergie. Zsinj n'a pas les moyens d'en armer plus d'un ou deux à la fois. Nous finirons par le mettre à genoux, tu verras...

— La guerre n'est pas terminée, murmura Yan. Peut-être ne s'éteindra-t-elle pas avant notre mort...

La princesse n'avait jamais vu Solo dans un tel état de découragement.

— Si nous ne connaissons pas la paix, nos enfants en profiteront !

Yan se pencha, posant la tête contre la poitrine de Leia. Elle n'avait pas besoin d'être télépathe pour deviner ce qu'il pensait. Elle avait dit *nos* enfants. La menace d'Isolder s'éloignait...

— Je dois avouer, souffla Solo, que l'offre des Hapiens est rudement tentante. J'avais entendu parler des trésors des « mondes cachés », mais je ne m'attendais pas à ça ! Tu as vu des trucs intéressants, quand tu étais sur Hapes ?

— Fascinants, oui... Au cours des siècles, les reines-mères ont construit des choses formidables. Leurs villes sont superbes, majestueuses... Mais il n'y a pas que ça. Les gens aussi... Ils sont si sereins... On se sent en paix, comprends-tu ?

Yan plongea le regard dans les yeux rêveurs de la jeune femme.

— Tu es amoureuse, lâcha-t-il.

— Non, se défendit-elle.

Il lui passa un bras autour des épaules.

— Bien sûr que si ! Peut-être pas d'Isolder, mais à coup sûr de son monde ! Quand l'Empereur a détruit Alderaan, tout ce que tu aimais a disparu à jamais. Ne te voile pas la face : tu rêves d'un nouveau chez-toi.

Leia s'abstint de répondre, consciente qu'il avait parfaitement raison. Jamais elle n'avait cessé de pleurer Alderaan et ses amis. De fait, il y avait une certaine similitude entre sa planète natale et Hapes. La simplicité et la grâce de leurs architectures y étaient sans doute pour beaucoup. Les Alderaaniens étaient si respectueux de la vie qu'ils avaient refusé de construire leurs villes dans les plaines ou paissaient d'innombrables animaux. Leurs cités avaient donc poussé sur des falaises, dans les crevasses de glaciers, ou même sur l'océan, soutenues par des pilotis géants...

Leia se couvrit les yeux d'une main. Des larmes perlaient à ses paupières...

Ces temps anciens avaient été si heureux...

— Allons, allons, marmonna Yan. (Il lui prit une main et la baisa.) Ça n'est pas une raison pour pleurer...

— Tout est si difficile... Ma mission auprès des Verpine, la guerre avec les seigneurs... J'ai travaillé si dur, prenant toujours un problème après l'autre. Toutes ces années, j'ai espéré que mon peuple retrouverait un monde, une vraie patrie. Mais rien n'a jamais marché...

— N'oublie pas la Nouvelle Alderaan. Les services d'exploration vous ont trouvé une superbe planète.

— Oui. Au bout de cinq mois, les espions de Zsinj l'ont découverte et nous avons dû l'évacuer *provisoirement*...

— Ça s'arrangera. Sinon, nous vous dénicherons un autre monde.

— Même si c'est vrai, ça ne remplacera jamais Alderaan, affirma Leia. Le Conseil discute de cette question à chaque réunion. Nous avons pensé au terraformage, à la construction d'une station spatiale et même à l'achat d'une planète, mais comment faire ? La plupart des survivants d'Alderaan sont des marchands sans le sou ou des diplomates qui étaient en poste dans la galaxie au moment de l'attaque de l'Empire. Nous n'avons pas assez d'argent pour acheter ou terraformer. Il faudrait des générations pour rembourser un prêt. Quant à s'exiler sur un monde perdu aux confins de la galaxie, nos hommes d'affaires ne veulent pas en entendre parler. Ils ont raison, car loin des routes commerciales, ils seraient privés de toute source de revenus. Nous sommes dans une impasse ; plusieurs membres du Conseil menacent d'abandonner...

— Tu oublies les cadeaux des Hapiens... Il y a de quoi s'offrir une planète, non ?

— Tu ne connais pas les coutumes de la Confédération. Si j'accepte leurs présents, je dois épouser Isolder. Si je refuse le prince, il me faudra tout rendre...

— Alors, rends-leur tout ! Je doute que tu veuilles t'impliquer avec ces gens. Ce sont de mauvaises fréquentations...

— Tu ne sais pas de quoi tu parles, objecta Leia, étonnée qu'il raye d'un trait de plume une culture englobant des dizaines de systèmes solaires.

— Et toi ? s'insurgea Yan. Une semaine de lavage de cerveau par leurs experts en propagande suffit-elle pour te proclamer docteur ès civilisation hapienne ?

— Il s'agit de milliards de gens, Yan. Tu n'avais jamais vu l'ombre d'un Hapien avant ce jour. Comment peux-tu être aussi intolérant ?

— Les Hapiens se terrent derrière leurs frontières depuis trois mille ans. Je sais ce qui se passe quand on les fréquente de trop près. Crois-moi, ils mijotent quelque chose...

— Tu les soupçonnes d'ourdir de sombres plans ? Yan, ils n'ont rien à cacher, juste un mode de vie pacifique à défendre. Ils redoutent les influences extérieures. Connaissant l'Univers, tu peux leur donner tort ?

— Si la reine-mère est si fantastique, qu'a-t-elle à craindre de nous ? Non, Leia, ne rêvons pas : elle prépare quelque chose. Elle a peur...

— Je n'en crois pas un mot. Comment peux-tu colporter des fadaises pareilles ? Si tout allait si mal dans la Confédération, on verrait des réfugiés, des dissidents. Personne n'a jamais fui...

— Et si c'était simplement parce qu'ils ne peuvent pas sortir ? Les patrouilles des frontières ne sont peut-être pas là *que* pour empêcher les invasions...

— Absurde, souffla Leia. Tu deviens paranoïaque, Yan.

— Paranoïaque ? Mais que dire de toi, princesse ? Quelques babioles suffisent à t'aveugler ? Reviendrais-tu à l'âge des hochets ?

— Quelle agressivité ! Isolder t'inquiète tant que ça ?

— M'inquiéter, ce balourd ? Moi ? (Il se frappa la poitrine du bout de l'index.) Tu plaisantes ?

Il mentait et Leia n'était pas dupe une seconde.

— Alors tu ne vois pas d'inconvénient à ce que je dîne avec lui ce soir ? En privé, s'entend...

— Un dîner ? Pourquoi me formaliserais-je que ce bellâtre dîne avec la femme que j'aime et qui prétend m'aimer ?

— Yan, tu es vraiment trop gentil, ironisa la princesse. J'étais venue pour t'inviter ; à présent, j'ai bien envie de te laisser remâcher ta jalousie à quatre sous pendant que le prince me fera la cour...

Elle tourna les talons et sortit de la cabine.

— Très bien ! cria Solo dans son dos, on se voit au dîner !

Puis il flanqua un formidable coup de poing dans une cloison.

Après le départ de Leia, dès qu'il fut calmé, Yan se jeta à corps perdu dans le travail pour oublier ses ennuis. Grâce à quelques trucs d'acquisition récente, il porta la puissance des boucliers déflecteurs arrière à quelque quatorze pour cent de plus que leur nominal

« d'usine », puis il passa sous le navire pour s'occuper des canons rotatifs pendant que Chewie, à l'intérieur, modifiait les viseurs des blasters ventraux.

Le général et son compagnon s'activaient depuis deux heures quand une petite délégation conduite par le gros Threkin Horm entra dans le hangar. Le président du Conseil flottait dans sa chaise antigrav. Il était accompagné du prince Isolder, de son escorte royale, et d'une dizaine d'officiels motivés par la curiosité.

— Comme vous le voyez, ceci est un de nos quais de réparation, commenta Horm de sa voix nasale, un pouce calé entre son troisième et son quatrième menton. Et voici le général Yan Solo, un héros de la République. Il est en train de travailler sur son... hum... vaisseau personnel, le *Faucon Millenium*.

Le prince examina le navire, visiblement surpris par la rouille qui constellait la coque et l'assemblage hétéroclite de composants qu'était devenu le *Faucon* au fil des années. Jamais Yan n'avait été aussi embarrassé par la vétusté de son vieux compagnon d'aventure. A dire vrai, dans les docks ultra-modernes d'un destroyer, le pauvre vaisseau ressemblait vraiment à un tas de ferraille.

Pour ne rien arranger, Isolder était plus grand que Yan, sa poitrine et ses bras musclés ayant un petit côté... intimidant. Mais ça n'était rien en regard de ses manières impériales, de la calme détermination de son visage et de la profondeur sauvage de son regard. Il avait changé de tenue, optant pour une cape noire sur une tunique blanche diaphane qui ne masquait pas la puissance de ses abdominaux et mettait en valeur son teint cuivré.

Ainsi vêtu, le prince ressemblait à l'incarnation de quelque dieu barbare.

— Yan est un vieil ami de Sa Grâce la princesse Leia, ajouta Horm. Si je ne me trompe pas, il lui a sauvé la vie un bon nombre de fois.

Isolder posa les yeux sur Solo et sourit.

— Donc, vous n'êtes pas seulement l'ami de Leia, mais surtout son sauveur ? (Solo crut lire une réelle gratitude dans les yeux du Hapien.) Mon peuple a une grande dette envers vous, général...

Le prince avait un accent étrangement traînant. Comme s'il avait peur de faire trop court, il diphtonguait les voyelles au-delà du raisonnable.

— Cher prince, répondit Solo, je suis beaucoup plus que son sauveur. Pour ne rien vous cacher, j'en pince pour elle, et elle pour moi.

— Général Solo ! s'indigna Horm.

Isolder apaisa son courroux d'une main levée.

— Tout est pour le mieux, assura-t-il. C'est une femme remarquable. Je peux comprendre que vous vous sentiez attiré par elle, général. J'espère que ma brusque apparition ne vous aura pas trop... bouleversé.

— *Ennuyé* serait un meilleur terme, ironisa Yan. Je n'en suis pas à souhaiter vous voir mort ou gravement blessé. Emasculé, peut-être. Mais mort, non !

— Prince Isolder, acceptez mes excuses au nom de la Nouvelle République, s'étrangla Horm. (Il fusilla Solo du regard.) J'attendais plus de civilité d'un général. Je pensais qu'un officier de ce niveau savait se tenir en public...

Yan comprit qu'il se serait retrouvé troufion dans l'heure suivante si ça n'avait tenu qu'au président du Conseil, heureusement sans pouvoir en matière militaire.

Isolder dévisagea Solo un moment, puis tourna la tête ; ses longs cheveux blonds ondulèrent sur ses épaules.

— Président Horm, déclara-t-il, sachez que je ne suis pas offensé. Le général Solo est un guerrier. Il entend se battre pour la femme qu'il aime. Quoi de plus normal ? (Il regarda de nouveau Yan.) Me feriez-vous l'honneur d'une visite guidée de votre vaisseau ?

— Avec joie, Votre Grâce, répondit Yan.

Il tendit une main au prince pour l'aider à grimper sur la rampe d'embarquement. Threkin Horm tenta de suivre le Hapien, mais deux de ses gardes du corps, de splendides jeunes femmes, s'interposèrent. La plus jolie, une rousse sculpturale, posa négligemment sa main droite sur la crosse de son blaster.

Un signal d'alarme s'alluma dans la tête de Yan. Cette femme avait une insolente confiance en elle et son arme était un prolongement de son corps. Ces deux éléments composaient un cocktail explosif. Horm dut le sentir aussi, car il n'insista pas pour passer.

Yan pénétra dans le navire, presque sûr que le Hapien allait le poignarder dans le dos pour laver l'affront.

Mais le prince se contenta de le suivre, écoutant attentivement ses commentaires sur l'hyperdrive et les moteurs subluminiques. Enchanté d'être tombé sur un bon public, Solo passa en revue les systèmes offensifs et défensifs ajoutés au *Faucon* au cours des années.

Quand il eut fini, Isolder le regarda droit dans les yeux, et dit :

— Voulez-vous me faire croire que cette... chose... vole ?

Yan se demanda si c'était de l'ironie ou de la naïveté. A tout hasard, il répondit :

— Et comment, qu'il vole, mon *Faucon*. Et rudement vite, même !

— Parvenir à conserver cet engin en un seul morceau est un exploit qui en dit long sur vos compétences, général. C'est un vaisseau de contrebandiers, non ? Des moteurs puissants, des compartiments secrets et un armement bien caché...

Han haussa les épaules.

— La contrebande ne m'est pas étrangère, continua le prince. J'ai quitté la maison familiale très jeune, et j'ai travaillé quelque temps dans le... hum... commerce. Avez-vous déjà vu un croiseur hapien de classe Nova ?

— Non, répondit Yan, sa curiosité éveillée.

Finalement, le prince méritait peut-être un peu de respect...

— Ils mesurent plus de quatre cents mètres de long, et ils ont une autonomie de près d'un an. Ils sont assez rapides et puissants pour pulvériser votre coquille de noix avant que vous ayez dit « ouf ».

— Est-ce une menace ?

— Bien sûr que non, répondit Isolder. (Il baissa la

voix comme un conspirateur.) Général, je vous en offre un si vous me promettez d'aller vous amuser avec à l'autre bout de la galaxie.

— Pas question, répondit Yan sur le même ton.

Isolder sourit, franchement admiratif.

— Bien, je constate que vous êtes un homme de principes. Voyons donc l'aspect moral du problème. Général, que pensez-vous pouvoir offrir à Leia ?

Pris par surprise, Yan tarda à répondre.

— Elle m'aime et je l'aime, c'est suffisant, finit-il par dire.

— Si vous l'aimez vraiment, laissez-la-moi. Hapes peut offrir la sécurité à son peuple. Son amour pour vous est un handicap. Elle mérite mieux qu'une vie médiocre de femme de militaire...

Il fit mine de partir, mais Yan le retint par l'épaule.

— Un instant ! Que signifie cette histoire ? Jouons donc cartes sur table, prince !

— Plaît-il ?

— Assez de ronds de jambe ! Il y a une foule de princesses dans l'univers. Que faites-vous chez nous ? Pourquoi votre mère a-t-elle choisi Leia ? Elle n'a pas de fortune, ni rien qui puisse intéresser la Confédération. Si vous voulez pactiser avec la Nouvelle République, il y a des moyens plus simples d'y arriver.

Isolder soutint le regard de Solo et se permit un petit sourire.

— J'ai cru comprendre que Leia vous a invité à dîner avec nous ce soir. Je m'expliquerai à cette occasion...

4

Vêtu de son plus bel uniforme, ses médailles sur la poitrine, Yan arriva dans les quartiers de la princesse pour constater qu'on ne l'avait pas attendu pour commencer.

Il fit la moue, mais ne dit rien.

En tenue de soirée, Isolder était assis à la gauche de Leia, ses amazones derrière lui. Les deux femmes, de plus en plus superbes, portaient des robes de soie rouge suggestives. A la hanche chacune arborait un blaster et une vibroépée énigmatiquement décorée. A la droite de la princesse, Threkin Horm faisait office de chaperon. Tandis que les domestiques s'empressaient de préparer une place pour Yan, Leia le présenta au Hapien.

— Ils se sont déjà rencontrés, l'interrompit Horm d'une voix glaciale.

La princesse regarda le président, qui ne faisait rien pour cacher son courroux.

— Exact, lança Solo. Le prince et moi avons bavardé pendant que je travaillais sur le *Faucon*. Nous nous sommes trouvé des points communs...

Il s'assit prestement, espérant que Leia ne remarquerait pas son embarras.

— Vraiment ? dit-elle. Je serais curieuse de les connaître...

— Général Solo, grommela Horm, pourquoi ne racontez-vous pas tout à notre hôte ?

Un long silence suivit cette déclaration. Isolder finit par le briser :

— Tout d'abord, commença-t-il, j'ai été fasciné d'apprendre que le général et moi avons tous deux été contrebandiers. L'univers est décidément petit...

— Contrebandier, un prince ? demanda Horm, soudain soupçonneux.

Yan soupira de soulagement. On s'éloignait des sujets délicats.

— Oui, confirma Isolder. Quand j'étais petit garçon, des pirates attaquèrent le navire royal et tuèrent mon frère aîné. C'est ainsi que je devins l'héritier, le *Chume'da*. Idéaliste comme tous les jeunes gens, j'ai bientôt quitté le palais pour endosser une nouvelle identité. Pendant deux ans, j'ai hanté les routes commerciales, travaillant sur tous les vaisseaux illégaux dans l'espoir de retrouver les assassins de mon frère.

— Quelle étrange histoire ! s'étonna Leia. Avez-vous mis la main sur le coupable ?

— Oui. Il se nommait Harravan. Je l'ai arrêté et fait jeter en prison.

— Voyager avec les contrebandiers était extrêmement dangereux, intervint Horm. S'ils avaient découvert votre identité...

— Ce n'était pas mon principal souci. J'avais plus à craindre de la flotte de ma mère. Les escarmouches étaient très fréquentes...

— La reine ignorait où vous étiez ? s'étonna Leia.

— Oui. Les rumeurs prétendaient que je me terrais à l'autre bout de l'Univers, mort de peur. Ne sachant rien, ma mère laissait dire en espérant que je referais surface un jour.

— Et le pirate, cet Harravan, qu'est-il devenu ? demanda Yan.

— Il fut assassiné en prison avant son jugement. Je n'ai jamais su le nom de ses complices.

Il y eut un nouveau silence. Leia chercha le regard de Yan. Elle avait conscience que la digression du prince visait à protéger le général de sa colère.

Yan s'éclaircit la gorge.

— Les pirates sont un gros problème sur votre territoire ? demanda-t-il.

— Pas vraiment, répondit Isolder. A l'intérieur de la Confédération, la sécurité est presque totale. Le long de nos frontières, en revanche, les difficultés sont incessantes. Il y a de nombreux engagements, souvent sanglants.

— J'ai survécu à l'un d'eux, souffla Yan. Après ce que j'ai connu, il serait étonnant que les pirates s'aventurent chez vous...

Isolder était une énigme pour Solo. Il avait frayé avec les pirates, risqué sa vie face à la redoutable flotte de sa mère, et couru le risque permanent que ses compagnons découvrent sa véritable identité. Isolder était beau et riche, ce qui en faisait une menace pour Solo, mais il avait aussi de sacrées tripes. Ce n'était pas le genre de gandin qui court se cacher dans les jupes de ses gardes du corps.

— Général Solo, la Confédération est prospère, et cela attire toujours les aventuriers. Mais je suis sûr que vous connaissez notre histoire. Certains jeunes gens idéalisent l'ancien mode de vie...

— Votre histoire ? demanda Yan.

— N'avez-vous rien appris à l'Académie ?

— Si : à piloter un chasseur. La politique, je la laisse aux diplomates.

Leia intervint :

— La Confédération a été fondée par des pirates, un groupe nommé les *Baroudeurs de Lorell*. Pendant des centaines d'années, ils ont écumé les routes commerciales de l'Ancienne République. Les transports n'en menaient pas large, à l'époque. Les vaisseaux militaires non plus. Et quand ces forbans trouvaient une belle passagère, ils n'hésitaient pas à l'enlever. En résumé, général Solo, c'était des gens de votre genre...

Yan voulut protester, mais Leia sourit, indiquant qu'elle le taquinait.

— Ainsi, pontifia Horm de sa voix haut perchée, les femmes de Hapes élevaient leurs enfants du mieux possible, mais les pirates les recrutaient de force, les transformant en vauriens. Alors ils partaient pour de longs raids, et des mois s'écoulaient avant qu'ils viennent se reposer chez eux...

Yan s'aperçut que le président du Conseil regardait les gardes du corps du prince avec l'intérêt qu'il réservait normalement à la nourriture.

Soudain, il comprit pourquoi la plupart des Hapiens étaient superbes. Il y avait eu une rigoureuse sélection génétique. Ça expliquait les jeunes femmes enlevées pour leur beauté...

— Puis les Jedi vainquirent les *Baroudeurs* et la flotte ne revint jamais au bercail. Les mondes de Hapes furent oubliés pour un temps. Les femmes, quant à elles, prirent en main leurs destinées. Elles jurèrent qu'aucun homme ne les dirigerait plus jusqu'à la fin des temps. Depuis des milliers d'années, les reines-mères ont fait respecter cette profession de foi.

— Et elles ont dirigé sagement la Confédération, ajouta Leia.

— Hélas, reprit le prince, quelques-uns de nos jeunes hommes se sentent brimés dans cette société. Ils se languissent des temps anciens. Quand ils passent à la rébellion, c'est souvent pour devenir pirates. Voilà pourquoi nous avons un problème sur nos frontières...

Yan s'intéressa un peu à son assiette. Il avala quelques bouchées d'une viande spongieuse au goût épicé. Subitement, il s'aperçut qu'il n'avait aucune idée de ce que c'était.

— Nous sommes hors sujet depuis un moment, déclara Horm. La princesse Leia voulait savoir de quoi vous avez parlé aujourd'hui.

Le gros homme défia Solo du regard.

— C'est exact, admit le Hapien. Yan m'a posé une question qui mérite réponse. Il se demandait pourquoi ma mère avait choisi Leia alors qu'il y a des dizaines de princesses plus riches dans la galaxie...

Il marqua une pause, soucieux de ménager ses effets.

— En réalité, la reine-mère n'a choisi personne. (Il chercha le regard de Yan.) C'est *moi* qui l'ai élue.

Horm se mit à toussoter. Sans doute avait-il avalé quelque chose de travers.

— Le jour de l'arrivée de la princesse sur Hapes, ma mère donna une soirée dans les jardins du palais. Il y avait tant de dignitaires autour des deux femmes que Leia ne m'adressa pas la parole. Peut-être ne me vit-elle même pas. Moi, j'étais tombé amoureux ! C'est la première fois qu'une chose pareille m'arrive, je vous l'assure. Jamais je n'ai été aussi impulsif. Et aucune femme ne m'a ainsi fasciné... L'idée d'arranger un mariage n'est pas de la reine, mais de moi. J'ai seulement obtenu son consentement...

Il prit la main de Leia pour la baiser. La princesse rougit et le regarda fixement.

Yan étudia les yeux profonds de son rival, ses cheveux blonds, son beau visage. Comment Leia pouvait-elle résister ?

Alors quelque chose en lui craqua. Il se leva d'un bond, renversant sa chaise. Quand tous les regards se tournèrent vers lui, il resta planté là, comme un gosse surpris en train de voler des confitures. Incapable de dire un mot, il se rassit péniblement, l'esprit si embrumé qu'il n'entendit plus rien de la conversation jusqu'à la fin du dîner.

Quand les convives se retirèrent, une heure plus tard, Yan embrassa Leia pour lui souhaiter bonne nuit, se demandant après coup ce qu'elle avait ressenti, comme s'il s'agissait d'une espèce de devoir qu'elle aurait eu à noter...

Threkin Horm serra chaleureusement la main de la princesse et sortit le premier. Isolder semblait avoir du mal à partir. Il remercia Leia pour le dîner et pour le temps qu'elle avait bien voulu lui consacrer. Puis il lança quelques plaisanteries auxquelles la princesse rit de bon cœur. Au moment où Yan commençait à perdre patience, le prince souhaita bonne nuit à son hôtesse en la serrant d'un peu trop près. L'embrassade, très officielle au début, avait glissé vers une intimité désagréable pour le général corellien.

Après d'autres remerciements, le prince jeta un regard de côté à Yan, qui comprit que son rival ne lèverait pas le camp avant lui. Quelques minutes plus tard, les deux hommes se retrouvèrent dans une coursive, Isolder toujours flanqué de ses gardes du corps.

— Je me battrai pour elle, cracha Yan tandis que le Hapien s'éloignait.

C'était une déclaration stupide. Bouleversé, Solo n'avait rien trouvé d'autre à dire...

Isolder se retourna, très raide.

— Je le sais, général Solo. Mais je ferai tout pour gagner, soyez prévenu. Il y a bien trop de choses en jeu...

Longtemps après le départ du prince et de Yan, Leia se tournait et se retournait dans son lit, incapable de trouver le sommeil. Elle avait failli s'endormir une seule fois. Réveillée par le bruit des moteurs du vaisseau — des essais de performance étaient en cours —, elle n'avait plus réussi à fermer l'œil.

Sur sa coiffeuse, les gemmes de Gallinore brillaient de leur étrange lueur. Dans un coin, l'arbre de Selab diffusait des senteurs exotiques qui envahissaient la pièce. Threkin avait insisté pour que Leia garde une partie des présents dans sa chambre. Mais ça n'était pas ce qui la tenait éveillée. Elle songeait à Isolder : sa courtoisie avec Yan, combien il était prévenant, son humour, son rire communicatif.

Et sa déclaration d'amour...

Comprenant qu'elle ne parviendrait pas à dormir, Leia se leva et s'assit devant son ordinateur. Pour penser à autre chose, elle appela sur l'écran le fichier des Verpine.

Familiers des voyages spatiaux depuis des temps immémoriaux, les insectoïdes avaient colonisé la ceinture d'astéroïdes de Roche bien avant la naissance de l'Ancienne République.

Leur système de gouvernement était quasiment unique. Grâce à un curieux organe niché dans leur poitrine, ces êtres pouvaient à tout moment communiquer par ondes radio. Chaque individu avait la possibilité de s'entretenir avec la race entière en quelques secondes. Au fil des ans s'était ainsi développée une forme de conscience collective.

Chaque Verpine se tenait pourtant pour un être indépendant de la ruche. Un membre de la communauté qui prenait une décision jugée mauvaise par le groupe n'était ni puni ni excommunié. Les actes de la *reine* qui avait saboté le contrat avec les Barabels n'étaient pas tenus pour des crimes, mais pour les symptômes d'une folie digne de pitié.

En fouillant dans les fichiers, Leia découvrit une longue liste de déviants dans l'histoire verpinienne. Meurtriers et voleurs abondaient, comme dans toutes les civilisations, mais la princesse mit le doigt sur une particularité très intéressante.

La plupart des criminels avaient un point commun : un jeu d'antennes qui ne fonctionnait pas.

Les Verpine étaient-ils davantage une *gestalt* qu'ils le pensaient ? Sans antenne, un individu se retrouvait à jamais seul, coupé de ses semblables...

Quelle que fût la raison du comportement des insectoïdes, les Barabels étaient assez fous pour massacrer l'espèce entière et la transformer en hors-d'œuvre galactiques. Pour éviter ça, Leia devait se rendre dans le système de Roche et contacter les Verpine. Quant à tout comprendre, elle en serait probablement incapable, même si elle rencontrait la reine folle responsable des ennuis de son peuple.

Leia se frotta les yeux. Trop énervée pour dormir, elle s'habilla et sortit.

Un opérateur assurait la garde dans la salle d'holocommunication.

— Je voudrais contacter Luke Skywalker, lui demanda Leia. Il doit se trouver sur Toola. Essayez l'ambassade de la Nouvelle République.

Le technicien établit la connexion et s'entretint avec un de ses homologues.

— Skywalker explore la planète. Si c'est une urgence, vous l'aurez d'ici environ une heure...

— Ça me va. Je n'ai pas sommeil... J'attendrai...

Elle prit un siège et patienta. Quand un hologramme de son frère apparut, Leia constata qu'il se trouvait dans un grand bâtiment. Par une fenêtre, on apercevait le soleil rouge de Toola.

— Qu'y a-t-il de grave ? demanda-t-il.

Il était essoufflé. Leia remarqua qu'il portait un parka encore mouillé.

Soudain embarrassée, la jeune femme raconta à Luke tout ce qui s'était passé depuis son départ pour Toola.

— Isolder te fait peur ? demanda Luke quand elle eut terminé. Je sens ton angoisse.

— Tu ne te trompes pas...

— En même temps, tu éprouves pour lui une tendresse qui pourrait devenir de l'amour. Mais tu ne veux pas blesser Yan. Ni le prince, d'ailleurs...

— Oui, reconnut Leia. Luke, je suis désolée de t'avoir dérangé pour une histoire aussi triviale.

— Il n'y a rien de trivial là-dedans, sœurette. (Le regard bleu pâle de Luke sembla traverser Leia et se perdre dans le lointain.) Tu as entendu parler d'une planète nommée Dathomir ?

— Non ? Pourquoi ?

— Ne t'inquiète pas, c'était juste pour savoir... Je reviendrai aussi vite que possible. Je sens qu'il le faut. Je peux être ici dans quatre jours.

— Je serai déjà dans le système de Roche.

— Alors c'est là que je te retrouverai...

— C'est formidable. Je serai contente de t'avoir près de moi.

— En attendant, prends les choses calmement. Définis tes sentiments. Tu n'as pas besoin de choisir vite. Oublie la fortune d'Isolder. Ça n'est pas la Confédération que tu épouseras, mais un homme. Traite-le comme un soupirant parmi d'autres, rien de plus...

Leia acquiesça. Soudain, elle songea au prix astronomique que coûterait cette communication.

— Merci de tes conseils, conclut-elle. A bientôt.

— Je t'embrasse, répondit Luke.

Son image disparut.

Leia retourna dans sa chambre. Il lui fallut très longtemps pour s'endormir...

Le lendemain, la sonnette de sa porte la réveilla très tôt. C'était Yan Solo, un bouquet de fleurs exotiques dans les mains.

— Je viens m'excuser pour hier, annonça-t-il en lui tendant son présent.

Sur leurs tiges noires, les fleurs jaunes s'ouvraient et se fermaient doucement. Leia les accepta avec un sourire. Yan l'embrassa.

— Qu'as-tu pensé du dîner ? demanda-t-il ensuite.

— J'en suis contente. Isolder est un parfait gentleman.

— Pas *trop* parfait, j'espère !

Leia ne rit pas de cette mauvaise plaisanterie. Yan s'empressa de rectifier le tir.

— Après t'avoir laissée, hier soir, je suis allé dans ma chambre pour remâcher ma stupide jalousie.

— Elle avait bon goût ?

— Tu sais ce que c'est... On s'en lasse vite. J'ai dû foncer dans une cuisine pour trouver quelque chose de plus consistant... (Leia éclata de rire ; Yan lui caressa la joue.) Voilà le soleil après la pluie ! Je t'aime, tu sais.

— Je sais...

— Parfait. Si nous en revenions à ce dîner ?

— Tu n'abandonnes jamais, hein ?

Yan se contenta de hausser les épaules.

— Le prince est un convive charmant, déclara Leia. Je vais l'inviter à nous accompagner dans le système de Roche.

— Pardon ?

— Tu as bien entendu...

— Et pourquoi cette décision ?

— Parce qu'il restera ici quelques semaines seulement, et que je ne le reverrai plus après. Voilà la raison.

Yan secoua la tête, atterré.

— J'espère que tu n'as pas cru un mot de son histoire. Comment il est tombé amoureux de toi, et tout le reste !

— Ça te dérange ?

— Bien sûr ! explosa Yan. Ça ne devrait pas ? (Il serra les poings.) Laisse-moi te dire une chose : dès que j'ai vu ce type, j'ai su qu'il n'était pas net. Il a un problème. Un fichu problème ! Je ne sais pas, moi, il est... hum... tordu.

— Tordu ? Tu oses qualifier ainsi le prince de Hapes ! Allons, Yan, tu es simplement jaloux.

— Je suis jaloux, c'est vrai ! Mais ça ne change rien. Quelque chose ne colle pas. Crois-moi, princesse, j'ai fait des trucs pendables plus souvent qu'à mon tour. Je suis tordu, et presque tous mes amis aussi. Quand on s'y connaît comme moi, on repère les confrères à distance...

Leia était indignée. Pourquoi aurait-il dû y avoir complot sous prétexte qu'un homme s'intéressait à elle ? Et de quel droit traitait-il de tordu un noble héritier ? Tout cela était à l'opposé de la conception du monde de la princesse.

— Je crois que tu devrais reprendre tes stupides fleurs et aller les offrir à Isolder avec tes excuses, gronda-t-elle, tremblant de colère. Un jour ou l'autre, ton petit cerveau et ta grande gueule finiront par t'attirer des ennuis.

— Leia, tu passes trop de temps avec ce gros porc de Horm ! Ne vois-tu pas qu'il rêve de ce mariage ? A ce propos, sais-tu que ton foutu prince m'a offert un nouveau vaisseau si je consentais à aller me faire voir ailleurs ? Je te le dis, c'est un tordu !

Leia brandit un index accusateur vers Yan.

— Et si tu acceptais son offre tant que tu peux tirer quelque chose de cette histoire ? cracha-t-elle.

Yan recula, terrorisé par la tournure de la conversation.

— Leia, je m'excuse... Je ne sais pas ce qui se passe. Ce n'est pas que je veuille créer des problèmes... Je sais qu'Isolder a l'air d'un type bien, mais... La nuit dernière, dans la cuisine, j'ai entendu des gens parler. Tout le monde pense que tu épouseras le Hapien. Alors j'essaye de m'accrocher à toi... Mais plus je lutte, plus tu me glisses entre les doigts...

Leia pesa ses mots avant de répondre. Solo essayait de s'excuser, mais sur l'instant, chacune de ses paroles était une agression pour elle.

— Yan, je ne sais pas pourquoi les gens croient que j'épouserai le prince. Je suis sûre de n'avoir rien fait pour donner cette impression. Alors fiche-toi des cancans. Ecoute bien : je t'aime pour ce que tu es, tu t'en souviens ? Un rebelle, une fripouille et un fanfaron ! Mes sentiments ne changeront jamais. Mais pour l'instant, j'ai besoin d'être seule avec moi-même. Tu comprends ?

Dans le silence qui suivit, un bip retentit. Leia alla jusqu'à sa petite unité holo privée et accepta la communication.

— Oui ?

Une image réduite de Threkin Horm se matérialisa dans la pièce. L'ambassadeur était vautré sur un canapé. Des replis de graisse cachaient presque ses yeux bleu pâle.

— Princesse, j'ai convoqué pour demain une assemblée extraordinaire du Conseil. J'ai déjà pris la liberté d'inviter les personnalités habituelles...

— Pourquoi cette assemblée ? Nous avons un problème ?

— Grands dieux, non ! Tout le monde est au courant de la proposition des Hapiens. Votre union avec l'héritier de la dynastie la plus riche de l'Univers ne manquera pas d'avoir des conséquences pour les survivants. Il semble judicieux que le Conseil discute des détails du mariage à venir.

— Merci de l'attention, siffla Leia, hors d'elle. Soyez assuré que je viendrai.

Elle coupa la communication d'un geste rageur.

Yan lui lança un regard chargé d'opprobre et sortit en trombe.

Quand il fut assez loin de la porte de la princesse, le Corellien s'adossa à une cloison et tenta de réfléchir sainement. Ses excuses avaient tourné à la catastrophe.

Quant à Isolder, Leia avait sans doute raison. C'était un type bien et seule la jalousie lui dictait sa méfiance.

Solo avait vu le regard rêveur de Leia dès qu'elle songeait à Hapes. De plus, Isolder avait levé un sacré lièvre. S'il finissait par gagner, que pourrait-il offrir à Leia ? A coup sûr rien qui n'égale les bienfaits dont le Hapien la comblerait. En supposant qu'il la convainque de l'épouser, les Alderaaniens auraient perdu leur dernier espoir d'avoir un monde à eux.

A n'en pas douter, Horm attirerait l'attention de la jeune femme sur ce point...

Et la princesse était depuis toujours dévouée corps et âme à son peuple.

Yan ricana.

Mais pour l'instant, j'ai besoin d'être seule avec moi-même.

C'était mot pour mot ce que lui avait dit Leia. Solo connaissait la réplique. En général, la conclusion inévitable suivait quelques jours plus tard : « *Salut et bonne chance.* »

Yan ne voyait qu'une manière de lutter à armes égales avec Isolder. A cette idée, son cœur se mit à battre la chamade et sa bouche se dessécha.

Il tira un communicateur de sa ceinture et composa le numéro d'une de ses vieilles relations.

L'image d'un grand Hutt apparut sur l'écran de l'appareil.

— Dalla, vieille canaille ! s'exclama Solo avec un enthousiasme feint. J'ai besoin de ton aide... Je voudrais prendre une hypothèque sur le *Faucon* et... hum... avoir pour ce soir une place dans une partie de cartes. Une grosse partie !

La garde du corps personnelle du prince, Astara — le *capitaine* Astara ! — vint le réveiller comme tous les matins.

Belle comme un astre, elle avait de merveilleux cheveux roux et des yeux d'un bleu aussi profond que le ciel de Terephon, sa planète natale.

— Le dîner était-il assez épicé ? demanda-t-elle d'une voix douce.

S'asseyant dans son lit, le prince remarqua que la jeune femme inspectait la pièce avec plus d'attention qu'à l'accoutumée.

— Il l'était, répondit-il. La princesse est charmante, et elle a de la conversation. Qu'est-ce qui ne va pas ?

— Nous avons intercepté un message codé, il y a une heure. Il était destiné à tous les vaisseaux de la flotte. Nous pensons qu'il fait allusion à un assassinat.

— Le signal venait de Hapes ?

— Non. De Coruscant.

— Qui doit être tué ?

— Le message ne mentionne pas la cible. Ni le lieu et l'endroit. Voilà son libellé : « La tentatrice semble trop intéressée. Il faut agir. » C'est énigmatique, je sais, mais le sens général semble clair.

— As-tu averti la sécurité de la Nouvelle République que Leia est en danger ?

— Prince, je ne suis pas sûre qu'elle soit la cible...

Isolder ne parla pas tout de suite. S'il mourait, la couronne reviendrait à la fille de sa tante Secciah. Des années plus tôt, quelqu'un avait tué sa promise, dame Elliar, retrouvée noyée dans un bassin. Isolder n'avait aucune preuve, mais il était sûr que sa parente avait organisé le meurtre, tout comme celui de son frère, des années plus tôt, perpétré par des pirates payés à prix d'or.

Alors qu'ils auraient pu tirer une rançon fabuleuse du Chume'da, les forbans l'avaient exécuté sans prendre le temps de réfléchir...

— Tu penses qu'ils vont s'en prendre à moi ?

— C'est ce que je crois, Votre Grâce. Secciah pourra jeter le blâme sur des étrangers : une faction dissidente de la République, un seigneur de la guerre, ou même le général Solo.

Isolder ferma les yeux et médita. Sa tante et sa mère étaient des femmes cruelles, hypocrites et malfaisantes. En se mariant hors de la noblesse hapienne, il espérait trouver pour son peuple une reine épargnée par ces défauts.

Que quelqu'un ait réussi à introduire des tueurs dans sa propre flotte lui brisait le cœur.

— Tu vas avertir la sécurité. S'il y a un mercenaire de ma tante sur ce vaisseau, la police locale nous aidera à le démasquer. De plus, nous affecterons la moitié de ma garde personnelle à la princesse.

— Qui vous protégera, seigneur ? demanda Astara.

Isolder vit combien cette femme souffrait qu'il en aime une autre. Elle était amoureuse de lui, c'était l'évidence. Le prince le savait depuis toujours. Sans cela, elle n'aurait pas été aussi efficace dans son travail.

Astara n'eût pas vécu la mort de Leia comme une catastrophe, loin de là. Mais elle obéirait aux ordres, parce qu'elle était avant tout un soldat.

Un bon soldat.

Il sortit le blaster qu'il cachait sous les couvertures. Astara sursauta, vexée de ne pas avoir remarqué qu'une arme était pointée sur sa poitrine.

— Ne t'en fais pas, la rassura Isolder, je surveillerai mes arrières, comme toujours...

5

Ce soir-là, Yan Solo s'offrit une plongée dans les *sous-sols* mal famés de Coruscant. Le casino où il se rendit n'avait pas vu le jour depuis près de dix-neuf mille ans, car des couches successives de bâtiments et de rues en faisaient une sorte de fossile enchâssé dans son sédiment. En ce lieu, l'air saturé d'humidité empestait la moisissure et le tombeau. Mais les nombreuses races de la galaxie conçues pour vivre sous terre s'y sentaient comme au paradis. Dans la pénombre de la grande salle de jeu, Solo vit briller une multitude de paires d'yeux qui observaient les flambeurs à la dérobée.

Yan avait demandé une grosse partie. Après avoir fait sauter la banque à trois tables mineures, il obtint ce qu'il désirait.

Les choses allaient même au-delà de ses espérances. A sa gauche était assis un conseiller columien affublé d'un harnais antigrav. Sa tête translucide était si grosse que les veines bleues qui pulsaient tout autour se révélaient plus longues que ses jambes hypertrophiées et inutiles.

Le colossal cerveau du Columi en faisait un des joueurs les plus redoutés de la galaxie.

En face de Solo se tenait Omogg, une princesse de la guerre connue pour sa formidable fortune. Ses écailles bleues étaient polies comme l'acier ; dans son casque, des volutes de méthane dissimulaient au regard son museau et ses dents pointues.

A la droite du général corellien était assis le Gotal qui assistait à la procession dans la loge d'Alderaan. Il jouait les yeux fermés, se fiant à ses cornes pour sonder les émotions des autres joueurs et deviner leur stratégie.

Yan n'avait jamais joué au sabacc avec du si beau linge. A dire vrai, il ne pratiquait plus du tout depuis des années et une sueur froide ruisselait dans son dos.

A cette table d'élite, on jouait une variante du jeu nommée « sabacc force ». Au sabacc classique, un module mémoire intégré à la table modifiait périodiquement la valeur des cartes, conférant ainsi une bonne partie de son intérêt à un jeu en vogue depuis des générations.

Au sabacc force, le module était désactivé et les joueurs se chargeaient à tour de rôle de le remplacer. Après tirage de la première carte de la main, chaque participant devait décider si sa donne était « Claire » ou « Obscure ». Celui qui détenait la plus forte combinaison de cartes gagnait à condition que la force de la diagonale « Claire », s'il avait fait ce choix, soit supérieure à celle de l' « Obscure ».

Par exemple, ayant opté pour l'Obscure, Yan serait sûr de perdre si aucun des autres joueurs n'avait fait de même.

La donne en cours lui arracha une grimace. Le deux de Sabre, le Malfaisant, et l'Idiot. Une main Obscure, à l'évidence, mais des plus faibles. Solo avait gagné les tours précédents en jouant sous l'obédience Claire. Changer brusquement ne lui disait rien. Hélas, il fallait bien faire avec ce que le hasard lui affectait.

— Je suis votre ouverture, dit le Gotal, et j'ajoute quarante millions de crédits.

Derrière Solo, Chewbacca grogna. C-3P0 se pencha pour murmurer à l'oreille de Yan :

— Général, puis-je vous rappeler que les chances de gagner huit donnes de suite sont d'une contre soixante-cinq mille cinq cent trente-six ?

Il ne dit rien de plus, mais Solo savait ce qu'il pensait : « Et elles sont encore moins bonnes avec une main pourrie comme celle-là. »

— Je suis, dit Yan en poussant devant lui les titres de propriété minière d'un système solaire désert dont seul le Columi aurait pu prononcer le nom. Et j'ajoute quatre-vingts millions.

Il jeta sur la table une puce représentant des intérêts considérables dans les mines d'épices de Kessel.

Sa nervosité dut troubler le Gotal, qui se couvrit les cornes d'une main.

Tenant cette réaction pour un indice de la faiblesse du jeu de Solo, le Columi ouvrit les yeux pour regarder de nouveau ses cartes.

— Quelqu'un joue contre moi ? demanda Solo, priant pour que tous ses adversaires passent.

— Moi, déclara le Gotal.

Les quatre joueurs déposèrent leurs cartes sur le tapis. Le Gotal avait aussi une main Obscure. Pour l'instant, elle était inférieure à celle de Yan. La Drackmarienne et le Columi possédaient des combinaisons Claires. Chacune pouvait battre Solo avec un tirage favorable.

Le droïd qui distribuait les cartes se mit en mouvement.

On entendit un bruit de rouages grippés quand les bras de l'antique robot se tendirent vers le Columi. Une dernière carte atterrit à côté des trois précédentes.

L'énorme joueur effleura du bout du doigt le dos du petit rectangle de plastique et la chaleur de son corps activa les micro-circuits. Une figurine apparut.

Yan sentit son cœur sauter dans sa poitrine. Le commander d'Argent, le commander de Flacons, et les deux reines d'Air et d'Obscurité.

Avec vingt-deux points, c'était un jeu presque imbattable. Seule la force additionnée des deux mains Obscures pouvait le menacer.

Le droïd servit la Drackmarienne. Elle reçut un Chevalier Jedi de Modération. Cette « couleur » inversait la dominante de la main de la princesse guerrière, soudain en possession d'une combinaison Obscure qui venait ajouter sa force à celle de Yan et du Gotal.

Ce pouvait être le tournant de la partie. Mais les règles autorisaient la Drackmarienne à refuser une carte. Elle se débarrassa du Chevalier Jedi, conservant ainsi les seize points de sa main Claire.

Le droïd servit un sept de Crosse au Gotal. Bien que mineure, cette carte renforçait la diagonale Obscure.

L'être aux cornes sensitives détenait le roi d'Air, l'as de Balance et le dix de Veuvage. Cela lui donnait un total de dix-neuf points négatifs.

Yan sentit l'espoir lui revenir. Contre toute attente, la diagonale Obscure avait de bonnes chances de l'emporter. Pensant que son adversaire humain se réjouissait parce qu'il se croyait *personnellement* vainqueur, le Gotal refusa le sept de Crosse. Sa main étant désormais d'une valeur de vingt-trois points négatifs, la donne fut déclarée en Impasse. En clair, l'obédience Obscure avait automatiquement perdu, sauf si Yan arrivait lui aussi à vingt-trois points, qu'ils fussent positifs ou négatifs.

Solo étudia de nouveau ses cartes. L'Idiot ne valait rien. Le Malfaisant représentant quinze points négatifs, il lui en restait treize une fois déduit le deux de Sabre.

Sa meilleure chance de triompher était de miser sur l'Idiot. En le gardant avec le deux, n'importe quel trois lui assurerait un vingt-trois *graphique*. Bien sûr, la probabilité de tirer un trois était faible, mais il n'y avait pas d'autre manœuvre potentiellement gagnante.

La main mécanique déposa une carte devant Solo. D'un doigt tremblant, il en effleura le dos. C'était un huit d'Endurance. Un huit négatif ! En écartant le deux, il se retrouvait à la tête d'un vingt-trois *arithmétique*. Un sabacc sec ! Imbattable.

— Victoire ! cria C-3P0 tandis que le Gotal poussait de petits cris étranglés.

Le Columi prit les choses avec plus de calme :

— Félicitations, général Solo. À mon grand regret, les enjeux de cette partie dépassent mes modestes moyens.

Il activa le moteur de son unité antigrav et s'éloigna en prenant garde de ne pas cogner son cerveau démesuré contre un obstacle.

Le Gotal se leva à son tour et disparut dans les ombres de la salle.

— Te voiaalà très riiiche, huuumain, siffla la Drackmarienne à travers les haut-parleurs de son casque. (Elle posa ses pattes gigantesques sur la table, les griffes faisant crisser le métal.) Tuu riisques de ne paas soortiir viivaant des souous-sools...

— On parie ? lança Yan en tapotant le blaster rangé dans un holster fixé sous son aisselle gauche.

Derrière la visière du casque, les yeux noirs de la guerrière cherchaient à détecter ses faiblesses. D'une main qui ne tremblait pas, Yan tira ses gains vers lui. Plus de huit cents millions de crédits. Une fortune dont il n'aurait pas osé rêver. Pourtant, ça ne suffisait pas...

La Drackmarienne se pencha sur la table et saisit le poignet du général.

— Encoore uune main...

Solo réfléchit à la proposition en essayant de paraître serein. La bouche sèche, il s'octroya une bonne rasade de bière corellienne.

— Quitte ou double ? offrit-il.

La Drackmarienne acquiesça. Dans les tuyaux de son casque, le débit de méthane s'accéléra.

Parmi les adversaires de Yan, seule la guerrière possédait ce qu'il voulait. Un monde. Avec ce qu'il y avait sur la table, elle ne pouvait rien miser de moins.

La Drackmarienne chuchota quelques mots au droïd garde du corps qui se tenait derrière elle. Celui-ci braqua un blaster sur Yan, puis ouvrit une niche aménagée dans son ventre. La guerrière en sortit un holocube.

— Ceciii appaartient à maa faamille deepuis des généraaations. Çaa vaut deux miilliards de crédiiits. Sii tuu gaagnes, laa plaaanète est à toi, mais je gaaarde le reste du poot pour compenser la diifférence de priix. Sii je gaagne, j'empooche tout...

Elle appuya sur une touche de l'holocube et l'image

d'un monde se matérialisa dans l'air. C'était une planète de classe M : gaz carbonique et oxygène. Yan distingua trois continents entourés d'un unique océan. Passant en vue rapprochée, l'holocube montra un paysage luxuriant où évoluait un troupeau d'animaux à deux pattes. Sous les rayons bleuâtres du soleil, des oiseaux volaient en V, rasant un sol indigo.

Parfait !

— Le nom de ma future résidence secondaire ? demanda Yan.

— Daaathooomiiir...

— Dathomir ? répéta Solo, fasciné.

Chewie grogna puis posa une main sur l'avant-bras de son ami pour l'implorer d'être prudent.

C-3P0 murmura :

— Une contre cent trente et un mille soixante-douze, général. Voilà la probabilité de gagner *neuf* donnes de suite.

Quand Leia ouvrit la porte de ses appartements, à l'ambassade d'Alderaan, ce fut pour découvrir un Yan Solo dans un état épouvantable. Inondé de sueur, les cheveux en bataille, les vêtements froissés, l'homme qui venait de sonner à son huis ressemblait à un clochard.

Empestant la fumée, il souriait de toutes ses dents, les yeux brillant de joie. Il tenait une petite boîte enveloppée dans du papier doré.

— Yan, si tu viens encore t'excuser, sache que je te pardonne, mais n'insiste pas lourdement, car je n'ai pas une minute à moi. Je dois rencontrer le prince Isolder, et un espion barabel demande à me parler.

— Ouvre mon cadeau ! s'exclama Solo en lui tendant la boîte. Vas-y, ouvre !

— Qu'est-ce que c'est ? s'enquit Leia, soudain consciente que l'objet n'était pas emballé dans du papier mais dans une feuille d'or.

— Regarde par toi-même.

Leia déballa la boîte et l'ouvrit. Elle contenait un holocube. Activant l'appareil, la princesse vit apparaître l'image d'une planète autour de laquelle tournaient quatre petites lunes. Quand l'holocube zooma sur le continent, la jeune femme s'émerveilla de la splendide végétation et de la beauté du ciel...

— Quel est le nom de ce monde merveilleux, Yan ?

— Dathomir.

Le front de Leia se plissa.

— Dathomir... Où donc en ai-je entendu parler ? Enfin, qu'importe... Où est-elle située ?

— Dans le système drackmarien. Je l'ai gagnée à la guerrière Omogg.

Leia fronça les sourcils.

— Tu dois te tromper, Yan. Ta planète n'a qu'un soleil. Le système drackmarien en compte deux.

Elle alla s'asseoir devant la console de l'ordinateur et lui demanda les coordonnées de Dathomir. Malgré sa puissance, la machine eut besoin de plus d'une minute pour les afficher. Leia vit la joie de Solo mourir sur son visage.

— Bon sang, c'est dans le secteur de Quelii ! grogna-t-il. Le territoire de Zsinj !

Leia sourit tristement et lui ébouriffa les cheveux comme elle l'eût fait à un sale gosse.

— Yan, tu seras toujours le même ! Je savais que c'était trop beau pour être vrai. Mais l'intention était si touchante. Tu es vraiment adorable !

Elle lui posa un rapide baiser sur la joue.

Il recula, sonné comme un boxeur.

— Le secteur de Quelii ?

— Rentre te coucher, lui conseilla Leia, déjà occupée à penser à autre chose. Ressasser ce sale coup ne t'avancera à rien. Ça t'apprendra à jouer aux cartes avec une Drackmarienne.

Elle l'accompagna jusqu'à la porte du bâtiment. Dans la rue, Yan resta planté sur ses pieds un long moment, se frottant les yeux comme quelqu'un qui vient de faire un cauchemar.

Il avait imaginé que Leia adorerait sa nouvelle planète ; il l'avait vue se jeter dans ses bras, des larmes de joies aux paupières. C'était à ce moment qu'il avait prévu de lui demander sa main.

Quel bide il venait de ramasser ! Tout ce qu'il avait gagné, c'était une planète sans valeur et une bise de grande sœur indulgente.

Pour sûr que je dois avoir l'air idiot ! songea-t-il. *Le parfait pigeon !*

Il fouilla dans sa poche et trouva assez de crédipuces pour sortir le *Faucon* des docks. Chewie avait eu la présence d'esprit de retirer la somme du pot.

Près de deux milliards de crédits gagnés puis perdus en quelques heures. Yan était trop vieux pour pleurer, mais il ne s'en fallait pas de beaucoup.

Titubant, il prit la direction du petit appartement qu'il louait sur la planète. Leia avait raison : dormir lui ferait beaucoup de bien.

— Tu ne devrais pas aller à ce rendez-vous, dit Isolder à Leia. Je déteste l'idée de te savoir seule dans les bas-fonds.

La princesse sourit avec indulgence. Après tout, son nouvel ami — le passage au tutoiement était très récent — cherchait seulement à la protéger. Mais à force de trouver sans cesse les amazones dans ses jambes, la jeune Alderaanienne estimait qu'il exagérait un peu.

— Tout ira bien, lui assura-t-elle. J'ai l'habitude de ce genre d'individus...

— Si les informations de cet espion sont si importantes, insista Isolder, pourquoi avoir attendu aussi longtemps pour te les donner ? Ce rendez-vous sent le piège.

— L'homme est un Barabel. Tu sais combien les prédateurs n'aiment pas se sentir dans le rôle du gibier. S'il connaît vraiment les plans de bataille de ses compatriotes, et la date de l'attaque, il me faut ces données avant de partir pour le système de Roche. Les Verpine doivent être prévenus.

Le prince la dévisagea de son regard profond. Une cape jaune jetée sur ses épaules, il portait un large ceinturon en or et des bracelets de force du même métal qui accentuaient la couleur bronze de sa peau.

Il avança et posa les mains sur les épaules de Leia, qui frissonna à ce contact.

— Si tu y vas, je t'accompagne ! (Leia voulut protester, mais il lui intima le silence d'un index posé sur ses lèvres.) Je t'en prie, fais-moi cette faveur. Tu as sans doute raison, tout ira bien. Mais je ne pourrai plus me regarder dans un miroir si quelque chose devait t'arriver.

Leia n'avait rien à objecter à cette déclaration, d'autant que sa vie était réellement menacée. Isolder l'avait avertie que certains Hapiens ne se réjouissaient pas du futur mariage. Par le réseau d'espionnage de la Nouvelle République, elle savait que les seigneurs de la guerre, à l'autre bout de la galaxie, réfléchissaient au meilleur moyen de l'empêcher. Evidemment, ils ne tenaient pas à voir la flotte hapienne se joindre à celle de la République. Au centre de tant de complots, la princesse avait un avant-goût des pouvoirs d'une reine-mère, et des ennuis qui allaient avec.

— Très bien, tu peux venir, annonça-t-elle au prince. Elle admirait le jeune homme d'avoir eu la courtoisie de *demander*. A sa place, Yan aurait *exigé*.

Leia ignorait si les bonnes manières d'Isolder étaient naturelles, ou si elles lui venaient d'avoir grandi dans une société matriarcale. Quoi qu'il en soit, elle trouvait ça charmant.

Il lui prit le bras et ils sortirent du bâtiment, toujours flanqués des deux amazones. Devant la porte, ils attendirent le glisseur de Leia.

Le vieux Threkin Horm arriva sur ces entrefaites, sa chaise antigrav avançant à toute vitesse. A cette heure, la rue était déserte, à l'exception d'un couple d'Ishis Tibis qui flânait et d'un vieux droïd d'entretien occupé à repeindre les lampadaires.

Threkin salua les deux jeunes gens comme s'il ne faisait que passer, mais il s'incrusta, coupant même les propulseurs de sa chaise.

— Il paraît qu'on voit un ciel magnifique au sommet des gratte-ciel, les informa-t-il. J'ai presque envie d'aller prendre un bain de soleil...

Isolder serra tendrement le bras de Leia, qui souhaita voir Horm se transformer en fumée. Elle regarda le prince, qui devina sans mal ses pensées.

— Ah, voici votre glisseur ! s'exclama le gros homme.

Un véhicule noir ralentit devant eux. La glace fumée de la portière du passager s'ouvrit.

— A plat ventre ! cria une des gardes d'Isolder.

Le canon d'un blaster venait d'apparaître dans l'encadrement de la vitre.

L'amazone hapienne qui avait crié se jeta devant Leia ; la décharge d'énergie la toucha à la poitrine, l'envoyant voler dans les airs. Du sang jaillit. Leia sentit l'odeur hélas familière de la chair brûlée.

Threkin Horm appuya sur un bouton du tableau de commande de sa chaise. Hurlant comme un beau diable, il disparut presque aussi vite que s'il avait piloté un speeder.

Isolder poussa Leia derrière une colonne de marbre. Aussitôt après, vif comme l'éclair, il enleva sa ceinture. La boucle se révéla être un mini-déflecteur. La brandissant de la main gauche, il dégaina un petit blaster.

Leia entendit un bourdonnement caractéristique. Le tueur venait de tirer une seconde salve qui se heurta au champ de force et explosa dans le vide.

Une aura bleue entourait Isolder.

Un bouclier individuel, pensa Leia.

Profitant de la diversion créée par le prince, la seconde amazone — une rousse — sortit son comlink pour appeler du renfort.

Alors le vieux droïd peintre pointa un blaster sur eux et fit feu.

— Astara, le robot ! cria Isolder.

Son champ de force ne pouvait les protéger d'un tir croisé, et les colonnes ne résisteraient pas longtemps. Leia s'empara de l'arme de l'amazone morte et tira deux fois sur le droïd, l'obligeant à se cacher derrière le lampadaire. En un quart de seconde, la princesse remarqua que la peinture usée du robot était un leurre.

A sa façon de bouger, à ses longues jambes et à son corps élancé, Leia reconnut un droïd assassin modèle 434.

Un véritable ange exterminateur !

Astara ouvrit également le feu sur le tueur de métal.

Le glisseur s'immobilisa. Deux hommes en sortirent en tirant.

Le bouclier individuel d'Isolder ne tiendrait plus longtemps. C'était le défaut de ces appareils, trop petits pour avoir une grande autonomie. Le champ de force, lui, chauffait tellement que le moindre contact accidentel risquait d'être mortel. Isolder tenait l'émetteur aussi loin que possible devant lui, mais le danger restait réel.

Deux traits d'énergie frôlèrent sa tête. Astara tira. Leia vit qu'elle avait fait mouche. Cueilli à la poitrine, le droïd implosa.

Le prince balançait son champ de force comme une arme, forçant ses adversaires à reculer. Bientôt acculés contre un mur, les deux hommes se trouvèrent à court de solutions. Le premier lâcha son blaster et hurla quand l'énergie bleutée le toucha au visage. Alors Isolder lança l'émetteur sur le deuxième.

Aussi sûrement qu'un sabrolaser l'aurait fait, l'électricité crépitante le coupa en deux.

Le prince braqua son arme sur le tueur survivant.

Malgré ses multiples brûlures, on voyait que cet homme avait été d'une grande beauté.

Très grande, songea Leia. *C'est un Hapien.*

— Pour qui travailles-tu ? demanda Isolder.

— *Llarel ! Remarme !* cria le tueur.

— *Teba illarven ?* lança Isolder en hapien.

— *At ! Remarme...* supplia l'homme.

Isolder garda son arme braquée sur la poitrine du tueur, qui cria de nouveau, des lambeaux de chair carbonisée se détachant de ses joues. Voyant que le prince hésitait, l'homme plongea dans le caniveau pour récupérer son blaster. Il le cala sous son menton et se fit exploser le crâne.

Leia détourna le regard. L'amazone hapienne la tira soudain par le bras.

— A l'intérieur du bâtiment, vite !

Isolder accourut et l'aida à pousser la princesse dans la maison.

Ils s'immobilisèrent dans le hall, près du vestibule. Astara se hâta de verrouiller la porte. Comme toutes celles des ambassades, elle était blindée et pouvait résister à un assaut en règle.

L'amazone parla de nouveau dans son comlink. Leia ne comprenait pas un mot de hapien, mais la rousse semblait plutôt énervée.

— Qui les a envoyés ? demanda Leia.

— Il n'a rien dit, souffla Isolder. Il m'implorait seulement de l'abattre.

Dehors, la sécurité de la Nouvelle République avait entrepris d'investir le terrain. Leia entendit des cris et des bruits de pas...

Isolder tendait l'oreille, à bout de souffle, tentant de déterminer s'ils étaient de nouveau en sécurité.

Il avait passé un bras autour des épaules de Leia, qu'il serrait contre lui pour la protéger. Le cœur battant la chamade, la jeune femme s'écarta doucement.

— Merci de m'avoir sauvée...

Le Hapien était tellement concentré qu'il ne sembla pas remarquer qu'elle essayait de se dégager.

Enfin, il baissa les yeux sur elle, lui prit le menton, et l'embrassa passionnément. Leurs corps se collèrent l'un à l'autre.

Leia perdit toute lucidité, la peau devenue comme électrique. Tremblant comme une feuille, elle rendit son baiser à Isolder avec une fougue qu'elle ne se serait pas soupçonnée.

Une pensée explosa dans sa tête :

Je suis en train de trahir Yan. Je ne veux pas lui faire de mal...

A cet instant, Isolder cessa de l'embrasser et lui murmura de douces paroles à l'oreille.

— Accompagne-moi sur Hapes ! Viens voir les mondes que tu gouverneras.

Leia éclata en sanglots. Jamais elle n'avait imaginé qu'une chose pareille se produirait. Mais à cet instant, toute la tendresse qu'elle éprouvait pour Yan sembla se dissoudre dans l'air comme le parfum d'une fleur coupée depuis trop longtemps.

Comme un soleil rouge, Isolder brillait de tous ses feux dans l'esprit enfiévré de la princesse.

Les larmes ruisselant sur ses joues, elle le serra de toutes ses forces et gémit :

— Je viendrai... Oui, je viendrai...

6

— Je me demande vraiment pourquoi je t'ai donné rendez-vous, dit Yan à C-3P0.

Il occupait une table de la *cantina* la plus cotée de Coruscant. C'était un endroit tranquille. Une bonne aération, des couples ondulant sur la piste au son des flûtes à bec de Ludurian...

Chewie releva les yeux de son verre et grogna. Le Wookie n'ignorait pas que son ami mentait. Lui savait pourquoi Solo voulait voir le droïd-protocole.

C-3P0 dévisagea le Corellien. Son processeur lui ordonna de pousser plus loin ses investigations.

— Peut-être puis-je vous aider, général ?

— Eh bien... Ces derniers jours, tu as été beaucoup plus proche de Leia que moi... Elle ne m'a pas vraiment à la bonne, si tu vois ce que je veux dire, et elle passe le plus clair de son temps avec ce satané prince... Après l'attentat de ce matin, ils sont tellement entourés de gardes du corps qu'on peut à peine les apercevoir. Pour finir, Leia m'a laissé un message holo disant qu'elle part pour Hapes.

C-3P0 réfléchit aux propos de Yan pendant exactement trois secondes et douze dixièmes, un record pour lui. La matière étant délicate, il n'entendait pas passer à côté d'un de ces sous-entendus dont les humains raffolaient.

— Je vois, dit-il enfin, vous avez avec elle un problème d'ordre *diplomatique*.

C-3P0 était sans doute le traducteur le mieux programmé de l'univers. Ceci posé, ses amis de chair et de sang faisaient rarement appel à ses talents pour résoudre leurs problèmes sentimentaux. Pas né de la dernière usine, le droïd sentit que le général plaçait en lui une confiance inhabituelle. C'était l'occasion ou jamais de faire ses preuves.

— Général, vous avez choisi le bon droïd ! Comment puis-je vous aider ?

— Je ne sais pas trop... Tu les as beaucoup vus. Tu sais ce que c'est, hein ? Je me demandais s'ils sont si près l'un de l'autre que ça.

C-3P0 consulta immédiatement sa mémoire visuelle, recensant toutes les occasions où les deux jeunes gens s'étaient retrouvés de concert devant ses microcaméras. Ils avaient dîné ensemble trois jours de suite ; durant plusieurs réunions de travail, ils s'étaient entretenus du meilleur moyen de régler le conflit entre les Verpine et les Barabels. La veille, ils étaient allés à une réception où l'on avait dansé...

— Général, le premier jour, le prince maintenait une distance moyenne de cinquante-six centimètres entre lui et l'ambassadrice Organa. De toute évidence, cet intervalle diminue d'heure en heure. On peut donc dire qu'ils sont « si près que ça ».

— Jusqu'à quel point ? demanda Yan.

— Si nous analysons les huit dernières heures, ils ont été en contact physique pendant près de quatre-vingt-six pour cent de leur temps. (Les capteurs optiques du droïd enregistrèrent la nouvelle couleur des joues de Solo. De blêmes, elles avaient viré au pourpre.) Je suis désolé que ces nouvelles vous perturbent...

Yan vida un verre de rhum corellien. Sachant que c'était le deuxième en moins de dix minutes, C-3P0 fit une rapide règle de trois et conclut que le général, attendu son poids et le degré d'alcool du breuvage, en avait un bon coup dans l'aile. Néanmoins, le seul symptôme, pour l'instant, était un léger ralentissement de son débit de paroles.

Yan posa une main sur l'avant-bras doré du droïd.

— Tu es une super unité protocole, C-3P0, marmonna-t-il. Il n'y en a pas une autre au monde que j'aime comme toi, tu peux me croire. Dis-moi, que ferais-tu si un foutu droïdo-prince voulait te piquer la mère de tes futurs enfants ?

Les senseurs de C-3P0 calculèrent le taux d'alcool de l'haleine du Corellien. Prudent, le droïd se pencha en arrière pour protéger ses processeurs de l'effet corrosif.

— La première mesure que je prendrais, pontifia-t-il, serait d'évaluer la partie adverse pour déterminer ce que j'ai à offrir qu'elle n'a pas. N'importe quel psycho-droïd vous conseillerait la même chose.

— Mouais... grogna Solo. Qu'ai-je donc à offrir à Leia qui ferait défaut à Isolder ?

— Voyons un peu... souffla le droïd. Le prince est riche, généreux, bien éduqué, et — selon les critères humains — très séduisant. Ce portrait établi, voyons ce qui lui manque par rapport à vous...

C-3P0 fouilla dans ses fichiers, menaçant de surchauffe ses circuits intégrés.

— Fichtre ! s'exclama-t-il quand il eut fini. Je vois votre problème. Eh bien, il nous reste toujours les bons vieux sentiments... Je suis sûr que Leia ne vous oubliera pas sous prétexte qu'elle a trouvé un meilleur soupirant.

— Je l'aime, gémit Yan, je l'aime plus que ma vie, plus que mon propre souffle. Quand elle me touche, je me sens comme... Bon sang, je ne sais pas dire ces trucs-là !

— En avez-vous informé la princesse ?

— Evidemment que non, soupira Solo, puisque je ne sais pas les exprimer. Tu es un psycho-droïd. (Il se servit un autre rhum.) Saurais-tu comment on communique ce genre de choses ? Tu connais peut-être une chanson, ou un poème ?

— Bien entendu ! J'ai en mémoire les chefs-d'œuvre de plus de cinq millions de cultures. Voilà un de mes favoris, un chant tchuukthai :

« Shah rupah shantenar

shan erah pathar
thulap enarpa

Uta, emarrah spar tane
arratha urr thur shaparrah
Uta, Uta sahvarahhh
harahh sahvarauul e thutha
res tarra hah durrr... »

Yan avait écouté la douce musique des syllabes, apprécié la mélodie des harmoniques, goûté la subtilité des accents toniques...

— Très joli, admit-il. Et ça veut dire quoi ?

C-3P0 traduisit aussi fidèlement que possible :

« *Quand le soir tombe sur la plaine*
Je reviens vers ma tanière
Un rat de Thula dans la gueule.

Alors je sens ta douce empreinte
Laissée sur les os par tes tendres mâchoires.
Les ailerons de ma tête frémissent
Et ma queue balance majestueusement
Tandis que mon chant d'amour
Retentit dans la nuit glacée... »

Chewie poussa un long hurlement modulé.

— Merci, C-3P0, soupira Solo. Tu peux t'arrêter, j'ai compris le principe...

— Il y a quatre-vingt-huit autres couplets, annonça C-3P0. C'est une ode magnifique. Les cinq cents vers sont tous plus beaux les uns que les autres !

— Super, super... Merci, grommela Yan, toujours aussi désespéré.

Il regardait quatre consommateurs assis à une table voisine. C-3P0 comprit que le Corellien n'avait pas écouté un mot de sa déclaration. Tout ce qui l'intéressait, c'était la conversation des deux couples.

Le droïd rembobina sa bande audio intégrée et repassa les dernières minutes d'enregistrement en isolant les voix des quatre jeunes gens :

PREMIÈRE FEMME : Regardez, c'est le général Solo !

DEUXIÈME FEMME : Oui, mais qu'est-ce qu'il a mauvaise mine. Vous avez vu les valises, sous ses yeux ?

PREMIER HOMME : Et ses habits ? On dirait un clodo !

DEUXIÈME FEMME : C'est à se demander ce que lui trouve la princesse Leia !

PREMIÈRE FEMME : Le prince Isolder, voilà un homme ! En ville, des tas de marchands ambulants vendent des posters de lui. Ça part comme des petits pains...

DEUXIÈME HOMME : Pour sûr ! J'en ai même offert un à ma sœur.

PREMIER HOMME : Moi, je préférerais une photo de ses gardes du corps...

PREMIÈRE FEMME : Avec le corps qu'il a, je tuerais pour le *garder* à leur place.

DEUXIÈME FEMME : Très peu pour moi ! J'aimerais mieux être sa masseuse... Tu imagines, manipuler chaque jour ses superbes muscles ?

Yan tapa du poing sur la table.

— Bon, C-3P0, finissons-en ! Veux-tu bien garder un œil sur Leia pour moi ? Si elle te demande de mes nouvelles, dis-lui qu'elle me manque. Marché conclu ?

C-3P0 mémorisa la consigne.

— Comme vous voudrez, général, fit-il avant de se lever pour quitter la *cantina.*

Chewie grogna un au revoir affectueux au droïd-protocole devenu l'espion de Solo.

Dans les rues de Coruscant, C-3P0 partit d'un pas décidé. Il avait entendu parler d'un ordinateur central connu pour sa langue de concierge. A coup sûr, un processeur bavard confierait volontiers à un droïd les secrets qu'il eût scellés à une forme de vie biologique.

Yan avait besoin d'un conseiller sentimental. Eh bien, il allait voir ce qu'il allait voir !

Threkin Horm s'était mis sur son trente-et-un. Une

longue tunique verte, un pantalon blanc, les cheveux mis en plis pour que des bouclettes viennent mourir sur ses oreilles, il semblait même un peu moins gros qu'à l'accoutumée.

Leia eut besoin d'un moment pour comprendre que l'absence de sa chaise expliquait cette illusion d'optique.

Le président du Conseil trônait sur son estrade.

— Comme vous le savez, j'ai organisé cette session extraordinaire pour que nous discutions du mariage de la princesse Leia avec Isolder, le Chume'da de Hapes.

L'assistance applaudit. Avec ses murs couverts de tentures et ses fauteuils couleur prune, la salle du Conseil pouvait contenir près de deux mille personnes. Pour l'heure, une centaine de conseillers étaient présents. Le reste des sièges faisaient la joie d'une foule de curieux. Au fond de la salle, des dizaines de médiadroïds brillaient de tous leurs chromes.

Leia avait une place réservée dans la première rangée de fauteuils, à quelques mètres de l'estrade. Ces derniers jours, sa vie avait fait la une un peu partout. La tentative d'assassinat du matin, filmée sous vingt angles différents, passait sans discontinuer sur toutes les chaînes. Quelques heures plus tôt, les services de contre-espionnage avaient fouillé l'ambassade, découvrant une multitude de micros reliés à des dizaines de canaux.

A première vue, pour le public, les attentats royaux battaient d'une courte tête les mariages et les divorces. Comme attirée par l'odeur du sang, une meute de journalistes avait fondu sur les deux jeunes gens.

Leia trouvait à la chose un seul aspect pratique : si un autre tueur l'attaquait, il lui faudrait d'abord trucider les pisse-copie et les cameramen qui formaient une haie autour d'elle.

Enfin, tout ça ne durerait pas bien longtemps..

— Honorable Threkin Horm, très chers membres du Conseil, déclara Leia en se levant, je vous remercie d'être venus, bien sûr, mais ne trouvez-vous pas tout cela un peu prématuré ? La proposition de Hapes est flatteuse, j'en suis d'accord. Cependant, je ne l'ai pas encore acceptée...

— Chère Leia, susurra Horm avec un sourire condescendant, par le passé, votre lucidité et votre prudence vous ont souvent servie. Mais dans le cas présent... (Il écarta les bras, théâtral.) J'ai vu comment le prince et vous vous regardez, et je sais que vous avez accepté de partir avec lui pendant six mois afin de visiter la Confédération hapienne. A mes yeux, c'est une idée formidable ! Cela vous permettra de mieux connaître votre futur époux. Quant à la maison royale de Hapes, elle verra à quel point votre jolie petite tête est faite pour porter une couronne. (La foule rit de la plaisante métaphore.) Mettons la chose aux voix, si ça vous chante ! Amis du Conseil, ne trouvez-vous pas que Leia et Isolder forment un beau couple ?

La plupart des politiciens professionnels firent grise mine. Les curieux, en revanche, poussèrent des cris d'approbation à en faire trembler les vitres.

Pour Leia, tout ceci tenait plus du carnaval que du débat parlementaire.

— C'est de *mon* mariage qu'il s'agit ! explosa-t-elle, indignée par l'audace de Horm. Isolder a conscience, comme vous devez tous l'avoir, que nous ne sommes pas fiancés. Je me rends dans la Confédération pour...

Elle se tut, comprenant soudain pourquoi le prince désirait l'emmener. Il voulait que les dignitaires de Hapes, ses futurs vassaux, puissent la jauger. Par la même occasion, elle se rapprocherait de lui, c'était évident...

Threkin Horm avait raison sur toute la ligne. Malgré ses stupides dénégations, un enfant de quatre ans aurait compris ce qui était en train de se tramer.

Leia tourna la tête pour jeter un coup d'œil à Yan. Il avait l'air plus misérable que jamais.

La princesse se rassit. Se souvenant que la session était retransmise sur des dizaines de chaînes d'information, elle fit son possible pour ne pas rougir.

Elle aurait dû contredire Horm, bien entendu, ne serait-ce que pour sauver la face. Mais son cerveau refusait de fonctionner. Pour la première fois de sa vie, Leia Organa était à court de mots.

— Evidemment, que c'est de *votre* mariage dont il est question, concéda Horm. Il n'est pas en notre intention de vous le voler. Nous voulons simplement être prêts *pour le cas* où vous épouseriez Isolder.

— Conseiller Horm ? intervint une voix pointue.

Se retournant, Leia aperçut un droïd doré au fond de la salle : C-3P0 ! Dressé sur la pointe des pieds, il agitait frénétiquement les bras.

— Conseiller Horm, puis-je avoir la parole ?

— Comment ? railla Threkin. Laisser un tas de ferraille s'adresser au Conseil ?

Leia sourit intérieurement. Les défenseurs des droits des droïds allaient faire des gorges chaudes de cette remarque. C'était peut-être le premier accroc sérieux de la carrière du président Horm.

Elle se releva, ravie de jeter un peu d'huile sur le feu.

— Ça n'est peut-être qu'un droïd-protocole, mais je pense que nous devrions le laisser parler.

L'assistance non métallique réserva un accueil mitigé à cette déclaration. Dans le coin des médiadroïds, elle souleva un tonnerre d'applaudissements.

— Eh bien, balbutia Horm, je... je ne vois aucun inconvénient à... Hum, que ce tas de... cet honorable droïd vienne donc prendre ma place...

Sous les acclamations de ses semblables, C-3P0 se dirigea d'un pas lent vers l'estrade. Leia n'avait jamais vu un droïd prendre une telle initiative. Que pouvait-il bien vouloir ?

C-3P0 s'installa derrière le micro et s'adressa à la foule :

— Chers conseillers, chers citoyens d'Alderaan, je propose que cette assemblée s'occupe bel et bien de préparer un mariage : celui de la princesse Leia avec le général Solo !

— Quoi ? hurla Horm. C'est grotesque ! Solo n'est même pas de sang royal, c'est un... un...

Horm se tut, réalisant qu'il valait mieux pour lui ne

pas se mettre les Corelliens à dos. Néanmoins, il haussa les épaules avec dégoût.

La foule grommelait, des insultes fusant de ci de là. Leia se demanda si elle n'avait pas fait un impair en laissant le pauvre C-3P0 monter à la tribune.

— Je dois m'élever contre l'affirmation du président, déclara le droïd doré. J'ai passé la matinée à converser avec des ordinateurs au-dessus de tout soupçon, et j'ai découvert des faits que vous me semblez trop prompts à traiter avec mépris. Il est vrai que le général Solo est le premier à les laisser dans l'ombre. Voici toute l'affaire : bien que sa planète natale soit une démocratie depuis trois siècles, Yan Solo, par la naissance, est le roi légitime de Corellia.

Des cris montèrent de toute part ; les médiadroïds commencèrent à holographier Solo sous tous les angles.

La voix nasale de Horm parvint un instant à dominer le tumulte.

— Plaît-il ? Plaît-il ? Allons, allons, ça n'est pas sérieux...

Leia tourna la tête. Un bon tiers des spectateurs étaient debout, hurlant leur joie. Recroquevillé dans son siège, Yan avait viré au cramoisi. A son expression, Leia crut volontiers qu'il avait laissé dans l'ombre certains détails de sa généalogie.

Les droïds protocoles étaient programmés pour ne pas mentir. Il devait y avoir quelque chose...

Yan se mit une main devant les yeux et baissa la tête.

Pourquoi ne m'a-t-il jamais rien dit ? s'étonna Leia.

A bord du *Thpffftht*, le vaisseau d'un conseiller bith, Luke regardait la transmission holographique avec intérêt. Le monde moderne était incroyable. Même sur une planète perdue comme Toola, les faits et gestes de Leia et Isolder — et maintenant Yan — fascinaient assez les gens pour qu'on dépense des fortunes à envoyer les images à travers l'hyperespace.

D'un certain point de vue, ça pouvait se comprendre... Leia vivait le rêve de toutes les femmes : être aimée d'un prince incroyablement riche et beau. L'attentat avait apporté le piment indispensable à une grande histoire d'amour.

En conséquence, Luke Skywalker pouvait regarder sa sœur évoluer en trois dimensions devant ses yeux alors que des centaines d'années-lumière les séparaient.

Le vaisseau bith devait sauter sous peu dans l'hyperespace. En attendant, Luke regardait le spectacle.

Les caméras étaient rivées sur Solo, qui ne savait plus où se mettre. A son côté, Chewbacca roulait des yeux comme des billes.

Un petit sourire flotta sur les lèvres de Skywalker.

Yan est un roi, pensa-t-il, *et ça ne m'étonne pas. J'aurais dû m'en apercevoir tout seul. Mais pourquoi n'avoir rien dit ?*

Malgré le sourire, Luke était profondément troublé. Il sentait, très loin de là, s'éveiller une sombre puissance. Trop de gens, dans la galaxie, s'opposaient à l'union de Leia et d'Isolder. Luke captait leurs intentions malfaisantes.

Il pria pour que les techniciens biths aient bientôt fini leurs essais. Plus tôt ils passeraient en hyperdrive, plus vite il serait dans le système de Roche, près de Leia.

La représentation holographique de C-3P0 reprit la parole :

— C'est comme je vous le dis, mes amis ! Yan est l'héritier du trône. Son arbre généalogique indique que sa lignée paternelle a pour source Berethon e Solo, qui introduisit la démocratie dans l'empire corellien. Il est facile de suivre les ramifications jusqu'à Korol Solo, six générations plus tard. Hélas, les archives de cette époque furent détruites durant les Guerres Cloniques, brisant la continuité de l'arbre généalogique.

« Mais nous savons que Korol Solo se maria et eut un fils qui naquit sur la planète Duro. A cause de la guerre, le garçon ne revint jamais sur son monde natal. Il se nommait Dalla Solo, mais changea pour Dalla Suul afin de dérouter d'éventuels poursuivants. Son premier fils fut baptisé Jonash Suul. Ce dernier eut à son tour un fils, qu'il nomma Yan Suul.

« Le jeune homme reprit son patronyme original : Solo. À l'évidence, notre général est parfaitement conscient d'être de sang royal. Pour des raisons qui me dépassent, il a déployé des efforts surhumains afin de brouiller les pistes...

La foule murmura de plus belle, et Threkin Horm s'égosilla pour tenter de rétablir l'ordre.

Alors Solo se leva et quitta la salle, la tête enfoncée dans les épaules. Leia se retourna pour le regarder partir. Impressionnée, la foule fit silence.

Horm en profita pour tonner :

— Ce Dalla Suul, n'était-il pas également connu sous le nom de Dalla le Noir, le tristement célèbre meurtrier ?

— Eh bien oui, admit C-3P0, mais les livres d'Histoire le décrivent plutôt comme un kidnappeur et un pirate...

— Mes amis, cria Threkin, quelle noble lignée que celle-là ! Dalla Suul était une des chevilles ouvrières du crime organisé. Qui peut attendre que des gens sensés prennent au sérieux les prétentions aristocratiques de Solo ?

— Président, objecta C-3P0, étant un droïd ignorant, je dois avouer ne pas comprendre en quoi les agissements de ses ancêtres augmentent ou diminuent la respectabilité d'un individu. De tels concepts dépassent les possibilités d'analyse d'un modèle AA-1 d'unité protocole. Mais puisque la fille illégitime de Dalla Suul était votre mère, je suppose que vous parlez en connaissance de cause.

Horm blêmit ; ses mains se mirent à trembler.

La retransmission cessa. Un médiadroïd accoucha aussitôt d'un commentaire aussi brillant qu'improvisé. Allergique au bavardage, Luke désactiva l'holonet.

En quelques générations, la lignée de Yan était passée du sang bleu au gangstérisme. Pas étonnant qu'il ne se soit jamais étendu sur le sujet.

Ça expliquait aussi pourquoi il était sorti de la salle avant que C-3P0 ait terminé son exposé généalogique.

Pauvre Yan...

7

Cet après-midi-là, Leia et Isolder avaient choisi de se promener dans une des forêts sous serres des jardins botaniques de Coruscant, où poussaient des plantes représentant les centaines de milliers de mondes de la Nouvelle République. La princesse montrait au Hapien la reconstitution d'une forêt alderaanienne.

Gracieux, bien proportionnés, les arbres s'élevaient à des centaines de mètres. Avec leur écorce entièrement couverte de lichens iridescents, ils ressemblaient à des arcs-en-ciel traversés de reflets cinabre, violets et canari. Des oiseaux blancs volaient de branche en branche ; au sol, de petites biches au pelage rouge rayé d'or broutaient les feuilles et les fougères. Sur Alderaan, les forêts de ce type n'avaient jamais occupé qu'une douzaine d'îles. Leia y était allée une fois ou deux quand elle était enfant. Quoi qu'il en soit, savoir que quelque chose de sa planète vivait encore lui faisait un vif plaisir.

Les deux jeunes gens marchaient main dans la main. Soudain, le prince parla :

— J'ai appelé ma mère. Elle se réjouit de ta décision. Elle viendra nous chercher et elle nous conduira sur Hapes dans son véhicule personnel.

— *Véhicule ?* s'étonna Leia. Tu veux parler de son vaisseau, je suppose ?

— Dans le cas qui nous occupe, le mot *véhicule*

semble plus approprié. C'est un engin plusieurs fois millénaire, et sa conception est... hum... franchement excentrique. Mais je suis sûr que tu l'aimeras....

La forêt était tranquille. A l'exception d'Astara, qui marchait derrière eux, les gardes du corps d'Isolder s'étaient éparpillés dans la verdure.

Leia sourit, puis s'arrêta pour respirer le parfum d'une fleur violette en forme de trompette.

— C'est une arallute, expliqua-t-elle au Hapien, une fleur très rare. Selon la légende, quand une jeune mariée en trouvait une dans son jardin, ça voulait dire qu'elle aurait très bientôt un enfant. Comme tu t'en doutes, la mère et les sœurs de la jeune femme se faisaient un point d'honneur d'en planter une juste après le mariage, c'est-à-dire en pleine nuit. Se faire attraper était très mal vu... (Elle plongea avec délice dans ses souvenirs.) Quand une arallute sèche, ses pétales se referment et le pollen ne peut plus s'en échapper. Alors les mères les donnent aux bébés, qui s'en servent comme de hochets.

— C'est adorable, murmura Isolder. Quelle tristesse de penser qu'il ne reste plus rien de tout cela, sinon ce sanctuaire, sur Coruscant.

— Quand nous aurons trouvé une nouvelle planète, nous emporterons des spécimens ; Alderaan renaîtra de ses cendres...

Un bip se fit entendre. A contrecœur, Leia ouvrit son comlink.

— Princesse, ici Threkin Horm. J'ai une grande nouvelle : votre mission dans le système de Roche est annulée !

— Quoi ? s'étrangla à demi Leia. Jamais on ne m'a retiré une mission ! Que s'est-il passé ?

— Les relations entre les Verpine et les Barabels se sont détériorées plus vite que nous le pensions. Mon Mothma a pris des mesures d'urgence dans l'espoir d'éviter une guerre. Le général Solo conduira une flotte de superdestroyers dans le système pour protéger les Verpine jusqu'à résolution de la crise. Sur le plan diplomatique, Mon Mothma en personne se chargera des négociations avec l'aide de ses plus fidèles conseillers.

— Vous avez sans cesse le mot « crise » à la bouche. Il s'est produit du nouveau ?

— Ce matin, des agents des douanes ont accosté un vaisseau barabel à la frontière du système de Roche. Ils y ont trouvé ce que nous redoutons depuis le début...

Leia n'eut pas besoin d'un dessin. Les douaniers avaient dû découvrir des cadavres congelés de Verpine, sans doute découpés en morceaux...

Malgré une lutte permanente contre ce genre de préjugés, Leia n'était pas étonnée qu'une race de reptiles carnivores soit capable de telles atrocités.

Allons, se morigéna-t-elle, *ne juge pas une espèce sur les agissements d'une minorité...*

— Mon Mothma aura sans doute besoin de mon aide... hasarda Leia.

— Comme moi, elle pense que vous avez mieux à faire pour servir la Nouvelle République. Mon Mothma vous a relevée du service pour les huit prochains mois. Je suis sûr que vous saurez bien employer ces... vacances. (Le sous-entendu aurait pu suffire, mais Horm aimait en rajouter :) Vous pourrez partir pour Hapes dès que ça vous chantera.

L'image du président s'effaça du petit écran du comlink. Isolder serra plus fort la main de la princesse.

Leia réfléchit quelques instants et conclut qu'elle n'avait aucun moyen de s'opposer à cette décision. De fait, les Verpine seraient mieux protégés par une flotte que par une ambassadrice. Pour être honnête, cette mission l'inquiétait depuis le début. Non qu'elle doutât de ses compétences diplomatiques. Mais les Barabels, d'après ce qu'elle en savait, se fichaient comme d'une guigne des talents d'orateur de leurs interlocuteurs. Membres d'une race de prédateurs dominés par un monarque tout-puissant, ils respecteraient sûrement Mon Mothma, un autre « chef de meute » venu spécialement pour traiter avec eux.

A voir les choses froidement, Mon Mothma n'avait pas besoin de Leia. L'esprit trop scientifique, la princesse avait passé des heures à tenter de comprendre comment une reine verpine avait pu devenir folle. Ce faisant, elle attaquait le problème par le mauvais bout. Dès le début, les Barabels étaient l'élément important... et dangereux !

Néanmoins, Leia ne voyait pas la nécessité d'expédier une flotte dans le système de Roche. Les Verpine pouvaient parfaitement défendre leurs ruches. Ajoutée à leur capacité de communiquer par ondes radio, la configuration de leur ceinture d'astéroïdes (non praticable par des pilotes humains) en faisait des ennemis redoutables pour n'importe qui. La princesse avait souvent entendu dire qu'ils manœuvraient leurs bombardiers aile B mieux que quiconque.

Isolder se serra contre Leia.

— Pourquoi ce front soucieux, ma douce ?

— Juste quelque chose qui m'étonne...

— Non, tu es inquiète, je le sens. Ne crois-tu pas que Mon Mothma est assez grande pour se débrouiller sans toi ?

— Hum... Je trouve qu'elle en fait trop, voilà tout...

— Tu n'as pas envie de partir, c'est ça ? (Elle voulut protester mais il ne lui en laissa pas le temps.) Je comprends très bien, Leia. (Il fit un geste circulaire.) Abandonner tout ça est un grand pas pour toi. Mais ça n'est pas une désertion, même si tu devais choisir de ne plus jamais revenir...

Leia eut un pauvre sourire.

— Prends le temps qu'il faudra, continua le prince. Vois tes amis, dis au revoir à ceux qui te sont chers. Si ça doit te réconforter, souviens-toi de ce que tu as déclaré devant le Conseil : ça n'est qu'un voyage d'étude, rien de plus. Il n'y a aucune obligation, et pas de piège.

Les paroles du Hapien enveloppaient Leia d'une douce chaleur.

— Isolder, merci d'être si compréhensif.

Elle posa la tête contre l'épaule du jeune homme, qui la serra dans ses bras. Un instant, Leia fut tentée de lui murmurer un « je t'aime », mais elle estima qu'il était trop tôt pour s'engager à ce point.

Isolder approcha la bouche de son oreille.
— Je t'aime... souffla-t-il.

Aux commandes du *Faucon Millenium*, Yan Solo slalomait avec adresse à travers un champ de débris spatiaux orbitant autour de la plus petite lune de Coruscant. Les simulations informatiques étaient bien utiles, mais Yan savait depuis longtemps que rien ne remplaçait de bons vieux essais en temps réel.

La traversée d'un amas de débris ressemblait beaucoup à celle d'un champ d'astéroïdes, à ceci près que les obstacles étaient en métal. L'exercice, très délicat, faisait un bien immense au Corellien. Il passa sous le ventre d'un chasseur Tie puis remonta vers la coque en lambeaux d'un vieux destroyer Victory Star pillé de la poupe à la proue par quelque pirate de l'espace.

Exactement ce qu'il me faut, songea-t-il.

Un certain nombre de systèmes du *Faucon* ne pouvaient décemment être testés dans un environnement amical. Là où il s'était rendu, le général ne risquait pas de rencontrer des alliés. Ralentissant pour adopter la vitesse du destroyer à la dérive, Yan se plaça à l'aplomb de la salle des machines, où se trouvait jadis le générateur d'hyperdrive. Avec mille précautions, il posa le *Faucon* à l'intérieur du vaisseau géant.

Puis il activa son Transpondeur Impérial IFF modifié et le régla sur l'option quatorze. Quand les signaux radio de son vaisseau rebondirent contre le blindage métallique de la chambre de fission, les systèmes d'alarme du *Faucon* se déclenchèrent, signalant l'approche d'une flotte d'Incom 14 provenant des quatre points cardinaux.

Sur l'écran holographique, l'image des navires s'afficha. Yan avait récupéré le code du transpondeur sur un vaisseau de transport militaire appartenant à la flotte de Zsinj. Le navire avait pour passagers une équipe de douze *Aigles Noirs*, les forces spéciales du seigneur de la guerre. Censés surveiller et évaluer le dispositif de défense des planètes, ces saboteurs s'arrangeaient pour débarquer illégalement et les détruire. De plus en plus souvent, la rumeur les présentait comme les fers de lance de la police secrète de Zsinj. Sur des milliers de mondes, les *Aigles Noirs* régnaient en maîtres, confirmant ainsi cette hypothèse.

Ravi de constater que son transpondeur modifié le camouflait à la perfection, Yan mit en service son brouilleur de fréquences. Submergés par une épouvantable friture, les senseurs du *Faucon* ne captèrent plus l'écho des vaisseaux fantômes.

Yan sourit intérieurement. Ses armes secrètes fonctionnaient à merveille. Tant mieux, car il en aurait sûrement besoin sous peu...

Son matériel testé, Solo alluma les moteurs subluminiques et se dégagea lentement du ventre torturé du destroyer. Tandis qu'il reprenait sa course parmi les débris, l'appel qu'il attendait arriva.

C'était Leia, comme prévu.

— Yan, je viens d'apprendre que tu vas conduire une flotte dans le système de Roche. Départ ce soir, si j'ai bien compris.

— Exact. Ce sont mes ordres.

— Je suis navrée que tu partes si vite. J'espérais passer un moment avec toi, mais...

Une flotte ? Elle pense qu'on m'a confié une flotte ? Un superdestroyer, voilà tout ce qu'on lui avait donné. En un éclair, Solo comprit à qui il devait ce coup tordu.

Threkin Horm ! Yan l'avait sous-estimé. A présent, il l'envoyait à l'autre bout de la galaxie afin que la princesse l'oublie à tout jamais.

— Leia, c'est une très bonne idée ! Pour l'instant, je suis occupé à... hum... organiser l'expédition. Je ne pourrai pas venir sur Coruscant. Mais si tu te trouves sur le *Rêve des Rebelles* vers quinze heures, nous pourrions parler un peu, peut-être même aller boire un verre ?

— Ça me va tout à fait. A tout de suite.

Elle coupa la communication. Yan regarda le chronomètre du tableau de bord. Chewie et C-3P0 avaient rendez-vous avec lui à dix-sept heures sur le *Faucon*. Le temps pressait.

Quand Solo arriva devant la porte de la cabine de la princesse, il arborait un sourire fatigué. Dès qu'elle eut ouvert, il l'embrassa sur la joue puis entra en regardant nerveusement autour de lui.

Leia le dévisagea, inquiète. Les cheveux en bataille, les yeux las, il ne semblait pas bien du tout.

— Tu veux boire ou manger quelque chose ?

Solo secoua la tête.

— Non, merci...

Il n'ajouta rien, restant planté là les bras ballants. Dans la chambre de Leia, les gemmes de Gallinore brillaient toujours. Au-dessus de l'arbre de Selab, les soleils jumeaux s'étaient éteints comme s'ils effectuaient un cycle nocturne.

— Tu n'es pas content qu'on t'envoie dans le système de Roche, hein ? attaqua Leia.

— Eh bien, pour tout te dire... je n'y vais pas !

— Pardon ?

— J'ai démissionné, Leia...

— Quand ?

— Il y a cinq minutes...

Il entra dans la chambre, s'assit sur le lit et contempla d'un œil morne les trésors offerts par Hapes. Une fois de plus, Leia s'étonna de les avoir toujours avec elle. Le bon sens le plus élémentaire eût dicté qu'elle les mette à l'abri.

— Où iras-tu, Yan ? Et que feras-tu ?

— Je vais sur Dathomir !

La princesse écarquilla les yeux.

— Es-tu devenu fou ? C'est sur le territoire de Zsinj. Le danger...

— Avant de démissionner, j'ai ordonné à l'*Indomptable* d'effectuer une série d'attaques surprises sur les avant-postes frontaliers du seigneur de la guerre. Zsinj devra mobiliser tous ses vaisseaux, les éloignant ainsi de Dathomir. Avec un peu de chance, je me faufilerai sans mal jusqu'à la planète. Zsinj ne saura même pas que je rôde sur son territoire...

— Mais... tu as commis un abus de pouvoir !

Yan cessa de regarder les gemmes pour lui sourire.

— Je sais...

Leia n'insista pas. Quand il était de ce genre d'humeur, personne ne pouvait lui faire entendre raison.

Il haussa les épaules.

— Il n'y aura pas de dégâts. J'ai ordonné au capitaine d'attaquer avec ses armes à longue portée. Nos soldats ne risqueront rien. J'ai dû regarder trop longtemps l'image holo de cette fichue planète. J'en ai rêvé la nuit dernière. Tu sais, la plage, le vent qui te fouette le visage, les vagues qui viennent mourir contre tes chevilles. C'était si bien... Quand j'ai reçu mes ordres, ce matin, ça a fait comme un déclic dans ma tête. Je pars.

— Et que feras-tu là-bas ?

— Si ça me plaît vraiment, je resterai. Il y a trop longtemps que je n'ai pas senti le sable crisser sous mes pieds...

— Tu es épuisé... Reprends ta démission, Yan. Avec mes relations, ce sera un jeu d'enfant. Si ce sont des vacances qu'il te faut...

Solo chercha le regard de la princesse.

— Nous sommes épuisés tous les deux. Viens avec moi. Echappons-nous !

— Je ne peux pas...

— C'est ce que tu t'apprêtes à faire avec Isolder, non ? Donne-moi un peu de temps, Leia. Chewbacca et C-3P0 me retrouveront sur le *Faucon* dans une heure. Viens avec nous. Après tout, Dathomir sera peut-être un jour la planète de ton peuple. Tu dois la visiter. Peut-être en tomberas-tu amoureuse ? Peut-être m'aimeras-tu de nouveau ? Qui peut dire ?

Il semblait tellement misérable. Leia se sentit coupable de l'avoir négligé pendant si longtemps.

Elle se rappela son désespoir, le jour ou Dark Vador avait congelé Yan dans la carbonite pour l'expédier à Jabba le Hutt. Elle se souvint de leur joie après la défaite de l'Empereur Palpatine. A l'époque, elle l'aimait...

Mais beaucoup de temps a passé... songea-t-elle.

— Yan, tu seras toujours mon ami. Je sais que c'est dur, mais...

— ... Sois heureux et salut ?

Leia s'aperçut qu'elle tremblait. Yan se leva et se dirigea vers la coiffeuse. Il paraissait fasciné par le métal noir brillant du Poing de Soumission.

— Tu crois que ça marche ? demanda-t-il.

Comprenant soudain où il voulait en venir, Leia cria :

— Je t'interdis d'y toucher !

Rapide comme l'éclair, Yan s'empara de l'arme et la braqua sur la princesse.

— Il faut que tu viennes avec moi sur Dathomir...

— Tu n'oseras pas ! hurla Leia, levant une main comme si cela avait pu la protéger.

— Je pensais que tu aimais les voyous, souffla Yan.

Une gerbe d'étincelles bleues jaillit de l'arme. La nuit enveloppa Leia ; sa conscience s'évapora.

— Tu es sûr que le général Solo a enlevé la princesse ? demanda la reine-mère.

Même s'il ne s'agissait que d'une image holographique, Isolder n'osa pas lever les yeux sur le visage voilé de la souveraine.

— Oui, Ta'a Chume, répondit-il. Une chaîne d'information avait placé une caméra-espion dans la coursive de ses quartiers. L'enregistrement montre Leia avec le général. Elle marche comme un automate ; lui est armé d'un Poing de Soumission.

— Que comptes-tu faire pour la retrouver ?

Isolder sentit le regard de la reine peser sur lui. Elle mettait ses compétences à l'épreuve. Sur Hapes, les femmes de pouvoir aimaient évoquer l'ineptie des hommes, leur incapacité consubstantielle.

— La Nouvelle République a déjà lancé ses meilleurs limiers sur la piste de Yan Solo. Astara suit le déroulement des opérations heure par heure et nous allons recruter des chasseurs de primes.

La voix de la reine se fit menaçante.

— Regarde-moi dans les yeux !

Isolder releva la tête. Sa mère portait un voile jaune tenu par un serre-tête en or. La lumière faisait tellement briller le métal qu'il entourait la femme d'une aura aveuglante.

Isolder regarda au-dessus de la lisière du voile ; les yeux noirs de la reine se rivèrent aux siens.

— Le général Solo est un homme désespéré, déclara-t-elle. Je sais que tu voudrais tirer Leia de ses griffes toi-même. Pense à tes devoirs envers ton peuple, Isolder ! Tu es le Chume'da. Ta femme et tes filles régneront un jour. Si tu cours des risques inutiles, tu trahiras les espérances de tes frères. Promets de laisser nos tueurs s'occuper de Solo.

Isolder soutint le regard de sa mère. Il tenta de lui cacher la vérité, mais c'était inutile, car elle le connaissait trop bien.

Personne ne pouvait la tromper...

— Je poursuivrai Solo, mère, et je ramènerai ma fiancée...

Il attendit l'explosion maternelle, certain que sa colère allait le submerger comme une coulée de lave.

Mais la Ta'a Chume n'était pas du genre à montrer ses sentiments.

— Tu me désobéis, constata-t-elle d'une voix égale, mais quoi que tu penses, ton goût pour l'héroïsme individuel n'est pas une vertu. Si je pouvais, je t'en guérirais... (Elle se tut un moment ; Isolder attendit qu'elle énonce sa punition.) Tu ressembles trop à ton père, voilà tout... Quant à Solo, il cherchera sûrement refuge auprès d'un seigneur de la guerre assez puissant pour résister à la Nouvelle République. Je vais rassembler mes meilleurs hommes et nous gagnerons Coruscant. Bien entendu, si je trouve Solo avant toi, je le tuerai.

Isolder baissa les yeux. Avec l'enlèvement de Leia, il avait espéré que sa mère renoncerait au voyage. Mais tout cela restait logique : Solo avait enlevé celle qui prendrait un jour sa place. L'honneur exigeait qu'elle fasse tout pour la retrouver.

— Mère, je sais combien tu es mécontente de moi. Pourtant, quand j'étais enfant, tu disais souvent : « La puissance de Hapes dépend de celle de ses chefs. » J'ai beaucoup réfléchi à ces mots, et ils sont devenus ma devise.

Il coupa la communication, s'assit et médita. Pour un peu, il aurait plaint Solo. Le pauvre ne pouvait imaginer l'importance des ressources que sa mère allait mobiliser contre lui.

Le caporal Reezen était dans l'armée depuis sept ans. Obscur tâcheron, jamais il n'avait obtenu les récompenses et l'estime qu'il pensait mériter. Hélas, il en allait souvent ainsi quand on travaillait dans l'intelligence. Il fallait beaucoup de patience et de temps pour tomber sur *le* cas qui changeait tout.

L'ayant déniché, Reezen avait l'intention d'envoyer directement son rapport au seigneur Zsinj. Ainsi, aucun de ses supérieurs ne pourrait s'approprier sa gloire.

Ça n'était que justice, car Reezen était le seul à s'être aperçu de la chose. Les trois attaques éclairs qui s'étaient produites en neuf jours ne pouvaient avoir qu'une explication : détourner la flotte de Zsinj de ses positions actuelles. A l'évidence, la Nouvelle République préparait une offensive et elle voulait ouvrir une brèche pour ses navires. Aucune autre explication ne tenait. Les raids coûtaient trop cher pour être la couverture d'une banale mission d'espionnage.

Reezen le sentait dans ses tripes : quelque chose d'énorme se préparait. En conséquence, il s'était substitué au commandement ennemi pour tenter de reconstituer son plan. Après avoir dressé la liste des cibles militaires, il en avait retenu six, classées par ordre de probabilité. Le territoire à défendre était vaste, ouvrant le champ à une foule d'incertitudes. Une dernière fois, Reezen recensa les cibles potentielles et écarta volontairement les plus évidentes.

Dathomir était à peine visible sur la carte. A la regarder, le caporal éprouva un étrange sentiment...

La planète était bien protégée. Avec sa localisation,

très à l'intérieur du territoire de Zsinj, la Nouvelle République ne pouvait être informée des opérations qu'y conduisait le seigneur de la guerre.

Le chantier naval ? Etait-ce l'objectif ennemi ? Non, ça ne collait pas. La République voulait quelque chose sur la planète.

Reezen songea aux prisonniers. Un grand nombre avait de la valeur pour Mon Mothma, en admettant qu'elle connaisse l'existence de la colonie pénitentiaire. Mais personne ne pouvait être assez stupide pour songer à se poser dans ce coin-là.

Reezen avait rencontré les indigènes. La seule idée d'atterrir sur Dathomir lui faisait froid dans le dos. Pourtant, quelque chose lui soufflait que tel était l'objectif de la Nouvelle République.

Quand il était tout gosse, sur Coruscant, le caporal avait vu une parade militaire en compagnie de son père. Dark Vador, le Sombre Seigneur de la Sith, était passé devant eux.

Levant une main, il avait interrompu le défilé pour regarder Reezen et lui caresser la tête.

Aujourd'hui encore, le soldat se souvenait de sa propre image terrifiée se reflétant dans le casque du Seigneur. Comme si ç'avait été hier, il sentit dans sa bouche le goût de la peur.

Retirant sa main, Vador avait soufflé :

— Pour bien servir l'Empire, fie-toi à tes intuitions.

Puis il avait tourné les talons.

Obéissant après toutes ces années, Reezen rédigea un rapport suggérant qu'on renforce les défenses de Dathomir. La logique lui disait que l'ennemi n'attaquerait pas là. Mais s'il en croyait Dark Vador, ce n'était pas elle qu'il devait écouter.

Fébrile, il composa sur son clavier la séquence commandant l'émission du message codé.

Zsinj était un homme intelligent. Il ne négligerait pas l'information...

8

Leia émergeait lentement de sa torpeur. Depuis des heures, elle était étendue dans le noir, luttant pour ne pas bouger d'un pouce avec une concentration si totale qu'elle en avait mal à la tête. Tous ses muscles menaçaient de se tétaniser.

— Reste couchée et ne bats pas d'un cil, lui avait ordonné Yan avant de sortir.

La princesse avait mobilisé toute sa volonté pour obéir.

Soudain, Leia réalisa l'ampleur de la duplicité du Corellien.

— Yan ! s'écria-t-elle en essayant de se relever.

Sa tête heurta quelque chose de dur et elle dut se recoucher. Il y avait une grille au-dessus d'elle ; tendant l'oreille, elle reconnut le bourdonnement des moteurs d'hyperdrive du *Faucon Millenium*. Il y avait cinq ans qu'elle s'était cachée pour la dernière fois dans le compartiment secret du vaisseau.

Ça sentait toujours aussi mauvais...

Yan Solo, je t'étranglerai de mes mains, songea-t-elle. *Non, tout compte fait, la mort serait une punition trop clémente.*

A tâtons, elle chercha le hayon, tenta de le pousser et n'y parvint pas. Verrouillé ! Se tournant sur le côté, elle trouva un objet métallique et s'en servit pour cogner contre la grille.

En vain.

— Yan Solo, laisse-moi sortir sur-le-champ ou je t'arracherai les yeux !

Dans sa main droite, l'objet se mit à vibrer en émettant un sifflement aigu.

Génial ! Un recycleur d'air... Au moins, il ne veut pas que je meure étouffée...

Elle secoua l'appareil qui siffla de plus belle. En l'utilisant comme massue, elle ne l'avait pas arrangé...

— Yan, laisse-moi sortir ! Ça n'est pas une manière de traiter la princesse Organa. Tu m'entends ?

Elle frappa de nouveau contre la grille sans obtenir de réponse.

Tandis que l'air devenait plus chaud, Leia se demanda si Yan pouvait simplement l'entendre. Les bruits de fond ne risquaient-ils pas de couvrir ses appels ? Elle se trouvait près du générateur Quadex, la source d'alimentation principale du vaisseau. Au-dessus de sa tête courait la tuyauterie du système de refroidissement, qui faisait un boucan considérable. Les compartiments secrets n'étaient pas grands, mais ils couvraient un bon tiers de la circonférence du vaisseau. Partant de la rampe d'accès, ils passaient le long de la coursive du cockpit et sous les cabines des passagers.

Leia ferma les yeux et réfléchit. Yan et Chewie dormaient en général à côté de la station technique. Une cloison l'en séparait, mais Yan, s'il était là, aurait dû entendre son raffut. S'il se trouvait dans le cockpit, à sept ou huit mètres de là, il n'y avait aucune chance qu'il le capte.

L'air se raréfiait. Leia utilisa de nouveau le recycleur hors service comme un marteau. Frappant de plus en plus fort, elle résista à l'impulsion de crier, car cela eût consumé pour rien son oxygène.

Après une minute, ses bras lui parurent peser des tonnes ; elle dut s'interrompre pour se reposer.

Elle aurait volontiers pleuré. Yan savait bien qu'elle ne faisait aucune confiance à son navire, un véritable bric-à-brac de pièces de contrebande et de panneaux de tôle récupérés dans des cimetières de l'espace. Bien sûr, le *Faucon* était rapide, et bien armé, mais il risquait à tout moment de tomber en ruines. Trois cerveaux de droïds géraient un fouillis de systèmes plus ou moins modifiés. Leia aurait parié que les incessants problèmes techniques n'étaient pas dus au hasard. Solo prétendaient que les trois processeurs se chamaillaient, mais la princesse les soupçonnait de s'adonner carrément au sabotage. Un jour, l'un ou l'autre ferait une grave erreur, et le vaisseau exploserait.

Ça n'était qu'une question de temps.

Leia frappa de nouveau.

Le hayon s'ouvrit avec un craquement sinistre. La princesse entendit un grognement : Chewie !

— Vous voyez bien que le bruit venait d'ici, triompha C-3P0. J'étais sûr d'avoir entendu quelque chose. Décidément, je ne comprendrai jamais pourquoi cette poubelle de l'espace continue à voler !

Le Wookie et le droïd se penchèrent pour regarder à l'intérieur du compartiment. Chewie écarquilla les yeux et C-3P0 sursauta.

— Princesse Leia Organa, demanda-t-il, que faites-vous là-dedans ?

— J'ai décidé d'assassiner Yan et c'était la seule manière de m'introduire à bord. Que penses-tu que je fasse là, espèce de turboprocesseur abruti ? Yan m'a enlevée !

— Fichtre ! s'écria le droïd-protocole.

Chewie et lui se regardèrent. Puis ils se hâtèrent d'aider la princesse à sortir de son trou.

Leia se mit péniblement debout, sa tête tournant comme un manège. Chewbacca s'apprêta à regagner le cockpit. Ses yeux brillaient de rage, et la fourrure, sur sa nuque, était tout hérissée.

Il grogna de manière si menaçante que Leia craignit un instant qu'il ait l'intention d'arracher les bras de Yan à la manière typique des Wookies.

Quand il se mit en marche, la jeune femme courut derrière lui.

— Du calme, Chewbacca, implora-t-elle.

Yan était assis dans le fauteuil du capitaine, les doigts pianotant sur le tableau de commande. Sur l'écran, les étoiles étaient blanches. Cela signifiait que le *Faucon* se déplaçait dans l'hyperespace à six fois la vitesse de la lumière.

Chewie grogna de nouveau. Yan ne se retourna même pas.

— Alors, Chewbacca, tu as trouvé l'origine de ce bruit ?

— Pour sûr qu'il l'a trouvée, rugit Leia.

Derrière elle, C-3P0 couina :

— Général, je suggère que vous rameniez immédiatement la princesse sur Coruscant. Sinon, nous finirons tous en prison.

Yan se retourna lentement. Impassible, il croisa les mains derrière la nuque.

— J'ai bien peur que ce soit impossible. Le cap est verrouillé sur Dathomir et le système d'astronavigation n'obéira à aucun autre ordre.

Chewbacca s'assit dans le siège du copilote et effectua une saisie fiévreuse sur sa console. Quand ce fut fait, il regarda Leia, grognant une question que C-3P0 traduisit.

— Désirez-vous qu'il morde le général Solo, princesse ?

Leia regarda le Wookie, consciente du déchirement qu'il devait éprouver. Chewie devait la vie à Yan, et son code de l'honneur lui imposait de le protéger en toutes circonstances. Dans le cas présent, il pensait sans doute qu'une petite correction ne ferait pas de mal à son ami.

Solo brandit un index en guise d'avertissement.

— Mords-moi si ça te chante, Chewie, je ne pourrai pas t'en empêcher. Avant de m'assommer, souviens-toi d'une chose : il faut deux personnes pour sortir le vaisseau de l'hyperespace. Sans moi, tu seras impuissant.

Le Wookie s'excusa d'un regard auprès de Leia.

— Tu te crois malin, pas vrai ? attaqua la princesse. Tu penses avoir toutes les réponses. Eh bien, tu vas voir ! Chewie, empêche-le de partir. Il doit y avoir un Poing de Soumission hapien quelque part à bord. Je le dénicherai et je m'en servirai sur lui.

Yan tira une arme de son holster. Leia ne reconnut pas son blaster habituel. C'était le Poing, mais Solo avait écrasé les circuits reliés au canon.

— Désolé, princesse, je crains que ce truc soit foutu...

Il laissa tomber le Poing sur le sol.

— D'accord, tu as gagné. Que veux-tu de moi, Yan ? demanda Leia, résignée à la défaite.

— Une semaine, répondit Yan. J'entends que tu passes une semaine avec moi sur Dathomir. Je ne demande pas les six mois que tu consacreras à Isolder. Une semaine, Leia ! Après quoi je te ramènerai sur Coruscant.

Leia croisa les bras et se mit à taper du pied sur le sol. Prenant conscience que c'était ridicule, elle se força à cesser et regarda Yan.

— Et ça rime à quoi ?

— Tu me le demandes ? Il y a cinq mois, tu disais m'aimer, et ça n'était pas la première fois. Tu y croyais, princesse, et tu m'as fait y croire. Je pensais que notre amour était un truc spécial, et je serais mort pour lui sans sourciller. Je ne te laisserai pas jeter notre avenir aux orties pour les beaux yeux d'un autre prince.

Un autre prince, avait-il dit. Cette fois, elle le tenait.

— Tu admets donc être l'héritier de la couronne de Corellia ?

— Je n'ai jamais dit ça...

Leia regarda C-3P0, puis s'intéressa de nouveau à Yan.

— Et si je ne t'aimais plus ? Si j'avais changé d'avis ?

— Les chaînes d'information savent que je t'ai enlevée. L'histoire est passée partout juste après notre départ. Si tu ne m'aimes plus, je te ramènerai, et je purgerai une longue peine de prison. Mais si tu m'aimes encore, je te demanderai de dire adieu à Isolder pour devenir *ma* femme.

Il ponctua sa déclaration d'un pouce pointé sur sa poitrine.

Leia recommença à taper du pied.

— Tu ne manques pas de culot, Yan Solo !

Il la défia du regard.

— C'est que je n'ai plus rien à perdre...

Il misait vraiment tout sur elle, comme il l'avait fait si souvent par le passé. Quelques années auparavant, elle le jugeait courageux et hardi, peut-être même un tantinet téméraire. En y réfléchissant, il avait surtout risqué sa vie pour elle. Un mot de sa part, et il aurait tout jeté aux orties pour lui plaire.

Ce qu'elle tenait pour une bravoure presque inhumaine était l'expression d'une dévotion sans limite. L'idée qu'on puisse l'aimer à ce point angoissait terriblement Leia.

— Marché conclu ! fit-elle. Tu as ta semaine...

— Princesse Leia ! s'indigna C-3P0.

— ... Mais j'espère que tu aimeras la nourriture de la prison !

Dès que le vaisseau bith sortit de l'hyperespace, non loin du maelström d'astéroïdes entourant le système de Roche, Luke Skywalker sut qu'il y avait un problème. Il ne *sentait* nulle part la présence de Leia.

Retournant dans sa cabine, il appela l'ambassadeur de la Nouvelle République en poste auprès des Verpine. Le vieil homme n'apprécia pas outre mesure qu'on le tire du lit.

— Que se passe-t-il ?

— Qu'est-il arrivé à la princesse Leia Organa ? Je devais la retrouver dans ce secteur.

L'ambassadeur plissa le front.

— Elle a été enlevée par le général Solo il y a quelques jours. J'ai vu ça sur l'holonet, mais pour les détails, je ne peux rien vous dire. Je suis très occupé, jeune homme ! Si c'est si important pour vous, appelez Coruscant.

Luke se rembrunit. Son statut de héros de guerre ne lui donnait pas pour autant les moyens de s'offrir des appels holographiques longue distance. De plus, ça ne le rapprocherait pas de Leia. Il devait retourner sur Coruscant et reprendre la piste à son point de départ.

— Avez-vous idée de leur destination ? demanda-t-il néanmoins.

L'ambassadeur bâilla et gratta son crâne chauve.

— Vous me prenez pour le chef de l'espionnage ? Personne ne sait où ils sont ! On prétend avoir vu Solo sur une bonne centaine de mondes. A chaque fois, il s'agit d'une rumeur, ou d'un vague sosie. Désolé, jeune homme, je ne peux rien pour vous.

L'ambassadeur coupa la communication sans plus de cérémonie. Luke se gratta le menton, perplexe. On le rabrouait rarement de la sorte. A son avis, l'opérateur n'avait pas informé le fonctionnaire de son identité.

Il ferma les yeux et se concentra. Parfois, il rêvait de Leia. Quand elle se trouvait dans le même système solaire que lui, il pouvait sentir sa présence.

Elle n'était nulle part dans les environs.

Le chevalier Jedi prit sa décision. Il allait sortir son chasseur des docks du vaisseau bith et foncer vers Coruscant.

Yan s'affairait dans les cuisines du *Faucon*. C'était le quatrième dîner aux chandelles qu'il préparait en autant de jours. Une bonne odeur de langue d'aric aux épices emplissait l'air. Solo était occupé à remplir de pâte des coquilles de coras quand le saladier se renversa et tomba sur le sol, éclaboussant les murs et ses jambes de pantalon. Chewbacca, qui lui tenait compagnie, partit d'un grand éclat de rire.

— Vas-y, tête de linotte, fiche-toi de moi ! Mais écoute bien ça : avant la fin de ce voyage, Leia aura compris que c'est moi qu'elle aime. Au cas où tu n'aurais rien remarqué, ça fait seulement quatre jours, et elle s'est déjà beaucoup réchauffée.

Chewie émit un long cri.

— Qu'est-ce que tu dis ? Hoth se réchauffera avant elle ? Très drôle, Chewie ! Je suppose que le rituel du mariage est bien plus simple d'où tu viens, hein ?

Quand vous aimez une femme, vous la mordez un bon coup et vous la ramenez de force dans votre arbre. Chez moi, on est plus raffiné. On mitonne des dîners, on fait la cour, on traite nos belles comme des êtres humains...

Chewie se fendit d'un rire ironique.

— D'accord, il arrive qu'on leur tire dessus et qu'on les traîne de force dans nos vaisseaux... Personne n'est parfait ! Je ne suis peut-être pas plus civilisé que toi, mais j'essaye. Bon sang, j'essaye de toutes mes forces !

— Yan ! appela Leia depuis la salle à manger. En as-tu fini ? Je meurs de faim, et tu sais combien je suis irritable dans ces cas-là.

— Ça arrive, princesse ! annonça Solo en ouvrant le four.

Il essaya de sortir le plat de langue en s'enveloppant les mains dans son tablier et se brûla. Lâchant un juron, il se lécha le bout des doigts, prit un gant isotherme et déposa la langue sur un plat. A première vue, elle semblait un peu trop noire. Inquiet, le cordon pas si bleu que ça se demanda s'il l'avait trop cuite, si c'était un morceau de mauvaise qualité, ou s'il avait ajouté trop de jus en poudre.

— Alors ? s'impatienta Leia.

— Je viens ! cria Yan.

Mettant sa menace à exécution, il apporta la langue à la princesse. Il avait posé une jolie nappe sur le tableau holographique et des chandeliers dispensaient une douce lumière. Dans sa combinaison de saut blanche, Leia était tout simplement splendide.

Yan posa le plat sur la table.

— Madame est servie...

La princesse le regarda et leva un sourcil.

— Qu'est-ce qui ne va pas, cette fois ? s'énerva Solo.

— Tu ne la coupes pas pour moi ?

Le Corellien regarda le vibrocouteau posé sur la table. Dans son jeune temps, il avait vu la princesse se frayer un chemin dans la jungle à coups de machette ou couper les cordes qui lui liaient les poignets avec des éclats de verre. Un jour, elle était venue à bout d'un monstre des marécages avec un bâton pointu cent fois moins tranchant que le couteau.

— Bien sûr que je vais te la couper... Ce sera même un plaisir.

Il se mit au travail. Quand il eut débité la moitié de la langue, il jugea prudent de demander l'opinion de sa compagne.

— Les tranches te conviennent, ma colombe ? Les préférerais-tu plus fines, plus épaisses, prises dans le sens de la longueur plutôt que de la largeur ?

— Ça me paraît exquis, admit Leia.

Yan finit de découper, s'assit et déplia sa serviette.

Leia se racla la gorge.

— Quoi donc ? demanda-t-il.

— Vas-tu vraiment dîner avec ce tablier sale autour des hanches. C'est un peu dégoûtant, sais-tu ?

Yan se souvint du jour où ils avaient partagé du « singe » sur un champ de bataille de Mindar jonché d'Impériaux étendus pour le compte.

— Tu as raison, je vais l'enlever.

Il se leva, dénoua le tablier et alla le pendre à un crochet dans la cuisine.

Il revint et se rassit. Leia toussota.

— Misère... soupira Yan.

— Tu as oublié le vin, lui fit remarquer la jeune femme en regardant son verre.

Yan baissa les yeux sur l'assiette de son invitée et constata qu'elle avait commencé sans lui.

— Tu veux du blanc, du rouge ou du pourpre ?

— Du rouge.

— Doux ou sec ?

— Sec.

— A quelle température ?

— Trente-neuf degrés.

— Tu n'as pas l'intention de me laisser manger avec toi ce soir, hein ?

— Bien vu.

— Je n'y comprends rien, se lamenta Solo. Ça fait

quatre jours que tu ne me dis pas un mot, à part des ordres stupides. Leia, je sais que tu es folle de rage. Je ne peux pas vraiment te donner tort. Peut-être ai-je tout gâché, et ne m'aimeras-tu plus jamais. A moins que tu aies trop l'habitude d'être servie... Tu veux que je devienne ton esclave ? Princesse, si rien de plus ne devait sortir de tout ça, j'aimerais au moins être redevenu ton ami.

— Tu m'en demandes peut-être trop, Yan...

— Moi ? Depuis le départ, je cuisine, je fais ton lit, je m'occupe de tes vêtements et je pilote ce vaisseau. Dis-moi une chose, Leia, je t'en conjure ! Y a-t-il encore en moi quelque chose qui te plaît ? Une seule petite chose, même infinitésimale ?

La jeune femme ne répondit rien.

— Je ferais peut-être bien de rebrousser chemin, marmonna Yan.

— Ce serait une idée...

— Leia, je suis perdu... Tu étais d'accord pour faire ce voyage, non ? Bon, je reconnais t'avoir un peu forcé la main, mais tu ne devrais pas être aussi furieuse. Si tu veux te défouler sur moi, ne te gêne pas ! Je suis là, sans défense... (Il tendit le cou.) Vas-y, frappe-moi. Ou embrasse-moi. Au moins, dis quelque chose.

— Tu as raison, Yan : tu ne comprends rien !

— Explique-moi, bon sang ! Donne-moi au moins un indice.

— Puisque tu y tiens... Ouvre tes oreilles : à l'homme Yan Solo, je pourrais pardonner son comportement. Mais en m'enlevant, tu as trahi la Nouvelle République, que nous servons tous les deux. Tu n'es pas qu'un homme, Yan. Tu es un héros de l'Alliance Rebelle, et un général de la Nouvelle République.. A cet individu-là, je refuse de pardonner. Parfois, ce qu'on représente est si important qu'on ne peut s'autoriser la moindre faiblesse. Tu es respecté comme un objet sacré, Yan. Plus pour ce que tu es que pour *qui* tu es.

— Je n'y suis pour rien, se défendit Solo. Je refuse d'être prisonnier de l'image qu'on se fait de moi.

— Génial ! railla Leia. Peut-être voudrais-tu que

l'univers marche différemment ? Tu aimerais redevenir contrebandier, ou un petit garçon qui s'amuse avec ses jouets, mais ça n'est pas ainsi que va la vie. Un jour, il faudra que tu regardes les choses en face.

— Génial ! parodia Yan. (Il jeta sa serviette sur la table.) Je les regarderai, c'est promis, mais *après* le dîner. Tu me diras ce que tu veux que je fasse, et je changerai. Je changerai pour toujours. C'est juré ! Marché conclu ?

— Tope là ! fit Leia, une expression un peu plus conciliante sur le visage.

Quatre jours plus tard, le *Faucon Millenium* sortit de l'hyperespace aux environs de Dathomir. Aussitôt, les alarmes de proximité retentirent. Leia accourut et se pencha sur l'épaule de Yan pour consulter l'écran : une flotte de destroyers impériaux entourait la planète ; des navettes et des barges décollaient d'une petite lune rouge et se dirigeaient vers un gigantesque échafaudage qui flottait dans l'espace en position « troyenne », à savoir qu'il formait un triangle isocèle dont Dathomir et sa lune étaient les deux autres pointes. La construction ressemblait à un insecte géant. Autour orbitaient des milliers de nefs : un superdestroyer, des dizaines d'anciens modèles de classe Victory, des frégates, et une multitude de barges.

Yan regarda le spectacle en silence. Puis il grommela :

— Nom de nom, cette planète est à moi ! Qu'est-ce qu'ils font là ?

Leia exhala un soupir.

— Cette fois, Yan Solo, tu as vraiment décroché le gros lot. Ce monde a plus de chasseurs pour sa défense qu'un Hutt n'a de tics !

Yan tourna la tête vers Chewie. Le Wookie était en train de consulter les cartes de navigation du système Ottega. Sur l'écran principal, Solo vit deux chasseurs rouges décoller d'un superdestroyer.

— Rengaine tes sarcasmes, princesse, et prends position dans le puits des canons à ions. Nous allons avoir de la visite.

Yan désigna deux chasseurs Tie qui fondaient sur eux. Leia en savait assez pour ne pas demander si le *Faucon* pouvait les semer.

La réponse était non.

— Sans blague, Leia, tu devrais y aller. Dès qu'ils seront assez près pour voir que nous ne sommes pas un Incom Y, sois assurée qu'ils tireront.

La princesse se dirigea vers l'échelle qui menait au puits.

La voix d'un contrôleur sortit des haut-parleurs de la radio du *Faucon*.

— Incom Y Aigle Noir, veuillez vous identifier et préciser votre destination. Je répète : veuillez vous identifier et préciser votre destination.

— Ici le capitaine Brovar, répondit Yan. Je transporte une équipe d'Aigles Noirs chargée d'inspecter les systèmes de défense de la planète.

Le Corellien essuya la sueur qui ruisselait sur son front. C'était le moment qu'il détestait : attendre de savoir si l'ennemi avait avalé ses couleuvres.

Quatre secondes s'étant écoulées, Solo comprit que le contrôleur consultait un supérieur.

C'était toujours mauvais signe.

— Capitaine Brovar, je suis désolé, mais cette planète... hum... n'a pas de système de défense.

Chewie interrogea Yan du regard. Comme toujours, l'ancien pirate ne se dégonfla pas.

— Je sais bien. Nous sommes là pour savoir *où* installer les défenses. (Le contrôleur ne dit rien ; Yan improvisa :) Nous devons aussi vous livrer un dispositif... Enfin, certaines pièces d'un dispositif. Vous stockez bien ces trucs quelque part, non ?

— Incom Y Aigle Noir, demanda une voix râpeuse sur la même fréquence, votre vaisseau comporte-t-il des modifications ? Je veux dire : d'*étranges* modifications ?

Les chasseurs Tie étaient arrivés à distance d'identification visuelle. Ne pouvant plus compter sur son signal-leurre, Yan tendit la main vers le commutateur du brouilleur de fréquences.

Chewie fit une grimace.

— Ne t'inquiète pas, fit Yan. Nous n'allons pas griller tous nos circuits. J'ai fait des essais avant le départ.

Sur ces fortes paroles, il bascula le commutateur et murmura une brève prière.

Chewie grogna. Tournant la tête, Yan s'aperçut que l'ordinateur de navigation était en rideau. Au même moment, le voyant des motivateurs d'hyperdrive s'éteignit. Celui de l'ordinateur de tir arrière ne tarda pas à l'imiter.

Un peu tard, Yan se souvint qu'il n'avait pas essayé le brouilleur avec l'ordinateur de navigation en service. Après toutes ces pannes, ils ne sauteraient pas de sitôt dans l'hyperespace.

Chewie poussa un grognement de pure terreur. Yan plongea vers le spatioport volant, visant une frégate d'escorte kuat. Tout ce métal ne faciliterait pas la tâche des senseurs ennemis. Même si les chasseurs Tie étaient plus rapides et plus maniables que le *Faucon*, Yan aurait parié sa chemise sur ses compétences de pilote opposées à celles de ces clowns.

Des traits de blaster frôlèrent la proue du *Faucon*. D'autres rebondirent contre la coque.

— Ils sont à portée de tir ! cria Leia dans la radio.

Derrière le fauteuil du capitaine, C-3P0 regardait les chasseurs adverses en poussant de petits couinements chaque fois qu'ils tiraient.

Yan entendit une série de détonations qui lui apprirent que Leia avait tiré. Le *Faucon* piqua vers le spatioport et la frégate qui intéressait Solo. Toujours sous le feu de l'ennemi, il manœuvra de manière à ce que le *Faucon* se glisse entre les *pattes* de la gigantesque construction. Quand ce fut fait, il verrouilla son ordinateur de tir avant sur le capteur des senseurs principaux de la frégate. Ses boucliers déflecteurs baissés, celle-ci n'était pas plus dangereuse qu'une épave volante. Le premier tir de Solo enveloppa le capteur d'une aura bleue. Le Corellien tira alors une salve de torpilles à protons qui firent mouche, devenant des boules de feu qui auraient aveuglé le pilote s'il n'avait pas détourné les yeux.

Profitant de ce camouflage naturel, Yan inversa ses propulseurs et tira deux missiles à concussion sur la coursive reliant les gigantesques moteurs de la frégate à l'arsenal avant. Tandis que le *Faucon* ralentissait et piquait vers la brèche ainsi ménagée dans la coque de la frégate, plusieurs torpilles explosèrent contre les boucliers déflecteurs avant.

Chewie gémit et se voila la face des deux mains. Le *Faucon* s'engouffra dans la frégate ; des alarmes retentirent un peu partout. Le tableau de bord s'éteignit suite à la mise en court-circuit des boucliers. De la fumée s'éleva de la console de Chewie.

N'y tenant plus, le Wookie hurla à la mort.

— Du calme, lui intima Yan.

Les deux chasseurs Tie percutèrent la frégate et explosèrent. Le *couloir* que Yan avait ménagé pour son vaisseau se remplit de feu et de lumière.

C'est le problème avec les baies d'observation en transparacier des chasseurs Tie, pensa Solo. *Ces cochonneries s'obscurcissent quand elles détectent une explosion, et le pilote n'y voit plus rien pendant deux secondes.*

Il avait compté sur ça pour s'en sortir.

Yan désactiva le brouilleur de fréquences. Leia jaillit d'une coursive comme un diable de sa boîte.

— Yan, qu'est-ce qui te prend ? Tu veux tous nous faire tuer ?

— Ecoute ! lui ordonna le Corellien, levant une main pour la contraindre au silence.

Avec l'onde de choc des missiles, l'impact des deux chasseurs et quelques décharges bien placées des canons à ions, l'orbite de la frégate avait été largement déstabilisée. Aspiré par la gravité de Dathomir, le vaisseau géant s'éloignait lentement du spatioport.

— Formidable ! ironisa Leia. Devrais-je me réjouir que nous nous écrasions sur la planète plutôt que d'exploser dans l'espace ?

— Ton pessimisme est déplacé, la morigéna Yan.

Les boucliers déflecteurs ont protégé le vaisseau. Maintenant que j'ai coupé le brouilleur, Chewie devrait pouvoir rallumer l'ordinateur de navigation. Pendant que les navires de Zsinj nous regarderont, sûrs de nous voir tomber avec la frégate, nous calculerons un cap, et, au moment propice, nous dirons adieu à notre hôte avant de nous éloigner à toute vitesse. Crois-moi, c'est un jeu d'enfant. J'ai souvent réussi cette manœuvre.

Cette fois, Yan préféra croiser les doigts plutôt que prier.

— Allez, Chewie, rallume l'ordinateur de navigation. Montre à cette gente dame ce que nous savons faire.

Le Wookie grogna, lança un regard noir à son ami et bascula le commutateur.

Rien.

Fébrile, Chewbacca essaya d'autres commutateurs. Les motivateurs d'hyperdrive restèrent sans réaction, tout comme les boucliers arrière.

Jusque-là, C-3P0 s'était abstenu de tout commentaire. Voyant que les motivateurs ne répondaient pas, il soupira :

— Nous sommes fichus !

Yan se leva d'un bond.

— Pas de panique, mes amis ! C'est juste un petit problème de relais. Rien que je ne puisse réparer en un tour de main.

Contournant C-3P0, il sprinta dans la coursive menant à la salle des machines.

Une fois arrivé, il retira le cache de l'armoire de commande des motivateurs. L'ordinateur de navigation pouvait attendre. L'important était de faire un petit saut hors de ce système solaire. Ensuite, Chewie et lui auraient tout loisir de réparer les dégâts.

Mais il était impossible de se passer des motivateurs.

Yan ôta sa veste, l'enroula autour de son bras droit et titilla les circuits. Des étincelles jaillirent d'un entrelacs de câbles. Des flammes suivirent. Leia apparut, un extincteur entre les mains. Elle noya les circuits sous la neige carbonique.

Yan recula, conscient qu'il n'y avait plus rien à faire.

— Tout va bien, tout va bien, marmonna-t-il.

Il retourna dans le cockpit et ordonna à l'ordinateur d'effectuer un diagnostic complet des systèmes.

Pour commencer, les capteurs des senseurs avant avaient été arrachés lors de la manœuvre d'accostage.

— Aucune importance, fit Yan. Qui a besoin de senseurs quand il lui suffit de regarder devant lui pour voir où il va ?

Les boucliers déflecteurs étaient morts. Les capteurs de la radio aussi. Tout le reste semblait en parfait état. Si l'ordinateur ne se trompait pas, ils pourraient se sortir de ce mauvais pas.

A condition de se dégager de l'épave, de ne pas se faire tirer dessus et d'échapper à d'éventuels poursuivants.

La tête de Solo se mit à tourner. Il comprit que la frégate était partie en vrille.

— Accrochez-vous, les amis, la chute va être rude !

Jetant un coup d'œil à Leia, il remarqua qu'elle n'était plus en colère contre lui. Blanche comme un linge, les yeux exorbités, elle paraissait terrorisée. Solo ne l'avait jamais vue dans un état pareil.

— Leia ? Leia ? appela-t-il.

— Je sens quelque chose à la surface de la planète... C'est...

— Parle ! l'encouragea Yan.

La princesse ferma les yeux. Elle n'avait pas encore le pouvoir de Luke, mais Yan savait que le potentiel était là.

— Je vois des gouttes de sang sur une nappe... Non, on dirait plutôt des taches solaires noires sur fond brillant. Mais ces points sombres ont quelque chose de... répugnant. Oui, c'est ça ! *Répugnant* est bien le mot.

Le souffle court, Leia tremblait de tous ses membres.

Soudain, elle écarquilla les yeux, le visage plus blême que jamais.

— Yan, il ne faut pas nous poser sur cette planète !

9

Dans l'appartement de Yan, sur Coruscant, Luke tentait de capter des ondes. C'était un étrange intérieur, sans décoration ni chaleur, le genre d'endroit qu'une personne habite, mais où on ne peut pas prétendre qu'elle *vit*.

L'immeuble entier avait été passé au peigne fin. Les uniformes de Yan gisaient sur le sol, en lambeaux. Le matelas était éventré, comme les coussins. Des débris jonchaient le sol. Des dizaines de personnes avaient fouillé les lieux, mais aucune en utilisant la méthode que Luke se proposait d'appliquer.

Il s'empara d'un oreiller et ferma les yeux. Au contact du tissu, il sentit le désespoir de Yan, puis une sorte d'exaltation maniaco-dépressive vaguement motivée par l'espoir que tout s'arrangerait.

Luke se leva du lit. Des émotions aussi fortes avaient une odeur bien caractéristique. Posant les doigts sur un mur, le Chevalier Jedi chercha à suivre la piste du général corellien.

Il sortit de l'appartement, puis du bâtiment, et s'engagea dans les longues avenues de la ville, s'arrêtant parfois à l'intersection de deux rues pour se reconcentrer.

Après des heures de traque, Luke se retrouva dans les bas-fonds de Coruscant, à l'intérieur d'une ancienne salle de jeu enfouie sous plusieurs strates de rues et d'immeubles. Il regarda longuement la table de sabacc où un trio de chasseurs de primes s'affrontaient du regard tandis qu'un croupier mécanique leur distribuait des cartes.

Skywalker alla voir le directeur du casino clandestin, un Ri'dar au faciès et au corps de chauve-souris qui surveillait son domaine suspendu par les pieds à un câble du plafond.

— Vos croupiers enregistrent-ils les parties pour s'assurer qu'il n'y a pas de tricherie ? demanda le Jedi.

— Pourquoi le feraient-ils ? Je dirige un établiiisssement honnête. Insiiinuez-vous que mes droïds triiiichent ?

La paranoïa des Ri'dar était bien connue ; si Luke ne rectifiait pas le tir, il risquait de rencontrer quelques problèmes.

— Bien sûr que non. L'idée ne m'a jamais traversé l'esprit. Simplement, un de mes amis a joué ici il n'y a pas longtemps, et j'aimerais voir le film. J'ai de quoi payer...

Les yeux du Ri'dar s'illuminèrent. Effectuant un rétablissement impeccable, il se laissa tomber sur le sol.

— Par iiicci...

Luke le suivit dans une arrière-salle. Le Ri'dar lui lança un regard suspicieux.

— L'argent d'abord !

Le Jedi lui tendit une crédipuce. Après l'avoir empochée, le patron du casino lui montra comment se servir d'un lecteur vidéo antédiluvien.

L'appareil était couvert de rouille et de poussière, mais la fonction « retour arrière » allait à une vitesse incroyable. Repérant Solo, Luke cala la bande puis regarda son ami gagner une planète au jeu. Hélas, il n'y avait pas de son. L'image holographique du monde en question n'apprit rien au Jedi.

Mais il savait à présent pourquoi le Corellien avait éprouvé cette étrange exaltation.

— Qui est la Drackmarienne ? demanda Yan.

Le Ri'dar scruta l'écran.

— Diffiiiccile à diire. Pour moi, les Drackmariiiens ssse ressemblent tousss.

Luke sortit une deuxième crédipuce.

— Oh, çççà me revient ! Omogg. C'est çççça : la priiiincesse de la guerre Omogg.

Le Jedi avait déjà entendu ce nom.

— Logique. Qui d'autre pourrait se permettre de perdre une planète. Où puis-je la trouver ?

— Dans uuune sssalle de jeu. Quand elle n'est paaaas chez moi, elle joue ailleurs. Les Drackmariiiiens ne dorment jaaaamais.

Luke nota les coordonnées des endroits préférés d'Omogg. Fermant les yeux, il suivit la liste du bout de l'index et s'arrêta sur le troisième nom. Le casino clandestin se trouvait non loin de là, mais quatre étages plus bas.

Luke resserra la ceinture de sa toge. Quelque chose lui disant qu'il pouvait en avoir besoin, il déclippa son sabrolaser de son ceinturon et le mit dans sa poche, prêt à l'emploi.

La descente ne dura que quelques minutes, mais il eut le sentiment de pénétrer dans un autre monde. L'air était oppressant et l'illumination encore plus chiche. Des centaines de niveaux plus bas, il existait des endroits où les humains les plus courageux ne se seraient pas aventurés.

A ce niveau-ci grouillaient déjà des créatures dont Luke n'aurait pas soupçonné l'existence. Au détour du chemin, il croisa une énorme forme de vie amphibie couleur turquoise qui se nourrissait avec délectation d'une sorte de mousse à l'aspect peu ragoûtant. Un peu plus loin, une chose spongieuse hérissée de tentacules glissait mollement sur la pierre humide. Pressant le pas, le Jedi ne chercha pas à savoir s'il s'agissait d'un être intelligent ou de quelque vermine géante.

Enfin, il aperçut l'enseigne de l'établissement qu'il cherchait.

Le Passager Clandestin, un nom qui était tout un programme.

Luke entra, plissant les yeux pour mieux voir dans la

pénombre. A part les lampes d'un droïd d'entretien et la luminescence de créatures amphibies semblables à celle que Skywalker avait croisée, il n'y avait pas le moindre éclairage. A ces niveaux, on n'utilisait pas de lumière artificielle.

Soudain, Luke entendit une série de gémissements de douleur.

Il sortit son sabrolaser et l'alluma. La lueur bleue de l'arme déchira l'obscurité. Des dizaines de créatures hurlèrent et se couvrirent les yeux. Un petit groupe d'humanoïdes au faciès de rat s'enfonça plus profondément dans les ombres pour regarder la suite. D'autres joueurs, moins téméraires, préférèrent sortir en toute hâte du casino.

Au fond de la salle de jeu, à une table de sabacc, trois humains attaquaient la guerrière drackmarienne. Deux lui tenaient le dos collé contre la table tandis que le troisième essayait de lui arracher son casque pour l'exposer à une atmosphère mortelle pour elle.

La Drackmarienne luttait de toutes ses forces, enfonçant ses serres dans leurs bras, frappant de ses pieds griffus et battant l'air avec sa queue hérissée d'épines. Pour preuve de son efficacité, deux autres humains gisaient sur le sol.

Mais sa résistance faiblissait. Les trois hommes dominaient leur proie. Ils étaient équipés de lunettes à infrarouges. Un signe évident qu'ils n'étaient pas habitués à vivre dans les profondeurs de Coruscant.

— Lâchez-la ! leur ordonna Luke.

— Reste en dehors de ça, l'ami, cracha un des hommes dans un basic à l'accent exotique. La Drackmarienne détient des informations...

Le Jedi avança. Le type qui essayait d'enlever son casque à Omogg dégaina un blaster et tira. Un aura bleue enveloppa Skywalker, qui perdit conscience durant une fraction de seconde, comme si on venait de lui plonger la tête dans de l'eau glacée. Se ressaisissant, il laissa la Force couler en lui.

Pensant en avoir terminé avec le gêneur, les trois forbans étaient retournés à leurs occupations.

— Lâchez-la, répéta Luke.

L'homme qui avait tiré tourna la tête, leva un sourcil et sortit de nouveau son arme. D'un geste, Luke utilisa la Force pour la lui arracher des mains.

— Sortez d'ici, et vite, rugit-il.

Les trois hommes s'écartèrent de la Drackmarienne, qui luttait désespérément contre l'oxygène pénétrant dans son casque à moitié arraché.

— Cette *femme* est une citoyenne de la Nouvelle République. Si vous ne la laissez pas en paix, je vous couperai en deux.

Il brandit son sabrolaser.

Echangeant des regards nerveux, les trois types reculèrent un peu plus. Le plus grand sortit un communicateur et se mit à parler dans une langue inconnue de Luke. A l'évidence, il appelait du renfort. Malins, les humanoïdes à tête de rat s'éclipsèrent à leur tour ; un silence de mort tomba dans la salle, uniquement troublé par le bourdonnement des synthétiseurs de nourriture installés derrière le comptoir.

Soudain, une voix féminine retentit derrière le Jedi.

— Que se passe-t-il ici ?

Les trois agresseurs d'Omogg croisèrent les bras et inclinèrent la tête.

— Reine-mère, nous avons retrouvé la princesse de la guerre drackmarienne, selon tes ordres, mais elle refuse de nous répondre. Nous n'avons pas pu en tirer une information...

Luke se retourna pour étudier celle que ces hommes appelaient reine-mère. C'était une grande femme qui portait un voile jaune sur la partie inférieure du visage. Son port régalien laissait peu de doute sur son statut. Une longue robe ample ne parvenait pas à dissimuler sa silhouette harmonieuse.

Derrière elle se tenaient une dizaine de gardes, blaster au poing.

— Vous osiez torturer une dignitaire étrangère ? demanda la reine-mère, la voix tremblante de colère.

Luke sentit qu'elle ne simulait pas. Mais était-elle furieuse parce que ses hommes avaient commis un acte répréhensible ou parce qu'ils s'étaient fait prendre ?

— Qu'aurions-nous pu imaginer de mieux ? marmonna un des trois forbans.

La reine-mère leur lança un regard dégoûté.

— Disparaissez de ma vue ! A partir de cette minute, vous êtes aux arrêts de rigueur.

Curieux de savoir s'il s'agissait d'une comédie, Luke utilisa la Force pour sonder l'esprit de la femme.

Les actes de ses hommes ne la surprenaient pas. Ils ne la consternaient pas non plus. Le Jedi ne s'en étonna pas : tous les chefs finissaient par s'endurcir d'une manière ou d'une autre.

— Je vous suis reconnaissante d'être intervenu, déclara-t-elle à Luke.

Sur un geste de la souveraine, deux gardes aidèrent la Drackmarienne à se relever. Quand ce fut fait, ils rajustèrent le casque sur le museau de la princesse de la guerre.

Omogg haletait toujours, mais elle semblait reprendre ses esprits. Les deux hommes la firent asseoir ; ils réglèrent les soupapes de sa bouteille dorsale afin d'augmenter le débit de méthane.

La Drackmarienne respira profondément.

— Je suis désolée, lui assura la reine-mère. Je suis la Ta'a Chume de Hapes. Il est vrai que j'ai chargé mes hommes de vous retrouver, mais jamais je ne les ai autorisés à vous molester. Ils sont aux arrêts. A vous de choisir leur punition.

— Faiiites-leeur respiiirer du mééétthaane...

La reine-mère inclina la tête.

— Ce sera fait, n'ayez crainte. (Elle marqua une courte pause.) Vous connaissez les raisons de ma venue. Je veux savoir où est Yan Solo ! On murmure que vous allez vous lancer sur sa piste à titre... hum... privé. Votre prix sera le mien. Savez-vous où il est ?

Omogg étudia la souveraine pendant un long moment. Les Drackmariens étaient connus pour leur générosité, mais c'étaient également des gens indépendants qui détestaient agir sous la contrainte. Ennemis mortels de l'Empire, ils n'étaient que de très lointains alliés de la Nouvelle République. Leur devise aurait pu être : « Plutôt morts que soumis ».

— Vouuus recherchez la mêêême infoormaation ? demanda Omogg à Luke.

— Oui.

— Vouuus m'aavez sauvé la viiie. Voootre rééépuutaatiooon n'est pluuus ààà faire. Queelle récooompense vouuulez-vouuus ?

La Drackmarienne hésitait ; Luke comprenait très bien pourquoi. A lui, elle aurait dit où était Yan, mais elle ne voulait pas parler en présence de la Ta'a Chume. Pourtant, Luke sentait quelque chose de très fort émaner de la Hapienne. De la confiance ? Si Omogg avait vraiment prévu de pourchasser Yan — la récompense offerte par la Nouvelle République avait de quoi motiver plus timoré qu'elle — la reine-mère avait dû prendre les dispositions idoines. Sans doute savait-elle déjà sur quel navire partirait la princesse de la guerre. Quelques bourses intelligemment distribuées aux hommes de l'équipage, et le vaisseau serait truffé de mouchards électroniques permettant de le suivre à la trace.

— Voici ce que je veux, annonça Luke. D'abord que vous me laissiez le général Solo, ensuite que vous ne révéliez à personne sa destination. Contentez-vous d'y penser en me regardant dans les yeux.

La Drackmarienne obéit, ses pupilles noires brillant derrière la visière du casque. Luke utilisa la Force pour entrer en contact avec la guerrière. Quand ce fut fait, il entendit un nom résonner dans son crâne.

Dathomir !

Le Jedi se souvint de l'image du jeune Yoda disant : *« Nous avons essayé de libérer... Chu'unthor de Dathomir. »*

— Que savez-vous de cet endroit ? demanda-t-il.

— Pooouuur quelqu'uuun qui reeespiire du méèthaane, il n'a guèèère d'intérêêêt...

— Merci, Omogg. La réputation de serviabilité des Drackmariens n'est pas usurpée. Avez-vous besoin d'un médecin ? D'autre chose ?

Omogg fit signe que non. Néanmoins, elle toussa encore...

La reine-mère étudiait Luke comme s'il avait été un beau spécimen mis en vente sur un marché aux esclaves. Le Jedi sentait sa nervosité.

Elle voulait quelque chose de lui.

— Merci d'être arrivé à point nommé, répéta-t-elle. Je suppose que vous êtes un chasseur de primes...

— Absolument pas ! Disons que je suis.... un ami de Leia.

La souveraine acquiesça. Elle semblait répugner à quitter son nouveau compagnon...

— Ma flotte part ce soir pour... (elle regarda autour d'elle, vérifiant qu'il n'y avait que les gardes, Luke et Omogg)... Dathomir.

Skywalker ne put s'empêcher de sursauter. La voix de la femme se fit plus confiante :

— Omogg a commis l'erreur de faire calculer le cap par son ordinateur de navigation. Mes espions sont habiles... Mais pourquoi Solo a-t-il choisi ce monde pour destination ?

— Peut-être a-t-il pour lui une valeur sentimentale... suggéra Luke.

— C'est possible... admit la souveraine. Un choix logique pour un amoureux transi qui enlève sa belle. La piste vous semble donc digne d'intérêt ?

— Je n'en suis pas encore sûr...

— Néanmoins, je la suivrai... J'étais enfant quand j'ai vu un Jedi pour la dernière fois. C'était un vieil homme. Rien à voir avec vous, mais intéressant... J'aimerais vous avoir à dîner sur mon vaisseau. Ce soir.

A son ton, c'était plus un ordre qu'une invitation, bien que Luke sentît qu'il lui aurait été loisible de refuser. Mais cette femme l'intriguait. N'avait-elle pas accepté sans broncher que trois de ses hommes soient exécutés au méthane ? La vie et la mort semblaient bien peu de chose pour elle.

La reine était dangereuse. Une bonne raison pour en apprendre davantage sur son compte.

— Je serai très honoré d'accepter votre hospitalité, répondit Luke.

10

Le *Faucon Millenium* plongeait vers Dathomir. Serrant les accoudoirs de son siège, Chewbacca poussait de sourds grognements d'angoisse. Le mouvement spiralé du vaisseau donnait la nausée à Leia. Ayant grandi dans les arbres de sa planète natale, le Wookie était peut-être moins sensible au vertige.

— Quelle chaleur ! gémit la princesse.

La remarque frisait le truisme. Ils atteignaient l'atmosphère. Sans boucliers spéciaux, la frégate risquait de brûler comme un vulgaire morceau de papier.

— Yan, je me giflerais de t'avoir laissé m'entraîner dans cette histoire. Tant pis si tu dois rester en prison jusqu'à la fin de tes jours, mais ramène-moi chez moi, et vite !

Solo tourna à peine la tête.

— Je suis vraiment navré, princesse, mais j'ai bien peur que Dathomir soit notre nouveau domicile. Du moins tant que je n'aurai pas tout réparé...

Il activa le compensateur d'accélération. L'impression de chute cessa. Bientôt, les moteurs subluminiques s'allumèrent.

— Nous allons sortir de ce cercueil volant... annonça-t-il à ses compagnons.

Le *Faucon* bondit. Un atroce bruit métallique leur indiqua que son toit raclait contre quelque chose. S'en fichant éperdument, le pilote continua la manœuvre.

— Ne vous mettez pas martel en tête pour le bruit, conseilla-t-il à ses amis. Ce sont juste nos capteurs qui se font arracher... Il va falloir sortir en douceur et rester près de la frégate pour qu'ils ne nous repèrent pas. Quand elle s'écrasera sur le sol, les éclairs de l'explosion nous feront un joli camouflage. Donc, il faudra se poser à proximité du site de l'impact...

Le *Faucon* s'extirpa sans trop de mal de l'épave. Leia vit alors qu'ils étaient encore à des milliers de kilomètres du sol. Au-dessus d'eux, les étoiles et l'espace semblaient incroyablement distants. Dathomir, en revanche, grossissait à vue d'œil sur les écrans de contrôle.

C'était la nuit sur la planète.

Au moins, songea Leia, *nous tomberons sur la terre ferme, pas dans l'océan.*

Ils se trouvaient à l'aplomb de ce qui paraissait être une zone tempérée. Prenant naissance à la lisière d'une mer de dunes, des montagnes et des collines moutonnaient à perte de vue. L'endroit n'avait pas l'air accueillant, mais on devait pouvoir y survivre.

Les montagnes étaient couvertes d'arbres. Leia avait atterri sur des centaines de planètes ; Dathomir appartenait à la catégorie qui lui donnait le cafard. Elle était tellement sinistre, sans les lumières d'une ville pour l'égayer.

Cette désolation lui minait déjà l'âme.

— Yan, stabilise-nous à cette hauteur et effectue un balayage complet de la surface. Recherche les formes de vie...

Docile, le général démissionnaire s'exécuta.

— Désolé, Leia, mais les senseurs sont morts...

— Nous en avons un besoin vital ! cria la princesse. Où comptes-tu trouver des pièces détachées pour réparer ta ruine volante ?

— Par là ! s'écria C-3P0. Je vois une ville !

— Où ça ? demanda Leia.

Le droïd tendit un doigt. Il y avait effectivement une lueur à une centaine de kilomètres de leur position.

— Change de cap, Yan ! ordonna la princesse.

— Impossible ! Nous devons nous poser dans un rayon d'un demi-kilomètre autour du point d'impact de la frégate. Sinon, les senseurs des superdestroyers nous détecteront.

— Alors, atterris au moins à un demi-kilomètre dans la bonne direction !

Yan marmonna un commentaire bien senti sur les princesses qui voulaient tout régenter. Le sol approchait à une vitesse vertigineuse. Bientôt, le *Faucon* fut engagé dans une descente précipitée entre les pics de montagnes fabuleusement hautes. A la lumière de la lune, Leia distingua une forêt composée d'arbres géants aux silhouettes distordues.

Ils étaient presque au niveau du sol quand Yan redressa la barre. L'explosion de la frégate emplit le ciel d'éclairs blancs. A la dernière seconde, le *Faucon* rasa la cime des arbres, frôla les eaux d'un lac niché entre deux montagnes et s'enfonça dans la forêt.

L'atterrissage fut du même genre que le reste : calculé au cordeau et plutôt abrupt. Derrière eux, une boule de feu s'éleva, indiquant que la frégate avait fini de se disloquer.

Yan jeta un bref coup d'œil sur l'écran.

— Nous sommes arrivés... déclara-t-il en coupant les moteurs.

— Yan, soupira Leia, même si nous trouvons des pièces détachées, comment les transporterons-nous jusqu'ici ? Tu as vu *tout* ce qu'il faudra changer pour que cet... engin... vole de nouveau ?

— C'est pour ce genre de boulot qu'on a inventé les droïds et les Wookies, princesse !

Chewbacca foudroya Solo du regard.

— Ne vous inquiétez pas, lui souffla C-3P0. Personne n'oserait blâmer un Wookie d'avoir mangé un pilote trop cossard pour faire son travail.

— Tu crois que nous avons réussi ? demanda Leia. Tu es sûr qu'ils ne nous ont pas repérés ?

— Je ne suis sûr de rien, princesse. Mais si les hommes de Zsinj suivent les procédures impériales, ils viendront inspecter l'épave de la frégate dès qu'elle aura un peu refroidi. Nous devons sortir, effacer nos traces et cacher le *Faucon*.

— Veuillez m'excuser, général, intervint C-3P0, mais puis-je vous rappeler que les soldats de Zsinj ne sont pas des Impériaux au sens strict du terme. L'Empire est vaincu ; ce sont des pirates...

— Ouais... grommela Yan. N'oublie pas que tous ces types ont été entraînés par l'Empire. Et ne perds pas une chose de vue : aucun bourlingueur de l'espace ne manquerait l'occasion de voir de plus près une si belle épave. Crois-moi, nous allons avoir de la compagnie. A moins que tu veuilles offrir un pique-nique à ces messieurs, on ferait bien de se mettre à l'ouvrage.

Ils allèrent dans la soute récupérer les filets de camouflage. Il y en avait deux, chacun assumant une fonction précise. Le premier, un treillis de fil métallique, interdisait la détection des composants électroniques du navire. Le deuxième dissimulait le *Faucon* à la vue.

Les quatre naufragés sortirent du vaisseau. L'air était plus chaud que Leia l'aurait cru ; dans le ciel, les étoiles brillaient intensément. La nuit enveloppa la princesse comme l'eau d'une piscine. Peu à peu, cette sensation détendit les muscles de son dos et de sa nuque, noués par l'angoisse.

La forêt était tranquille. Dans le lointain, ils entendaient crépiter les flammes qui consumaient l'épave et la végétation environnante. Il n'y avait pas de chant d'oiseau, aucun cri de bête fuyant l'incendie.

A leurs narines montaient des odeurs de feuillage et de sève. A première vue, Dathomir n'était pas un endroit si désagréable.

Ils mirent en place le premier filet, puis s'occupèrent du second. Long de trente-cinq mètres, il était constitué d'une matière photosensible couverte d'une pellicule protectrice. Ayant retiré cette dernière, ils posèrent le filet sur le sol durant une minute afin qu'il prenne une série de clichés. Puis ils en couvrirent le *Faucon*.

Les performances de ce système « caméléon » étaient telles qu'elles permettaient au vaisseau de subir un survol en rase-mottes. On racontait même que certains soldats avaient marché sur le toit de navires cachés dans des fossés sans jamais s'apercevoir qu'ils piétinaient l'objet de leurs recherches.

Ensuite, les quatre compagnons dissimulèrent les traces de leur atterrissage avec des feuilles mortes et des buissons.

Epuisée, Leia flâna sur la berge du petit lac, les yeux perdus dans les étoiles. L'aube approchait et de la rosée dansait au-dessus de l'eau. Une brise commença à agiter la cime des arbres.

Yan rejoignit sa bien-aimée et lui massa les épaules.

— Alors, comment trouves-tu ma planète ? demanda-t-il.

— Hum... Elle est plutôt mieux que son propriétaire, le taquina Leia.

— Bon sang, alors c'est qu'elle est extraordinaire !

— Ça n'est pas exactement ce que je voulais dire... fit Leia en s'écartant de lui. Je ne sais pas trop si je dois t'en vouloir de m'avoir mise dans le pétrin, ou te remercier de nous avoir sortis vivants de la frégate.

— Tu es troublée... Je fais souvent cet effet aux femmes !

— Cette tactique, c'est vrai que tu l'avais déjà utilisée ? Je veux dire, te réfugier dans un gros vaisseau et le laisser te conduire sur une planète trop bien défendue ?

— A la vérité, reconnut Solo, ça n'a pas toujours aussi bien marché qu'aujourd'hui, mais...

— Bien marché ?

— Par rapport à ce qui nous attendait, oui. On ferait mieux de se mettre à couvert. Ils arrivent.

Leia leva les yeux. Quatre étoiles semblaient s'être détachées du ciel. Elles se dirigeaient vers eux.

Toute la journée, le petit groupe se cacha dans le vaisseau. Sous camouflage, il leur était impossible de savoir combien de soldats fouillaient le secteur. Tandis qu'ils avalaient leurs rations froides, une armée d'ennemis aurait pu encercler le *Faucon* et se préparer à l'attaque. A toutes fins utiles, Yan avait orienté les canons-blasters vers le sol...

Toute la matinée, ils entendirent les grondements des chasseurs qui survolaient la zone. Vers dix heures, une pluie de missiles s'abattit à moins de cinq cents mètres de leur position. Le *Faucon* tangua sous l'onde de choc.

Les quatre naufragés rentrèrent la tête dans les épaules, étonnés que les hommes de Zsinj se donnent tant de mal pour détruire une épave sans intérêt.

A moins qu'ils aient tenté d'atteindre une autre cible ?

Quand le bombardement fut terminé, tout redevint paisible. Cependant, une heure et demie plus tard, une nouvelle formation de chasseurs survola le secteur.

— C'est nous qu'ils cherchent, gémit C-3P0.

Yan s'assit, les yeux au plafond, tous les sens en alerte. Certains de ces vaisseaux avaient des senseurs capables de capter un soupir à des kilomètres.

Leia ferma les yeux et se concentra. Elle ne sentait plus la présence des sombres créatures qui l'avaient effrayée un peu plus tôt. Avait-elle été victime d'une hallucination ?

Au début de l'après-midi, les chasseurs abandonnèrent les recherches. La princesse s'en étonna. Si les hommes de Zsinj avaient cru qu'ils s'étaient posés, ils n'auraient sûrement pas renoncé si vite. Surtout si leurs espions les avaient informés qu'un général et une ambassadrice voyageaient dans le *Faucon*.

Conclusion : les soldats du seigneur de la guerre ne savaient rien.

A moins que...

Une idée désagréable vint à l'esprit de la princesse. On ne leur donnait peut-être pas la chasse parce qu'il était impossible de survivre longtemps sur Dathomir. Pour qu'une planète si jolie ne soit pas colonisée, il devait y avoir une solide raison...

Le soir venu, Yan se leva, s'étira, mit un casque et un gilet pare-balles et s'empara d'un fusil-blaster.

— Je vais faire un tour pour m'assurer que les hommes de Zsinj ont bien levé le camp.

Leia, Chewie et C-3P0 attendirent dans le vaisseau. Après une heure et demie, le Wookie montra des signes de nervosité. Il chuinta quelques mots.

— Il suggère que lui et moi allions chercher Yan, traduisit le droïd-protocole.

— Pas question ! répondit Leia. Un grand Wookie et un droïd doré sont trop faciles à repérer. J'y vais.

Elle enfila une combinaison de combat, passa un gilet pare-balles et se choisit un casque. Blaster au poing, elle suivit la piste de Yan jusqu'au lac.

Il n'y avait pas l'ombre d'un ennemi. Solo était à une centaine de mètres du vaisseau. L'air rêveur, il contemplait un superbe coucher de soleil.

Soudain, il ramassa une pierre plate et la lança. Elle fit cinq ricochets avant de sombrer.

Dans le lointain résonna l'appel d'une créature inconnue. Tout cela faisait très bucolique...

— Que fais-tu à découvert ? demanda Leia, furieuse de le voir rêvasser ainsi.

— Je regarde, c'est tout...

Baissant les yeux, il flanqua un coup de pied à un caillou niché dans un curieux sillon boueux.

— Reviens à couvert !

Yan glissa les mains dans ses poches et ne bougea pas d'un pouce.

— Voici la fin de notre première journée sur Dathomir... C'était plutôt agité pour des vacances, non ? Leia, m'aimes-tu encore ? Veux-tu m'épouser ?

— Yan, laisse tomber ce sujet, d'accord ? Et reviens à couvert !

— Je ne risque rien, ma douce. J'ai de bonnes raisons de croire que les troupes de Zsinj sont parties.

— Quelles raisons ?

Yan désigna ce qu'elle avait pris pour un sillon.

— Personne de sensé ne rôderait la nuit avec ce genre de bestiole dans les environs...

Leia étouffa un cri. Le *sillon* était en réalité une empreinte de près d'un mètre de long. La créature devait être très grande. Elle possédait cinq orteils...

Assis en compagnie de Luke et de sa mère, le prince Isolder était d'une humeur massacrante. Arrivée ce matin, la reine avait réussi en quelques heures à savoir où Solo avait emmené Leia. Lui se cassait les dents sur la question depuis plus d'une semaine.

Le raisonnement de la souveraine était lumineux. Les diverses primes proposées pour la capture de Solo — par la République, qui le voulait vivant, et par les seigneurs de la guerre, qui le désiraient mort — étaient trop tentantes pour que les chasseurs d'hommes songent à partager. Chacun agissait pour son compte, ne lâchant pas la moindre information.

Sur l'ordre de la reine, ses espions s'étaient intéressés à tous les capitaines au long cours qui traînaient dans les environs. Omogg avait attiré leur attention en achetant un nouveau système d'armement pour sa nef personnelle.

Le reste était simple comme un bonjour...

A présent, Isolder attendait que sa génitrice triomphe et ponctue son récit de quelques remarques soulignant la supériorité intellectuelle des femmes.

Les Hapiennes avaient un dicton : « Ne laisse jamais un homme se croire ton égal, car c'est le mettre sur la voie du péché. »

La Ta'a Chume se gardait depuis toujours de dévoyer son fils. Pourtant, le dîner était remarquablement cordial. La souveraine conversait avec Luke sans manquer une occasion de rire. Bien qu'elle eût conservé son voile, elle parvenait à être séduisante.

Isolder se demanda si le Jedi accepterait de finir la soirée dans le lit maternel. Il était évident qu'elle le désirait ; comme toutes les reines-mères, l'âge avait peu de prise sur elle.

C'était encore une beauté...

Skywalker semblait ne pas remarquer son manège. Au contraire, il s'intéressait à ce qui l'entourait comme s'il eût voulu faire un peu d'espionnage industriel.

A dire vrai, Isolder comprenait cette réaction. L'*Etoile de la Maison* était un vaisseau hors du commun. La première reine-mère avait ordonné sa construction quatre mille ans plus tôt en s'inspirant des plans de son château. Les cloisons en plastacier étaient couvertes de fausses pierres noires et toutes les tourelles étaient maquillées en dômes de cristal. Pareillement, les moteurs et l'armement se dissimulaient sous des décors de basalte très bien imités.

L'*Etoile de la Maison* ne pouvait rivaliser avec un superdestroyer de l'Empire. Mais c'était un modèle unique, beaucoup plus impressionnant, et incomparablement plus beau. Les invités en restaient à tout coup bouche bée. En particulier quand ils dînaient en compagnie de la souveraine et que la lumière dansante des étoiles se reflétait sur les antiques dômes de cristal.

— Votre travail doit être fascinant, lança la reine à Luke tandis qu'ils entamaient le dessert. J'ai toujours été une provinciale casanière... Mais vous... Tous ces voyages dans la galaxie pour découvrir les archives des Jedi...

— Je ne fais pas ça depuis très longtemps, vous savez. Et sans rien découvrir d'intéressant. Hélas, j'ai bien peur que ça continue ainsi...

— Mais non ! Je suis sûre qu'il reste des archives sur des dizaines de mondes. Quand j'étais enfant, ma mère a accordé le droit d'asile à un petit groupe de Chevaliers. Ils étaient une cinquantaine, je crois. Pendant un an, ils se sont cachés dans des ruines, sur un de nos mondes. Ils avaient fondé une petite académie... (Sa voix se fit plus dure.) Puis le seigneur Vador et ses Chevaliers Sombres sont venus, et ils ont poursuivi ces malheureux. Après les avoir massacrés, ils les ont enterrés dans les ruines de Reboam. Peut-être y avait-il des archives...

— Reboam ? répéta Luke. Où est-ce donc ?

— C'est un petit monde au climat désertique, presque inhabité. Un peu comme votre Tatooine...

Isolder vit luire de l'avidité dans les yeux du Jedi. La Ta'a Chume ne passa pas à côté.

— Quand Leia sera sauvée, venez donc sur Hapes. Un de mes conseillers, un très vieil homme, vous conduira sur la planète et vous montrera les grottes. Tout ce que vous trouverez sera à vous.

— Merci de tout cœur, Ta'a Chume, fit Luke en se levant, visiblement trop excité pour continuer à manger. Je crois que je devrais aller me préparer... Avant, puis-je implorer une dernière faveur ?

La souveraine acquiesça.

— Puis-je voir votre visage ?

— Vous me flattez ! s'exclama la reine avec un rire de gorge.

Le voile défendait sa beauté ; nul Hapien n'aurait eu l'audace de demander une chose pareille. Ce Skywalker n'était qu'un barbare qui...

A la grande surprise du prince, sa mère retira son voile.

Un long moment, le Jedi plongea le regard dans les yeux vert foncé mis en valeur par une cascade de cheveux roux. Dans la Confédération, peu de femmes pouvaient en remontrer à la souveraine en matière de beauté.

Le prince se demanda si le Jedi, malgré ses airs de ne pas y toucher, n'avait pas pris note des avances de sa mère.

Puis la souveraine remit son voile.

Luke fit une profonde révérence. Mais son visage s'était fermé comme s'il avait sondé l'âme de la reine et trouvé désagréable ce qui s'y cachait.

— A présent, je sais pourquoi vos sujets vous vénèrent, murmura le Jedi.

Puis il tourna les talons et sortit.

Un frisson courut le long de l'échine d'Isolder. Quelque chose de capital venait de se produire ; hélas, il n'avait pas saisi quoi...

Quand il fut sûr que le Jedi ne pouvait plus l'entendre, il osa questionner sa mère.

— Pourquoi lui avoir raconté ces sornettes sur l'académie des Jedi ? Ta mère détestait les Chevaliers presque autant que l'Empereur, et elle les aurait volontiers exterminés...

— L'arme d'un Jedi est son esprit, mon fils. Quand il est troublé, il devient vulnérable.

— Tu as donc l'intention de le tuer ?

La souveraine posa les mains sur la table.

— C'est le dernier des Jedi. L'as-tu entendu parler de ses précieuses archives ? Qui voudrait voir l'ordre maudit renaître de ses cendres ? Les premiers Chevaliers nous ont bien assez embêtés ! Je refuse de voir nos descendants courber l'échine devant une oligarchie de plieurs de petites cuillers et de *lecteurs* d'auras. Je n'ai rien contre ce garçon, mais je dois m'assurer que celles qui sont faites pour régner continuent à régner. Comprends-tu ?

Du regard, elle le défia de contester ce jugement.

— Merci du dîner et de la leçon, mère. Je dois aussi me préparer...

Il se leva et embrassa la souveraine à travers son voile.

En toute logique, il aurait dû quitter immédiatement l'*Etoile de la Maison* et rejoindre son propre navire. Au lieu de cela, il courut jusqu'au spatiodock des invités, où il trouva Skywalker sur le point d'embarquer dans son aile X.

— Prince Isolder, j'étais prêt à partir, mais je ne trouve pas mon astrodroïd. L'avez-vous vu ?

— Non, répondit le Hapien en regardant nerveusement autour de lui.

A cet instant, un technicien entra, le droïd roulant derrière lui.

— Il émettait des étincelles, expliqua le technicien. Nous avons trouvé un faux contact dans son motivateur...

— D2, tout va bien ? demanda Luke.

Le petit droïd siffla une réponse affirmative.

— Chevalier Skywalker, commença le prince, je voudrais vous demander quelque chose... Dathomir est à quelque soixante-dix parsecs d'ici, je crois ?

— Soixante-quatre, exactement.

— Le *Faucon Millenium* a dû suivre un cap plutôt sinueux pour faire un pareil bond dans l'hyperespace. Quel genre d'homme est le général Solo ? Aura-t-il pris la route la plus directe ?

Calculer un voyage dans l'hyperespace n'était pas un jeu d'enfant. Les ordinateurs de navigation avaient tendance à choisir les routes *sûres* le long desquelles les trous noirs, les planètes et les systèmes solaires étaient clairement localisés. Bien entendu, cela impliquait souvent de longs détours.

Les gens sensés jugeaient cela préférable aux dangers d'un voyage dans l'inconnu.

— Seul, Yan aurait pris la route la plus courte. Avec Leia à bord, il s'est sûrement retenu. Il n'est pas homme à la mettre en danger, du moins volontairement.

Le Jedi parlait d'un ton étrange, comme s'il n'avait pas dit tout ce qu'il savait.

— Pensez-vous que Leia soit menacée ? demanda Isolder.

— Oui.

— J'ai entendu parler des Chevaliers Jedi quand j'étais enfant. On m'a dit que vous aviez des pouvoirs magiques. Par exemple, vous seriez capable de piloter un vaisseau dans l'hyperespace sans l'aide d'un ordinateur et en prenant la route la plus courte. Mais je n'ai jamais cru à la magie.

— Elle n'est pour rien dans ce que je peux faire, expliqua Luke. Mon seul pouvoir est celui que je puise dans la Force qui nous entoure. Même dans l'hyperespace, je sens l'énergie intérieure des soleils, des mondes et des lunes...

— Etes-vous *sûr* que Leia est en danger ?

— Oui. J'éprouve un sentiment d'urgence à son sujet. C'est pourquoi je pars.

Isolder décida de jouer cartes sur table.

— Luke, je crois que vous êtes un homme juste. Amenez-moi jusqu'à Leia. Par la route la plus courte, nous arriverons peut-être avant Solo.

— J'en doute. Il a une énorme avance.

— Mais si nous le rattrapons les premiers...

— Les premiers ?

Le prince haussa les épaules et indiqua d'un geste la flotte de superdestroyers et de Dragons qui entourait le vaisseau-amiral.

— Si ma mère le trouve avant nous, elle le fera tuer.

— Je crains que vous ayez raison... Bien qu'elle se soit montrée amicale avec moi, je sens qu'elle ne me veut aucun bien non plus...

Isolder ne s'était pas trompé. Le Jedi avait détecté la duplicité de sa mère.

— Prenez garde à vous, Chevalier, et retrouvez-moi sur mon vaisseau, murmura Isolder.

Parler à voix basse était inutile. Dans moins d'une heure, il le savait, sa mère serait au courant de sa trahison.

— Je serai prudent, souffla Luke.

Il flatta gentiment la tête de D2, le regardant comme s'il pouvait voir son âme à travers le métal.

11

Leia entra comme une furie dans le *Faucon Millenium.* Rageuse, elle ôta son casque et le jeta si violemment sur le sol qu'il rebondit trois fois avant de percuter une cloison. Yan Solo la suivit jusqu'au *salon*, où Chewie et C-3P0 jouaient sur la console holographique.

— Bravo, Yan Solo, mille fois bravo ! cria la princesse. Tu nous as mis dans un fantastique pétrin ! Tu veux que je te dise pourquoi les hommes de Zsinj ne nous cherchent plus ? Parce qu'ils savent que nous sommes fichus !

— Je n'y suis pour rien ! se défendit le Corellien. Ma planète fourmille d'intrus ! Dès qu'on sera sorti de ce mauvais pas, je ficherai tous ces gens dehors, c'est moi qui te le dis.

Chewbacca émit un ululement dubitatif.

— Tu verras, espèce de tas de poils !

— Il verra quoi ? s'étrangla Leia. Il y a des monstres dehors. Pour ce qu'on en sait, ils sont peut-être des millions !

— Des monstres ? couina C-3P0.

Il se leva d'un bond en gesticulant.

— Inutile de t'affoler, railla Yan, à part les limaces de l'espace, je n'ai jamais entendu parler de mangeurs de métal de cette taille.

Chewbacca gémit.

— Quelle taille ? demanda le droïd.

— Nous ne les avons pas vus, expliqua Leia. Mais si on se fie à leurs empreintes, un seul peut nous avaler tout crus à son petit déjeuner et se servir de C-3P0 comme cure-dents.

— Fichtre ! Fichtre ! Fichtre ! s'exclama le droïd.

— Princesse, arrête d'inquiéter notre ami métallique. Ce sont peut-être d'inoffensifs herbivores.

Yan tenta de passer un bras autour des épaules de la jeune femme, mais elle se dégagea et brandit vers lui un index vengeur.

— J'espère bien que non ! cracha-t-elle. Si ces créatures sont herbivores, tu imagines la taille de leurs prédateurs ? Au lieu de venir ici, j'aurais dû t'arracher les yeux ! D'abord un seigneur de la guerre, puis des monstres. Qu'est-ce qui nous attend demain ? Yan, qu'espérais-tu d'une fichue planète gagnée au sabacc ?

— Calme-toi, Leia. Je fais de mon mieux...

— Ah non ! N'espère plus m'embobiner ! Ça n'est pas un jeu, Yan. Nos vies sont menacées. Qui aime qui et qui veut épouser qui n'a plus la moindre importance. Nous devons partir d'ici, et vite !

Dès que sa vie était en danger, Leia se mettait dans tous ses états. Avec son attitude beaucoup plus décontractée, Yan aurait parié qu'il appréciait bien plus les choses qu'elle. Mais la médaille avait un revers...

La princesse *aimait* la vie avec une profondeur et une passion inconnues du Corellien. Depuis la défaite de l'Empire, la jeune femme laissait plus de latitude à ses sentiments.

De son héritage alderaanien, elle gardait un respect infini pour toutes les créatures vivantes. Comme elle avait dû souffrir pendant les années de guerre.

A force d'enterrer ses sentiments, n'en avait-elle pas oublié une partie ? Comme son amour pour lui, par exemple ?

— N'aie crainte, la consola-t-il. Nous nous en sortirons, c'est juré. Chewie, nous aurons besoin d'armes. Sortons l'artillerie et les nécessaires de survie du vaisseau. Nous avons vu une ville à quelques jours de marche. Qui dit agglomération dit moyens de transport. Nous volerons le navire le plus rapide, et adieu Dathomir.

Chewie grogna. Il s'élevait contre l'idée d'abandonner le *Faucon*.

— Ça ne me plaît pas plus qu'à toi, mon vieux. Mais il est bien caché. Un jour, nous reviendrons le chercher...

Il déglutit, incapable de dire un mensonge de plus. Deux ou trois saisons dans ces montagnes, avec la pluie et la neige, et le *Faucon* ne serait plus qu'un tas de rouille. Et, en mettant les choses au mieux, il faudrait dix ans pour que la Nouvelle République ait chassé Zsinj de ce territoire.

Leia dévisagea Yan comme si elle n'en croyait pas ses yeux.

— Tu dis depuis toujours que le *Faucon* est mon jouet favori, princesse. Il est peut-être temps que je grandisse...

Il ouvrit un placard, en tira un casque, puis une combinaison de camouflage.

— Pour C-3P0, expliqua-t-il. Il brille trop...

Le droïd était déjà au pied de la rampe de débarquement. Il scrutait la forêt.

Leia et Chewie s'occupaient de préparer le *Faucon* à la solitude qui l'attendait.

Yan rejoignit le droïd.

— J'ai quelque chose pour toi, annonça-t-il. J'espère que ça ne va pas brouiller tes senseurs ou diminuer ta mobilité...

— Des vêtements ? Général, j'ignore quels effets ils peuvent me faire. Je n'en ai jamais porté.

— Eh bien, il faut un début à tout...

Il s'apprêta à revêtir C-3P0 de la combinaison, non sans une certaine gêne. Les gens très riches se faisaient habiller par des droïds, c'était connu. Mais il n'avait jamais entendu parler du contraire.

— Général, le mieux serait de me laisser ici. Mes reflets métalliques attireront les prédateurs, vous laissant le temps de fuir.

— Ne t'en fais donc pas pour les prédateurs... Nous avons des blasters, et rien ne leur résiste.

— Je crains de ne pas être conçu pour me déplacer sur ce terrain, insista C-3P0. C'est trop humide. Dans dix jours, mes jointures grinceront comme des roonats...

— J'emporterai de l'huile.

— Si les soldats de Zsinj nous poursuivent, ils nous localiseront à cause de mes circuits. Je ne suis équipé d'aucun système de camouflage électronique.

Yan se mordit les lèvres. C-3P0 avait raison. Sa présence pouvait les trahir.

— Ecoute-moi bien : on baroude ensemble depuis longtemps et je n'abandonne jamais un ami.

— Un ami ? s'étonna le droïd.

Yan réfléchit. Selon toute vraisemblance, le voyage serait fatal à C-3P0. Bien que le mot « ami » fût exagéré, Solo ne détestait pas le droïd. Mais le laisser en arrière revenait à le détruire d'une autre manière.

Dans la nuit retentit le cri d'un animal. Yan trouva qu'il semblait plutôt pacifique, mais ça ne voulait rien dire. Un prédateur géant venait peut-être de dire à ses copains : « Dépêchez-vous, je sens notre dîner ! »

— Ne te torture pas le processeur, dit Yan en finissant d'habiller son compagnon de métal.

Avec son casque et sa combinaison, C-3P0 ressemblait à un auguste. Solo chercha un moyen d'apaiser ses angoisses.

— Tu es un droïd-protocole, pas vrai ? Si tu veux payer ton voyage, rends-toi utile. Par exemple, aide-moi à reconquérir le cœur de Leia.

— Ah ! s'exclama C-3P0, excité par cette idée, ne vous tracassez pas, général, je trouverai un moyen...

— Parfait, parfait, approuva Yan.

Il s'engagea sur la rampe au moment où Leia arrivait avec un fusil-blaster et un sac de survie.

Avant d'entrer dans le vaisseau, il entendit le droïd déclarer à la princesse :

— Avez-vous vu combien le roi Solo est splendide, ce soir ? C'est sans conteste un très bel homme...

— Oh, ferme-la, C-3P0 ! le rabroua la jeune femme.

Yan sourit puis il alla s'équiper.

Il prit un sac de survie, un fusil-blaster, une tente gonflable, des lunettes à infrarouges et un chapelet de grenades qui semblait bien pratique au cas où il lui faudrait enfoncer quelque chose dans la gueule d'un animal géant.

Ensuite, il sortit pour la dernière fois de son vaisseau et ferma le sas.

Sans se retourner, il s'enfonça dans la forêt où les rayons de la lune faisaient briller l'écorce blanche des arbres.

Les bois sentaient la sève fraîche et une bonne odeur de fougère. Sous leurs pieds, la sécheresse de l'été ralentissait le pourrissement des feuilles mortes. Avec un peu d'imagination, ils auraient pu se croire en vacances.

Mais Yan sentait qu'ils se trouvaient sur une planète étrangère. La gravité, trop légère, lui donnait l'impression d'avoir de la foudre dans les jambes.

Cette caractéristique physique de Dathomir expliquait peut-être la présence de créatures géantes sur son sol. Avec moins de gravité, les corps des plus grands animaux ne devaient pas avoir subi le phénomène de tassement courant sur nombre d'autres planètes.

Levant les yeux, Solo jugea que même les arbres étaient étrangers. Trop fins et trop hauts — près de quatre-vingts mètres — ils lui donnaient des frissons dans le dos.

Ils virent très peu d'animaux. A un moment, des rongeurs au faciès vaguement porcin les regardèrent passer. Quand Yan tourna la tête, ils s'enfuirent si vite qu'il aurait volontiers cru que leurs pattes étaient équipées de moteurs d'hyperdrive.

Les naufragés marchèrent pendant trois heures. Arrivés au sommet d'une colline, ils firent une courte pause pour observer leur destination. Au loin brillaient les lumières d'une ville.

Soudain, le tonnerre gronda et des éclairs déchirèrent le ciel. Minute après minute, le bruit se rapprochait...

— On dirait qu'un orage se dirige vers nous, constata Leia. On ferait bien de descendre de là pour chercher un abri.

Yan étudia le ciel.

— Ce n'est pas un orage, annonça-t-il. Plutôt un ouragan, ou une tempête de sable venue du désert.

Au gré des éclairs, il avait repéré une sorte de tourbillon géant. C'était étrange. La tempête semblait ramassée sur elle-même, comme si...

Leia le tira de sa méditation.

— Quoi que ce soit, je ne veux pas être prise dedans.

Ils se hâtèrent de descendre. Quand ils furent de nouveau sous la protection des arbres, Yan se sentit un tout petit peu mieux.

Ils dressèrent leur camp près d'un arbre géant, à quelques mètres d'un amas de rochers aux pieds desquels courait un ruisseau. A la taille des blocs de roc — certains étant plus grands qu'un homme — on devinait la férocité des flots qui devaient rouler ici pendant la saison des pluies.

Choisir ce site pour camper alors qu'une tempête se préparait pouvait sembler mal avisé, mais c'était un risque calculé. Les rochers fournissaient d'excellents abris contre les intempéries. En cas d'attaque, la position serait facile à tenir.

Ils dressèrent leurs tentes, mangèrent un peu, et stérilisèrent une bonne quantité d'eau.

— Chewie et toi prenez la première garde, lança Yan en tendant un blaster à C-3P0.

Le droïd saisit l'arme d'une main malhabile.

— Général, vous savez que mes programmes m'interdisent de faire du mal à un organisme vivant.

— Si tu vois quelque chose, tire en l'air ou au sol, et fais autant de raffut que possible.

Sur ces bonnes paroles, le Corellien alla se coucher. Dès qu'il fut dans sa tente, étendu sur un matelas gonflable, il ferma les yeux et s'endormit.

Trente secondes plus tard, du moins fut-ce son impression, les cris de C-3P0 et le son d'un blaster le réveillèrent.

— Général Solo, j'ai besoin de vous ! Au secours ! Vite !

Yan sortit de sa tente, blaster au poing, au moment où Leia jaillissait de la sienne. Ils entendirent un craquement métallique...

A moins de dix mètres se dressait un bipode TR-TT de l'Empire. Il était perché sur un rocher comme une autruche métallique, ses blasters jumelés braqués sur Yan et Leia.

Le Corellien se demanda comment le véhicule avait pu approcher sans être repéré par le droïd, qui levait les bras, l'air penaud.

Dans le cockpit, derrière le pare-brise en transparacier, le pilote et le mitrailleur regardaient leurs proies. Les voyants du tableau de bord baignaient leurs visages d'une lueur verte surréaliste.

Le pilote parla dans son micro.

— Vous deux, lâchez vos armes et mettez les mains sur vos têtes !

Yan regarda autour de lui ; il ne vit aucun signe de Chewbacca et de son arbalète-blaster.

— Euh, demanda-t-il, y aurait-il un problème ? Nous sommes là pour pêcher... J'ai un permis.

Le pilote et le mitrailleur se regardèrent. Cette seconde d'hésitation suffit à Solo.

Il saisit Leia par le bras et la propulsa loin de lui. Puis il dégaina, sauta derrière un rocher et tira sur le pare-brise en priant pour que son blaster perce le transparacier et touche le pilote.

Le trait d'énergie rebondit contre le matériau blindé. Son pistolet-blaster n'avait pas la puissance requise et il avait laissé les grenades dans sa tente.

— Sortez de là ou nous détruisons votre droïd.

— Fuyez ! cria C-3P0. Ne songez pas à moi !

Le mitrailleur ouvrit le feu, faisant voler des éclats de roche tout autour de Solo. Une odeur d'ozone emplit l'air. Un fragment de rocher se planta dans la paume gauche de Yan. Sortant de derrière un autre rocher, Leia tira puis se mit de nouveau à l'abri.

Enfin Solo aperçut Chewie. Caché derrière un arbre,

il était en train d'épauler son arbalète-laser. Il tira, endommageant la coque du bipode.

Le pilote tenta de faire pivoter son cockpit pour voir d'où venait l'attaque. Leia jaillit à la vitesse de l'éclair et tira trois courtes rafales sur le point faible du bipode : son système d'articulation hydraulique.

Le véhicule ennemi bascula sur le flanc. Ses pattes géantes battirent l'air.

Yan s'approcha de C-3P0, ramassa le fusil-blaster qu'il avait laissé tomber et courut vers le bipode.

— Sortez de là ! cria-t-il aux deux hommes d'équipage. Vous n'irez plus nulle part dans cet engin.

Le mitrailleur ouvrit le hayon supérieur ; les deux hommes sortirent, les mains en l'air.

Solo planta le canon de son fusil-blaster sous le nez du pilote.

— Vous êtes sur une planète interdite, rugit le mitrailleur. Vous feriez mieux de partir.

— Interdite ? répéta Leia. Pourquoi ?

— Les indigènes ne sont pas commodes avec les étrangers, expliqua le pilote. Vous ne le saviez pas ?

— Les risques nous amusent, grommela Yan.

— Ces indigènes n'auraient-ils pas des pieds d'un mètre de long ? demanda Leia.

Le pilote se rembrunit.

— Ma dame, ces créatures-là sont juste leurs animaux de compagnie.

De la radio du bipode vaincu s'éleva une voix :

— Patrouille sept au rapport ! Avez-vous capturé le général Solo ? Attendons confirmation !

Chewie désintégra la radio d'un trait d'arbalète-blaster.

Posant son arme, il prit les deux prisonniers par le cou et cogna leurs casques l'un contre l'autre avec assez d'énergie pour que leurs propriétaires s'endorment pour le compte.

Le Wookie grogna et leva les yeux vers la colline.

— Il suggère que nous nous dépêchions de filer, traduisit C-3P0.

Leia avait déjà commencé à plier les tentes.

12

Quand le *Chant de Guerre*, le Dragon d'Isolder, s'apprêta à sortir de l'hyperespace, le prince avait le cœur gonflé d'espoir. En une semaine, Luke avait réussi à les conduire en vue de Dathomir, gagnant près de dix jours sur le cap calculé par l'ordinateur de navigation. Avec un peu de chance, ils allaient arriver avant Yan Solo...

La réalité doucha l'enthousiasme du jeune homme. Aussitôt revenu dans l'espace normal, le navire se trouva face à un spatioport gardé par deux superdestroyers de l'Empire. Une multitude d'autres navires y mouillaient...

Les alarmes se déclenchèrent. Sur la nef hapienne, tous les hommes d'équipage gagnèrent leurs postes.

Luke Skywalker était sur la passerelle, les yeux levés vers l'écran. D'un index, il désigna une frégate en feu inexorablement aspirée par la gravité de la planète.

— Leia est dans ce vaisseau ! cria-t-il.

Isolder tourna la tête.

— Vous êtes sûr ?

Avons-nous fait tout ça pour assister à sa fin ? se demanda le Hapien.

— Elle est vivante ! affirma Luke. Je sens sa terreur, mais aussi un grand espoir. Ils vont essayer de se poser. Il faut que j'y aille !

Cela dit, il sortit, déterminé à rejoindre les docks.

Sur l'écran, Isolder vit une formation de chasseurs Tie jaillir des entrailles des deux superdestroyers.

— Qu'on lance tous nos chasseurs dans la bataille ! ordonna le prince. Et feu à volonté ! Sus aux superdestroyers !

Les canons à ions du *Chant de Guerre* commencèrent à tirer ; les torpilles sortirent des tubes de lancement avec un bruit aigu.

Les navires impériaux étaient beaucoup plus grands que les Dragons hapiens. Par chance, leur armement s'avéra moins moderne, car disposé à des emplacements fixes. Après un tir de blasters ou de canons à ions, il fallait quelques millisecondes pour recharger le générateur géant de la console centralisée. La vitesse de tir en était nettement ralentie.

Sur le Dragon, les armes étaient réparties le long du périmètre de la soucoupe. Les canons déchargés étaient automatiquement remplacés par des pièces en état de tirer. Cette rotation conférait un net avantage au bâtiment hapien.

Les superdestroyers battirent en retraite. Malgré la puissance de feu du Dragon, ils auraient inéluctablement le dessus dès que les chasseurs les soutiendraient.

Conçus pour percer tous les boucliers, ces petits navires auraient vite fait de détruire les armes du vaisseau hapien.

La chasse d'Isolder pouvait retarder l'échéance ; en tout état de cause, elle ne tiendrait pas indéfiniment.

— Capitaine Astara, souffla le prince en regardant sa fidèle ordonnance, occupez-vous de l'attaque. J'accompagne le Jedi sur la planète.

— Seigneur, s'indigna la rousse, mon devoir est de vous protéger.

— C'est exactement ce que je vous demande. J'ai besoin qu'on me couvre ! La flotte de ma mère ne sera pas ici avant dix jours. Quand elle arrivera, passez à l'offensive ! Si je le peux encore, je vous contacterai pour convenir d'un rendez-vous.

— Si vous ne vous manifestez pas, siffla Astara, nous tuerons les hommes de Zsinj et nous fouillerons la planète jusqu'à la fin des temps, s'il le faut.

Isolder sourit, lui posa une main sur l'épaule, puis quitta la passerelle.

Le maximum de puissance étant consacré à l'armement, le prince dut marcher dans des coursives beaucoup plus sombres qu'à l'accoutumée.

Quand il arriva, Skywalker était déjà à bord d'une aile X. Isolder remarqua que ça n'était pas la sienne.

Pendant qu'une grue hissait dans le cockpit l'étrange droïd en forme de tonneau, une dizaine de techniciens vérifiaient l'armement du chasseur.

— Des problèmes avec votre appareil ? demanda le prince.

— Les armes ne répondent pas... Puis-je vous emprunter un chasseur ?

— Evidemment, répliqua le Hapien.

Il prit une veste de pilote et un casque sur un râtelier et passa à sa ceinture son blaster personnel. Le voyant faire, les techniciens se précipitèrent vers son chasseur, le *Tonnerre,* afin de le préparer au décollage.

Isolder regarda le petit vaisseau avec une franche fierté. Il l'avait conçu et construit de ses mains.

En un accès de lucidité, le prince réalisa combien il ressemblait à Solo. Le Corellien avait le *Faucon*, lui le *Tonnerre*. Tous deux étaient d'anciens contrebandiers et ils aimaient la même personne, une femme de tête.

Pendant tout le voyage, le prince s'était demandé ce qu'il faisait là. Sa mère savait où Solo se rendait. Tôt ou tard, la flotte hapienne aurait retrouvé Leia. Isolder n'avait aucune raison de risquer sa vie dans l'aventure.

Une part de lui-même désirait faire rendre gorge à cet impudent de Solo. Mais ça n'était pas tout. Le Hapien voulait reprendre Leia à son rival, même s'il devait le faire les armes à la main.

Skywalker était sur le point de décoller.

— Luke ! appela Isolder. Je viens avec vous. Il faut quelqu'un pour surveiller vos arrières.

Le Jedi signifia son accord d'un pouce levé.

Isolder sauta dans le cockpit du *Tonnerre*. Il arma ses blasters et ses missiles pendant que les techniciens ouvraient le sas.

Turbogénérateurs au maximum, les deux chasseurs jaillirent dans l'espace.

Isolder régla son transpondeur pour être identifié comme un chasseur hapien.

Puis il s'intéressa à la bataille.

Depuis l'espace, il s'avéra beaucoup plus facile de suivre son déroulement. Les superdestroyers s'étaient éloignés l'un de l'autre, croyant contraindre Astara à choisir une seule cible.

Rusée, la Hapienne avait dirigé son Dragon vers le spatioport, où elle bombardait copieusement un superdestroyer en attente de réparation. Les dégâts ainsi infligés à la flotte ennemie valaient dix fois ce qu'elle aurait pu réaliser en affrontant les deux autres bâtiments.

D'ailleurs, aucun de ces derniers ne se pressait d'intervenir...

Deux destroyers de classe Victory mouillant au spatioport devaient être en partie opérationnels, car une nuée de chasseurs Tie et d'antiques Z-95 jaillirent de leurs flancs.

L'espace était illuminé par les réacteurs des chasseurs, l'éclat des torpilles et les débris incandescents des navires détruits.

Isolder activa la fonction « recherche automatique » de sa radio ; bientôt, il put capter les communications des appareils adverses.

Skywalker s'éloignait déjà du Dragon hapien. Le prince le suivit à la distance de sécurité minimum.

— Rouge Un appelle Rouge Deux, dit Luke. Attention : un grand volume de débris se détachent du spatioport. (Un fragment d'échafaudage partit en vrille, vite aspiré par le puits gravitationnel.) Je compte couper mes moteurs et suivre le même chemin... Avant, j'aimerais neutraliser un ou deux appareils ennemis.

Isolder réfléchit rapidement. Luke et lui ne pourraient pas se poser sans être détectés. Ils allaient devoir s'éjecter et laisser leurs vaisseaux s'écraser sur la planète.

— Je suis avec vous, Rouge Un, répondit-il.

Skywalker passa en vitesse d'attaque et fonça vers un groupe de chasseurs Z-95 à l'éclat rappelant celui de gemmes. Le Hapien se plaça sur sa droite et augmenta la puissance de son bouclier déflecteur avant. Sur la fréquence impériale, les communications codées des hommes de Zsinj battaient leur plein. Le prince activa son brouilleur ; le silence revint.

Vérifiant son écran tactique avant, il remarqua quelque chose d'étrange.

— Luke, vos boucliers ne sont pas activés.

Les brouilleurs des Z-95 entrèrent en action. Dominant la friture, Isolder cria :

— Luke, vos boucliers !

La réponse lui parvint, difficilement audible.

— Prince, mes boucliers *sont* activés !

— Non ! Puisque je vous dis que non !

Skywalker leva un pouce pour apaiser les craintes de son compagnon. Puis il passa à autre chose, car une formation de Z-95 fondait sur eux, leurs tirs de blasters illuminant le ciel.

Isolder choisit une cible et fit feu, utilisant simultanément ses canons à ions et des missiles thermosensitifs. La salve tirée, il dévissa sur la gauche.

Touché à l'aile droite, Skywalker partit en vrille. Au tout début de sa chute, un tir de blaster fit mouche dans la zone du capteur des senseurs. Le chasseur du Jedi commença à vibrer. Le Hapien estima que ce serait un miracle s'il ne se désintégrait pas en vol.

Isolder moucha un appareil adverse, qui explosa dans une gerbe de flammes. Pour le venger, quatre ou cinq autres prirent le *Tonnerre* pour cible. Les boucliers ne résistèrent pas.

Le prince ne pouvait plus s'exposer.

Dans son vaisseau, Skywalker semblait un pantin désarticulé. Le Hapien braqua ses senseurs sur le cockpit en flammes.

Pas de signaux vitaux. Le Jedi était mort.

Isolder jura entre ses dents. Il ne pouvait plus rien faire, sinon sauver sa peau. Après avoir largué un détonateur thermique, il compta jusqu'à deux, coupa son transpondeur et ses moteurs, et piqua à la suite de l'appareil de Skywalker. L'explosion du détonateur avait une bonne chance de tromper l'ennemi. Dans le feu de l'action, les hommes de Zsinj ne s'intéresseraient sûrement pas à une épave...

Une aire de stockage était aménagée sous la console de communications du vaisseau. Isolder en tira une couverture à inertie thermique, la déplia et s'en enveloppa. Les senseurs ennemis, repérant son corps, enregistreraient une température incompatible avec la vie.

Le cœur serré, le prince regardait le cadavre du Jedi qui ballottait en tous sens dans le cockpit du chasseur. Après tant de combats victorieux, un héros venait de succomber.

Isolder l'avait prévenu que ses boucliers déflecteurs n'étaient pas levés. Luke ne l'avait pas cru. Ce genre de problème ne pouvait s'expliquer par une panne. Le chasseur avait été saboté. Isolder ne doutait pas un instant que sa mère avait assassiné le jeune Chevalier.

Il serra les dents, tira la couverture sur sa tête et se prépara au choc.

Se frayant un chemin à travers les broussailles, Leia regarda le sommet du plateau. A la lumière des deux lunes de Dathomir, elle aperçut plusieurs blocs rectangulaires de pierre noire. Au milieu de chaque monolithe, on avait creusé un trou en forme d'œil. En guise de pupille, chacun était muni d'un rocher rond. De hauteur et d'orientation différentes, les blocs « regardaient » dans toutes les directions possibles.

La princesse s'immobilisa, perplexe. Sur le plateau, derrière un bosquet, une créature géante courait en grognant. La jeune femme distingua une silhouette massive qui prit son envol, atterrit dans des fourrés et disparut dans un arbre.

— C'était quoi ? demanda Yan.

Lui aussi s'était arrêté pour reprendre son souffle. Chewie et C-3P0 se tenaient derrière lui.

— Une créature vivante, répondit Leia. Presque de la taille du *Faucon Millenium.* Je parie qu'elle a de grands pieds et cinq orteils...

— En tout cas, elle ne possède pas de blaster, fit Yan, toujours enclin à voir le bon côté des choses. (Il désigna les monolithes.) D'après toi, que signifient ces yeux braqués dans toutes les directions ?

— Je n'en sais rien, avoua Leia. Chewie, C-3P0, vous avez une idée ?

Le Wookie se contenta de gémir, mais le droïd répondit :

— Je pense qu'il s'agit de symboles destinés à une créature dotée d'une intelligence inférieure.

— Qu'est-ce qui te fait croire ça ? s'enquit Leia.

— J'ai en mémoire des structures similaires découvertes sur deux autres planètes. Une sentinelle postée près d'un bloc sait ainsi dans quelle direction elle doit regarder. Dans le cas présent, les yeux sont braqués sur les vallées et les cols. Grâce à cette méthode, des êtres intelligents peuvent enrôler comme guetteurs des créatures inférieures.

— Génial ! s'exclama Yan. D'après toi, le monstre qui vient de partir est allé prévenir ses chefs de notre arrivée ?

— Exactement, général.

Yan regarda la vallée dont ils venaient. Les arbres étaient serrés à l'extrême, comme le reste de la végétation.

— Au moins, on n'a pas entendu de bipodes derrière nous. Le terrain ne leur est pas propice.

— Nous marchons depuis des heures, souffla Leia. Il va falloir nous reposer.

Chewie posa une question dans son langage fait de ululements.

— Il demande pourquoi aucune motospeeder ne nous poursuit, traduisit C-3P0.

— Ça, je n'en sais fichtre rien, répondit Yan. Si Zsinj veut nous avoir, il pourrait en envoyer. Mais nous n'avons vu qu'un bipode... C'est absurde...

— Nos ennemis se sentent peut-être mieux derrière

un blindage, proposa Leia. De plus, les bipodes sont bien armés...

— Les deux explications peuvent être bonnes, approuva Yan. En route, je veux voir ces *statues* de plus près.

Il reprit la pénible ascension.

— Yan, attends ! cria la princesse.

Elle le suivit, slalomant entre des buissons épineux très dangereux.

Quand elle atteignit le sommet, Yan occupait la position tenue auparavant par la sentinelle.

Ils se trouvaient au pied d'une montagne. Le petit plateau rocheux était le point d'intersection de trois vallées. Une étoile gravée dans le roc indiquait l'endroit où devait se placer le guetteur. Comme l'avait dit C-3P0, chaque œil signalait une zone stratégique à surveiller.

Mais il y avait comme un problème : recourant à une triangulation, Leia calcula que la sentinelle ne pouvait pas mesurer moins d'une dizaine de mètres de haut.

Blaster au point, Yan scruta les environs avec ses macrojumelles à infrarouges.

— Le guetteur est parti... marmonna-t-il. Je ne comprends pas l'intérêt de tout ça... Une armée pourrait avancer dans les forêts sans être vue d'ici.

— Les maîtres de la sentinelle s'intéressent peut-être exclusivement à cette vallée, proposa Leia.

Dans le lointain monta un cri qui lui glaça les sangs.

— La créature revient, murmura Yan. Je dirais qu'elle est à deux ou trois kilomètres d'ici...

Leia rebroussa chemin et s'engagea dans la descente. Chewie et C-3P0 s'étaient déjà mis en mouvement.

— Un peu de discipline ! grogna Solo. Battons en retraite de manière organisée.

— Bonne idée ! approuva C-3P0. Vous organisez et nous fuyons !

Il se mit à courir aussi vite que ses jambes métalliques le lui permettaient.

Chewie jeta un regard en coin à Yan et à Leia, puis il suivit son compagnon artificiel.

Démarrant comme une flèche, Solo dépassa vite la princesse.

— Quel héros tu fais ! lui lança-t-elle au passage.

Yan rattrapa le Wookie et le droïd et tenta de les faire ralentir. Autant vouloir stopper une Etoile Noire. Peu désireuse de traîner à l'arrière, Leia se découvrit des dons insoupçonnés pour la course. A un moment, elle fut sûre d'avoir entendu un rugissement dans son dos. Et pourtant, elle ne vit rien...

Combien de temps dure la nuit ? se demanda-t-elle. Elle ne savait rien de la rotation de la planète ou du cycle de ses saisons. A voir le ciel, l'aube pouvait approcher.

Le petit groupe courait vers deux grands piliers de pierre semblables à des canines pointant du sol.

Chewbacca était en tête. Soudain, il ralentit. Dans leur fuite éperdue, les naufragés s'étaient précipités dans la gueule du loup.

Derrière les canines de pierre se cachaient quatre bipodes impériaux.

Le faisceau d'un projecteur aveugla les fuyards.

— Halte ! cria une voix déformée par un ampli.

Une salve de blaster souleva la terre devant les pieds de Chewie.

— Lâchez vos armes ! Mains sur la tête !

Leia laissa tomber son fusil-blaster. Chewie et Yan l'imitèrent. Mieux valait finir dans un camp de prisonniers que fréquenter les créatures qui peuplaient ces montagnes.

Deux bipodes contournèrent les canines de pierre, leurs projecteurs fouillant les broussailles.

A l'issue de l'inspection, ils se retournèrent vers leurs prisonniers.

— Toi, le droïd, ramasse les armes et va les jeter de l'autre côté de la piste.

C-3P0 s'exécuta.

— Je suis affreusement désolé, souffla-t-il à ses compagnons.

Solo profita de cette brève diversion pour étudier les bipodes. Sur ce terrain, ils étaient parfaits pour manœuvrer.

— Maintenant, mettez-vous en formation serrée et en route ! ordonna la voix amplifiée d'un pilote.

— Où nous emmenez-vous ? demanda Yan. Et de quel droit ? Cette planète m'appartient. Je peux le prouver.

— Vous êtes sur le territoire du seigneur de la guerre Zsinj, général Solo, répondit le pilote. Tous les mondes de ce secteur lui appartiennent. Si vous contestez cette affirmation, Zsinj se fera un plaisir d'en discuter avec vous avant votre exécution.

— Général Solo ? répéta Yan. Vous me prenez pour ce fameux héros ? Voyons, les gars, que ficherait ici un général de la Nouvelle République ?

— Nous nous ferons un plaisir de vous arracher la réponse à cette question... en même temps que vos ongles ! Quel bel interrogatoire ça sera ! A présent, marchez !

Un frisson courut le long de la colonne vertébrale de Leia. Les quatre prisonniers se mirent en route, suivis par les bipodes dont les phares leur ouvraient le chemin, illuminant d'étrange manière les feuilles mortes qu'ils foulaient.

Après quelques minutes, Leia s'aperçut que les hommes de Zsinj prenaient d'extrêmes précautions. Deux bipodes les serraient de près tandis que les deux autres surveillaient les flancs de la colonne. A la faible lumière des tableaux de bord, la princesse distingua les visages des pilotes. Le front ruisselant de sueur, ils ressemblaient à des gosses effrayés.

— Ces types ont plus peur que moi, murmura Yan à l'oreille de l'Alderaanienne.

— Ils doivent savoir quelque chose que tu ignores, le moucha celle-ci.

Après deux heures de marche, Leia s'étonna de ne pas voir pointer l'aube. L'air de la nuit était froid, et ses yeux fatiguaient. Au bord de la piste, les arbres ressemblaient à des sentinelles géantes.

L'attaque vint d'un seul coup, les prenant par surprise. Les deux bipodes qui surveillaient les flancs furent renversés par des créatures d'au moins dix mètres de haut.

Les deux autres véhicules pivotèrent pour braquer leurs blasters sur les assaillants. Des traits d'énergie fusèrent.

Leia distingua une des bêtes géantes qui fondaient sur eux. Ses crocs en forme de sabre fendaient l'air.

Derrière la princesse, une énorme créature écrabouilla un bipode avec une massue géante. Puis elle souleva le deuxième comme un fétu de paille — trois tonnes de métal ! — et l'envoya s'écraser contre un rocher. Le mitrailleur continuant à tirer, le monstre leva sa massue pour achever le bipode blessé.

Leia vit enfin la bête et son cœur manqua s'arrêter de battre. Haute de plus de dix mètres, elle portait une sorte de gilet protecteur fait de corde tressée. Des fragments d'armures impériales y étaient fixés. Malgré cet accoutrement ridicule, Leia reconnut les bras déformés, les serres incurvées, la démarche grotesque...

Elle avait déjà vu une de ces horreurs. La créature était bien plus petite, peut-être parce qu'il s'agissait d'un enfant, mais il n'y avait pas de doute possible.

La princesse se souvint : la prison, dans le palais de Jabba le Hutt...

Des rancors.

Yan fit mine de partir au sprint mais se figea. Chewie s'enfonça dans les bois, sautant plus qu'il ne courait. Un rancor le prit en chasse, lui lançant sur le dos un lourd filet. Grognant de douleur, le Wookie s'effondra et ne bougea plus, terrassé par le poids.

Leia se figea, le cœur battant la chamade. La peur la paralysait.

Mais ça n'était pas la vue des rancors fous furieux qui l'effrayait...

En moins de dix secondes, les blasters des bipodes furent réduits au silence. En miettes, les véhicules impériaux gisaient aux pieds des monstres.

Leia osa regarder les trois rancors. Tous mesuraient au bas mot neuf ou dix mètres. Sur leur encolure étaient perchés des *cavaliers*.

L'un d'eux se pencha. C'était une femme dont les cheveux noirs luisirent à la lumière des bipodes en flammes. Elle portait une tunique à col montant faite d'écailles rouges brillantes. Par-dessus, elle avait passé une robe de cuir. Un casque à ailes complétait sa mise. Chaque aile était ornée de pendentifs qui brinquebalaient au rythme de ses mouvements.

Elle tenait une antique lance de Force dont la vibropointe avait visiblement besoin d'un réglage. Leia remarqua la hampe sculptée incrustée de pierres blanches.

Comme si le costume et la monture n'étaient pas assez impressionnants, il émanait de l'amazone une puissance qui vous nouait l'estomac. Son corps semblait une simple coquille abritant un être constitué de pouvoir et de lumière.

Leia comprit qu'elle avait devant elle une maîtresse de la Force.

Brandissant son arme, la femme indiqua à Leia de ne pas bouger. Elle dit quelques mots dans une langue inconnue de la princesse.

— Qui êtes-vous ? demanda cette dernière.

La femme se pencha un peu plus et entonna un doux chant, toujours dans la même langue. Ensuite, elle parla lentement comme si elle écoutait sa propre voix pour comprendre le sens de ses paroles :

— Est-ce ainsi que tu formes tes mots, étrangère ?

Leia acquiesça, consciente que la femme utilisait la Force pour communiquer avec elle.

L'amazone aboya des ordres brefs à ses compagnes. L'une se laissa glisser à terre et entreprit de récupérer les armes des soldats morts.

L'autre s'approcha de Chewie et le libéra du filet. Elle souleva le Wookie blessé d'une seule main.

Chewbacca grogna et tenta de mordre le rancor.

— Tout va bien, lui lança Yan. Ce sont des amies... Du moins je l'espère.

La femme à la lance s'adressa à Leia :

— Nous allons te conduire à nos sœurs, qui te jugeront. (Elle désigna Yan et C-3P0.) Ordonne à tes esclaves de marcher, étrangère !

13

Isolder serra les dents. Sur l'écran du *Tonnerre*, l'image d'une étendue de terre désertique grossissait à vue d'œil. Le crash était pour bientôt.

Le Hapien ne pouvait rien faire pour sauver son vaisseau. S'il rallumait les moteurs, les hommes de Zsinj le repéreraient et s'offriraient un carton. Son seul espoir était de s'éjecter à la toute dernière seconde, puis d'ouvrir son parachute le plus près possible du sol en espérant ralentir assez pour ne pas se briser les os.

Dans le lointain, à quelque quatre-vingts kilomètres, les lumières d'une petite ville déchiraient les ténèbres. A part cela, il n'y avait pas la moindre lueur. L'atterrissage promettait d'être rude...

Isolder sortit le kit de survie rangé sous le tableau de bord du chasseur. Devant lui, un parachute s'ouvrit. C'était celui du droïd, D2-R2, que le système d'éjection venait de propulser dans les cieux.

L'aile X de Luke entra dans l'atmosphère. Le prince ouvrit le dôme en transparacier de son navire. Otant son harnais de sécurité, il vérifia que le parachute était bien en place sur ses épaules, puis il sauta du vaisseau et partit en chute libre.

Le vent lui fouetta le visage, partiellement protégé par un masque à oxygène. A la vive lumière des deux lunes, il commença à apercevoir les arbres et les rochers vers lesquels il tombait comme une pierre.

Jugeant qu'il avait atteint les limites du raisonnable, le jeune Hapien tira sur la cordelette d'ouverture du parachute.

Rien ne se produisit. Les petites charges explosives qui auraient dû le propulser vers le haut avaient fait long feu !

Isolder tira sans résultat sur la cordelette de secours. Puis il battit follement des bras, comme s'il avait pu voler...

Soudain, il se sentit pris en charge par une sorte de champ répulseur. Perdant toute lucidité, il crut que le mouvement de ses bras était responsable du phénomène.

En conséquence, il n'osa pas arrêter jusqu'à la fin de sa chute...

Sous lui, il aperçut la coque chauffée au rouge de l'aile X de Skywalker. Elle s'écrasa au sol, se transformant aussitôt en une boule de feu.

A l'impact, les pieds du prince heurtèrent le sol rocheux avec une telle violence que ses genoux faillirent céder. Il parvint pourtant à ne pas tomber, le cœur battant comme un tambour dans sa poitrine.

Dès qu'il eut récupéré, il ôta son masque et respira l'air frais de la nuit.

Enfin, il regarda autour de lui.

Le *Tonnerre* s'était également posé en douceur. Pourtant, on ne voyait nulle part le générateur du champ de force à qui le Hapien devait la vie. Il ne remarqua pas non plus de déflecteurs antigravs braqués vers le ciel.

Quelque chose attira le regard du prince. Il cilla, refusant de croire ce qu'il voyait. Assis dans la position du lotus, les yeux fermés, Luke Skywalker flottait à trois mètres au-dessus du sol.

Fichus Jedi ! pensa le Hapien. *Ils ont toujours un truc caché dans leur manche...*

Quand il fut à quelques dizaines de centimètres du sol, Luke ouvrit les yeux, se leva, et sauta souplement comme s'il descendait d'une échelle.

— Comment... Comment avez-vous fait ?

Le prince sentit se hérisser les poils de ses avant-bras. Jusqu'à ce jour, jamais il n'avait éprouvé pareille admiration pour quelqu'un.

— La Force est avec moi, prince. C'est elle qui nous a sauvés.

— Luke, vous étiez mort ! Je l'ai lu sur l'écran de mes senseurs. Vous ne respiriez plus, et votre température...

— La transe des Jedi, expliqua Luke. Tous les maîtres savent arrêter leur cœur et baisser à volonté leur température. Il fallait tromper les hommes de Zsinj.

Skywalker scruta le désert, puis il leva les yeux. Suivant son regard, Isolder aperçut dans le ciel des petits points lumineux qui dansaient comme des lucioles. C'était la flotte ennemie, toujours aux prises avec le vaisseau hapien.

— Sur Tatooine, quand j'étais enfant, murmura Skywalker, j'adorais me lever en pleine nuit pour regarder avec des macrojumelles les gros transports spatiaux rentrer au port. Quand j'ai vu ma première bataille stellaire, j'étais chez mon oncle Owen, qui s'occupait d'une ferme hydroponique. A l'époque, je savais déjà que des hommes étaient en train de lutter pour leurs vies, mais j'ignorais qu'il s'agissait du vaisseau de Leia, et que je participerais un jour au conflit... Remué par le spectacle, j'aurais donné n'importe quoi pour en être...

Isolder comprenait d'autant mieux ce sentiment qu'il l'éprouvait à l'instant même. Une part de son cerveau se demandait comment Astara et ses hommes se tiraient de la bataille ; il enrageait de ne pas être en mesure de leur prêter main-forte.

Soudain, le *Chant de Guerre*, reconnaissable à sa grande soucoupe, bondit dans le ciel. Les deux hommes comprirent qu'il venait de passer en hyperdrive.

— Vous sentez l'appel du combat, n'est-ce pas ? L'envie de tuer et l'instinct de la chasse vous submergent. (Skywalker retira sa combinaison de vol ; dessous, il portait une bure couleur sable.) C'est le Côté

Obscur de la Force qui vous tente... (Isolder recula, soudain conscient que le Jedi était capable de lire dans son esprit.) Prince, qui chassez-vous donc ?

— Yan Solo !

— Etes-vous sûr ? Je sens que vous avez poursuivi d'autres hommes... Je sens... Quel était le nom de cet individu ? Et son crime ?

Le Hapien ne répondit pas immédiatement. Skywalker marcha à pas lents autour de lui, l'étudiant comme s'il pouvait voir à travers son corps.

— Harravan, souffla le prince. Le capitaine Harravan.

— Que vous avait-il fait ?

— Il a tué mon frère aîné...

Isolder trouvait fort déconcertant d'être interrogé par un homme qu'il croyait mort quelques instants plus tôt.

— Oui, Harravan... répéta Luke. Vous aimiez beaucoup votre frère... Je vous vois, petit, essayer de vous endormir dans votre grande chambre commune. Il chantait des chansons quand vous aviez peur, et tout s'arrangeait...

Des larmes perlèrent aux paupières du Hapien.

— Comment est mort votre frère ?

— Une décharge de blaster dans la tête... Harravan, bien sûr.

— Je vois... Vous devez pardonner, prince. La haine vous consume, elle empoisonne votre cœur. Si vous pardonnez Harravan, vous serez à même de servir le bon côté de la Force.

— Le pirate est mort ! s'insurgea Isolder. Pourquoi devrais-je m'inquiéter de lui donner l'absolution ?

— Parce que l'Histoire se répète. Une nouvelle fois, quelqu'un vous a enlevé une personne aimée. Harravan et votre frère. Solo et Leia. C'est la même chose, et vos sentiments actuels se nourrissent d'une très ancienne haine. Sans le pardon, le Côté Obscur de la Force deviendra à jamais votre maître.

— Quelle importance ? demanda le prince. Je ne suis pas comme vous, Luke. Dépourvu de pouvoir, je n'apprendrai jamais à voler dans les airs ou à simuler la mort...

— Vous avez du pouvoir, mon ami. Il faudra apprendre à servir la lumière qui est en vous, même si vous ne la voyez pas encore.

— Je vous ai observé pendant le voyage. Vous étiez toujours à l'écart... Skywalker, vous ne parleriez pas ainsi au premier venu...

Luke chercha le regard du Hapien. La double lumière des lunes dansait curieusement sur le visage du Jedi.

Isolder se demanda si cette tentative de « conversion » n'était pas intéressée. Après tout, il allait bientôt épouser une femme promise à un destin fabuleux.

— Je vous parle ainsi parce que la Force nous rapproche. Je sens que vous essayez de servir le bon côté. Sinon, pourquoi m'auriez-vous accompagné sur Dathomir ? Vous voulez sauver Leia, et...

— Assez d'idéalisme, Jedi ! Je ne suis pas là pour sauver la princesse, mais pour la reprendre à Solo.

Luke rit doucement, comme s'il faisait face à un petit garçon qui ne se connaissait pas lui-même. Isolder trouva très déconcertant le son de ce rire.

— Si vous préférez voir les choses comme ça... Mais je suis sûr que vous me suivrez si je pars à la recherche de Leia.

Isolder désigna le désert d'un geste circulaire.

— Par où commencer ? Elle peut être à des centaines de kilomètres de nous.

Luke indiqua les montagnes d'un signe de tête.

— Elle est par là, à quelque cent vingt kilomètres d'ici. (Il sourit.) Je vous préviens, le voyage ne sera pas facile. Ceux qui choisissent le bon côté de la Force se retrouvent souvent dans des endroits qui n'ont rien de plaisant. Et les forces des ténèbres se réunissent déjà pour nous combattre.

Le cœur battant, Isolder dévisagea le Jedi.

Comme tous les Hapiens, le prince n'était pas habitué à penser au monde en termes de côté Bon ou Obscur. Pour tout dire, il doutait que de telles instances existent. Pourtant, il avait en face de lui un Jedi capable de flotter dans les airs, de lire ses pensées, et de parler comme s'il connaissait chaque recoin de son âme.

Luke leva de nouveau les yeux. A quelques kilomètres de là, le droïd nommé D2-R2 achevait sa descente.

— Alors, Isolder, vous venez ?

Jusqu'à cet instant, l'instinct avait guidé le Hapien, le dispensant de réfléchir ou de s'étendre sur ses sentiments. D'un seul coup, la peur l'envahit, plus forte que jamais. Les genoux à deux doigts de s'entrechoquer, il sentit le rouge de la honte lui monter au visage.

Quelque chose l'effrayait, et il savait quoi. L'inquiétant n'était pas que Skywalker lui demande de l'accompagner dans les montagnes, mais qu'il lui propose de suivre son enseignement *et* son exemple.

S'il acceptait, Luke lui promettait un avenir rempli de détracteurs et d'ennemis. Car tel était le lot commun des Jedi.

Qui aurait voulu d'un futur pareil ?

— Laissez-moi récupérer certains objets dans mon chasseur. Ensuite, je serai votre homme !

Tandis qu'il fouillait le *Tonnerre*, Isolder sentit qu'il reprenait peu à peu ses esprits. Bientôt, il conclut que les discours vaseux du Jedi n'avaient aucun sens. Selon toute vraisemblance, aucune force maléfique ne rôdait dans les environs. Suivre Luke dans les montagnes ne l'engagerait à rien, et surtout pas à s'initier aux voies de la Force. D'ailleurs, Skywalker n'était peut-être qu'un illuminé.

Ouais... Mais je l'ai vu flotter dans le ciel...

Le Hapien sortit du chasseur.

— Je suis prêt, annonça-t-il.

La première partie du voyage se déroula sur un terrain très accidenté. Dans les crevasses qu'ils traversaient finissaient de pourrir les carcasses de grands animaux aux longues pattes arrière, à la queue très courte, à la tête plate et triangulaire, et aux pattes avant atrophiées. A en juger par leur squelette, ces créatures devaient mesurer dans les quatre mètres de long. Sur le sol, Luke remarqua à plusieurs reprises des écailles grises desséchées.

Ils ne virent pas de spécimen vivant de ces monstres. Mis bout à bout, ces éléments semblaient prouver que l'espèce avait disparu dans un passé récent. Sans doute un siècle, voire un peu moins...

A part des arbres aux silhouettes torturées, il ne poussait pas grand-chose dans ce désert.

Skywalker se jouait des difficultés du chemin, sautant souvent à pieds joints dans des crevasses que le Hapien négociait avec prudence.

Très vite, le prince se retrouva noyé de sueur alors que son compagnon n'avait pas un poil de mouillé.

Luke ne haletait pas, ne montrait aucun signe de faiblesse. Concentré, le visage fermé, il avançait sans faillir.

Il leur fallut la plus grande partie de la nuit pour retrouver le droïd. Décidé à ne pas partir sans son étrange petit tonneau, Skywalker fit montre pour lui d'une prévenance très inhabituelle.

Ils continuèrent leur chemin sur une route ennuyeuse, mais facile à suivre par le robot.

Dans le désert, il n'y avait pas trace de point d'eau, et le soleil levant augurait mal de la suite des événements. Luke ne fut pas long à prendre une décision :

— Nous allons camper pendant la journée. Vous voyez cette crevasse ?

Après avoir transporté le droïd grâce à la Force, il sauta à sa suite.

Isolder le suivit. Parvenu au fond, il décrocha une gourde de sa ceinture et but une bonne moitié de sa réserve d'eau. Luke se contenta d'une gorgée.

— Prince, vous feriez bien de dormir. La journée sera longue et un dur chemin nous attend cette nuit.

Sur ces mots, il s'assit, ferma les yeux et s'endormit instantanément.

Le Hapien lui lança un regard noir. Debout depuis très longtemps, il avait sauté tout un cycle de sommeil. Malgré la fatigue, il était incapable de dormir en plein jour. Agacé, il s'assit dans la même position que le Jedi et tenta d'exercer un contrôle absolu sur son corps.

En vain.

Une heure et demie plus tard, alors que le soleil était haut dans le ciel, le Hapien entendit le tremblement de terre. Parti des montagnes, le grondement approchait à vive allure. Le sol commença à vibrer ; des colonnes de poussières s'élevèrent.

D2-R2 émit une suite de bips et de sifflets. Luke bondit sur ses pieds.

— Que se passe-t-il, D2 ?

— Un séisme ! répondit Isolder.

Luke tendit l'oreille.

— Non ! cria-t-il. Ce n'est pas un...

Une ombre géante obscurcit le fond de la crevasse. D'autres apparurent. De grands reptiles couverts d'écailles bleu pâle sautaient d'un bord à l'autre de leur refuge. L'un faillit leur tomber dessus, se rétablissant par miracle au dernier moment.

— Ils fuient quelque chose ! hurla Isolder en se protégeant la tête des deux bras.

Bipant follement, D2 tournait en rond à la recherche d'un abri. Des centaines de reptiles passèrent au-dessus de leurs têtes.

Le rythme finit par ralentir. Un des derniers animaux sauta dans la crevasse, à moins de trois mètres des deux hommes et du droïd. Un énorme repli de peau bleue ballottant sous sa gorge, il étudia les étranges créatures qui occupaient l'endroit.

Le reptile haletait. Quand le dernier de ses semblables fut passé, il ne sembla pas vouloir bouger.

Il avait des yeux rouges et des crocs noirs en forme de pointe de lance. Sur son crâne luisaient des écailles bleu ciel. Son haleine empestait le compost...

— Ne t'inquiète pas, nous ne te ferons pas de mal, murmura Luke à la créature sans la quitter des yeux.

L'animal approcha et renifla la main tendue du Jedi. Luke versa un peu d'eau dans sa paume, laissant le reptile la laper avec une langue noire démesurément longue.

— Vas-y, ma belle, nous sommes tes amis...

— Skywalker, êtes-vous devenu fou ? Cette... chose... va engloutir toute notre eau.

— Il y a quatre-vingts kilomètres de désert entre notre position et les montagnes. C'est un trajet difficile, même pour un Jedi, surtout sans point d'eau. Chaque soir, ces créatures gagnent la forêt pour se nourrir. Le matin, elles rebroussent chemin afin de se mettre à l'abri des prédateurs. C'est pourquoi nous avons vu les cadavres de leurs ancêtres le long de la route. Ces êtres se nomment les Voyageurs Bleus du Désert. Ce soir, ils nous conduiront jusqu'aux montagnes. Nous n'aurons pas besoin de toute notre eau.

— Vous prétendez que ces animaux sont intelligents ?

— Pas plus que bien des espèces, mais pas moins non plus, répondit le Jedi en coulant un drôle de regard au Hapien. Ils se soucient les uns des autres et font montre d'une certaine forme de sagesse.

— Vous pouvez leur parler ?

Skywalker caressa le museau de la bête.

— La Force est en chacun de nous : vous, moi, elle... Cela me permet de sentir les intentions de cette femelle, et de lui communiquer les miennes.

Isolder regarda le Jedi et la bête, puis il se rassit, troublé pour une raison qu'il ne parvenait pas à comprendre.

Il dormit longtemps, se réveillant parfois pour boire ou pour manger. Le reptile dormit à côté d'eux, la tête aux pieds de Skywalker.

Au coucher du soleil, l'animal se releva et poussa un grognement. En réponse, d'autres montèrent des environs.

— C'est l'heure de partir, déclara Skywalker.

Isolder escalada la paroi de la crevasse pendant que Luke lévitait, entraînant D2 avec lui.

Les Voyageurs Bleus étaient partout, sortant les uns

après les autres de leurs cachettes. Tous regardaient le soleil. Que ce fût volontaire ou dicté par leur héritage génétique, ils attendirent que l'astre du jour ait disparu pour se mettre en marche.

Suivant les conseils de Luke, Isolder grimpa sur le dos d'un grand mâle accroupi à cet effet. Quand sa monture se redressa, le Hapien jugea sa position plutôt instable. Alors il avisa Skywalker, perché avec D2 sur le dos d'un autre Voyageur.

Le Jedi semblait très à l'aise...

Quand la colonne eut démarré, le prince découvrit assez vite que chevaucher un Voyageur n'avait pas que des inconvénients. D'ailleurs, D2 lui-même avait cessé d'émettre des bips de protestation.

Les Voyageurs Bleus avançaient à vive allure, leurs yeux rouges luisant dans l'obscurité. A droite et à gauche de la horde, Isolder entendait des grognements étouffés. Il lui fallut un long moment pour comprendre qu'il s'agissait d'ordres lancés par des éclaireurs. Trois cris successifs imposaient un changement de direction. Les « ronronnements » invitaient la horde à continuer sur la même piste.

La nuit tombée, ils atteignirent une grande rivière aux eaux boueuses. Le long des berges poussaient des plantes grasses et des roseaux. Des oiseaux au très long bec buvaient à grands traits dans le cloaque.

Les Voyageurs Bleus s'arrêtèrent pour se désaltérer et brouter les plantes.

— C'est là que nos chemins se séparent, annonça Luke.

Les deux hommes et le droïd mirent pied à terre. Skywalker caressa les museaux de leurs montures et leur murmura quelques gentillesses.

— Ne pouvez-vous pas les obliger à nous porter plus longtemps ? demanda Isolder. La route est encore longue...

Luke lui lança un regard ennuyé.

— Je n'oblige jamais personne à faire quelque chose, prince. D2 me suit de son plein gré, et vous aussi. Les Voyageurs Bleus ont bien voulu nous conduire jusqu'ici. Maintenant que nous avons de l'eau, nos jambes pourront finir le voyage.

Alors Isolder comprit pourquoi il était troublé par le comportement du Jedi avec les reptiles. Sur Hapes, la famille royale ne traitait pas aussi bien ses domestiques !

La hiérarchie était partout. On montrait plus de respect aux femmes qu'aux hommes, aux industriels qu'aux paysans, et l'aristocratie était vénérée. Luke semblait tenir son stupide robot et les Voyageurs pour des égaux. Il les considérait de la même manière que lui, un authentique prince du sang.

Le Hapien détestait que le Jedi le rabaisse au niveau d'un droïd ou d'un animal. Devant la tendresse que son compagnon manifestait aux Voyageurs, il se sentait presque jaloux.

— Vous ne devriez pas agir ainsi, lança-t-il. L'Univers ne fonctionne pas de cette manière.

— Que voulez-vous dire ?

— Vous traitez ces bêtes comme si elles étaient nos égales. Et vous êtes aussi cordial avec un droïd qu'avec ma mère, qui dirige un empire.

— Les Voyageurs et D2 possèdent aussi la Force. Puisque je la sers, je dois les respecter autant que votre mère.

Le Hapien secoua la tête.

— Je comprends pourquoi elle veut vous tuer, Jedi. Vos idées sont dangereuses.

— Peut-être le sont-elles pour les tyrans, admit Luke. Dites-moi, servir votre mère et la Confédération est-il l'essentiel de votre vie ?

— Bien sûr...

— Si c'était vrai, vous ne seriez pas là ! N'aurait-il pas été plus simple d'épouser une aristocrate de chez vous ? Mais votre cœur est divisé. Vous croyez être venu pour Leia ; j'affirme que vous m'avez suivi pour recevoir l'enseignement des Jedi.

Isolder frissonna à l'idée que Skywalker puisse avoir raison. Pourtant, l'idée semblait absurde. Luke interprétait chacun de ses actes comme une preuve de sa volonté de conversion. C'était un peu trop simple.

Skywalker avait flotté dans les airs, et sauvé Isolder d'une mort atroce. Tout bien réfléchi, ça ne prouvait pas l'existence de la Force, car ces phénomènes pouvaient provenir du cerveau torturé du jeune homme.

Sur Thrakia, il existait une espèce d'insectes adorant son propre pouvoir de communication. Dotés d'une mémoire collective, tous se souvenaient avoir longtemps échangé des informations grâce aux odeurs. Un jour, ils s'étaient découverts capables de parler en faisant claquer leurs mandibules.

Trois cents ans plus tard, toujours stupéfaits par ce miracle, les insectes étaient convaincus d'avoir bénéficié de l'attention d'une entité supérieure.

Tout ça pour de stupides mandibules !

Tandis qu'ils marchaient, suivant le lit de la rivière, Isolder regardait le Jedi, les questions tourbillonnant dans son crâne. Luke était-il vraiment guidé par la Force, ou avait-il seulement des pouvoirs qu'il préférait attribuer à une influence extérieure ?

Alors Isolder se demanda si ses propres pas pouvaient être guidés par la Force.

Si oui, *où* le conduisait-elle ?

Quelles que fussent les réponses qu'il apporterait à ces questions, le Hapien savait qu'elles engageraient son avenir.

14

A l'aube, la brume montant de la rivière empêcha Luke de voir à plus de quelques mètres devant lui. Tournant peu à peu au marécage, le terrain devenait difficile pour D2. Le long des berges, les silhouettes des arbres carbonisés évoquaient des squelettes dardant vers le ciel leurs membres crochus. Perchés sur leurs branches, de grands lézards tachetés guettaient d'improbables proies...

Derrière Luke, Isolder ne desserrait pas les dents. Chaque fois qu'il se retournait, le Jedi était frappé par l'air soucieux de son compagnon.

Skywalker était mieux placé que quiconque pour deviner les pensées du prince. Quelques années plus tôt, lui-même avait suivi Obi-wan Kenobi dans une quête tout aussi folle et dangereuse.

Ces derniers mois, je n'ai pensé qu'à une chose : retrouver les archives des Jedi et dénicher des élèves doués pour leur apprendre à maîtriser la Force.

Les choses avaient tourné d'étrange façon. Bien que n'étant pas particulièrement talentueux, c'était le Hapien qui avait déniché Luke.

Cela lui offrait une occasion unique de former un étudiant sans craindre qu'il devienne un nouveau Vador. Une chance extraordinaire de mesurer ses compétences de professeur.

Continuant son chemin en prenant garde à d'éventuels sables mouvants, Luke se demanda s'il n'en avait pas été de même pour Obi-wan Kenobi. Depuis toujours, il croyait que son mentor l'avait attendu, comme un fermier guette la récolte. Mais son intrusion dans la vie du vieil homme devait peut-être autant au hasard que celle du prince dans la sienne.

A l'évidence, Isolder était animé par la Force. Pourtant, Luke ne sentait en lui aucun pouvoir. Ce dernier était peut-être si nouveau et si ténu que le Hapien lui-même ignorait sa présence.

Luke atteignit une intersection. Le chemin qui s'éloignait de la berge semblait plus sûr. Néanmoins, la piste boueuse l'attirait.

Il obéit à son instinct.

Ne perdait-il pas son temps à rechercher les ruines d'une Académie Jedi ? En tout cas, la mère d'Isolder avait menti en prétendant qu'il en existait une dans la Confédération. Skywalker n'avait jamais été dupe...

La Force envoyait des étudiants aux maîtres quand le besoin s'en faisait sentir. La seule véritable formation d'un Jedi était peut-être de combattre sans préparation les forces des ténèbres.

Sous cet augure, Dathomir serait la meilleure Académie dont on pouvait rêver. Luke sentait de vastes zones de perturbation dans le tissu même de la Force. C'étaient des sortes de trous noirs comme jamais il n'en avait rencontré, sinon dans la caverne de Yoda. Mais ici, ils étaient partout...

Au-dessus de leurs têtes, des reptiles ailés passaient et repassaient. Luke s'arrêta, réalisant qu'ils venaient d'atteindre l'extrémité d'une péninsule. Il ne pouvait plus avancer.

Etudiant les eaux noires bouillonnantes -- peut-être un puits de goudron naturel — il chercha un endroit où marcher.

— Qu'est-ce que c'est ? demanda Isolder, désignant la plate-forme métallique à l'étrange inclinaison qui dépassait des eaux.

Des oiseaux trottinaient sur le métal rouillé. Luke distingua la découpe caractéristique d'un sas...

— On dirait l'épave d'un vieux vaisseau spatial, répondit le Jedi.

A ce qu'ils en voyaient, le navire devait être beaucoup plus grand qu'un destroyer de l'ancienne classe Victory. Pourtant, il devait s'être écrasé sur Dathomir depuis des siècles. Il fallait ça pour attaquer à ce point la coque.

Ecarquillant les yeux, le Jedi repéra une section de métal, près d'un dôme, que la rouille avait épargnée. Un nom était écrit en lettres d'or.

Chu'unthor !

C'était donc ça ! Des centaines d'années plus tôt, ce n'était pas un individu, ou un peuple, que Yoda voulait libérer de Dathomir, mais un vaisseau spatial. Depuis, personne n'y était parvenu.

— Il faut aller voir ! s'écria Luke sans dissimuler son impatience.

— Pourquoi diable ? s'étonna Isolder. Ça n'est qu'une épave...

Luke regarda autour de lui pour repérer un moyen d'accéder au navire. Quittant le bras de terre, les deux hommes marchèrent un bon kilomètre avant de découvrir deux antiques radeaux faits de troncs solidarisés avec des cordes à moitié pourries.

Il y avait des marques fraîches sur la berge.

— Quelqu'un était là il n'y a pas longtemps, constata Isolder.

— Oui. Qui pourrait résister à une si belle épave ?

— Moi, répondit Isolder. Qu'avons-nous à faire de ce vaisseau ? Nous sommes là pour Leia, non ?

D2 approuva, émettant une kyrielle de bips pour rappeler à Luke que l'eau et lui ne faisaient pas bon ménage, d'autant qu'il n'avait pas son pareil pour attirer les monstres aquatiques.

Isolder regardait les montagnes. Il n'avait aucune envie de perdre du temps en chemin.

Tant pis ! La Force avait conduit Luke jusqu'à l'épave ; il devait lui faire confiance.

— Ça prendra quelques minutes seulement, annonça le Jedi en se dirigeant vers un des radeaux. Qui m'accompagne ?

— J'attendrai ici, répondit Isolder.

Les yeux de D2 pivotèrent pour se braquer sur le Hapien. Bien que mort de peur — si on ose dire — le droïd bipa de mépris et roula sur le radeau.

S'aidant d'un long morceau de bois, Skywalker fit approcher le radeau de l'épave. Le soleil matinal ayant dispersé le brouillard, il distingua mieux le vaisseau échoué.

Long de deux kilomètres, large d'un, il était hérissé d'une multitude de dômes d'habitation. Dans la zone des moteurs d'hyperdrive, la coque était rouillée au point de laisser passer le jour.

La myriade de hublots constellant les dômes indiquait que le *Chu'unthor* avait été une sorte de ville flottante, peut-être même un navire de plaisance. A son inclinaison, il devait être enfoncé très profondément dans la rivière. A l'évidence, seuls les ponts supérieurs restaient visibles.

L'aspect de l'épave n'avait rien d'ordinaire. Pas de trace de blaster pour témoigner d'une bataille, pas de brèche indiquant une explosion, aucune bosse causée par un atterrissage en catastrophe... Victime d'une panne, le vaisseau avait dû planer, puis tenter de se poser dans le puits de goudron.

Quand il fut plus près, Luke constata que le navire avait été méticuleusement scellé. Les sas n'étaient pas seulement fermés, mais soudés. Les hublots portaient des marques en forme d'étoile, comme si quelqu'un avait tenté de briser le transparacier.

Luke amarra le radeau à une écoutille et sauta sur la coque. On avait bien tenté de s'introduire dans le vaisseau par la force. Des barres de fer et des grosses pierres gisaient autour des sas. A certains endroits étaient peints des mots étranges ; des flèches désignaient les soudures les plus faibles.

On avait travaillé des années pour tenter de vaincre les défenses de l'épave.

En pure perte.

Des enfants, songea Luke.

Mais comment auraient-ils pu manier les énormes barres de fer et les blocs de roc ?

Certains dômes étaient équipés de fiches d'accès électroniques que D2 eût pu forcer si elles n'avaient pas été aussi rouillées.

Tout le vaisseau semblait dans un état lamentable, y compris à l'intérieur. A force d'être battu par des tempêtes de sable, le transparacier lui-même en était comme terni.

Un grand nombre de dômes paraissaient contenir des salles de gymnastique. De gros ballons jonchaient le sol comme si on avait été en train de jouer au moment du crash. Un autre dôme abritait un restaurant, à moins que ce ne fût une boîte de nuit. Des verres et des assiettes, encore pleins de choses innommables, reposaient sur des tables rouillées couvertes de poussière. D2 poussa un long sifflement désolé en découvrant ce spectacle.

— Mon vieux D2, fit Luke, on dirait que les passagers ont quitté le navire pour ne plus jamais revenir.

Le droïd émit une série de bips et de cliquetis afin de rappeler à son maître le message de Yoda : « *Nous avons essayé de libérer... Chu'unthor de Dathomir, mais les sorcières nous ont repoussés...* »

Il y avait sur cette planète de considérables perturbations dans la Force. Comme si des cyclones avaient aspiré toute la *lumière*.

— D2, ce que Yoda a rencontré sur cette planète est toujours là, tu peux me croire.

Le droïd couina son assentiment.

Luke se pencha sur un dôme. Il aperçut une pièce remplie de bancs sur lesquels finissaient de rouiller des objets métalliques : des cellules électro-focales, des cristaux amplificateurs, des gardes de sabrolasers...

Des pièces d'armes que seul un Jedi pouvait utiliser !

Le cœur de Skywalker bondit dans sa poitrine. *Une Académie Jedi !*

Tout devenait clair : il avait exploré plus de quarante planètes pour retrouver une Académie qui n'avait jamais existé ailleurs que dans l'espace.

Pourquoi n'y avait-il pas songé plus tôt ? Le centre de formation des Jedi ne pouvait être qu'itinérant.

Avec si peu d'élèves potentiels, les anciens maîtres avaient dû se résoudre à sillonner la galaxie pour trouver des candidats. Dans chaque système solaire, ils n'avaient dû trouver qu'un ou deux cadets dignes de les rejoindre.

Le dernier des Jedi sortit son sabrolaser et commença à découper le transparacier. Rouillée comme elle l'était, l'épave ne pouvait pas contenir grand-chose d'exploitable. Pourtant, il fallait essayer.

Au rythme de ses coups, des gouttes de transparacier fondu jaillirent de la coque de l'antique vaisseau. D2 recula de quelques mètres...

Absorbé par son travail, Luke ne sentit pas tout de suite qu'on l'observait. Mais soudain, dans son dos, une entité puissante se rua sur lui. Quand il se retourna, ce fut pour apercevoir une femme aux cheveux roux, à la peau fauve et aux jambes nues musclées. D'une détente, elle voulut le frapper du bout de sa botte de cuir. Skywalker esquiva et brandit son sabrolaser.

La femme était trop rapide. Même s'il sentit son attaque suivante grâce à la Force, le Jedi ne put réagir assez vite. La massue de son adversaire s'abattit sur sa main artificielle ; dans une gerbe d'étincelles — des court-circuits — le jeune Chevalier lâcha son arme.

La femme tenta de lui décocher une ruade dans le ventre. Se laissant tomber sur le sol, Luke roula de côté et utilisa la Force pour rappeler le sabrolaser dans sa main gauche.

Son adversaire s'immobilisa, stupéfaite par ce qu'il venait de faire. A la faveur de ce répit, Luke sentit la Force qui l'habitait. Puissante et sauvage, elle dépassait celle de toutes les femmes qu'il avait rencontrées. Ses yeux marron zébrés d'éclairs orange, elle s'accroupit, pensive.

Luke ne lui donnait pas plus de vingt ans.

— Je ne veux pas te faire de mal, lui assura-t-il.

Elle ferma les yeux à demi et murmura quelques mots. Le Jedi sentit qu'elle le sondait avec sa Force.

— Comment peux-tu maîtriser la magie ? Tu es un homme...

— La Force habite toutes les créatures, mais seuls les initiés peuvent la contrôler.

— Tu te prétends un maître ?

— Oui.

— Alors tu es un Jai, un sorcier mâle venu des étoiles ?

Skywalker acquiesça.

— J'ai entendu parler des gens de ta sorte. Mon aïeule, Rell, dit que vous êtes des guerriers invincibles, car vous avez terrassé la mort. Depuis que vous luttez pour la vie, mère nature vous aime, et vous ne pouvez pas mourir. Es-tu immortel ?

La Force de la femme se tendit de nouveau vers Luke. Cette fois, ça n'était pas pour une attaque, mais pour communiquer. Ouvrant son esprit et son cœur, Skywalker eut soudain une image devant les yeux.

La femme, dans le désert, cherchant à s'approprier quelque chose que d'autres gardaient jalousement. Il vit une hutte faite de brindilles adossée à une falaise de pierre rouge ; il aperçut un campement, à la tombée de la nuit, où des enfants demi-nus jouaient autour d'un feu.

La femme cherchait, rampant vers la hutte, folle de désir pour ce qu'elle contenait.

La guerrière sourit et commença à chanter. L'éclat de ses yeux troubla Skywalker. Jamais il n'avait vu un désir si puissant.

— *Waytha ara quetha way... Waytha ara quetha way...*

— Un instant ! s'écria Luke. Tu ne crois pas que...

Les fragments de rochers et les barres de fer se mirent à vibrer, faisant résonner la coque du *Chu'unthor*. Derrière la chanteuse, la brume tourbillonnait.

« *Mais les sorcières nous ont repoussés...* »

— *Waytha ara quetha way... Waytha ara quetha way...*

Des éclairs déchirèrent le ciel ; une dizaine de petits rochers volèrent vers Luke en faisant siffler l'air. Des années plus tôt, Dark Vador avait essayé ce genre de truc contre lui. Force était de constater que le Seigneur Sombre était moins doué que la sorcière.

De quelques passes habiles de son sabrolaser, Luke pulvérisa la plupart des projectiles. L'un des derniers le toucha à la poitrine, le contraignant à reculer d'un mètre.

« *Mais les sorcières nous ont repoussés...* »

— Un instant ! cria le Jedi. Vous ne pouvez pas simplement réduire les hommes en esclavage pour les transformer en reproducteurs. Ça n'est pas...

Une pluie de pierres et de rochers s'abattit sur la coque du navire échoué. Cette femme, comprit Luke, pouvait faire absolument ce qui lui chantait. Levant un bras, il tenta de se protéger avec la Force. Hélas, son esprit n'était plus en mesure de l'invoquer...

« *Mais les sorcières nous ont repoussés...* »

Un tronc d'arbre le percuta, puis des pierres. La femme se dressa devant lui, sa massue levée.

Il ne l'avait pas *sentie* approcher... L'arme s'abattit sur son crâne, qui sembla exploser.

Sonné, Luke mit un genou à terre.

Comme un chasseur avec sa proie, la femme approcha et lui saisit sans douceur le menton.

— Je suis Teneniel Djo, une fille d'Allya. Te voici mon esclave !

A la lumière de l'aube, Yan Solo luttait contre les multiples traîtrises des marches taillées à même la roche. Comme sur la plupart des planètes à faible gravité, les volcans étaient hauts et abrupts. Pour l'heure, le petit groupe cheminait le long d'une falaise de pierre noire haute de près de deux cents mètres. Les marches étaient assez larges pour qu'un rancor les emprunte ; des milliers de pieds les avaient polies. Durant la nuit, les eaux glacées coulant du sommet du mont avaient gelé, transformant le passage en patinoire.

Derrière Solo, les rancors avançaient en renâclant. S'accrochant de toutes leurs griffes à la roche, ils semblaient terrifiés à l'idée de tomber. Impitoyables, leurs cavalières ne leur laissaient pas un instant de répit.

Chewbacca n'avait pas l'air bien. Juché sur un

rancor, il gémissait sans cesse en se massant les côtes.

Sous les rayons du soleil, Yan avait loisir d'étudier les amazones dans le détail. Les tuniques qu'elles portaient sous leurs robes étaient faites de peaux de reptiles dont la couleur allait du vert au bleu en passant par l'ocre. Les robes elles-mêmes étaient constituées de fibres végétales tressées.

Les casques restaient l'élément le plus élaboré de leur costume. Ce que Solo avait pris pour des ailes dans l'obscurité était en réalité des morceaux de métal recourbés percés de plusieurs trous où venaient s'accrocher les ornements qui cliquetaient à chaque mouvement des rancors.

Parmi ces colifichets, Yan reconnut des fragments d'agate, les crânes peints de minuscules rongeurs, la patte pétrifiée d'un petit animal, des morceaux de tissus colorés, un éclat d'argent travaillé et une boule blanche qui avait de bonnes chances d'être un œil séché.

Chaque femme portait un style différent de casque. Ce détail ne fut pas pour rassurer Solo : dans toutes les cultures, les gens les plus puissants aimaient à se distinguer par leur habillement.

Yan aidait Leia et C-3P0 à conserver leur équilibre. Si l'un d'entre eux tombait, il risquait fort d'entraîner les autres, et c'eût été une fin indigne d'un général.

A la sortie d'un lacet, Yan aperçut en contrebas une vallée de forme ovale nichée au cœur des montagnes. Des cabanes à toit de chaume formaient un petit village. Autour s'étendaient des cultures.

Les hommes, les femmes et les enfants s'activaient dans les champs, ou nourrissaient des reptiles à quatre pattes parqués dans des enclos. Un large cours d'eau serpentait entre les plantations jusqu'au lac où il se jetait.

Le petit groupe descendit l'escalier de pierre puis passa devant une formation de dix amazones montées sur des rancors. Vêtues de la même façon — tuniques, robes et casques — presque toutes étaient armées de fusils-blasters. Les malchanceuses avaient des lances ou des haches de guerre passées à leur ceinture.

Aucune ne semblait avoir moins de vingt-cinq ans. Leurs visages sales et durs glacèrent davantage Yan que le vent froid de la montagne. Sans un sourire, l'air indifférent, ces guerrières semblaient prêtes à laisser à tout moment libre cours à une sauvagerie millénaire.

Derrière le village, dans les hauteurs, se dressait une forteresse. Taillées à même la roche, les fortifications comportaient des tours, des chemins de ronde et des meurtrières. Des panneaux de transparacier récupérés sur des vaisseaux écrasés colmataient les brèches.

Un duo d'étranges canons-blasters surveillait l'entrée de la vallée. Sur la pierre, des entailles et des marques noires indiquaient que ces femmes étaient vraiment en guerre.

Mais avec qui ?

La petite colonne atteignit une plate-forme rocheuse. Sur ordre d'une amazone, le rancor qui portait Chewbacca poussa Leia en direction de la forteresse. Yan et C-3P0 furent dirigés vers le village. En chemin, ils passèrent devant les grands enclos où paissaient des troupeaux de reptiles géants.

Ils pénétrèrent dans le cercle de cabanes. Devant chacune, Yan remarqua la présence d'une urne de pierre qu'il supposa être un réservoir d'eau.

Par les fenêtres et les portes ouvertes, le Corellien aperçut des tables chargées de paniers de fruits et des murs où pendaient des tentures vivement colorées.

Son amazone le conduisit derrière l'amas de huttes, où se trouvaient des dizaines d'hommes, de jeunes femmes et d'enfants. Sur un terrain sablonneux semé de mauvaises herbes, les villageois avaient creusé des trous pour les remplir avec l'eau de leur seau. Assis au bord de ces flaques, les adultes les scrutaient intensément. Un peu à l'écart, les enfants les regardaient en silence.

Le rancor s'arrêta. Sa cavalière se pencha, poussant Yan vers une flaque du bout de sa lance.

— *Whuffa ! Whuffa !* glapit-elle, indiquant à Solo d'aller contempler l'eau turbide.

— Tu as une idée de ce que ces femmes veulent ? demanda Yan à C-3P0.

— Hélas non, général. Leur langue est inconnue de mes programmes. Certains termes me rappellent le vieux paecien. Mais je n'ai jamais entendu le mot *whuffa*.

Du paecien ? s'étonna Yan. L'Empire Paecien avait disparu près de trois mille ans plus tôt.

Le Corellien s'approcha d'un vieil homme à la barbe grise qui fixait inlassablement sa flaque. Elle était minuscule : cinquante centimètres de diamètre pour moins d'un doigt de profondeur.

Le vieillard leva les yeux.

— *Whuffa !* ordonna-t-il au nouveau venu.

Il lui tendit un outil de cuivre et un seau et lui fit comprendre d'aller creuser son propre trou.

— *Whuffa*... D'accord, j'ai compris.

S'éloignant avec sa pelle et son seau, il s'assit à l'endroit que lui avait indiqué le vieil homme, à l'écart des autres, et creusa une petite cavité qu'il remplit d'eau.

Une odeur épouvantable agressa ses narines. Le liquide n'était pas de l'eau, mais une boisson fermentée primitive résolument puante.

Génial ! pensa Solo. *J'ai été capturé par des dingues qui veulent me faire reluquer une flaque jusqu'à ce que j'aie des visions.*

Regardant son reflet, il constata qu'il était dépeigné et se passa une main dans les cheveux pour y remédier.

Ne sachant que faire de lui, les guerrières avaient abandonné C-3P0 aux enfants, qui le regardaient avec une curiosité mêlée d'hostilité.

Leia était entrée depuis un moment dans la forteresse. Au loin, Yan entendit le bruit des moteurs d'un chasseur Tie. Les dix femmes qui montaient la garde sur leurs rancors levèrent la tête, nerveuses.

C'était plutôt bon signe. Si les amazones avaient des ennuis avec les hommes de Zsinj, il était au moins tombé dans le bon camp.

Quoique... A l'allure minable des fortifications, ça n'était pas si évident...

De toute façon, le Corellien détestait l'idée d'être

jugé. Si ces femmes étaient xénophobes, Leia et lui risquaient de finir esclaves, ou victimes propitiatoires. Si elles les prenaient pour des espions, leur sort promettait d'être encore plus désagréable.

Une autre chose déplaisait à Yan : la guerrière à la lance avait automatiquement déduit qu'il était l'esclave de la princesse. Une société pareille ne l'enchantait guère...

Yan observa les femmes qui les surveillaient. Elles le regardaient sans aménité.

Mieux valait faire semblant de travailler comme une bête !

Pendant une heure, le Corellien observa stoïquement sa flaque remplie de la décoction fermentée.

Le soleil tapant dur, il réalisa qu'il avait une soif de tous les diables. Lui était-il permis de boire un peu de la liqueur ?

S'abstenir est plus prudent, décida-t-il. *Les esclaves n'ont peut-être pas le droit...*

Leia n'était toujours pas sortie de la forteresse. Yan vit une femme penchée par-dessus un parapet, cent mètres au-dessus du niveau de la vallée. Très vieille, elle portait une pièce de cuir en guise de cape. Solo crut voir qu'elle charriait un seau.

Elle regarda en bas un long moment, puis agita les bras et parla sans que ses mots arrivent jusqu'à la vallée. Après quelques instants, une boule de cristal s'éleva et vola jusqu'à la vieille, qui la récupéra habilement dans son seau.

Du liquide déborda. Satisfaite, la vieille femme retourna dans la forteresse.

Yan se frotta les yeux, éberlué. Ça n'était pas une boule de cristal, mais de l'eau. Une sphère liquide qui avait lentement flotté jusqu'à la vieille.

Entendant comme un bruit de succion, Solo baissa les yeux sur sa flaque. Un ver géant était sorti du trou et il sirotait l'immonde breuvage.

Non loin de Yan, un vieil homme murmura : « *Whuffa.* » Puis il fit signe à Solo de capturer le ver.

Yan étudia sa « proie ». Pour le moment, tout ce qu'il en voyait était un tronçon de peau noire muni d'un trou servant à aspirer le liquide. Quand l'animal émergea un peu plus, le Corellien détermina que cette structure fort simple était la tête de l'invertébré.

Tous les regards se braquaient sur Yan. Les enfants, les adultes et les amazones retenaient leur souffle. Quoi que fût un *whuffa*, ces braves gens mouraient d'envie d'en posséder un. Il devait y avoir une récompense en jeu.

Enhardi, le ver sortit davantage de son trou et rampa sur le sable dans l'espoir de trouver une autre flaque de sa liqueur favorite. Cela dit, la bestiole était assez grosse, et sa peau ne semblait pas offrir beaucoup de prise. Yan n'avait aucune envie de finir avec un de ces monstres autour du cou...

Il attendit que la bête trouve le courage de se diriger vers le seau encore plein de liquide.

Ayant appris qu'on gagnait toujours à enivrer ses adversaires, il laissa celui-ci boire jusqu'à plus soif.

Puis il passa à l'attaque, saisissant la créature à deux mains.

Le ver se débattit si violemment que Solo bascula en arrière, s'étalant sur le sable sans lâcher prise.

— Tu es à moi ! cria-t-il.

Enfants et adultes s'agglutinèrent autour de lui en poussant des cris enthousiastes.

— Whuffa ! Whuffa !

Agile comme une anguille, le ver parvint à tourner son orifice buccal vers Yan. Alors, il lui cracha au visage une bonne dose de la boisson puante.

Cela fait, il commença à siffler dangereusement.

Solo tint bon. L'animal mobilisait toutes ses forces pour réintégrer sa tanière, mais cela ne suffisait pas. Après quelques minutes, Yan sentit que la vitalité de sa proie s'épuisait. Tirant un bon coup, il sortit du trou près d'un mètre supplémentaire d'invertébré.

Trois minutes plus tard, il réussit à extirper un nouveau mètre. Des hommes se précipitèrent pour maintenir la tête de la créature.

Yan s'escrima pendant une demi-heure avant de comprendre qu'il allait en avoir pour un moment. A la tête d'une bonne vingtaine de mètres de whuffa, il semblait encore loin d'en avoir vu le bout. Par bonheur, il avait mis au point une méthode. A chaque signe de faiblesse du ver, il tirait deux ou trois mètres de plus, puis attendait patiemment la prochaine occasion.

Après une heure de ce régime, le Corellien était au bord de l'évanouissement. Tirant avec tout ce qu'il lui restait d'énergie, il vit sortir du trou l'extrémité caudale du whuffa.

Histoire de livrer un baroud d'honneur, le ver agita frénétiquement l'ultime section de sa personne. A l'autre bout, les choses s'étaient déjà calmées depuis un moment...

Tous les gamins et les hommes du village maintenaient le whuffa. D'un coup d'œil, Yan estima qu'il devait mesurer dans les deux cent cinquante mètres de long.

Avec des cris et des chants, les villageois portèrent la prise de Yan jusque dans un verger. Des vieillards approchèrent du Corellien et le congratulèrent. Souriant, Solo suivit la procession.

Les villageois entreprirent d'enrouler le whuffa autour d'un arbre nu. Yan vit que d'autres vers étaient en train de sécher sous les rayons du soleil. Approchant, il en toucha un. L'animal était mort, mais son cuir avait conservé toute sa souplesse. D'une jolie couleur chocolat, il semblait fort solide. Essayant d'en déchirer un morceau, il dut vite renoncer. Ce matériau était aussi résistant que du fil de nylon.

Jetant un coup d'œil aux amazones, il vit que leurs selles étaient tenues en place sur le dos des rancors par des lanières de whuffa.

Extra ! maugréa intérieurement le Corellien. *J'ai capturé une corde !*

Pourtant, les villageois semblaient faire tout un plat de l'opération. Ils paraissaient même carrément extatiques. S'ils exécutaient les étrangers, être Yan Solo, le dompteur de whuffa, avait une bonne chance de lui sauver la mise.

Et puis même si ce truc n'était qu'une corde, c'était une *rudement bonne* corde ! Exportée dans la galaxie, elle aurait fait un malheur. D'ailleurs, qu'est-ce qui lui disait qu'elle n'avait pas des propriétés médicinales ? Ces gens étaient en guerre. Peut-être appliquaient-ils des lanières de whuffa sur leurs plaies ? A moins qu'ils fassent bouillir le ver pour fabriquer un élixir de Jouvence ?

Une fois qu'on y réfléchissait, c'était dingue tout ce qu'on pouvait faire avec un whuffa !

— Yan ? l'appela une voix féminine.

Le Corellien fit volte-face. Montée sur un rancor, une femme aux cheveux noirs le regardait.

— Je m'appelle Damaya. Tu dois me suivre.

Talonnant le rancor, elle le força à se retourner.

Yan sentit sa bouche se dessécher.

— Où... où allons-nous ?

— Ton amie Leia a plaidé ta cause pendant deux heures devant le clan de la Montagne qui Chante. Elle a obtenu ta vie et ta liberté. Reste à déterminer ton avenir.

— Mon avenir ?

— Le peuple de la Montagne qui Chante a décidé de ne pas être votre ennemi, mais ça ne veut pas dire qu'il sera votre ami. Il semble que vous disposiez d'un vaisseau qui pourrait être réparable. Si c'est vrai, les Sœurs de la Nuit et leurs esclaves impériaux voudront se l'approprier. Comme tu es un homme puissant dans ton univers, ils souhaiteront peut-être t'avoir aussi. Nous devons savoir si tu veux de notre protection, et combien tu es décidé à la payer.

Encore haletant et couvert de sueur, Solo suivit Damaya. Après vingt-quatre heures sans sommeil, les yeux lui démangeaient et les sinus lui brûlaient comme s'il avait été allergique à quelque élément de la planète.

L'amazone se dirigea vers la forteresse. Alors qu'ils atteignaient l'intersection où le chemin se divisait en trois, un groupe d'étrangers entra dans la vallée. Yan compta neuf femmes humanoïdes arborant une peau marbrée étrangement pourpre. Sans casque, à l'inverse des amazones, elles portaient des robes à capuche couvertes par la poussière du chemin. Solo se demanda s'il n'était pas en train de contempler ses juges.

Quand son regard se posa sur les guerrières qui gardaient la passe, il comprit que les nouvelles venues étaient des ennemies. Alors que leurs montures grognaient et raclaient le sol de leurs griffes, les amazones brandirent leurs blasters.

La première des neuf femmes leva une lance brisée pour signifier qu'elle demandait une trêve.

Damaya mit pied à terre et poussa Yan vers l'escalier de la forteresse.

Les femmes encapuchonnées les regardèrent passer. Leur chef, une vieille dame aux cheveux grisonnant sur les tempes, sourit à Yan, le faisant frissonner.

— Etranger, où est ton vaisseau ? demanda-t-elle quand il l'eut dépassée.

— Eh bien, hum, il est...

— Ne lui dis rien ! cria Damaya.

Sa voix fit à Yan l'effet d'une lame qui aurait tranché la ficelle que tirait la vieille femme. Cette dernière, comprit-il, avait utilisé un des trucs préférés de Luke : manipuler les esprits faibles.

Le Corellien dut rougir, car Damaya le rassura :

— Tu n'as aucune raison d'être embarrassé. Baritha a le pouvoir de dominer les cerveaux.

La vieille femme — Baritha, donc — éclata de rire. Yan se détourna, fou de rage.

Sa toute nouvelle Némésis le suivit. Utilisant une moitié de sa lance, elle entreprit d'explorer son entre-jambe.

Solo fit volte-face, les poings serrés. Baritha entonna une incantation et tendit les mains comme si elle voulait agripper quelque chose.

Solo sentit qu'un étau invisible écrasait ses deux poignets.

— Ne sois pas si prompt à t'énerver, petit homme !

siffla Baritha. Montre-nous plus de respect, sinon, la prochaine fois, c'est une partie plus sensible de ton anatomie que j'écraserai...

— Gardez les mains loin de moi ! gronda Solo.

Damaya dégaina son blaster et le pointa sur la gorge de Baritha. Puis elle dit quelques mots dans une langue inconnue du Corellien.

La vieille femme libéra Solo.

— J'admirais seulement ton prisonnier. De dos, il est si appétissant. Qui résisterait ?

— Celles de la Montagne qui Chante tolèrent votre présence, cracha Damaya, mais leur hospitalité a des limites...

— Celles de la Montagne qui Chante sont des imbéciles, croassa Baritha en rejetant la tête en arrière et en levant les sourcils pour atténuer ses rides. Vous ne pourriez pas nous jeter dehors si vous le vouliez ! Alors, souffrez que nous soyons là, et pliez-vous à nos exigences. Je méprise votre mascarade de civilité. Et je crache sur votre hospitalité !

— Je pourrais te faire exploser la tête, Baritha, menaça Damaya.

— Qu'attends-tu, ma fille ? (Baritha écarta les pans de sa tunique, révélant une poitrine affaissée.) Abats ta tante adorée ! La vie n'a plus de sel pour moi depuis que vous m'avez chassée du clan. Tire ! Tu sais combien je le désire...

— Je ne me laisserai pas entraîner sur ce chemin, trancha Damaya.

La vieille femme éclata d'un rire aigu.

— Elle ne se laissera pas entraîner ! répéta-t-elle.

Ses compagnes firent chorus à son rire.

Hors de lui, Solo souhaita que Damaya appuie sur la détente et fasse taire ces vieilles pies.

L'amazone rengaina son arme, indiquant à son prisonnier de grimper quelques marches histoire de se placer entre lui et les neuf encapuchonnées.

La forteresse se révéla plus endommagée que Yan ne l'avait estimé d'en bas. Les trous provoqués par des tirs de blasters ne se comptaient plus ; certains avaient été rebouchés par une substance caoutchouteuse vert sombre.

Du sable rouge était répandu sur le chemin de ronde. Yan se demanda d'où il venait. Toutes les montagnes du coin semblaient être des volcans. On avait dû transporter les pierres sur des kilomètres...

Les deux sentinelles affectées à la porte de la forteresse quittèrent leur poste pour guider les visiteurs. Yan jeta un coup d'œil derrière lui : une dizaine de guerrières du clan de la Montagne qui Chante escortaient les neuf mégères.

La petite colonne entra dans la forteresse aux murs décorés de tapisseries. Des torches assuraient l'illumination.

On conduisit Solo et les femmes dans une pièce située sur une arête du bâtiment, de sorte que les fenêtres donnaient sur deux côtés différents du paysage.

Quasiment triangulaire, la salle possédait pas moins de six ouvertures regardant la vallée. Près de chacune était posé un fusil-blaster. Dans un coin, Yan remarqua une pile de gilets pare-balles. Près d'un mur se trouvait un canon-blaster. A voir l'huile qui formait une flaque sous l'arme, le Corellien ne douta pas un instant qu'elle était hors d'état de marche.

Au centre de la pièce, un grand animal rôtissait sur une broche.

Une foule d'amazones resplendissantes dans leurs robes en peau de reptile occupait les lieux. Parmi elles, vêtue de la même façon, Yan reconnut Leia.

Une des beautés approcha.

— Bienvenue, Baritha, dit-elle à la vieille femme, ignorant Solo. Au nom de mes sœurs, moi, mère Augwynne, j'ai l'honneur de t'accueillir dans le clan de la Montagne qui Chante.

Augwynne avança. Malgré ses mots gentils, son visage demeurait fermé.

— Inutile de minauder ! s'exaspéra Baritha en jetant sa lance brisée aux pieds de l'autre femme. Les Sœurs de la Nuit viennent pour Yan Solo et les autres étrangers. Nous les avons capturés en premier : ils nous appartiennent !

— Il n'y avait aucune Sœur de la Nuit avec eux, répondit Augwynne. Des soldats impériaux les gardaient sur *notre* territoire. Après les avoir tués, nous avons offert l'hospitalité à leurs prisonniers. Je crains de ne pouvoir accéder à ta requête.

— Les Impériaux sont nos esclaves, tu le sais très bien. Ils amenaient les étrangers chez nous à fin d'interrogatoire.

— Si tu veux simplement questionner le général Solo, je peux t'aider. Général, pourquoi êtes-vous sur Dathomir ?

Augwynne regarda intensément la bourse pendue à la ceinture de Yan. Le Corellien comprit le message.

— Je suis propriétaire de cette planète, et de tout ce qui s'y trouve. Je viens inspecter mon domaine.

Les Sœurs de la Nuit poussèrent des cris étranglés.

— Un *homme* ose prétendre qu'il possède Dathomir ! s'indigna Baritha.

Yan sortit l'holocube de sa bourse et l'activa. L'image de Dathomir apparut, le nom de son propriétaire en incrustation.

— Non ! cria Baritha.

Elle agita la main. L'holocube vola dans les airs.

— La loi est la loi ! déclara Yan. Ce monde est à moi, et je demande aux Sœurs de la Nuit de débarrasser le plancher.

Baritha le défia du regard.

— Avec plaisir, dit-elle. Procure-nous un vaisseau et nous partirons.

Une fois encore, il éprouva l'étrange compulsion de lui révéler la cachette du *Faucon*.

— Assez, Baritha ! cria Augwynne, brisant le charme empoisonné. Tu as eu ta réponse. Dis à Gethzerion que le général Solo reste parmi nous comme un homme libre.

— Tu ne peux lui rendre sa liberté, siffla Baritha. C'est notre esclave !

— Il a gagné son autonomie en sauvant la vie d'une de nos sœurs. Tu ne peux plus rien y changer.

— Mensonges ! Qui a-t-il sauvé ?

— Sœur Tandeer...

— Il n'y a personne de ce nom dans le clan ! Je t'accuse d'imposture. Qu'on me montre cette...

Les femmes de la Montagne qui Chante s'écartèrent pour laisser passer Leia. Vêtue d'une tunique d'écailles rouges et d'un casque orné de crânes de rongeurs, la princesse affronta le regard de Baritha.

— Ai-je déjà vu cette donzelle ?

— C'est une magicienne de la région des lacs. Le clan l'a adoptée. Lance un sort de vérité, et tu verras que je ne mens pas.

Baritha toisa l'assemblée du regard.

— Je n'ai pas besoin de lancer un sort pour savoir ce qui est vrai, marmonna-t-elle. Mais votre argumentation est fallacieuse...

— Notre argumentation repose sur des lois que toi et tes semblables n'avez jamais respectées.

— Les Sœurs de la Nuit réclament ces esclaves. Livrez-les-nous, ou nous viendrons les prendre.

— Menaces-tu de verser le sang ? demanda Augwynne.

Les femmes de la Montagne qui Chante entonnèrent une sourde mélopée. Se regroupant, les Sœurs de la Nuit donnèrent elles aussi de la voix.

— Gethzerion, cria Baritha, nous avons trouvé l'étranger ! Il possède un vaisseau, mais les vipères de la Montagne qui Chante refusent de nous le remettre.

Yan entendit un sifflement à ses oreilles, presque comme si une mouche était en train de bourdonner dans son crâne. Les poils de sa nuque se hérissant, il comprit que la nommée Gethzerion entendait Baritha, et qu'elle était en train de lui répondre.

Le Corellien recula ; Baritha se détacha du cercle de ses compagnes et lui saisit le bras, serrant avec une force surhumaine.

Une guerrière de la Montagne qui Chante dégaina son blaster et tira. D'un mot magique et d'un geste nonchalant de la main, la sorcière dévia le trait d'énergie.

Ricanant, elle lâcha Solo.

Comme une seule, les Sœurs de la Nuit se précipitèrent vers les fenêtres et sautèrent, leurs robes claquant comme des ailes. Yan fit une grimace. Il n'aimait pas songer à ce que seraient leurs corps, une fois en bas.

Mais, flottant dans l'air, Baritha cracha :

— Le sang coulera !

Sa menace fit trembler les murs de la pièce. Contente de son effet, elle se laissa tomber.

Yan courut à une fenêtre : les Sœurs de la Nuit atterrissaient en douceur dans la vallée.

Des guerrières accoururent, blaster au poing.

— Qu'on les laisse partir, dit Augwynne.

Elle s'approcha de Solo, regardant le sang qui coulait le long de son biceps.

— Général, félicitez-vous que Gethzerion vous veuille vivant. Au fait, bienvenue sur Dathomir !

15

Teneniel Djo regardait le magicien d'un autre monde se débattre contre ses liens — des lanières de whuffa, bien entendu. Ces stupides étrangers (deux mâles) essayaient de se libérer dès qu'ils pensaient qu'elle regardait ailleurs. Leur naïveté l'amusait. Le plus beau des deux, incapable de lancer un sort, n'était que du menu fretin. Le mage, lui, constituait une prise de choix.

Elle les conduisait à travers les collines, se souciant comme d'une guigne qu'ils tentent de s'échapper. Sa sérénité était telle qu'elle n'avait pas pris la peine de ligoter leur petite machine roulante.

Un astro *droïd*. Teneniel n'en avait jamais vu, mais elle savait de quoi il s'agissait. Qu'il lui fausse compagnie ne l'inquiétait pas. Comme les autres prisonniers, il n'irait pas loin...

En revanche, s'inquiétant de ce qui se terrait dans la forêt, la jeune femme tournait souvent la tête pour s'assurer qu'on ne la suivait pas. Quelque chose lui nouait l'estomac, présageant d'ennuis à venir. Elle murmura un sort de découverte et sentit que les serviteurs des ténèbres se tapissaient dans les broussailles.

Elle habitait ce secteur depuis quatre ans, mal à l'aise de se trouver si près de la prison impériale. Jamais jusqu'à ce jour elle n'avait senti autant de

Sœurs de la Nuit en mouvement. Il allait lui falloir toute son énergie pour ne pas tomber entre leurs mains.

Elle poussa ses prisonniers jusqu'au sommet d'une butte boisée et grimpa sur un rocher pour scruter la piste. Les montagnes étaient infranchissables, et elle n'osait pas entraîner les deux étrangers sur les chemins les plus dangereux. L'être mécanique ne s'en serait pas sorti, et les deux hommes auraient eu besoin de leurs mains...

Teneniel lança un second sort de découverte. Les Sœurs de la Nuit les encerclaient presque. Elle en repéra une à deux kilomètres au sud, une autre à trois kilomètres à l'ouest, et une derrière à l'est, à moins de huit cents mètres.

Au nord se dressaient les montagnes, impossibles à négocier pour qui ne lévitait pas. Or, elle doutait que ses prisonniers la laissent user sur eux de son pouvoir.

Un vrai casse-tête.

— On nous poursuit, hein ? demanda le sorcier.

Teneniel acquiesça.

— Libère-moi ! Quels que soient tes ennemis, je peux t'aider.

La jeune femme fit la moue. Jamais elle n'avait rencontré un étranger digne de confiance. Et celui-là ne savait même pas *qui* les traquait. Ignorait-il l'existence des Sœurs de la Nuit et de leurs laquais impériaux ?

Etait-ce une ruse ?

— Si je te libère, tu promets de ne pas t'échapper ?

L'esclave à la fière allure tendit l'oreille.

— Si je reste avec toi... que feras-tu de moi ? demanda le sorcier.

— Je te conduirai à mon village, répondit-elle, honnête, où les sœurs de mon clan verront que ta capture fut honorable. Reconnu comme ma propriété, tu vivras dans ma hutte et tu me feras des filles. Es-tu d'accord avec ce plan ?

C'était une proposition en or. Elle retint son souffle.

— Non. D'abord, je te connais à peine...

— Comment ? s'étrangla Teneniel. Suis-je si vilaine que tu préfères être captif des Sœurs de la Nuit ?

Préfères-tu t'accoupler avec l'une d'elles, et voir tes filles maîtriser leurs sortilèges ?

— J'ignore qui sont les Sœurs de la Nuit, avoua le sorcier.

— Pourtant, tu les sens autour de nous, n'est-ce pas ? Ça n'est pas suffisant ? Tu serais un père idéal pour mes filles. Un sorcier mâle, quelle rareté ! Plutôt que te laisser à ces mégères, je préférerais te tuer. Sache qu'il en va de même pour tes compagnons.

Elle saisit un des blasters qu'elle leur avait confisqués. Le droïd faisait une cible tentante...

— Non ! cria le sorcier. Mes amis n'intéressent pas les Sœurs de la Nuit. C'est toi et moi qu'elles veulent, toi et moi qui les attirons. Libère mes amis, elles ne les inquiéteront pas. Ensemble, nous nous échapperons !

— Seras-tu le père de mes enfants ?

Le sorcier la regarda des pieds à la tête ; à l'évidence, il la trouvait séduisante. Autour d'eux, les feuillages bruissaient. Le danger se précisait.

— Peut-être, répondit l'homme. Mais ce sera *mon* choix. Et je ne suis pas venu ici pour prendre femme... Je ne t'appartiens pas, et je refuse que tu tues qui que ce soit, y compris toi-même.

Le sabrolaser du sorcier se détacha de sa ceinture, s'activa et coupa ses liens. Docile, il vint se loger dans la main de son propriétaire.

— Eh bien, j'ai ma réponse... murmura Teneniel.

Toute la journée, elle s'était demandé si on pouvait garder un sorcier enchaîné. Démonstration était faite que non. Et sa façon de lancer des sorts sans dire un mot le rendait encore plus redoutable.

— Dis-moi, étranger, as-tu un nom ?

— Je suis Luke Skywalker, un Chevalier Jedi. Je te présente mes amis, Isolder et D2-R2.

— Un chevalier ? s'étonna la jeune femme. Tu ne ressembles pas à un guerrier, Luke Skywalker !

Le Jedi libéra le prince hapien en deux coups de sabrolaser.

Teneniel s'adressa à Isolder et à D2 :

— Votre ami et moi allons attirer les Sœurs de la

Nuit loin d'ici. Comme il le dit lui-même, vous ne les intéressez pas. Si vous voulez être en sécurité, dirigez-vous vers la montagne qui est droite comme un mur. (Elle désigna un pic, à environ quarante kilomètres.) Là, vous trouverez les sœurs de mon clan.

Elle n'ajouta pas qu'ils redeviendraient ses esclaves s'ils survivaient au voyage. Comme reproducteur, Isolder ne l'intéressait pas, mais elle était sûre de pouvoir le vendre une petite fortune.

Elle rendit son blaster au Hapien, espérant que cela l'aiderait à sortir vivant de l'aventure. Il avait déjà son paquetage sur le dos...

— Suis-moi, Luke Skywalker.

— Appelle-moi Luke...

Elle acquiesça et s'enfonça dans les bois en direction de l'est. Son sort de découverte encore actif, elle *sentait* la Sœur de la Nuit, à moins de cinq cents mètres de là.

Teneniel tenta de structurer un plan et de recenser ses sorts de combat. Hélas, courir et réfléchir en même temps était difficile. Troublée, ignorant quelle décision prendre, elle se demanda si elle n'était pas sous l'influence d'un charme.

L'idée sortit de sa tête avant qu'elle ait pu l'étudier. Son pouvoir principal était de déclencher des tempêtes de Force. Dans les conditions présentes, cela pouvait être un bon moyen de camouflage.

Oui, c'était ça ! Déchaîner une tempête et en profiter pour fuir au nez et à la barbe de leur ennemie. Un plan génial !

Luke courait sans effort. Au début, Teneniel pensa qu'il avait une grande résistance. Après quelques minutes, elle vit qu'il ne transpirait pas comme tout être normal l'aurait dû.

Avait-il lancé un sort ? Oui, c'était probable. Agacée, la jeune femme dut reconnaître qu'il était peut-être plus puissant qu'elle le pensait. Oh, elle l'avait capturé sans mal, et il s'était bien moqué d'elle en tirant sur ses liens comme un singe. Mais il n'avait pas peur d'elle, et il connaissait des sortilèges qu'aucune de ses sœurs ne maîtrisait.

— As-tu toujours besoin de mots pour lancer un charme ? lui demanda-t-il sans cesser de courir.

— Oui, ou au moins de gestes... Certaines d'entre nous savent le faire en silence, comme toi...

Teneniel haleta, à court d'oxygène. Luke accéléra un peu. Elle le suivit, transpirant à grosses gouttes. Sûr qu'il ne la voyait pas à son avantage, pour le moment !

Au village, il faudrait qu'elle change de vêtements.

La Sœur de la Nuit ne pouvait plus être loin devant eux. Teneniel commença à psalmodier pour préparer son sortilège. Elle s'immobilisa, bientôt imitée par Luke. Autour d'elle, l'air tremblait au contact de son pouvoir. A leurs pieds s'étendait une vallée semée de jeunes arbres. Vêtue d'une robe pourpre, la Sœur de la Nuit avançait au milieu d'une vingtaine d'Impériaux en tenue de camouflage.

L'un cria :

— Là-haut !

Avant qu'il ait dégainé son blaster, Teneniel jeta son sort. Le vent magique se leva, tourbillonnant si violemment que les feuilles mortes et les brindilles se lancèrent dans une folle spirale qui aveugla à demi leurs ennemis.

Les arbres plièrent...

Luke serait bien resté à regarder le spectacle, mais Teneniel le prit par le bras et l'entraîna dans la tempête. Avançant à l'aveuglette, les deux fuyards s'aperçurent bientôt que le vent faiblissait. Se concentrant, la jeune femme lui redonna de la vigueur.

Teneniel sentait toujours sa Némésis à moins de vingt mètres sur leur droite. A l'instant où elle crut l'avoir abusée, un trait de lumière bleue transperça les tourbillons de poussière et la frappa à la poitrine, l'envoyant valser dans les airs.

La Sœur de la Nuit se campa devant eux, des flammèches dansant encore autour de ses doigts. Vite relevée, Teneniel reconnut son adversaire. C'était Orcheron, une femme jadis puissante dans son clan. Douée pour les illusions, elle les avait attirés dans un piège.

Orcheron sourit et frappa de nouveau. Les flammes fouillèrent la chair de Teneniel comme des griffes. Le monde perdit de sa consistance. L'énergie bleue frôla la poitrine de la jeune femme, qui devint plus froide que la mort. Des tentacules de feu s'enroulèrent autour de son bras droit. Le membre sembla mourir sur l'instant.

Alors, la force bleutée s'insinua dans l'oreille de Teneniel, la privant de tous les sons. Quand elle toucha un de ses yeux, la moitié du monde disparut.

La lumière de feu aspirait la vie de chaque cellule de son corps. Cette chose lui arrachait des parts d'elle-même comme une lame géante.

Incapable de fuir ou de se battre, la jeune femme ne put même pas pousser un cri quand elle sentit ses jambes se dérober.

Durant sa chute, le temps sembla ralentir. Orcheron gloussa sinistrement ; la force meurtrière jaillit à flots de ses doigts, finissant de détruire le sort de Teneniel.

Le vent tomba...

Alors Luke activa son sabrolaser et attaqua. Surprise, Orcheron tenta de déverser sa maléfique puissance sur le Jedi.

Trop tard ! Le sabrolaser décapita la sorcière.

Des flammes rouges jaillirent du cou sans tête. Face à cette éruption, Luke se voila la face pour se protéger de la sombre tempête qu'il avait déchaînée.

Quand les flammes moururent, quatre Impériaux se ruèrent sur le Jedi en tirant. Déviant les traits de blaster, il les tailla en pièces en quelques mouvements.

Retrouvant sa voix, Teneniel se remit à chanter. Luke la prit par le bras et la soutint tandis que le vent renaissait.

Titubant, elle se laissa guider hors de la tempête, loin du champ de bataille...

Alors elle se tut, et Luke dut la porter jusqu'à un bosquet. Teneniel se souvint de l'existence d'une grotte.

Ils s'y engouffrèrent.

La jeune femme se laissa glisser sur le sol. Luke

examina ses blessures. La lumière bleue lui avait laissé d'atroces brûlures. Du sang coulait de sa bouche, indice de graves dommages internes.

Elle se mit à pleurer, consciente qu'elle allait mourir.

Luke tira sur sa tunique jusqu'à ce qu'elle se déchire. Lui imposant les mains, il l'aida à sombrer dans un sommeil profond mais agité...

Dans son rêve, Teneniel était une petite fille, et sa mère venait de mourir. Les sœurs du clan de la Montagne qui Chante avaient couché le corps sur une table de pierre pour l'habiller et peindre le visage aux couleurs de la chair.

Sachant que sa mère n'était plus, Teneniel ne pouvait supporter de voir les sœurs essayer de créer une illusion de vie. Alors elle s'engagea dans un escalier et passa devant une tenture à l'image d'une sœur de jaune vêtue qui tenait une lance.

Derrière se trouvait la Salle des Guerrières, où les apprenties comme elle, quels que fussent leurs dons, n'avaient pas le droit d'entrer, même si leur mère était un grand chef de guerre.

Teneniel écarta la tenture et franchit le seuil. La pièce était immense, le plafond et le mur du fond se perdant dans les ombres. Creusée à même la montagne, la salle étouffait tous les sons, y compris la respiration haletante de l'enfant.

Sur la gauche, Teneniel remarqua une fenêtre assez large pour que vingt femmes s'y tiennent côte à côte. De forme ovale, elle ressemblait à une bouche géante. Une rangée de lances appuyées contre le rebord figuraient des dents rappelant un peu celles des rancors.

Un long moment, Teneniel sentit le terrible vide qui émanait de la pièce, puis celui qui s'insinuait lentement en elle.

La bouche m'a avalée, songea-t-elle.

Elle ferma les yeux, tentant d'oublier le corps roide de sa mère, ses doigts repliés comme des serres dans la mort.

Le cri de terreur d'une petite fille éclata, lui vrillant les tympans. Elle se mit à courir, écartant des dizaines de tentures, traversant une multitude de pièces.

Dans chacune, des sorcières mangeaient, se prélassaient sur des coussins de cuir, bavardaient, riaient, lançaient des sorts.

Le cri de la petite fille se faisait de plus en plus fort, mais personne ne semblait s'en soucier...

Quand Teneniel s'éveilla, des heures plus tard, il faisait nuit dehors, Luke ayant posé près d'elle un petit dispositif lumineux. Délestée de sa tunique, la jeune femme constata que le Jedi l'avait enveloppée dans une couverture tirée de son paquetage.

La douleur avait disparu. Elle se sentait bien, merveilleusement bien...

Elle toucha sa poitrine, puis son visage. Les blessures étaient encore chaudes, mais elle entendait, et elle voyait.

Inspectant la grotte, elle remarqua que les murs étaient couverts de peintures représentant des femmes dans diverses postures. Certaines avaient les mains posées sur la tête de leurs compagnes, une lévitait au-dessus d'une foule, une autre traversait un mur de flammes.

La grotte faisait une vingtaine de mètres de long. Des os humains gisaient à l'aplomb de la paroi du fond. Le squelette d'un rancor dominait le sinistre assortiment.

Le Jedi n'était pas là, mais il avait laissé son paquetage. Teneniel se leva et but un peu d'eau à sa gourde. Ses pieds étant gelés, elle fourra un peu de paille dans ses bottes et se recoucha.

Elle était encore faible, la tête lui tournant pour d'autres raisons que la fatigue. Le Jedi l'avait guérie sans entonner la moindre mélopée. Parmi ses sœurs capables de soigner, aucune n'aurait pu en faire autant. Les charmes médicinaux étaient les plus délicats. Souvent, Teneniel se demandait si ses compagnes ne mettaient pas un peu d'ostentation à les chanter. Cela dit, tout le monde était d'accord : sans incantation, pas question de guérir.

Luke Skywalker était un sorcier d'envergure.

Quand elle dormait à la belle étoile, la jeune femme s'était souvent demandé à quoi ressemblaient les autres mondes. Elle connaissait les Impériaux, si fiers de leurs armes et de leurs uniformes blindés. Mais ils n'auraient pas pu lancer le sort le plus simple, et ils tremblaient devant les Sœurs de la Nuit.

Skywalker était d'une autre trempe. Depuis toujours, elle rêvait d'un homme comme lui.

Sous la couverture, elle toucha sa poitrine, là où le Jedi avait posé les doigts.

Un jour, quelqu'un me guérira du vide... Oui, un jour...

Un bruit la fit sursauter. Luke venait d'entrer, suivi par Isolder et D2. Il s'assit près d'elle et lui caressa la joue.

— Tu te sens mieux ?

La jeune femme hocha la tête, ne sachant que dire. Puis elle chercha les yeux de Luke. Elle l'avait perdu. Maintenant qu'il l'avait sauvée, elle ne pourrait plus se prétendre sa propriétaire.

— Les Sœurs de la Nuit se sont réunies à l'endroit où nous avons combattu. Puis elles ont fait demi-tour. J'ignore si c'est pour aller chercher des renforts...

— Elles savent que nous sommes deux, souffla Teneniel. Tu as tué Orcheron, une de leurs grandes guerrières. Elles auront eu peur de perdre...

— Et les soldats de Zsinj ? demanda Isolder. Des centaines d'hommes...

Dépourvu de pouvoir, comment aurait-il pu comprendre ?

— Ils ne comptent pas, expliqua Teneniel. Les tuer est un jeu d'enfant.

— Je n'aime pas ça, grogna le prince. Je déteste être coincé dans cette grotte.

— Les Sœurs de la Nuit ne nous combattront pas ici, assura Teneniel. Le sang des Anciens fait de cette caverne un lieu sacré.

Elle s'assit et désigna les os humains, près de la carcasse du rancor.

— Croyez-vous vraiment qu'elles ne viendront pas ? insista le Hapien.

— Même les morts ont des pouvoirs, souffla la jeune femme. Nos ennemies n'oseront pas s'attirer leurs foudres.

Luke acquiesça. Lui, au moins, il comprenait.

— Pourquoi tes ancêtres se laissaient-ils capturer par les rancors ?

— Il y a très longtemps, les Anciens débarquèrent des étoiles. C'étaient des guerriers et leurs machines fabriquaient des armes interdites : des soldats mécaniques qui ressemblaient à des hommes. Ils les vendaient à qui en voulait, pour presque rien...

« Alors vos chefs les bannirent, les condamnant à vivre sur ce monde. Ils ne reçurent ni métal ni machine, et aucune arme. Ainsi ils furent une proie pour les prédateurs...

Teneniel ferma à demi les yeux. Elle avait entendu tant de fois cette histoire qu'elle pouvait voir les prisonniers arrivant sur Dathomir. Très violents, coupables de crimes contre la civilisation, ils méritaient cet exil. Beaucoup se croyaient au-dessus des lois, considérant leurs armes comme des jouets.

Les priver de moyens de nuire avait été une sage décision.

— Pendant des générations, ils vécurent comme des bêtes. L'extinction les menaçait quand la justice des étoiles envoya Allya sur Dathomir.

Les yeux de Luke se voilèrent.

— C'était une Jedi vouée au mal, déclara-t-il. L'Ancienne République ne voulant pas l'exécuter, elle fut exilée. Ses pairs espéraient que le temps et la solitude la détourneraient du Côté Obscur.

— Elle se servit de ses sorts pour apprivoiser les rancors et se procurer de la nourriture, reprit Teneniel. Elle légua ses pouvoirs à ses filles, et leur enseigna à chasser les mâles, comme je l'ai fait avec Luke. Tandis que les rancors continuaient à dévorer les autres humains, les descendantes d'Allya prospérèrent de génération en génération. Plus tard, des clans se formèrent. La chasse aux mâles devint une amicale compétition. Des règles furent établies, interdisant le recours à la mauvaise magie. Au temps de ma grand-mère, nous chassâmes les rancors sauvages des montagnes et les massacrâmes. La paix allait peut-être régner...

« A l'époque de ma mère, les Sœurs de la Nuit, des renégates, s'unirent. Au début, elles n'étaient pas nombreuses, mais...

— ... Toutes celles qui les combattaient avec les mêmes tactiques rejoignirent leurs rangs...

Teneniel regarda le Jedi.

— De telles choses arrivent donc sur d'autres mondes ? Certaines sœurs prétendent que c'est une maladie qui nous transforme. D'autres pensent que c'est à force d'utiliser la magie. Mais quels sorts en particulier ? Nous les testons depuis des générations...

— Aucun en particulier, et tous en général, fit Luke, énigmatique. A quel âge mourut la fille d'Allya qui vécut le plus longtemps ?

— Seize saisons, je crois...

— Presque une enfant, murmura Luke. Elle était trop jeune pour maîtriser la Force... Teneniel, votre pouvoir ne vient pas des sorts, mais de la Force, qui existe dans tous les êtres vivants. Les filles d'Allya en étaient abondamment pourvues, c'est pourquoi elles la maîtrisaient un peu. Mais ce ne sont pas les mots qui font votre pouvoir, ni l'un ou l'autre sort qui le corrompt : c'est l'intention qui motive un sortilège, donc la nature de votre *désir*. Si ton cœur est corrompu, tes actes le seront. Ecoute ton cœur, et tu comprendras. (Teneniel s'agita.) Tout à l'heure, tu aurais pu tuer Orcheron et les soldats. Tu as préféré fuir. Ta générosité m'a surpris...

— Si je tue nos ennemies, je finirai par devenir comme elles, expliqua la jeune femme.

— Tu as laissé la Force te guider, et c'est bien. Mais tu es trop cruelle. Tu voulais nous enlever, Isolder et moi. Crois-tu pouvoir pratiquer l'esclavage et conserver ton innocence ? Tu m'as aussi attaqué...

— Je n'essayais pas de te tuer, juste de te capturer. Je ne t'aurais pas blessé gravement.

— Ne sais-tu pas qu'il est mal de priver un être de sa liberté ?

Elle le regarda, mal à l'aise.

— J'espérais t'aimer... Sinon, je t'aurais vendu à quelqu'un te désirant davantage. Il n'y a rien de mal à cela. Les descendantes d'Allya ont toujours chassé leurs compagnons de cette manière.

— Toutes le font-elles ? demanda Luke, un peu moins calme.

— Une femme riche peut acheter un homme. Hélas, je suis pauvre.

Isolder intervint.

— Et les soldats, qu'ont-ils à voir avec les Sœurs de la Nuit ?

— Il y a huit saisons, un chef vivant dans les étoiles les a envoyés construire une nouvelle prison. Une renégate de notre clan nommée Gethzerion s'est alliée à eux, les aidant à rattraper les esclaves en fuite. Au début, les Impériaux l'aimaient bien. Ils promirent d'en faire une guerrière et de lui offrir la gloire. Quand ils découvrirent ses pouvoirs, les choses changèrent ; alors ils décidèrent de la bloquer à jamais sur Dathomir. Les chefs détruisirent les vaisseaux, condamnant leurs propres hommes à l'exil. On dit que Gethzerion tua tous les officiers. Depuis, la troupe lui obéit au doigt et à l'œil. Elle a promis la liberté à ces hommes si elle parvenait à fuir la planète. A les voir tellement faibles et bêtes, elle pense pouvoir régner un jour sur l'Univers. Pour l'instant, elle se contente de combattre les clans, tuant certaines sœurs, en emprisonnant d'autres... Beaucoup se sont rangées sous sa bannière.

— Qu'a-t-elle fait des occupants de la prison ? demanda Luke.

— Elle les garde en esclavage dans l'espoir de s'en servir un jour comme monnaie d'échange.

— Elle sait ce qu'elle fait... Teneniel, elle espère

vous attirer toutes du Côté Obscur. Avec une armée pareille, elle pourrait devenir une puissance qui compte dans la galaxie. Dis-moi, combien de Sœurs de la Nuit y a-t-il ?

— Pas plus d'une centaine.

Un court moment, elle espéra que Luke lui dise comment s'en débarrasser. Hélas, sa réponse le fit seulement blêmir.

— Combien de magiciennes dans votre camp ?

Teneniel retournait rarement au village. Depuis trois mois, elle ne s'y était plus montrée. Avec les mortes et les prisonnières, sa réponse était peut-être optimiste.

— Entre vingt-cinq et trente...

16

Ce soir-là, les flammes crépitèrent dans la cheminée tandis que cuisait la chair du whuffa, bientôt servie sur des plats de terre avec des légumes et des noix.

Dans la forteresse de la Montagne qui Chante, Yan, Chewie, Leia et C-3P0 se prélassaient sur des coussins de cuir.

Entre la fatigue, le crépuscule, et un estomac bien plein, le Corellien avait de plus en plus de mal à garder les yeux ouverts.

Les côtes bandées, Chewbacca dévorait à belles dents. En quelques heures, grâce au pouvoir de régénération des Wookies, il avait davantage récupéré qu'un humain en deux semaines.

Par les fenêtres, Yan voyait des éclairs zébrer le ciel dans le lointain. A l'aplomb de la vallée, les étoiles brillaient dans des cieux sans nuage.

Autour de lui, les sorcières riaient, murmurant des sorts à l'oreille de leurs jeunes sœurs. Ces débutantes, modestes, portaient des costumes plus simples que leurs aînées.

Avec leurs enfants, les sorcières s'humanisaient un peu. Les cheveux défaits, elles ressemblaient à de solides paysannes.

Leurs compagnons faisaient office de domestiques avec une efficacité tellement silencieuse que Yan se demanda s'ils ne recevaient pas leurs ordres par télépathie.

Augwynne vint s'asseoir à côté de Solo et de la

princesse. Elle avait remarqué les coups d'œil fréquents que le Corellien coulait à l'orage.

— N'ayez pas d'inquiétude, dit-elle. C'est Gethzerion qui se défoule. Mais elle est bien trop loin. Il n'y aura pas de tempête de Force cette nuit.

— Gethzerion produit ces éclairs ? demanda C-3P0, les yeux brillants. Quelle puissance il doit lui falloir !

Augwynne demeura impassible.

— Elle est très puissante, admit-elle, et fort en colère. Mais elle ne viendra pas avant d'avoir réuni toutes ses sœurs. (Elle changea abruptement de sujet.) Général Solo, votre titre de propriété sur Dathomir vaut-il réellement quelque chose ?

— Bien sûr, répondit Leia. Attendez seulement que la Nouvelle République ait conquis ce secteur...

— Et c'est prévu pour quand ? demanda Augwynne.

— Difficile à dire... répondit Yan sans cesser de regarder le ciel. Trois mois, dix ans, nul ne le sait. Pourtant c'est écrit dans les étoiles. Zsinj est un grand guerrier, mais un exécrable gouverneur. Plus nous taillerons de croupières à sa flotte, plus ses mondes lui échapperont. Le voyant moins fort, ses officiers lui sauteront à la gorge.

Chewie grogna son approbation.

— Chewbacca pense que Zsinj n'en a plus pour un an, expliqua C-3P0. Selon mes processeurs, il tiendra encore quinze ans et quatre mois.

— L'estimation de Chewie me semble plus juste, intervint Yan. Mais nos ennuis ne s'arrêteront pas tout à fait là...

— Général, fit Augwynne d'une voix énervée, comment puis-je vous racheter cette planète ? Voulez-vous de l'or ? Des pierres précieuses ? Nos montagnes en regorgent...

Autour d'eux, le silence se fit. Toutes les sorcières guettaient la réponse du Corellien.

Leia jeta un regard à Yan, le pressant de donner son prix.

— Hum... Attendu que la planète m'appartient, cet or et ces gemmes sont déjà à moi. La planète est cotée trois milliards de crédits. Juste pour le fond, sans tenir compte des bâtiments et autres équipements...

Augwynne ne comprit pas qu'il plaisantait.

— Notre clan n'a pas d'argent, mais nous pouvons vous offrir nos services. Nommez les trois choses que vous désirez le plus au monde, et nous vous les procurerons, si c'est en notre pouvoir...

— Eh bien... commença Yan.

Ces sorcières ne lui disant rien qui vaille, il demandait à voir avant de les prendre au sérieux. Néanmoins, il se lança :

— Tout d'abord, je voudrais fiche le camp de cette planète. Ensuite, un chargement d'or et de gemmes ne me déplairait pas. Disons jusqu'à concurrence de ce qu'un rancor peut porter... Enfin, j'aimerais épouser Leia.

Augwynne ne parut pas surprise.

— La princesse nous avait prévenues que tels seraient vos souhaits. Notre clan est prêt à tout pour posséder Dathomir, mais Leia ne fera pas partie du marché. *Il n'est pas en notre pouvoir* de la contraindre à vous aimer. L'or et les gemmes vous seront remis demain. A l'instant même, trois sœurs s'occupent de retrouver votre vaisseau. Votre ami poilu et vous pourrez le réparer.

— Pas si vite ! s'insurgea Yan, réalisant qu'il était en train de se faire avoir.

— Trop tard ! triompha Leia. Elle avait bien dit : si c'est en notre pouvoir.

Chewie grogna et Yan ouvrit la bouche pour protester.

— Ne soyez pas déçu par le prix, général, l'apaisa Augwynne. Nous le payerons sans sourciller, même s'il risque de coûter des vies au clan. Gethzerion nous mettra sûrement des bâtons dans les roues. C'est la raison des tempêtes de Force qui font rage sur le désert. Tant pis. Après examen de votre proposition, il fut décidé de l'accepter.

Le passé simple répondit à toutes les questions du Corellien. A présent, il comprenait pourquoi Leia avait discouru autant de temps avec les sorcières, le matin même, tandis qu'il se débattait avec son whuffa. Un coup monté, voilà de quoi il était victime.

Augwynne était rudement futée. Sûr qu'il ne l'oublierait pas de sitôt.

— Et que ferez-vous quand vous posséderez la planète ? demanda-t-il.

— Nous louerons des terres aux colons, et nous engagerons des professeurs venus des étoiles. Puis nous rejoindrons la Nouvelle République, qui nous apprendra la démocratie.

Ça sentait la réponse préparée. Pendant qu'il se ridiculisait avec son ver, Leia avait dû faire un peu de propagande.

— Je vous prie de m'excuser, flûta C-3P0, mais je me demande comment vous allez faire pour nous restituer le vaisseau ?

— Nos sœurs ont des rancors avec elles. Ils le remorqueront jusqu'ici. Par magie, nous le transporterons dans la forteresse, où vous pourrez le réparer sans être vus. Est-ce un bon plan ?

— Probablement... lâcha Yan.

Il n'aimait pas l'idée de revendre sa planète, mais, considérant la présence des Sœurs de la Nuit, ça ne pouvait pas être une si mauvaise affaire que ça.

— Gare à vous, maugréa-t-il, si vos satanés rancors abîment mon petit bijou !

Augwynne sourit ; décidément, Leia en avait trop dit...

— Le *Faucon* vous sera rendu demain, et *en l'état*. Sachez que vous en serez d'autant plus en danger. Gethzerion a appris que vous avez un vaisseau. Elle fera tout pour l'avoir.

— Si les Sœurs de la Nuit décident d'attaquer, demanda Leia, combien de temps leur faudra-t-il pour être prêtes ?

— Nos ennemies sont prudentes, répondit Augwynne. Se regrouper devrait leur prendre environ trois jours. Vous devrez être partis avant expiration de ce délai.

— Ou bien ?

— Ou bien ?

— Ou bien nous mourrons tous ! En cas d'attaque massive, notre clan sera submergé. Nous avons des alliés dans la montagne, mais ils sont trop loin pour arriver à temps. Trois jours, général, ou ce sera la fin !

Yan regarda ses compagnons. Cette fois, il les avait mis dans une sacrée mélasse. En fait, détruire le *Faucon* eût été la meilleure solution. Ainsi, Gethzerion aurait perdu toute raison d'agir.

En contrepartie, les naufragés risquaient de finir leur vie sur Dathomir. Yan pouvait se faire à cette idée (surtout avec Leia dans les parages et Isolder à l'autre bout de la galaxie), mais Chewie avait de la famille, et il n'était pas juste de lui demander pareil sacrifice.

Quant à C-3P0, sans huile ni pièces détachées, il serait « mort » avant un an.

Pour finir, il y avait Leia, qui ne partagerait sûrement pas son goût pour la solitude à deux...

Solo se massa le front.

J'ai bien brouillé ma piste, songea-t-il, *mais quelqu'un se lancera un jour ou l'autre à notre poursuite...*

Omogg se douterait de sa destination. N'étant pas idiote, la Drackmarienne vendrait sûrement l'information à des chasseurs de primes.

Connaissant Mon Mothma, la Nouvelle République offrirait sans doute une petite fortune pour la capture d'un général félon.

Donc, ils ne risquaient pas d'être coincés à jamais sur Dathomir.

— Cette idée ne m'enchante pas, marmonna-t-il, mais peut-être devrions-nous donner le *Faucon* à Gethzerion pour qu'elle nous fiche la paix.

— Pas question ! s'insurgea Augwynne. Si elle accède aux étoiles...

— Yan, coupa Leia, Augwynne m'a appris pas mal de choses. L'Empereur lui-même avait peur des Sœurs de la Nuit. C'est lui qui ordonna le sabordage de la flotte locale, coinçant ses hommes sur la planète. Zsinj est aussi effrayé que lui. Les vaisseaux qui nous ont accueillis sont là pour empêcher que quelqu'un quitte Dathomir.

— Détruisons le *Faucon*, se résigna Solo. Elle n'aura plus de raison de nous chercher des noises.

— Général, notre loi la plus sacrée est de ne jamais céder aux forces du mal. Chaque concession est une défaite. Gethzerion a les mains libres depuis trop longtemps. L'heure est venue de la combattre. Pour nous, du moins. Vous, il faut que vous partiez. Sachez que je ferai tout pour vous aider !

Yan sortit l'holocube de sa bourse.

— Prenez ça, grogna-t-il. C'est à vous.

Disant ces mots, il se demanda comment il avait jamais pu croire acheter l'amour de Leia.

— Non, objecta Augwynne, nous ne l'avons pas encore mérité.

— Gardez l'holocube en sécurité. Bientôt, il vous reviendra.

— J'espère... murmura la sorcière.

Yan se tut, soucieux. Après les bombardements et la destruction de la frégate, où trouverait-il des pièces détachées ? Avec ce qu'il leur fallait, Chewie et lui auraient réparé le *Faucon* en quelques heures. Mais...

Les composants électroniques ne l'inquiétaient pas trop. A coup sûr, il trouverait son bonheur dans les épaves des bipodes écrabouillés par les rancors.

Mais le réfrigérant ? Celui des véhicules impériaux ne correspondait pas aux spécifications des moteurs d'hyperdrive.

La prison, peut-être, si elle était équipée d'un spatioport, si petit fût-il. Dans ce cas, il dégotterait sans doute un ordinateur de navigation.

— Demain matin, j'examinerai mon vaisseau pour déterminer ce qu'il me faut. Ensuite, nous devrons aller piller la prison. Augwynne, pourrez-vous nous fournir un guide ?

— Général, dit la sorcière, je crois qu'il est temps de vous reposer. Demain est un autre jour...

Yan bâilla. Remarquant que Leia avait les yeux baissés, il crut qu'elle réfléchissait. Il réalisa vite qu'elle somnolait.

— Leia, souffla-t-il, viens au lit.

Il se leva et lui retira son casque, surpris de le trouver si léger.

Leia le regarda, rouge jusqu'aux oreilles.

— N'escompte pas que je vienne au lit avec toi, Yan Solo ! s'indigna-t-elle.

— Bien sûr que non, ma chérie. Mais dormir te fera du bien.

— Ah...

— Vous êtes tous épuisés, renchérit Augwynne.

S'emparant d'un chandelier, elle guida Yan, Leia, Chewie et C-3P0 dans une grande pièce pleine de lits.

Un dortoir, reconnut Yan.

Augwynne sortit sur le balcon pour sonder la nuit.

Se retournant, elle déclara :

— Gethzerion est bien agitée, ce soir. Des Sœurs de la Nuit rôdent autour de la forteresse. Je doublerai la garde. Dormez en paix...

— Grand merci, noble dame, susurra C-3P0. (Elle sortit.) Eh bien, voilà ce que j'appelle de l'hospitalité. Je me demande s'ils ont de l'huile, ces braves gens...

Ils entreprirent d'inspecter la pièce.

Leia se débarrassa de son blaster et se glissa sous les couvertures. Chewie gagna un coin de la salle, s'adossa au mur, et se laissa glisser au sol, l'arbalète-laser sur les genoux.

Yan choisit une couche proche d'une fenêtre.

Ses sinus étaient en feu.

Super ! pensa-t-il. *Je gagne une planète au jeu, et voilà que j'y suis allergique !*

Soudain, C-3P0 s'approcha de Leia.

— Princesse, demanda-t-il, que diriez-vous d'un peu de musique pour vous endormir ?

Il dansait d'un pied sur l'autre, visiblement ému.

— De la musique ? répéta la princesse.

— Une chanson que j'ai écrite, précisa C-3P0. Je crois que vous l'apprécierez.

A son ton, Leia comprit qu'il serait mortellement vexé si elle refusait.

Yan eut pitié de sa bien-aimée. Il n'avait jamais entendu chanter le droïd, mais ça ne devait pas être fameux.

— Quelle gentille attention, C-3P0, mentit la princesse. Vu l'heure, un couplet suffira peut-être...

— Bien sûr ! La ballade s'intitule : *Les Vertus du roi Solo.*

De la musique jaillit dans l'air. Yan en resta bouche bée. Le droïd pouvait imiter les voix (il l'avait fait jadis pour raconter des histoires aux Ewoks) mais jamais encore il n'avait émis de la musique.

Et il ne s'en sortait pas si mal...

Esquissant un pas de danse, le droïd entonna[1], d'une voix proche de celle de Jukas Alim, la star de la galaxie :

— *Just' le proprio*
D'un' jolie planète
C'est un gars costaud
Qu'a un' sacrée tête !
Les Wookies l'adorent
Les femm'le vénèrent
Mais plus fort encore
Y fascin' les vers

Il a l'air d'un dur
Et mêm' d'un méchant
Mais je vous assure
Y a pas plus charmant...

(Un chœur soutint le refrain : trois voix féminines imitant à la perfection celle de Leia.)

Yan Yan Yan Solo
On vous le confesse
C'est c'qui s'fait d'plus beau
Pour une princesse !

C-3P0 finit en sifflant quelques notes et s'inclina.

Leia le dévisagea, partagée entre la stupéfaction et l'horreur.

— Fichtre ! s'exclama Yan. Mais c'est sacrément bon ! Combien de couplets as-tu, Bâton d'Or ?

---

[1] Sur l'air de *Just a Gigolo.*

— Une quinzaine, général. Mais je peux continuer à l'infini...

— Essaye, et tu es un droïd mort, gronda Leia.

Chewie approuva d'un ululement.

— Si vous le prenez comme ça... gémit le droïd, se désactivant pour la nuit.

Yan s'étendit, un sourire sur les lèvres. Il adorait le refrain.

Brave Bâton d'Or, il se sera donné du mal...

Un ronflement lui apprit que Chewie s'était endormi.

— Yan... souffla la princesse.

— Oui ?

— J'ai beaucoup aimé que tu leur rendes la planète.

— Oh, s'étrangla à demi le Corellien, ça n'était rien.

— Parfois, tu peux être un chic type.

Yan se dressa sur un coude.

— Heu... Ça veut dire que tu m'aimes ?

— Non, le doucha la jeune femme. Juste que tu n'as pas que des défauts...

Solo sourit de plus belle.

Puis il ferma les yeux...

Quand Augwynne regagna la salle du Conseil, ses sœurs avaient formé un cercle. Elle y prit sa place, un peu gênée par la présence des hommes et des enfants qu'elle avait juré de protéger.

— Vous avez toutes entendu les étrangers. A présent, il nous faut songer à remplir notre part du marché.

La vieille Tannath prit la parole :

— Tout à l'heure, tu as parlé de la loi qui nous interdit de céder devant le mal. Ce sont des mots, rien que du vent ! Gethzerion est puissante parce que nous l'avons laissée faire. Au début, il eût été facile de l'arrêter.

— Tais-toi ! lui intima Augwynne. Les erreurs passées ne peuvent être réparées. Nous pensions qu'elle reviendrait dans le droit chemin...

— Elle a violé toutes nos lois, s'indigna Tannath. Nous aurions dû tuer les Sœurs de la Nuit quand elles n'étaient qu'une dizaine. Ou du moins prévenir les Impériaux lorsqu'elles leur ont offert leurs services. Admets-le, Augwynne, tu aimais trop Gethzerion et nous en avions trop peur...

— Tannath, ne parle pas ainsi devant les hommes et les enfants. Veux-tu les traumatiser ?

— Foutaises ! Seront-ils moins *traumatisés* par les attaques de Gethzerion ? Je demande que le Conseil fasse preuve de fermeté !

— Tout le monde est d'accord, Tannath. N'avons-nous pas décidé d'aider les étrangers ?

— Oui, mais sommes-nous prêtes à payer le prix de notre courage ? Gethzerion ne nous concédera pas la victoire. Elle voudra se venger.

Quand une sœur enlevait à un autre clan un esclave mâle pour en faire son compagnon, l'usage prescrivait à la propriétaire d'accepter sa défaite. Tannath connaissait bien Gethzerion. Elle n'était pas du genre à s'avouer vaincue.

Son bébé dans les bras, la jeune Shen leva la tête.

— Il faudra fuir ! déclara-t-elle. Mettons à l'abri les enfants et les vieux. Qu'on les envoie au-delà de la Rivière Folle. Nous les rejoindrons en cas d'attaque.

— Tu abandonnerais le *Faucon* à Gethzerion ? demanda Tannath.

— Pourquoi pas ? répondit une sœur. Si elle quitte la planète, nous serons débarrassées d'elle.

— Pour combien de temps ? demanda sœur Azbeth. Elle rêve de puissance et de gloire, mais elle n'oubliera pas que nous sommes ses ennemies. Elle reviendra, et nous n'aurons rien gagné.

— Pourtant la fuite... commença une des femmes.

— ... Est la pire solution ! grinça Tannath. Dans la nature, nous serons sans défense. Préparons-nous à résister là où nous sommes fortes !

— Mes sœurs, dit une vieille femme, vous êtes en train d'évoquer la guerre...

— Y a-t-il une autre solution ? s'énerva Tannath.

— J'ai peur que ce soit une guerre impossible à gagner, murmura Augwynne.

— Si nous nous dérobons, le résultat sera le même ! affirma Tannath. Qui est avec moi ?

Un long silence suivit. A force d'être différée, la décision de lutter devenait de plus en plus difficile à prendre. Pourtant, il était temps...

— Moi ! dit Shen. Je suis avec toi...

— Moi aussi !

— Et moi !

Les dés étaient jetés...

Yan s'éveilla au son lointain du tonnerre. Dans la cheminée, le feu était mort. Leia se tenait sur le balcon, le dos au paysage.

— Yan, viens me rejoindre.

Sa voix était étrangement forte, mais pas déplaisante du tout.

Solo se leva.

— Qu'est-ce que tu fais dehors ? demanda-t-il.

— Tais-toi et viens !

Yan se décida à contrecœur. Leia semblait reposée, et tout à fait détendue. Ça n'était pas coutumier... Etait-ce la lumière de l'aube qui faisait paraître ses pupilles si larges ?

Elle lui tendit la main. Sa paume était plus froide, moins douce que dans son souvenir.

— Viens ! Je ne te laisserai pas tomber...

Elle commença à chanter et l'esprit de Yan s'embruma. Enjambant le parapet, elle fit un pas en avant et resta suspendue dans l'air.

Yan aurait dû être surpris. Pourtant il ne s'étonna pas de la voir flotter. Il voulut la rejoindre, mais ses genoux se mirent à trembler.

— N'aie pas peur... La chute est moins vertigineuse qu'il y paraît. Je ne te laisserai pas te faire mal.

Yan se sentit mieux. Il fit un pas en avant.

Une fine silhouette vêtue de cuir noir s'interposa. Une vibrolame fendit l'air, touchant Leia au visage. Elle perdit l'équilibre en poussant un cri de douleur.

Solo se dégagea juste avant qu'elle l'entraîne dans l'abîme.

La silhouette le poussa assez violemment pour qu'il s'étale de tout son long. Sortant un blaster, elle ouvrit le feu, semant la panique parmi les femmes qui escaladaient la muraille comme d'improbables araignées.

Yan les vit battre en retraite et se laisser tomber sur le sol. Des guerrières se montrèrent à d'autres balcons et tirèrent à leur tour.

Les Sœurs de la Nuit s'égaillèrent.

La femme qui avait sauvé Yan tourna la tête vers lui.

— Je savais qu'elles viendraient pour toi... souffla-t-elle.

A la lueur déterminée de ses yeux, Yan sut qu'il avait affaire à la véritable princesse Leia.

— ... Et elles reviendront...

17

Le matin suivant, faisant cuire des œufs de lézard sur le feu, Isolder ne se privait pas d'admirer les peintures qui tapissaient la grotte. Dehors, l'aube pointait. Une multitude de sons annonçaient le réveil de la forêt.

Teneniel ouvrit les yeux et s'appuya sur un coude.

— Merci d'être resté avec moi, fit-elle d'une voix pâteuse.

— De rien, répondit le prince.

— Tu aurais pu fuir...

Isolder détourna les yeux, gêné par la gratitude qui brillait dans ceux de la jeune femme.

Teneniel semblait pensive. Soudain, les voyants de D2 clignotèrent, indiquant qu'il passait en mode « actif ». Il regarda de droite à gauche en bipant.

— Votre compagnon métallique veut savoir où est Luke, traduisit Teneniel.

Isolder frémit. A chaque instant, Skywalker ou la jeune femme accomplissait un nouvel exploit. Pour le capturer, Teneniel avait traversé la rivière, un doux chant aux lèvres, avant de lui tendre une corde. Croyant qu'il s'agissait d'une coutume, le Hapien l'avait saisie.

Tel un serpent, la corde s'était enroulée autour de lui ; puis la jeune femme l'avait bâillonné avant qu'il songe à crier.

Plus tard, il avait vu le coin de forêt dévasté par la

tempête de Force. Et maintenant, voilà qu'elle *craquait* les codes cybernétiques. Fréquenter des gens si puissants avait de quoi vous fiche les chocottes...

— Luke est allé remplir les gourdes. Il sera de retour bientôt. Combien de temps faudra-t-il pour atteindre votre clan ?

Il retourna les œufs.

Teneniel se leva, s'enveloppa dans sa robe, et s'approcha du feu. Isolder pensait qu'elle allait s'asseoir près des flammes pour se réchauffer. Tout au contraire, elle se pencha vers lui, lui prit le menton et l'embrassa tendrement.

Trop surpris pour se dégager, le Hapien se laissa faire. Dans son monde, aucune femme ne l'avait jamais traité ainsi. Matriarcat ou pas, on respectait le fils de la reine.

Quand elle eut fini, Teneniel s'écarta de lui, se passant la langue sur les lèvres comme après un bon repas.

— Tu es très beau, le complimenta-t-elle. Dommage que tu sois un homme du tout venant, et pas Luke.

Isolder dut réfléchir un moment. Jamais personne ne l'avait qualifié d'*homme du tout venant*. Mais connaissant les pouvoirs de la jeune femme, il était normal qu'elle pense à lui en ces termes.

— Luke est un homme de qualité, et même un *grand* homme. Je comprends que vous le préfériez à moi.

— J'ai rêvé de lui toute la nuit. Jamais tu ne prendras sa place dans mon cœur.

C'était une façon si forte de s'exprimer que le Hapien réalisa qu'il ne saisissait pas tout ce qui se passait entre les deux jeunes gens.

Par bonheur, Luke arriva sur ces entrefaites.

— Nos gourdes sont remplies, et la voie semble libre. On y va ?

Isolder retira la poêle du feu et distribua les œufs. La jeune femme les renifla avec dégoût.

— Ils sont très bons, l'encouragea Luke. Essaye.

— J'ignore ce qu'on mange sur vos mondes, grogna

la jeune femme, mais la cuisine est un art qui vous dépasse !

Elle ne toucha pas aux œufs.

Ils levèrent le camp et marchèrent un kilomètre dans la forêt pour atteindre une piste faisant une fourche sud/nord. Teneniel choisit le sud. Elle les guida pendant quatre kilomètres, puis bifurqua vers l'est, empruntant un chemin qui longeait une rivière. Vers dix heures, ils arrivèrent dans une vallée. Teneniel les conduisit au pied d'une montagne, puis s'engagea sur un chemin de pierre sinueux encore glissant à cause des pluies de la veille. Prenant le poignet d'Isolder, elle ne le lâcha plus jusqu'au sommet, comme si le Hapien avait été un enfant.

Parvenus sur un plateau, ils se trouvèrent face à plusieurs guerrières en armes. Isolder s'immobilisa et D2 trilla son inquiétude. Teneniel serra plus fort la main du Hapien, le tirant sans douceur à sa suite. Luke suivit le mouvement.

Tandis qu'ils slalomaient entre les pattes des rancors, les femmes baissèrent les yeux sur Isolder, des sourires fleurissant sur leurs lèvres. Le prince ne fut pas long à comprendre : on l'examinait comme un étalon.

Teneniel les conduisit jusqu'à l'escalier de pierre d'une forteresse. Ils l'empruntèrent, suivis par une foule de curieuses.

Aux portes de l'édifice, une vieille femme les accueillit, un sceptre de bois doré à la main.

— Bienvenue, Teneniel, fille de ma fille ! Il y a des mois que tu n'es plus venue. As-tu trouvé ce que tu cherchais ?

— Oui, grand-mère, répondit la jeune femme sans lâcher le poignet du Hapien. La chasse fut longue, et j'avais presque perdu espoir. Puis j'ai capturé cet homme... (Elle lui fit lever le bras.) Il se nomme Isolder de Hapes, et je le veux pour époux !

Le prince en resta bouche bée. Se libérant, il recula d'une marche, mais les femmes qui les suivaient approchèrent, les yeux écarquillés d'admiration.

— Toutes nos sœurs ont vu cet homme, déclara la vieille femme. L'une désire-t-elle contester le droit de propriété de Teneniel ?

A la tension de la jeune femme, Isolder comprit que le moment était délicat. Dans la foule, plusieurs guerrières le couvaient du regard.

— Je le conteste ! s'écria-t-il quand il fut clair que personne ne parlerait.

— Homme, demanda la vieille femme, prétends-tu appartenir à une autre amazone de ce clan ?

— Il est venu de son plein gré, se défendit Teneniel. Il aurait pu s'enfuir, mais il ne l'a pas fait.

Sa voix était si triste que le Hapien ne sut trop comment répondre.

— Je voulais seulement l'aider... balbutia-t-il à l'attention de l'Ancienne. Elle était blessée. Je pensais devoir m'en occuper...

Vêtue d'une robe d'écailles rouges, Leia apparut à point nommé.

— Isolder ? Luke ?

Le cœur du prince fit un bond dans sa poitrine.

Leia se jeta dans ses bras.

— Tu vas bien ? demanda le Hapien.

— Oui ! Je n'arrive pas à croire que vous m'ayez retrouvée ! Luke ! (Elle embrassa le Jedi.) Luke !

Isolder plissa le front. Il ne se doutait pas que les deux jeunes gens étaient si proches.

La vieille femme intervint :

— Leia, cet homme est-il ton esclave ?

— Non, Augwynne, répondit la princesse en s'écartant des deux nouveaux venus. C'est un ami. Là d'où je viens, nous n'avons pas d'esclave.

Augwynne réfléchit un moment.

— Donc il appartient à Teneniel.

— Il m'a un jour sauvé la... commença la princesse.

Augwynne la foudroya du regard.

— Vas-tu plaider pour lui comme pour Yan Solo ?

— Il y a eu une embuscade, déclara la princesse. Isolder m'a sauvée.

Augwynne dévisagea l'Alderaanienne.

— Tu sembles peu sûre de toi...
— Les choses se sont passées très vite... J'ignore si les tueurs me visaient, ou s'ils voulaient tuer le prince.
— Merci de ta sincérité, apprécia Augwynne. (Elle se tourna vers Luke.) Teneniel, qui est cet homme ? Il n'est pas mal non plus... Vas-tu également le prendre pour esclave ?
A l'unisson, Leia et la jeune femme s'écrièrent :
— Il m'a sauvé la vie !
— Et c'est un puissant sorcier, ajouta Teneniel. Un Jedi. Il a tué Orcheron.
A ces mots, plusieurs femmes reculèrent et des murmures s'élevèrent. A première vue, beaucoup de guerrières tenaient la présence de Luke pour un mauvais présage.
Augwynne regarda le Jedi, puis ses sœurs. Feignant la déception, elle soupira :
— Eh bien, nous avons trois nouveaux mâles dans le village, et un seul est libre. Et encore, nous ne savons pas tout. Leia, combien d'hommes au juste t'ont sauvé la vie ? J'ai toujours rêvé de voyager de planète en planète, mais c'est peut-être trop dangereux. Dis-moi, princesse, essayer de te tuer est un sport galactique ?
Isolder perçut de l'inquiétude sous la causticité de la matriarche.
— Les dernières années ont été plutôt mouvementées, reconnut Leia.
— Un soir, tu nous raconteras tes aventures autour d'un feu, trancha Augwynne. Pour l'heure, je dois rendre un jugement. Isolder appartiendra à Teneniel, qui pourra en faire son mari, ou son esclave.
— Quoi ? s'étrangla Leia.
— Il lui appartient... Elle l'a capturé, et... elle est très seule.
— Vous ne pouvez le traiter comme un esclave !
Augwynne haussa les épaules, désignant d'un geste le cercle de ses compagnes.
— Bien sûr que si. Chacune d'entre nous possède au moins un homme.

— N'ayez crainte, intervint Teneniel, je le traiterai bien...

— Luke ! cria Leia. Empêche-les de faire une chose pareille !

Le Jedi réfléchit un moment.

— C'est toi l'émissaire de la Nouvelle République. Tu connais mieux que moi les lois intergalactiques...

Leia se tut, dévisageant Luke, puis Isolder.

Le Hapien réfléchissait à toute vitesse. Selon la charte en vigueur, les affaires internes d'une planète regardaient le gouvernement local, dans ce cas représenté par Augwynne. En termes juridiques, la République pouvait simplement déposer une protestation auprès de... la dite Augwynne.

— Je proteste ! s'écria Leia, parvenue aux mêmes conclusions.

— Est-ce à dire que tu veux affronter Teneniel ?

Isolder secoua frénétiquement la tête.

— De quel genre de combat s'agit-il ? s'enquit Leia. Un duel à mort, ou...

— Sœur Leia, tu ferais peut-être mieux de racheter son bien à Teneniel...

Luke secoua à son tour la tête.

— Abandonne, Leia. Tout va s'arranger.

Leia passa outre l'avertissement.

— Teneniel, j'entends acquérir ce mâle. Quel prix en demandes-tu ?

La foule murmura. Terrifié, le Hapien comprit qu'une vente aux enchères aurait eu un franc succès.

— Il n'est pas à vendre pour le moment...

Leia regarda le prince.

— Désolée...

Teneniel prit la main du Hapien, qui se laissa faire, sans trouver la chose désagréable. C'était le plus déconcertant de l'affaire. Toute son éducation lui criait de combattre ces coutumes barbares. Pourtant, au fond de son cœur, il ne redoutait pas Teneniel. En un certain sens, sa manière directe de voir les choses lui plaisait.

Luke prit Leia dans ses bras pour la consoler ; D2 approcha assez pour qu'elle puisse flatter la zone sensitive de ses senseurs.

— Où sont Yan et Chewie ? demanda le Jedi. Je pensais que vous étiez ensemble...

— Ils seront bientôt là, répondit Leia. Ils contrôlent l'état du *Faucon*. Et ton vaisseau ?

Au ton de sa sœur, Luke comprit que la question était délicate.

— Ce qu'il en reste ravirait un ferrailleur....

Isolder remarqua qu'il n'avait pas soufflé mot de *son* chasseur, toujours intact. Il se dit qu'il lui faudrait être prudent dès qu'on aborderait ce sujet.

Tandis qu'ils parlaient, le brouillard continuait de monter, flottant à présent sur leurs têtes comme un plafond céleste.

Isolder sentit une main errer sur ses fesses. Il se retourna pour découvrir que les sorcières le serraient de plus en plus près. Pensant un instant qu'elles essayaient de mieux voir Leia, il comprit vite que c'était lui qui les intéressait.

Une jeune beauté lui flatta les hanches et murmura :

— Je m'appelle Ooya. Tu veux que je te montre où je dors ?

— Ne serions-nous pas mieux à l'intérieur pour parler ? proposa Leia.

Elle prit le bras de la sorcière de la main gauche et celui d'Isolder de la droite.

— Allons retrouver Yan !

Le Hapien s'étonna de la soudaine ressemblance de Leia et de Teneniel. En deux jours, la princesse avait adopté une bonne partie du langage corporel des sorcières. Encore une semaine, songea-t-il, et on ne la reconnaîtrait plus des natives. Cette intégration témoignait de son talent de diplomate.

Ils entrèrent dans la forteresse sous le regard lubrique des sorcières.

Isolder rougit comme un poivron.

Augwynne s'approcha de Luke.

— Va saluer tes amis, Jedi, puis viens me voir au plus vite. Ta venue ici n'est pas un accident...

Leia les guida jusqu'à une immense salle que le *Faucon* remplissait presque entièrement. Mais par où l'avait-on fait entrer ?

Etudiant les murs, Skywalker repéra plusieurs fissures courant sur de longues distances. Après avoir soulevé le vaisseau sur près de deux cents mètres, les sorcières avaient pratiqué une brèche dans la cloison, refermée aussitôt après le passage du navire.

Isolder était parvenu aux mêmes conclusions. Considérant l'aspect antique de l'endroit et de ses habitants, le Hapien préféra ne pas savoir comment leurs hôtesses avaient réalisé ce miracle.

Le phare du *Faucon* illuminait la pièce. A l'abri de la roche, les composants électroniques du navire ne risquaient pas d'être détectés.

Ils entrèrent. Sur la passerelle, Yan et Chewie effectuaient un diagnostic complet des systèmes. C-3P0 remplaçait les relais grillés pendant l'atterrissage.

— Yan ! s'écria Luke, ravi.

Le Corellien ne broncha pas. Isolder comprit qu'il se sentait trop coupable pour regarder son ami en face.

— Alors vous nous avez trouvés, les gars ? Je me doutais qu'il suffirait d'attendre. On est plutôt mal barré, ici. Vous apportez des pièces de rechange ?

— Qu'est-ce qui se passe, Yan ? (Le Wookie vint taper amicalement sur l'épaule du Jedi.) Tu ne crois pas t'en tirer ainsi, j'espère ? Kidnapper Leia, nous faire traverser la galaxie, et t'en sortir avec une pirouette.

Le Corellien se retourna :

— Luke, c'est une histoire simple. J'ai gagné une planète au sabacc, et l'envie m'a pris de voir à quoi elle ressemblait. Comme la femme de ma vie menaçait de lever le camp avec un autre homme, je l'ai... hum... convaincue de venir avec moi. Je te passe le calvaire de ces derniers jours. A présent, tu débarques pour m'arrêter, voire m'exécuter sans jugement. Si tu me disais comment s'est passée *ta* semaine ?

— Ça ne te remonterait pas le moral, vieux frère. Qu'est-ce qui cloche dans ton vaisseau ?

— Trois fois rien, ironisa Solo. Les boucliers sont morts, les senseurs déraillent, l'ordinateur de navigation est en rideau et deux mille litres de réfrigérant se sont répandus dans la nature. Bref, le pied !

— D2 est avec moi, il se chargera de la navigation.

Luke regarda le Hapien, cherchant son soutien. Isolder réalisa que l'heure n'était pas aux règlements de comptes. Pour l'instant, ils devaient se serrer les coudes.

Ouais... Le prince aurait plus volontiers envoyé le sien dans l'estomac de Solo.

— J'ai mon chasseur avec moi... souffla-t-il.

Il avait baissé la voix, préférant garder l'information pour un petit cercle d'initiés.

— Notre bellâtre dispose d'un vaisseau ? s'étonna Yan. Combien a-t-il de places ?

Isolder pesa ses mots. S'il mentait un peu, Yan essayerait-il de lui voler le navire et Leia ?

— Deux... répondit-il.

Luke le regarda, interloqué ; Solo soupira de soulagement.

— Mon bon prince, tu vas prendre Leia et la conduire loin d'ici à vitesse grand v. Sur cette planète, un tas de gens tueraient père et mère pour un vaisseau. Mieux vaut que tu ne les rencontres pas...

Le Hapien ne s'offusqua pas de ce brutal passage au tutoiement.

— Yan, il testait ta loyauté, intervint Luke. Son chasseur est un monoplace. Quant aux Sœurs de la Nuit, nous les connaissons, ne te fais pas d'illusion...

Solo s'empourpra.

— Du calme, général, murmura le Hapien. Vous avez brillamment passé l'épreuve.

— Mon garçon, siffla Yan, nous avons de gros problèmes. A ta place, je ne marcherais pas sur les pieds d'un ancien contrebandier.

Cette fois, le prince détesta le ton du Corellien.

— Solo, estime-toi heureux que je ne te marche pas sur la tête. Je le ferais volontiers, crois-moi. Attends seulement qu'on soit tranquilles...

Luke regarda le Hapien avec intérêt.

— Pourquoi attendre ? fanfaronna Yan.

Isolder regarda Chewie. Les Wookies étaient connus pour leurs méthodes expéditives, et celui-ci aurait donné sa vie pour Yan. S'il restait neutre, le coup était jouable. Sinon...

— Ça suffit ! s'interposa Leia. Nous avons assez d'ennuis sans nous chercher querelle. Isolder, j'ai suivi Yan de mon plein gré... (Elle fit une grimace.) Il m'a demandé de l'accompagner, et j'ai trouvé ses arguments... hum... incontournables.

Isolder n'en croyait pas un mot, mais comment traiter Leia de menteuse ?

— Général Solo, grogna-t-il, je te dois peut-être des excuses...

— Je les accepte ! fit Yan, sans vergogne. Revenons à nos moutons. Pourquoi vous être ramenés sans moyen de nous tirer de là ?

— Une flotte nous suit, répondit le Hapien. Elle arrivera dans environ une semaine.

— Quand tu dis *flotte*, mon prince, ça signifie quoi ?

— Environ quatre-vingts destroyers.

Yan en resta à court d'ironie.

— Une semaine est un trop long délai, rappela Leia. Selon Augwynne, les Sœurs de la Nuit attaqueront dans trois jours.

Isolder passa un bras protecteur autour des épaules de la princesse.

— Mon chasseur est à la disposition de Leia. Elle pourra revenir sur Coruscant.

— Pas question que je me défile ! s'indigna l'Aderaanienne. Je ne partirai pas sans vous. Yan, avec les pièces idoines, combien de temps te faudra-t-il pour réparer ?

— Deux heures.

— Alors voici mon plan : prendre ce qu'il nous faut sur le chasseur du prince, et filer aussi vite que possible.

Isolder regarda le *Faucon* sans dissimuler son scepticisme. Le vaisseau était quatre fois plus grand que le sien.

— Puis-je connaître les spécifications du générateur de champ déflecteur ? demanda-t-il.

— J'ai quatre Nordoxicon 38. Tous sont en panne. Ton équipement, prince ?

— Trois Talbot 12.
Chewie gémit.
— Ça commence plutôt mal, admit Yan. Plage des capteurs de tes senseurs ?
— Zéro virgule six mètres...
— Plutôt petit pour nous... En bricolant, ça pourrait aller... On y perdrait pas mal de largeur de détection, mais...
— C'est faisable, renchérit le Hapien. Reste le problème des boucliers déflecteurs.
— Pourquoi ne pas s'en passer ? demanda C-3P0.
— Trop dangereux, répondit Yan. Il n'y a pas que les missiles, Bâton d'Or. Les micro-météorites sont au moins aussi redoutables. (Il haussa les épaules.) Ce que nous cherchons est peut-être dans la prison. Il faut que j'aille voir.
— Si tu trouves des générateurs à voler, il te faudra de l'aide, intervint Isolder. Trois ou quatre hommes, plus une sentinelle. Ensuite se posera le problème du transport. A première vue, le *Faucon* a besoin de deux bonnes tonnes de matériel.
— On se posera la question si on déniche ce qu'on cherche, éluda Yan. Dans la prison, il y aura sûrement des plates-formes antigravs.
— Je suis ton homme, déclara Luke.
— Je viendrai aussi, assura Leia.
Isolder réfléchit. Chewie était trop voyant pour participer à la mission. Idem pour C-3P0. La main-d'œuvre se faisant rare, il allait devoir s'y coller, *et* laisser Leia risquer sa vie.
Il regarda Teneniel, qui comprit vite où il voulait en venir.
— Je vous guiderai jusqu'à la prison, promit-elle. Mais je n'ai jamais été à l'intérieur. J'ignore ce que vous cherchez, et plus encore où ça peut se trouver.
— Aucune sœur du clan n'est jamais entrée dans la prison ? demanda Leia.
— Augwynne saura mieux répondre que moi. Je vais la chercher...
Elle revint quelques minutes plus tard avec la matriarche.

— Nulle guerrière du clan ne connaît la prison, confirma la vieille femme, sauf les renégates devenues des Sœurs de la Nuit.

— Et Barukka ? suggéra Teneniel. J'ai entendu dire qu'elle s'est repentie...

— Leia, expliqua Augwynne, Barukka est une femme de notre clan qui a quitté les Sœurs de la Nuit sans lésiner sur le prix à payer. Elle vit seule et donnerait cher pour reprendre sa place parmi nous. Qui sait, elle pourrait vous aider...

— Vous hésitez à nous la recommander, souligna Leia. Pourquoi ?

— Son exil a pour but de la purifier. Elle a commis des atrocités qui lui ont laissé de profondes cicatrices. C'est une... *oubliée*. Comme toutes ses semblables, elle est peu fiable...

— Mais elle connaît la prison ?

— Oui.

— Où est-elle ?

— Elle vit dans une grotte appelée la Rivière de Gemmes. Une guerrière vous guidera...

— Je m'en chargerai, grand-mère, proposa Teneniel. Tu devrais conduire nos amis dans la Salle de Guerre et leur faire servir un repas. Montre-leur les cartes, qu'ils balisent notre chemin. Des enfants prépareront les montures. (Elle prit la main d'Isolder.) Viens avec moi, je dois te parler...

Il la suivit le long de couloirs sinueux puis entra avec elle dans une pièce meublée d'un lit et d'un coffre. Un miroir pendait à un mur, surplombant un banquet rempli d'eau.

— C'était ma chambre quand je vivais avec le clan...

La jeune femme ouvrit le coffre et en tira deux tuniques en peau de reptile. L'une rouge, l'autre verte.

— Laquelle plaira le plus à Luke ? demanda-t-elle au Hapien.

— La verte va mieux à tes yeux, répondit-il, sans oser ajouter que ce genre d'accoutrement faisait trop barbare pour plaire vraiment au Jedi.

Sans plus de cérémonie, la jeune femme se déshabilla devant son compagnon, qui eut du mal à avaler sa salive quand elle entra dans l'eau.

La pudeur était une valeur des plus relatives, le prince le savait. Mais quand même...

— Tu sais, lança la jeune sorcière en commençant à se frictionner, je ne comprends pas vos coutumes. Hier matin, quand je t'ai capturé, j'ai pensé que tu me désirais, et ça me flattait. On sentait si fort que tu cherchais une femme. Mais c'est Leia que tu veux, n'est-ce pas ?

— Oui, admit le prince.

Selon les standards hapiens, Teneniel était plutôt quelconque, mais le prince estima que sa musculature valait le détour. Dans la Confédération, les femmes athlétiques n'étaient pas légion.

Teneniel sortit de l'eau, se sécha, enfila sa tunique et entreprit de peigner ses cheveux bouclés.

— D'où tiens-tu tes muscles ? osa demander le prince.

— J'adore l'escalade. Quand le temps s'y prête, on peut se baigner nu dans la neige une fois arrivé au sommet d'une montagne. Lorsqu'on est en sueur, c'est une expérience formidable.

Bien qu'il n'éprouvât aucune attirance pour la sorcière, le Hapien réalisa qu'il lui faudrait être bien épuisé pour ne pas rêver d'elle toute la nuit.

Quand elle eut fini de se coiffer, elle noua un bandeau de tissu blanc sur son front et sourit.

— Isolder, si ça ne tenait qu'à moi, je te rendrais ta liberté. Hélas, les autres femmes du clan ne te laisseraient pas en paix. Alors, jusqu'à ton départ, faisons semblant...

Le Hapien apprécia l'attention.

— Tu es très généreuse...

Elle l'embrassa sur le front, lui prit la main, et le ramena dans la Salle de Guerre.

Leia et les autres examinaient une grande carte d'argile posée sur le sol. Une sœur traçait une route s'éloignant des pistes traditionnelles, trop surveillées par les espions de Gethzerion. Long de cent quarante kilomètres, le chemin n'était pas sans danger. Pour le parcourir en moins de trois jours, il faudrait choisir des rancors parmi les plus solides.

Isolder regarda la princesse, se demandant si tout ça était bien réel. La jeune femme semblait si à l'aise avec Solo qu'on pouvait douter qu'il l'ait enlevée.

Si elle avait choisi le Corellien, Isolder se battrait jusqu'à son dernier souffle pour la faire changer d'avis.

Il vint se placer près d'elle et lui prit la main.

Elle lui sourit. Oubliant la sorcière qui traçait le chemin, le Hapien s'absorba dans la contemplation du visage délicat de l'Alderaanienne...

Quand ils se furent restaurés, Augwynne conduisit Luke et Isolder dans une petite pièce où une très vieille femme aux cheveux blancs était assise dans un fauteuil, une couverture sur les genoux. A moitié endormie, la vieille dodelinait sans cesse de la tête. Un coffre de pierre était posé à côté du siège.

— Mère Rell, dit doucement Augwynne en lui secouant l'épaule. Deux visiteurs veulent te rencontrer.

Rell regarda Luke. Malgré sa peau parcheminée, ses yeux brillaient d'intelligence et de vivacité.

— Mais... c'est Luke Skywalker, marmonna la vieille. Celui qui a créé une Académie Jedi, il y a des années. (Luke frémit ; personne n'avait dit son nom à l'ancêtre.) Comment vont ta femme et tes enfants, ami ?

— Ils se portent à merveille...

Isolder sentit les poils de sa nuque se hérisser. Il émanait de la vieille femme une puissance incroyable...

— Parfait... La santé est le bien le plus précieux. Et maître Yoda, comment va-t-il ? C'est qu'il me plaisait bien, ce forban...

— Je ne l'ai pas vu récemment, répondit Luke.

Rell perdit de nouveau contact avec la réalité, oubliant jusqu'à la présence du Jedi.

— Luke aimerait te présenter un ami, mère Rell, dit Augwynne.

Elle prit la main de l'ancêtre et la posa sur celle du Hapien.

— Le prince Isolder... souffla Rell. Je croyais que Gethzerion l'avait tué. Mon garçon, si tu es vivant... (Elle se tut, puis blêmit et regarda Augwynne.) Encore mes rêves, n'est-ce pas ? En quel siècle sommes-nous ?

— Oui, mère, tu rêvais...

La vieille femme refusa de lâcher la main du prince ; son regard se voila.

— Mère Rell a plus de trois cents ans, expliqua Augwynne, mais son esprit est trop fort pour la laisser mourir. Quand j'étais enfant, elle me disait souvent qu'un maître Jedi viendrait un jour avec son protégé, et que je devrais conduire les deux visiteurs jusqu'à elle. Elle affirmait avoir un message pour vous. Mais elle n'est pas lucide, je suis navrée...

Augwynne essaya de libérer Isolder des doigts d'acier de l'ancêtre.

— Ta visite m'a tellement plu... balbutia Rell. Reviens me voir, veux-tu ? Tu es une si gentille fille, ou garçon, ou que sais-je...

Elle lâcha enfin la main du prince.

— Elle voit le futur, n'est-ce pas ? demanda Luke.

Augwynne acquiesça, Isolder se sentant soudain très mal. Si Rell disait vrai, Gethzerion le tuerait dans les jours à venir...

— Parfois, expliqua la sorcière, elle s'y perd aussi facilement que dans le passé.

— Que vous disait-elle d'autre à mon sujet ? s'enquit le Jedi.

— Si on l'en croit, elle se laissera mourir peu après votre visite, qui marquera la fin de notre monde.

— Que veut-elle dire par là ?

Augwynne éluda la question et fit volte-face pour quitter la pièce. Avant de la suivre, Luke posa une main sur l'épaule de son compagnon.

— N'ayez pas d'inquiétude, prince. Ce qu'a prédit Rell n'est qu'un futur *possible*. Rien n'est jamais écrit.

18

Teneniel conduisit le groupe dans la vallée. Bien que le soleil de midi ne parût pas très chaud, les rancors étaient immergés dans un étang, laissant seulement dépasser leurs naseaux.

Quelques gamins du village crièrent des ordres ; quatre bêtes émergèrent de l'eau. Les gosses les équipèrent de leurs étranges armures de plaques tenues par des lanières de whuffa. Cela fait, les mêmes enfants grimpèrent sur le dos des monstres pour les harnacher à la manière de vulgaire chevaux, à ceci près que chaque rancor recevait deux selles.

Leia choisit une femelle nommée Tosh. Sans doute à cause de son âge, sa peau mate était couverte de lichen et de mousse.

Yan aida la princesse à enfourcher sa monture. Puis, avec Luke et Isolder, ils hissèrent les droïds sur un rancor et les attachèrent chacun sur une selle.

Amener D2 et C-3P0 compliquait les choses, mais ils auraient besoin des senseurs de l'un et des traductions de l'autre.

Quand ce fut fini, Chewie et Teneniel montèrent chacun sur un rancor.

Yan s'approcha de la bête de Leia, cherchant un moyen de grimper sans se ridiculiser.

Luke accourut.

— Dis voir, Yan, fit-il, j'espérais voyager avec Leia.

Je ne l'ai pas vue depuis longtemps, et j'aimerais bavarder avec elle.

La princesse sentit une tension inhabituelle chez son Jedi de frère.

— Pas question ! répondit le Corellien. Leia est à moi. Pourquoi ne pas partager le rancor de Teneniel ? Elle est folle de toi, mon vieux !

— Elle ? Tu rêves...

Luke avait rougi, éclairant soudain la lanterne de Leia : gêné, le Jedi se sentait tiré dans plusieurs directions. Il appréciait la jeune femme, mais il ne voulait pas l'approcher de trop près.

— Ne me fais pas croire que tu n'as rien remarqué, insista Yan. Elle te dévore des yeux...

— D'accord, j'ai vu, avoua Luke.

— Et alors ? Elle ne te plaît pas ?

— Nous sommes si différents...

— Mon œil ! Luke, vous avez un tas de trucs en commun. D'abord vos planètes d'origine, deux trous perdus. Ensuite vos pouvoirs... Et puis, tu es un homme et elle une femme... Ça crée des liens, non ? Crois-moi, vieux frère, à ta place je lui demanderais de me prendre sur son rancor.

— Tu crois vraiment ?

Leia sentit que son frère se détendait. Yan était décidément un beau parleur.

— Si tu ne te décides pas, c'est moi qui vais y aller, menaça le Corellien en coulant un regard à la princesse.

— Yan Solo, tu es si enfantin ! s'écria Leia. Ne crois pas me rendre jalouse avec tes gamineries !

— Minute ! se défendit Solo. C'est *moi* l'amoureux délaissé, pas toi. Si tu veux chevaucher avec Sa Grâce le prince Isolder, c'est ton droit. Mais laisse-moi me consoler comme je l'entends.

— Je me fiche de ce que tu fais, mentit Leia. C'est que tu te serves d'une femme de cette manière qui m'inquiète.

— Moi ? Faire une chose pareille ?

Il écarta les bras, puis haussa les épaules comme s'il

n'en croyait pas ses oreilles. Se tournant vers le rancor de Teneniel, il constata que Luke avait suivi son conseil.

Approchant à pas de loup, Isolder bondit sur le dos du grand animal et prit place derrière la princesse.

— Que penses-tu de ce coup-là, général ? triompha le Hapien en flattant le genou de Leia. On dirait que tu vas devoir voyager avec ton copain le Wookie. Normal, vous êtes inséparables !

Yan défia le Hapien d'un regard qui déplut profondément à la princesse.

Médiocrement commencée, la journée ne se bonifia guère. Tout d'abord, ils durent grimper au sommet d'une falaise de près de cent mètres de haut. Il existait un chemin, fort sinueux, où les rancors se révélèrent des montures inconfortables au possible.

Chaque fois que les bestiaux tournaient la tête, les plaques de leur armure brinquebalaient, déséquilibrant le cavalier. En montée, la démarche chaloupée des créatures obligeait à une concentration de tous les instants. Sans cela, finir à terre était inévitable.

Quand un rancor ruait, se maintenir sur son dos tenait du rodéo. Tout bien pesé, cette manière de voyager était tuante. Mais traverser ces montagnes autrement eût été impossible.

Par deux fois, ils se trouvèrent au pied de canyons qu'un alpiniste entraîné aurait hésité à attaquer. Enfonçant leurs griffes dans les anfractuosités, les rancors se jouèrent de ces obstacles. Pendant une escalade, la monture de Solo descella une grosse pierre qui manqua atterrir sur le crâne du Hapien.

— Navré, lâcha Yan.

— Navré, vraiment ? Enragé de ne pas pouvoir me prendre Leia, tu essayes maintenant de m'assassiner...

— Yan n'est pas homme à faire ça, intervint la princesse.

Isolder parut rien moins que convaincu. Il se tut un long moment, jusqu'à ce que leur monture marche très loin devant les autres.

— Leia, je ne comprends toujours pas pourquoi tu as suivi Solo...

Il n'ajouta rien, attendant une réponse qu'elle n'était pas prête à lui donner.

— Est-il si étonnant que j'accompagne un vieil ami ? demanda-t-elle, histoire de noyer le poisson.

— Oui.

— Et pourquoi ?

— Pour commencer, son ironie me porte sur les nerfs...

— Et ?

— C'est un malotru. Il n'est pas assez bien pour toi...

— Je vois, siffla Leia, prête à exploser. Pour le prince de Hapes, le roi de Corellia est un rustre, et pour le roi de Corellia, le prince de Hapes est de la vermine. A quand la création d'un fan-club mutuel ?

— Il m'a traité de vermine ? s'étrangla le prince.

Un peu plus tard, dans des broussailles où un homme aurait eu du mal à se frayer un chemin avec une vibro-lame, les rancors se contentèrent d'écraser la végétation. Alors que sa monture passait sous un arbre, le Hapien écarta une branche qui menaçait de blesser Leia. Comme de juste, il la lâcha au moment où Yan et Chewie arrivaient.

— Bon sang, fais attention, prince de malheur !

Isolder sourit.

— Mon cher Solo, tu devrais être très prudent. La planète où tu nous as conduits regorge de variétés très dangereuses de *vermine*.

Yan blêmit.

— Ne t'inquiète pas, prince, maugréa-t-il, je sais m'occuper de mes fesses !

Le reste de l'après-midi, trop fatigués pour se disputer, les deux hommes chevauchèrent en silence. Leia tendit l'oreille pour capter la conversation de son frère et de Teneniel. Luke lui parlait de la Force ; quand il eut fini, elle lui expliqua comment chasser une bête à cornes qu'elle nommait un drebbin.

Apparemment, ces créatures étaient les prédateurs des rancors. Leia avait un certain mal à croire qu'une telle chose soit possible...

Le soir, quand ils atteignirent une rivière aux eaux tumultueuses, les rancors y entrèrent avec une joie visible.

Détendue, Leia sifflota un air. S'apercevant que c'était la chanson de sinistre mémoire du droïd-protocole, elle s'arrêta net.

Yan fit nager son rancor jusqu'à celui de la princesse. Isolder tira sur les rênes pour essayer de chasser l'intrus. Un moment, les deux bêtes luttèrent flanc contre flanc.

— Ça suffit, tous les deux ! explosa Leia.

— C'est lui qui a commencé, se défendit Solo.

Isolder fit claquer les rênes, éclaboussant copieusement le général.

Derrière eux, Teneniel se mit à chanter. Une colonne d'eau striée d'écume s'éleva dans les airs. Elle s'immobilisa au-dessus de Yan et d'Isolder, puis éclata, les douchant des pieds à la tête.

Luke et Chewbacca éclatèrent de rire. Leia sourit à la sorcière.

— Merci beaucoup. Voilà un sort qui me serait très utile...

La princesse capta soudain un maelström d'émotions. C'était Luke. Elle l'avait rarement vu aussi touché par une femme.

— Nous pourrons camper bientôt, les informa Teneniel quand les rancors sortirent de l'eau. Les cavernes ne sont plus loin...

D2-R2 bipa soudain avec sa frénésie coutumière.

— Il ne signale pas de transmission impériale, traduisit C-3P0, ses yeux d'or brillant intensément sur le fond vert sombre de la forêt. Les échanges radio sont intenses, et...

D2 sembla s'affoler.

— Que se passe-t-il ? demanda Skywalker.

— Apparemment, maître Luke, plusieurs vaisseaux ennemis viennent de sortir de l'hyperespace. D2 essaye de les compter. Jusqu'ici, il en a recensé quatorze.

Leia leva les yeux au ciel. Bien entendu, on ne voyait rien.

— Je n'aurais pas dû venir avec un Dragon, grogna Isolder. Après notre escarmouche, ils n'avaient plus qu'une alternative : fuir ou appeler des renforts. Ils ont opté pour la seconde solution...

Leia voulut demander s'il y avait beaucoup de risques que les hommes de Zsinj viennent les chercher sur la planète, mais elle s'abstint, jugeant inutile d'inquiéter davantage ses compagnons.

Une ride barra le front de Solo. Grâce à la radio, les soldats du seigneur de la guerre savaient sûrement qu'un général de la Nouvelle République était coincé à terre. Comme celle de tous les officiers de l'ancienne Alliance, la tête du Corellien était mise à prix. Zsinj prendrait-il le risque de lever la « quarantaine » de la planète ?

— Isolder a raison, déclara Leia, je déteste avoir tous ces navires au-dessus de ma tête. Allons nous cacher dans les cavernes.

La possibilité que les senseurs adverses détectent les circuits électroniques des droïds était infime. Néanmoins, il valait mieux ne pas tenter le diable.

En dix minutes, Teneniel les conduisit jusqu'à l'entrée d'une caverne à demi dissimulée par un entrelacs de lianes. Descendant de son rancor, la jeune femme cria :

— Barukka ! Barukka !

Personne ne répondit.

Teneniel ferma les yeux et entonna une incantation.

— Je ne la sens pas dans les environs, souffla-t-elle au bout d'un moment.

— Si nous ne la trouvons pas, s'inquiéta C-3P0, comment obtenir des informations sur la prison ? D2, cherche des signaux vitaux !

Le petit droïd bipa et fit tourner son antenne en tous sens.

Teneniel entra dans la grotte.

— J'ai trouvé des vêtements, les informa-t-elle en sortant. Des ustensiles de cuisine, aussi. On dirait qu'elle est partie depuis quelques jours...

— Super ! railla Yan. Et pour où ?

— Elle doit être en train de chasser. A moins qu'elle ait rejoint les Sœurs de la Nuit. Barukka vit un moment difficile. Comme toutes les *oubliées*, elle est censée rester seule pour méditer. Souvent, l'épreuve se révèle trop dure...

Le ciel s'obscurcissait peu à peu.

— Campons ici, décida Luke. Nous verrons bien si elle revient...

Il fit avancer son rancor. Teneniel disposa des cailloux en demi-cercle devant l'entrée de la grotte, sûrement pour signifier qu'elle était occupée.

L'idée d'entrer perturbait Leia, gênée de violer l'intimité de Barukka.

Isolder fit avancer leur monture.

Le réseau de cavernes était un superbe labyrinthe semé de stalactites et de stalagmites incrustées de grenats traversés de reflets métalliques verts et ivoire. On eût dit de l'eau de mer cristallisée. Leia comprit pourquoi les sorcières parlaient de la Rivière de Gemmes.

La voûte était assez haute pour qu'un rancor se tienne sur les épaules d'un autre. Un ruisseau serpentait de grotte en grotte.

Teneniel sortit des bûches d'une niche située près de l'entrée. Yan les embrasa avec son blaster. Tout au long de la journée, le groupe était resté en éveil, guettant une attaque des Sœurs de la Nuit. A présent qu'ils auraient pu parler, Leia se sentait trop fatiguée.

Les rancors étaient en pleine forme. Ils se groupèrent autour du feu, Tosh tenant à ses deux fils et à sa fille un long discours fait de grognements et de cris. La lueur des flammes jouait sur ses crocs éclatants et sur les plaques de son armure.

Chewie se roula en boule sur une natte et s'endormit ; D2 et C-3P0 se postèrent à l'entrée afin que le petit droïd puisse surveiller les environs.

Brandissant une torche, Yan partit explorer le fond de la grotte. Tandis que Teneniel grillait des espèces de marrons, Luke continua à lui faire la conversation.

Isolder s'assit contre une colonne de pierre, son blaster sur les genoux.

Teneniel désigna Tosh d'un signe de tête.

— Elle raconte à ses enfants comment leurs ancêtres firent connaissance des sorcières. Si je comprends bien, une femelle malade rencontra une sœur qui la soigna. Ensuite, la sorcière voyagea sur le dos de la bête et apprit sa langue. De sa position haut perchée, la femme repérait de loin la nourriture. La rancor se goinfra et devint énorme. L'heure venue, elle eut des enfants qui prospérèrent alors que tous ceux des autres mouraient. En ces temps, les rancors ne savaient pas fabriquer des armes comme les lances ou les filets. Ils ignoraient l'art de se protéger avec des plaques d'os ou de métal. Les sorcières leur ayant appris tout cela, ils leur sont fidèles quoi qu'elles demandent. Ils nous aiment, comprends-tu ?

Leia regarda Teneniel et sourit. La jeune femme avait anticipé les questions qu'elle se posait sur les grands animaux.

— Je crois que c'est incontestable, renchérit-elle. Tosh aime ton peuple.

La jeune femme acquiesça puis tendit une main pour caresser la patte de la femelle.

— Elle nous est reconnaissante, c'est vrai, fit Teneniel. Sa horde est forte grâce à nous ! Mais aucun rancor n'est ami avec les Sœurs de la Nuit.

— J'ai cru comprendre qu'ils ne les servent pas. Pourquoi ?

— Les Sœurs maudites les traitent comme du bétail. Les rancors les ont toujours fuies.

Isolder ne put s'empêcher d'intervenir.

— Je trouve intéressant que vous traitiez les rancors en amis et les humains en esclaves, déclara-t-il. Les hommes étant en bas de l'échelle, votre société est très originale. Un peu barbare, quand même, à mon goût...

— Il est toujours plus facile de dénoncer la barbarie des autres, fit Luke. Les sorcières ont construit une société fondée sur la force. D'autres communautés ont fait de même...

Isolder reconnut le bien-fondé de la remarque.

— Par exemple, développa Leia, je trouve absurde la transmission héréditaire du pouvoir. Qu'en penses-tu, prince ?

— Venant d'une aristocrate, la remarque a de quoi étonner, répondit le Hapien. Ta famille régnait depuis des générations. Ton destin est de reprendre le flambeau, ton peuple le sait. Même si la couronne n'est plus qu'un symbole, tes sujets t'ont nommée ambassadrice d'Alderaan.

— Selon toi, le droit du sang repose sur des compétences hors du commun ? Je trouve ça aberrant, et outrecuidant.

— Pourquoi le serait-ce ? Nous sélectionnons les animaux pour augmenter leur intelligence, leur beauté ou leur pointe de vitesse. Parmi les carnivores, le chef de meute choisit toujours les femelles les plus fortes et intelligentes. Ainsi, leurs descendants héritent d'une position dominante dans le groupe.

— Un point pour toi, concéda Leia. Mais quel rapport avec les comportements humains ? Nous ne sommes pas de vulgaires carnivores.

— Si tu connaissais mieux ma mère, affirma Isolder, tu n'insisterais pas sur ce sujet.

Leia se demanda si ça n'était qu'une plaisanterie.

— Beaucoup de groupes humains se conduisent comme des prédateurs *sociaux*. Observe le comportement des pilotes de speeders, et tu comprendras ce que je veux dire. De plus, il y a les seigneurs de la guerre.

— Et les Sœurs de la Nuit, ajouta Teneniel.

— De quoi y réfléchir à deux fois, souffla Luke.

— Comment peux-tu avoir un autre avis que moi sur ce sujet ? s'indigna Leia. Tu es l'être le plus gentil que je connaisse.

— Tout ce que je veux dire, se défendit le Jedi, c'est qu'Isolder a peut-être raison. Que ça nous plaise ou non, l'intelligence, le charme et l'art de prendre des décisions ont sûrement des bases génétiques. Dans ce cas, il n'est pas absurde de créer une caste de chefs.

— Quelle horrible idée ! Isolder, n'as-tu jamais vu

sur ta planète des hommes d'affaires qui deviendraient de très bons chefs ?

— De bons chefs, oui... D'ailleurs, c'est ce qu'ils sont dans le commerce. De là à gouverner...

— Pourquoi cette restriction ?

— Les chevaliers d'industrie mesurent tout en terme de profit, de croissance, de rendement. J'ai vu des mondes tomber sous leur coupe. On y fait peu de cas des gens tenus pour *improductifs* : les artistes, les hommes de religion, les handicapés. Je préfère que ces chefs-là s'occupent de leurs affaires.

— Tu te plains de l'âpreté au gain des commerçants, mais tu n'hésites pas à qualifier ta mère de « carnivore ». Où est la différence ?

— En son temps, ma mère fut une grande reine. L'ancienne République n'en ayant plus pour longtemps, il nous fallait quelqu'un de fort pour tenir l'Empire à distance. Quand ce ne fut plus possible, nous eûmes besoin d'un esprit assez solide pour maintenir notre cohésion malgré la pression des Impériaux. Ma mère sut s'acquitter de ces tâches, mais son heure de gloire est révolue. Aujourd'hui, il nous faut une souveraine assez dure pour combattre mes tantes, et assez douce pour nous conduire à la tolérance.

Teneniel était encore en train de bichonner son rancor.

— Je ne prétends pas tout comprendre à ton discours, prince, intervint-elle, mais j'ai cru deviner que tu nous traites de barbares parce que les femmes règnent chez nous, tandis que les hommes n'ont aucun pouvoir. Une reine-mère préside aux destinées de la Confédération. En quoi est-ce moins barbare ? Et surtout, où est la différence ?

— En un sens, je détiens le vrai pouvoir, répondit le Hapien, puisque c'est moi qui choisis la reine.

Leia grinça des dents. Dans toutes les sociétés, les opprimés se consolaient avec le même stupide argument. *En sous-main, c'est nous qui dirigeons.* Mais comment ouvrir les yeux à des gens tellement enracinés dans leur culture ?

La princesse s'aperçut qu'autre chose la mettait hors d'elle : pour le prince, elle semblait correspondre aux spécifications de la reine-mère idéale. Il prétendait l'aimer, et c'était l'un des plus beaux hommes qu'elle ait jamais vus, mais n'était-il pas du genre à tomber amoureux *à bon escient* ? En cas de réponse affirmative, elle ne savait pas trop comment réagir...

Teneniel vint à son secours. Fixant Isolder, elle éclata de rire.

— Je choisis la reine-mère, j'ai le véritable pouvoir, répéta-t-elle en imitant à merveille l'accent du jeune homme. Mon pauvre, tu es si bête !

Au fond de la caverne, Yan poussa un cri et fit feu avec son blaster.

Luke sauta sur ses pieds et tira son sabrolaser.

— Il y a un monstre dans le lac intérieur ! s'écria le Corellien en arrivant près du feu. Il est immense, tout vert, avec d'énormes tentacules. Il voulait me manger !

— Zut, s'exclama Teneniel, j'ai oublié de vous parler d'*elle*...

— Tu connaissais la présence de cette chose, et tu ne m'as rien dit ? s'étrangla Yan.

— Les sœurs l'ont mise dans le lac il y a des années. Devenue grande, nous pensions qu'elle ferait de l'excellente nourriture pour les rancors.

La jeune femme flatta le flanc de Tosh et murmura quelques mots. La rancor la regarda un moment, une vive lueur dans les yeux, puis ses trois enfants et elle se ruèrent vers le lac.

Teneniel, Yan et les autres s'assirent autour du feu pour manger leurs espèces de marrons grillés.

A la chaleur des flammes, ils conversèrent pendant que la nuit tombait. Leia se sentit bien un moment, puis elle eut l'impression de suffoquer, son cœur battant follement dans sa poitrine. Elle se leva et regarda l'entrée de la grotte, où se dessinait la silhouette d'une femme vêtue de noir armée d'un long bâton.

— Que faites-vous là ? demanda Barukka en avançant.

A première vue, Leia avait cru avoir affaire à une vieille femme. En réalité, malgré un visage constellé de cicatrices, la sorcière n'avait pas plus de trente ans. Une aura d'obscur pouvoir l'enveloppait, la faisant paraître sans âge.

Ses yeux d'un bleu perçant luisaient sous sa capuche.

— Sachez que je suis une *oubliée* et que ceci est ma maison. Je ne puis vous offrir l'hospitalité.

— Alors peut-être pouvons-nous vous accueillir et vous proposer un bon repas ? demanda Luke en se levant.

— Ma sœur, expliqua Teneniel, nous avons besoin de ton aide...

Barukka les dévisagea, semblable à un animal sauvage prêt à bondir.

— Vous êtes en danger, déclara-t-elle enfin. Gethzerion réunit les Sœurs pour faire la guerre. J'ai entendu son appel. Vous êtes ses ennemies...

— Mais pas les vôtres, précisa Luke.

— Augwynne m'a dit que tu avais demandé à réintégrer le clan, rappela Teneniel. Nous serons heureuses de t'accueillir, très bientôt...

— Oui, marmonna Barukka. Elle a choisi de quitter le clan de la Nuit...

Elle parlait d'elle à la troisième personne. Leia comprit qu'elle n'avait plus toute sa tête.

— *Tu* as choisi, rectifia Teneniel.

— Oui.... Moi...

— Nous aideras-tu ? demanda la jeune sorcière. Nous devons aller dans la prison pour voler les pièces qui manquent à un vaisseau. Tu nous diras où chercher ?

Barukka ne broncha d'abord pas. Puis elle commença à trembler...

— Non, je ne peux pas.

— Pourquoi ? insista Luke. Gethzerion n'a aucun pouvoir sur vous.

— Bien sûr que si ! Entendez-vous ses appels ? Elle me traque !

— Sa voix résonne-t-elle dans ta tête ? demanda le Jedi, passant soudain au tutoiement.

— Oui.

— Et que dit-elle ?

— Elle m'insulte et me maudit. Parfois, la nuit, je l'entends comme si elle était couchée dans mon lit.

— Vous deviez être très proches, fit Luke.

— Gethzerion est sa sœur, souffla Teneniel.

— Barukka, reprit le Jedi, elle était ta sœur, mais ce que tu aimais en elle est mort ou profondément enfoui...

L'*oubliée* baissa les yeux comme si elle avait voulu sonder les entrailles de la terre. Puis elle les releva et les posa sur Skywalker.

— Qui es-tu, étranger ? Ton apparence est un leurre. Je sens une présence très forte...

— C'est un Chevalier Jedi venu des étoiles... commença Teneniel.

— ... Pour mettre un terme à notre monde ! cria Barukka, soudain exaltée. Oui. La prison ! J'y suis allée jadis...

Elle dessina des arabesques dans l'air en émettant des sons étranges. Enfin, elle pointa son bâton vers la voûte.

Le cœur de Leia battit la chamade quand elle comprit que les sons étaient les paroles d'une incantation.

Aux pieds de Barukka, le sol s'enfla pour former une chaîne de montagnes miniature. Lui arrivant à hauteur des genoux, le paysage en réduction s'étendait jusqu'au fond de la grotte.

La poussière tourbillonna et des bâtiments sortirent du sol comme des champignons. Nichée au cœur des montagnes, la prison formait un hexagone entourant une grande cour. Sur la face interne des murs, Leia distingua les minuscules fenêtres des cellules. Des tours de garde se dressaient à chaque coin de l'édifice. A l'intérieur, des droïds criants de vérité surveillaient la plaine, blasters prêts à tirer. Des bipodes gardaient l'entrée. En sus des annexes, une imposante tour s'élevait, adossée à la prison. Derrière, la poussière ondulait comme si un lac venait de se former.

Chewie grogna et tendit un index : de minuscules

silhouettes humaines faites de poussière marchaient dans la cour. Certaines portaient des uniformes impériaux ; d'autres étaient vêtues comme les sorcières.

Barukka observait sa création, le visage noyé de sueur. Les yeux vitreux, elle ne respirait plus que par saccades.

Leia devina que seule une intense concentration pouvait lui permettre de manipuler ainsi la poussière. C'était supérieur à tout ce qu'elle avait vu faire à Luke, et, en cela même, absolument terrifiant. Si Barukka avait de tels pouvoirs, qu'en était-il des autres Sœurs de la Nuit ?

— Voilà les entrées de la prison, à l'est et à l'ouest, et voilà ses défenses.

Du bout de son bâton, elle écrasa les bipodes, dispersa les gardes, renversa les tours...

— Gethzerion cherche depuis longtemps à assembler un vaisseau de son cru. Elle garde les pièces dans la cave de sa tour, là.

L'*oubliée* pointa de nouveau son bâton.

Yan et Luke étudièrent la carte vivante.

— La tour est trop bien gardée pour une approche directe, conclut Solo. Toute la face est semble trop exposée...

Ils regardèrent le lac, à l'ouest.

— Notre meilleure chance est de traverser les montagnes pour arriver derrière la prison, approuva Luke. Une fois dedans, ce sera un jeu d'enfant de pénétrer dans la tour.

— Exact ! confirma Yan. Il y a un speeder et quelques bipodes garés dans la cour. Une fois les pièces récupérées, on devrait pouvoir fuir.

Au sommet de la tour, une minuscule Sœur de la Nuit passa une porte, leva la tête, et scruta le ciel comme si elle pouvait voir le visage de Barukka.

— Gethzerion ! s'écria cette dernière avant d'écraser l'illusion avec son bâton.

La réplique de la prison tomba en poussière. Barukka mit un genou à terre, des larmes aux yeux. Luke vint l'aider à se relever.

— Tout va bien... Elle ne te fera plus de mal...

Barukka leva vers lui son visage couvert de plaies mal refermées.

— Mais qu'adviendra-t-il de moi ? Quand mes stigmates s'effaceront-ils ?

Luke lui effleura la joue.

— Ceux qui se servent du Côté Obscur de la Force pour attaquer les autres s'infligent souvent de terribles blessures. (Au contact de ses doigts, la chair de Barukka désenfla.) Reste avec moi ce soir. Ensemble, nous commencerons à te guérir...

Cette nuit-là, Leia s'agita longtemps sous sa couverture. La stupide rengaine tournait dans son esprit. Souhaitant disposer d'un marteau pour caresser les côtes de C-3P0, la princesse se demanda si le droïd avait agi sciemment.

Savait-il que son : « Yan Yan Yan Solo » menaçait de la rendre folle ?

Pour se calmer, elle tendit l'oreille afin d'entendre ce que Luke disait à Teneniel, Barukka et Isolder.

— Les Jedi utilisent la Force pour obtenir des connaissances ou se défendre. Jamais pour blesser quelqu'un ou pour conquérir le pouvoir.

— Les sortilèges de notre clan sont toujours lancés par les mêmes mots, objecta Teneniel, qu'on les destine au bien ou au le mal. Comment savoir qu'on agit pour une juste cause ?

— Ce ne sont pas les mots qui donnent le pouvoir, mais l'intention de celui qui les prononce. Si tu restes calme, si tu te sens en paix, si tu es juste et pleine de compassion envers tes ennemis, tu invoqueras la Force à bon escient. Si tu cèdes à la haine, au désespoir, à l'envie, le Côté Obscur te dominera.

— J'ai des... amies... parmi les Sœurs de la Nuit, murmura Teneniel. Enfant, je jouais avec Grania et Varr, et je les aimais. Lors d'une fête de l'Hiver, Gethzerion elle-même m'offrit un cadeau. Elle est bannie depuis sept ans seulement. Je ne puis oublier toutes ces compagnes...

— Tu en arracheras certaines au Côté Obscur, l'assura Luke. S'il reste un peu de bien en elles, tu le réveilleras. Mais ne sois pas naïve. Le Côté Obscur sait se montrer séduisant. Ne cède pas ! Aime tes sœurs pour le bien qui demeure en elles, mais ne te laisse pas abuser. Les forces du mal prennent souvent un visage angélique.

— Tu prétends qu'on peut sauver celles qui servent le Côté Obscur, Jedi ! tonna Barukka. Mais que faire quand on est soi-même tentée ? Comment se libérer ?

— Il faut se détourner du Mal avec tout son *cœur*. Renoncer à sa colère, à ses désirs, à son désespoir...

Leia vit que des larmes perlaient aux paupières de la sorcière. Bien qu'incapable de les imaginer, la princesse se félicita de ne pas partager les tourments de la sœur de Gethzerion.

Luke prit Barukka par le menton.

— Le moment venu, tu pourras aussi renoncer à ta culpabilité...

19

— Gethzerion n'est pas avec eux... affirma Teneniel le soir suivant, alors qu'ils observaient la prison depuis une colline.

Elle parlait d'une longue colonne de soldats et de bipodes qui avançaient dans la plaine.

Secrètement, la jeune femme avait prié pour que Gethzerion ait quitté la prison avec cette expédition. L'idée de la rencontrer lors du raid ne lui disait rien qui vaille.

La « plaine » en question était le lit du lac, asséché en été. Autour des dernières flaques de boues, des joncs poussaient avec une belle vigueur. Des trous, dans ce cloaque, marquaient les endroits où de gros poissons s'étaient enfoncés à la recherche de l'eau.

— Je compte quatre-vingts bipodes et quelque six cents hommes, les informa Isolder. Dommage que nous ne puissions pas prévenir les sœurs de la Montagne qui Chante.

— Je peux envoyer un message, le détrompa Teneniel. (Elle ferma les yeux et psalmodia un sort de communication.) Augwynne, entends mes mots et vois avec mes yeux. Evalue les forces que nos ennemies envoient.

Le contact établi, la jeune sorcière laissa ses sens devenir ceux de la matriarche.

— Combien de temps leur faudra-t-il pour atteindre le clan ? demanda Isolder.

Teneniel se sépara d'Augwynne.

— Deux jours. Nous devrons être de retour avant leur arrivée.

Ils étaient sur une colline, bien cachés par des arbres au feuillage luxuriant. A huit kilomètres de là, les lumières de la prison aux murs d'acier brillaient comme de petites étoiles.

Teneniel lança un sort pour améliorer sa vision nocturne. Devant la prison, elle aperçut plusieurs Sœurs de la Nuit. Dans les tours de garde, les droïds tournaient sans cesse sur eux-mêmes, surveillant l'intérieur et l'extérieur du bâtiment. Tout cela ressemblait au détail près à la reconstitution de Barukka.

Luke décrocha ses macrojumelles de sa ceinture.

— Il ne reste plus qu'un bipode, et je ne vois pas le speeder. Il y a des capteurs de senseurs sur le toit. Rien d'extraordinaire, mais D2 et C-3P0 ne pourront pas approcher davantage. Il s'agit d'une prison, donc il doit y avoir des biosenseurs. Pour ne pas nous faire repérer, il faudra rester hors de leur portée le plus longtemps possible, ce qui implique un détour par le sud. Ensuite, les rochers nous serviront d'écran...

D2 bipa et se balança d'avant en arrière.

— Maître Luke, traduisit C-3P0, il capte des communications entre les vaisseaux de Zsinj et la prison.

— Contenu ?

— Hélas, les transmissions sont codées. C'est un ancien système de chiffre, semblable à ceux que l'Alliance Rebelle *craquait* sans trop de mal. Donnez-moi quelques heures, et je me fais fort de tout vous dire.

— Désolé, C-3P0, mais nous n'aurons pas le temps d'attendre. Travailles-y pendant notre absence. Qui sait, ça pourra nous servir.

— Compris, maître, je ferai de mon mieux, comme toujours.

— Parfait. Chewie, tu restes ici pour protéger les droïds. Nous ne serons pas longs...

Chewbacca grogna puis étreignit Yan pour lui faire ses adieux. Ayant libérer les rancors, Teneniel leur conseilla d'aller chasser dans la forêt. Comme toujours sur Dathomir, le soir tomba d'un coup ; sous la lumière pourpre du crépuscule, Yan, Leia, Luke, Isolder et Teneniel se mirent en route, marchant derrière les amas de joncs chaque fois que c'était possible.

Teneniel recourut à la magie afin d'améliorer sa vue et son ouïe. Cela ne lui servit pas à grand-chose, sinon à entendre le cri que poussa Tosh dans le lointain pour leur souhaiter bonne chance.

Ils atteignirent les collines « chauves » deux heures plus tard, tandis que la première lune de Dathomir montait dans le ciel. Alors, ils se dirigèrent vers le nord.

La terre et les rochers reflétaient la lumière argentée des deux lunes. De la chaleur s'élevait encore du sol, cuit à point par le soleil, mais un vent frais se leva bientôt, annonçant une nuit très froide. Dans une mare presque asséchée, ils rencontrèrent un couple de créatures cornues occupées à s'extraire du sable. Luke s'immobilisa. Les gros sauriens, surpris, dardèrent leurs queues hérissées d'épines, mais ne semblèrent pas assez effrayés pour vouloir se battre. Au contraire, ils rentrèrent la tête dans leur carapace, secouèrent le sable qui collait à leur dos, et partirent vers les joncs histoire de manger et de boire.

Peu après, le petit groupe arriva en vue de l'avant-poste de la garde, une tour blanche de quelque quinze mètres de haut.

L'endroit était désert. Luke avisa le trépied d'un canon-blaster. L'arme n'était plus là.

— Qu'est-ce que ça signifie ? demanda Leia. Où sont les soldats ?

— Partis avec la troupe ? suggéra Yan.

— Non, fit Luke, péremptoire. Regarde les capteurs des senseurs, là-haut. Ils sont tout rouillés... (Il réalisa soudain qu'aucun de ses compagnons n'aurait pu voir ce genre de détail dans le noir ; ses sens de Jedi fonctionnaient à plein rendement.) Je crois qu'il y a longtemps que cet avant-poste est abandonné. Réfléchissez : depuis l'interdiction de la planète, tout le monde y est prisonnier. Si des détenus s'échappent, ils ne peuvent pas aller bien loin...

— Peut-être, admit Leia, mais qui voudrait laisser en liberté une bande de meurtriers et de brutes ?

Le raisonnement de la princesse avait des mérites, mais Luke sentit qu'il clochait. Hélas, le temps manquait pour étudier la question.

— Contentons-nous des faits, conclut-il, et allons voir ce qui nous attend.

Une fois passé le poste, Luke et ses compagnons eurent la surprise de découvrir une rivière aux eaux sombres là où ils s'attendaient à voir un lac.

Au nord, à un kilomètre de là, une douzaine de droïds géants travaillaient à mettre en place des tuyaux d'irrigation dans des champs. La carte vivante de Barukka n'avait pas signalé cette zone...

Au-delà, Luke distinguait seulement le mur est de la prison, trop lisse pour que même un rancor puisse l'escalader. Dans les tours de garde orientées vers cette partie du paysage, des droïds montraient leur dos, indiquant ainsi qu'ils surveillaient surtout la cour.

— Je vois une station de pompage et quelques droïds agricoles, souffla le Jedi. J'aperçois aussi une entrée, derrière la prison ; je ne peux pas dire si elle est bien gardée.

Luke voulut remettre ses macrojumelles à leur place, mais Teneniel les lui prit des mains. Les portant à ses yeux, elle constata que les infrarouges éclairaient la nuit mieux que ses sortilèges.

— La porte de derrière, souffla Isolder. C'est notre seule chance.

— Tu veux y aller les mains dans les poches ? ironisa Yan. On va se faire descendre.

— Servons-nous des droïds agricoles, insista le Hapien. Ce sont des modèles très simples. Si on saute dans leur trémie, ils croiront avoir moissonné quelque chose et ils nous conduiront dans l'usine agro-alimentaire.

— Tu es sûr que ça peut marcher ? s'inquiéta Yan. Imagine que les gardes inspectent la trémie ? Que les droïds des tours nous voient et tirent dans le tas ? Que les robots aient une broyeuse intégrée ? Bon sang, je pourrais passer le reste de la journée à énumérer tout ce qui risque de mal tourner.

— Tu as une meilleure idée ? contre-attaqua le Hapien. Pour commencer, les gardes s'échinent à empêcher les gens de sortir, pas d'entrer ! Quant aux droïds des tours, ils ne verront rien, puisqu'on s'enfoncera sous la récolte. En ce qui concerne la broyeuse, pas de risque : ces modèles sont des HD 32 44 exportés par la Confédération ! Je sais qu'ils n'en ont pas.

Yan foudroya le prince du regard. Luke se tourna vers Leia pour jauger sa réaction. Les deux hommes essayaient de l'impressionner.

Isolder avait pris un avantage, du moins si son plan marchait.

— D'accord ! s'exclama Solo. Je passe le premier !

Il dégaina son blaster et avança le long d'une « haie » de rochers, attentif à ne pas attirer l'attention des droïds guetteurs. Puis le Corellien et ses compagnons se faufilèrent parmi des plants de vignes chargées de fruits rouges. Chaque fois qu'il put, l'ancien contrebandier en goba une généreuse poignée.

Ils arrivèrent aux pieds d'un droïd. Utilisant des dizaines de petits crochets de métal, il cueillait les fruits pour les jeter dans sa trémie.

Haut d'à peine trois mètres, le moissonneur mécanique marchait sur des jambes courtaudes. Yan le regarda, dubitatif, mais Isolder escalada une petite échelle de maintenance, sur le flanc du robot, et entra dans la trémie. Imperturbable, le droïd continua de la remplir de fruits.

— Venez ! cria le Hapien. C'est presque vide...

Yan, Leia et Luke obéirent. Teneniel hésitait. Le Jedi capta son angoisse à l'idée d'être avalée par la gueule noire du moissonneur.

Le robot fit demi-tour ; d'un pas lourd, il prit la direction de la prison. Sortant la tête, Luke souffla :

— Teneniel, dépêche-toi !

Elle courut, grimpa à l'échelle et plongea.

Avec cinq personnes à l'intérieur, la trémie faisait un peu boîte à sardines. Sentant le trouble de la jeune sorcière, Skywalker lui souffla :

— Tout va bien... Ne t'inquiète pas...

Yan sortit la tête et regarda dehors.

— Deux gardes à l'entrée, annonça-t-il.

Le cœur battant la chamade, Teneniel tenta de se calmer en invoquant la Force comme Luke le lui avait appris. Quand elle respira plus régulièrement, son mentor la félicita :

— Très bien...

Il lui serra la main.

Une lumière vive brilla au-dessus de leurs têtes. Ayant atteint la porte, le droïd s'était arrêté. Sa voix métallique s'éleva :

— J'ai un chargement de hwothas pour l'usine.

— Déjà ? s'étonna un garde. Joli travail pour un tas de ferraille. Tu peux entrer.

— Avec une si belle récolte, tu crois qu'on pourrait en prélever un peu ? demanda l'autre soldat.

— Pas question ! Tout pour l'usine, tu connais le règlement.

Le robot traversa des halls brillamment éclairés, passa devant des machines qui sifflaient en crachant de la vapeur, puis s'immobilisa. La trémie s'ouvrit, et Luke se sentit glisser dans le noir. Teneniel gémit ; une fois encore, il dut la rassurer :

— Tout va bien.

Ejectés dans un tuyau de métal aux parois lisses, les membres du commando furent poussés sur un tapis roulant ; des buses intégrées à la voûte les aspergèrent d'eau.

— Le système de lavage... souffla Isolder.

Quand la douche cessa, un souffle d'air froid passa au-dessus de leurs têtes.

Puis ils aperçurent de la lumière. Luke sauta du tapis

roulant et tira la jeune sorcière par le bras. Yan et Leia imitèrent la manœuvre.

L'air était humide et chaud, et on ne voyait pas grand-chose. Tendant l'oreille, le Jedi entendit des voix, sur sa droite.

— Où sommes-nous ? demanda Teneniel.

— Sous les cuisines, répondit Yan, dans le tunnel de service du synthétiseur. À présent, à nous de trouver un moyen d'en sortir.

— Par-là, souffla Luke, se fiant toujours à l'écho des voix.

Ils slalomèrent dans une forêt de piliers métalliques (les supports du tapis roulant), rampèrent sous des tuyaux, puis s'engagèrent dans un tunnel.

Il leur fallut six minutes pour atteindre une grille au travers de laquelle Yan vit des centaines de personnes assises dans un grand réfectoire. Toutes les silhouettes portaient des combinaisons orange. Il y avait une majorité d'humains, mais le Corellien repéra plusieurs reptiles glabres dont les yeux énormes dominaient le visage en forme de marteau.

— Des Ithoriens, murmura Yan.

— Que font-ils dans une prison ? demanda Leia.

Elle ouvrit grands les yeux. Sur une passerelle, des Impériaux en armure surveillaient les prisonniers, blaster au poing.

Tournant la tête, Luke aperçut une autre lumière.

— Par ici !

Quelques minutes plus tard, ils arrivèrent devant une deuxième grille. Elle défendait une pièce qui sentait la chaleur et l'humidité. Un homme d'âge mûr supervisait une compagnie de droïds occupés à pendre des uniformes sur des chariots.

— Et maintenant ? demanda Yan.

Le blanchisseur ordonna aux droïds de sortir avec les vêtements. Ils obéirent prestement.

Alors Skywalker s'adressa au bonhomme :

— Hé, toi, viens donc ouvrir cette grille !

— Je t'en prie, Luke, gémit Leia, n'essaye pas ce truc. Il tourne toujours à la catastrophe.

— Qu'est-ce que vous fichez là-dedans ? demanda le vieil homme en approchant

— Tu dois ouvrir cette grille ! tonna Luke, laissant la Force envelopper le blanchisseur.

— Je ne connais pas le code d'ouverture, sinon, pensez, je serais ravi de vous aider. Mais comment êtes-vous arrivés là, bon sang ?

Luke comprit que ses trucs de Jedi n'auraient aucun effet sur le prisonnier. Néanmoins, il semblait disposé à les aider.

— Un instant, Luke, intervint Yan, je crois que je vois le boîtier de commande. Si je le faisais fondre d'un bon tir de blaster ?

— Surtout pas ! supplia Leia. Ça déclencherait une alarme.

Passant outre, Solo dégaina et tira. Tous attendirent en retenant leur souffle.

— Tu vois ? triompha le Corellien. Pas d'alarme !

— Un coup de chance, maugréa la princesse. A présent, tu vas trafiquer les câbles pendant une heure et finir par faire sonner quand même une alarme !

Yan tendit une main et toucha le métal brûlant.

— Ouille !

Comme sur ordre, la grille coulissa.

— Et voilà le travail !

— Fanfaron !

— Tu dis ça parce que tu répugnes à exprimer ton admiration.

Ils entrèrent dans la blanchisserie.

— Bien joué, reconnut Luke.

Le vieil homme aida Teneniel à passer la grille.

— Vous venez faire quoi, exactement ? demanda-t-il.

— C'est une invasion ! répondit Yan.

Le prisonnier les étudia de la tête aux pieds.

— Ouais... Vous n'irez pas loin habillés comme ça. Que voulez-vous mettre ?

— Que proposez-vous ?

— Tout ce que vous voulez ! J'ai des costumes de

prisonniers, des uniformes de gardes, des robes de sorcières... Vous venez d'où, au fait ?

— D'un peu partout, fit Solo, suspicieux. Pourquoi toutes ces questions ?

— Du calme, Yan, intervint Luke. Il est inoffensif.

— Comment en être sûrs ? Après tout, c'est un criminel.

— Je sens la même chose que Luke, affirma Leia. Pourquoi êtes-vous ici, mon ami ?

— Divergence d'opinion avec l'Empire. J'avais une société d'études aérospatiales, sur Coruscant. Quand les Impériaux ont voulu nous voler nos plans, nous avons mis le feu à notre immeuble. Si vous cherchez de vrais criminels, vous vous trompez d'endroit.

— Des prisonniers politiques ? demanda Yan.

— Et des objecteurs de conscience. Trop précieux pour être exécutés, et trop subversifs pour rester en liberté.

— Voilà pourquoi on les a incarcérés sur une planète perdue, avança Luke. De vrais délinquants seraient détenus dans une prison hyper-moderne, afin qu'ils ne s'évadent jamais. Pour l'Empire, Dathomir est une espèce d'oubliette...

— Combien êtes-vous ? demanda Leia.

— Trois mille... Mais dépêchez-vous, on peut parler pendant que vous vous habillez. Quelle est votre mission ? Où devez-vous aller ? Essayez-vous de nous libérer ?

— Nous avons besoin de nous déplacer librement dans la prison, expliqua Yan.

Le blanchisseur donna des robes de sorcières aux femmes et des uniformes impériaux aux hommes.

Soudain, il s'immobilisa, l'oreille aux aguets.

Deux soldats entrèrent. Les quatre intrus firent comme si de rien n'était. Les soldats hésitèrent, l'index sur la détente de leurs fusils-blasters.

— Vous deux ! cria Yan. Approchez, et que ça saute.

— C'est à nous que vous parlez ? demanda le plus grand des gardes.

S'interrogeant du regard, les deux hommes avancèrent.

— Je suis le sergent Gruun, improvisa Yan, sécurité extérieure ! Nous nous sommes infiltrés dans la prison au nez et à la barbe de tout le monde. En des années de carrière, je n'ai jamais vu saloper le boulot comme ça. Dites-moi, qui est votre chef ?

Les deux hommes se regardèrent puis dégainèrent leurs blasters. Vif comme l'éclair, Yan saisit les deux armes par le canon de manière à ce qu'elles carbonisent le plafond. Isolder et Luke bondirent et assommèrent les soldats.

Yan jeta les blasters sur le sol en gémissant :

— C'est chaud !

Leia ligota les Impériaux pendant que Luke et Isolder les délestaient de leurs armures.

Les gardes endormis finirent dans un panier de linge aussitôt poussé dans la pièce adjacente par le vieux blanchisseur.

Luke, Yan et Isolder se partagèrent les pièces d'armure. Leur nouvel allié les regarda faire sans poser de question. Parfois, il valait mieux ne pas connaître trop de réponses. S'il était torturé, il ne pourrait trahir aucune information vitale.

— Merci pour votre aide, lança Yan quand ils furent habillés. Je n'oublierai pas. Si on quitte ce fichu caillou, je reviendrai vous chercher.

Luke regarda le vieux prisonnier. Le témoignage des deux gardes risquait de lui valoir des ennuis.

Le Jedi passa dans l'arrière-salle, posa une main sur la tête de chaque homme, et laissa la Force balayer leurs souvenirs des dix dernières minutes.

— Traînez-les dans le tunnel, de l'autre côté de la grille. En se réveillant, ils vous auront oublié. Et ils ne risquent pas de se rappeler avant quelques années.

— Je sais qui vous êtes... J'ai croisé des Jedi... Merci !

— Merci à vous.

Fatigué par l'effort qu'il venait de produire, Skywalker titubait sous le poids de l'armure. Altérer la mémoire d'autrui était une tâche difficile. Il avait peut-être épuisé sa réserve de pouvoir de la journée...

Tuer les gardes eût été plus facile, mais c'était hors de question pour un Jedi.

Espérant ne pas payer trop cher son pacifisme, Luke suivit ses amis, en route pour une visite de la prison.

20

— Fichtre ! Fichtre ! s'exclama C-3P0 quatre dixièmes de seconde après avoir craqué le code impérial.

Chewbacca grogna une question.

— Grâce à la surveillance radio, Zsinj a appris que le général Solo est sur la planète. Gethzerion est disposée à vendre notre ami aux hommes du seigneur de la guerre. Ayant trouvé les traces du remorquage du *Faucon*, la sorcière a prévu que le général irait se fournir en pièces à la prison. Elle lui a tendu un piège.

Chewie gémit, puis brandit son arbalète-blaster.

— Il faut les prévenir ! s'exclama C-3P0.

D2 trilla son assentiment.

Un sifflement sortit de l'intercom de la prison. Dans les couloirs en plastacier, un droïd noir se hâtait, ses yeux artificiels roulant de droite à gauche. Un petit blaster, pas assez puissant pour tuer, était intégré à son casque. En avançant, il criait :

— Rentrer ! Rentrer ! Rentrer !

Les prisonniers couraient en tout sens, tentant de rester hors de portée du blaster.

Le droïd blessa quand même deux hommes qui tardaient à regagner leur cellule.

Vêtus en soldats, Yan et Isolder suivaient le robot garde-chiourme. Déguisées en sorcières, Leia et

Teneniel marchaient dans le sillage des deux hommes. Luke traînait derrière, ralenti par la fatigue. Teneniel le prit par la main et le tira.

Le Jedi se concentra du mieux qu'il pouvait. Ils approchaient de la tour des sorcières. Skywalker les sentait, juste devant eux.

Une fois les prisonniers parqués dans leurs cellules, les couloirs devenaient d'un calme mortel.

Le droïd se laissa dépasser sans commentaire. Ils traversèrent des couloirs et des halls déserts, seul le bruit de leurs pas déchirant le silence.

Alors qu'ils passaient devant une série de cellules, Leia se figea.

— Un instant... Je sens... (Elle approcha d'une porte et regarda par le judas.) Je connais cette femme. Elle est d'Alderaan. C'était la conseillère en armement de mon père.

— Avance, souffla Luke. Nous ne pouvons rien pour elle...

— On la disait morte ! Son vaisseau s'était écrasé...

— Avance, répéta le Jedi, plus gentiment.

Ils arrivèrent devant une porte à verrouillage électronique. Derrière un hublot, on voyait une autre porte. Yan avisa le clavier où composer le code d'ouverture. Sans hésiter, il saisit quatre chiffres au hasard. Un voyant rouge l'informa que ça n'était pas la bonne combinaison.

— Arrête ! cria Luke. Laisse-moi d'abord essayer.

Il approcha, posa les doigts sur le clavier et ferma les yeux. Des dizaines de soldats composaient quotidiennement le code. Très vite, Luke sentit sur quelles touches ils appuyaient le plus souvent. L'ordre était plus difficile à reconstituer.

Hésitant, il se fia autant à la chance qu'à son pouvoir. Une lumière verte salua son triomphe.

La porte s'ouvrit. Skywalker la franchit et écrasa un gros bouton pour ouvrir la seconde.

Un ascenseur !

— Venez !

Leia, Yan et le prince obéirent ; Teneniel s'immobilisa.

— Ne crains rien, murmura Luke. C'est un ascenseur. Il nous mènera au chemin de ronde qui conduit à la tour.

Quand la cabine atteignit la fin de sa course, la porte s'ouvrit sur une grande baie vitrée enchâssée dans le mur de la prison. Le verre était si transparent, si parfait, qu'on voyait les étoiles briller dans le ciel. Dehors, en contrebas, des Sœurs de la Nuit marchaient sous une vive lumière artificielle.

Skywalker frémit. Il sentait les adeptes du Côté Obscur comme si elles avaient été à deux pas de lui. Isolder et Yan se remirent en marche, longeant la baie. Teneniel semblait paralysée.

— Maîtrise-toi, la conjura Luke. Laisse le calme t'envahir. Puise ton courage dans la Force, qui t'enveloppe comme un manteau. Pour avoir les pièces, nous devrons passer près de ces femmes. La Force peut te dissimuler à leurs regards.

Au bout de la baie, une porte s'ouvrit. Quatre sorcières en robe noire avancèrent vers eux. Celle qui ouvrait la marche avait les mains croisées sur le ventre.

Luke inspira profondément et laissa la Force le submerger.

Yan et Isolder prirent la tête du petit groupe. Les Sœurs de la Nuit croisèrent leurs ennemis.

Une fois qu'elles furent passées, une se retourna.

Skywalker capta l'envie de courir à toutes jambes qui saisit Teneniel.

— Hé, vous ! cria la sorcière. Que faites-vous si tard à la prison ?

Se retournant, Yan parla dans le microphone de son casque :

— Des problèmes dans le bloc C.

La sorcière hocha la tête et fit mine de s'éloigner. Au dernier moment, elle se ravisa.

— Quels problèmes ? Pourquoi ne m'a-t-on rien dit ?

— Une rixe entre détenus, répondit Yan. On ne voulait pas vous déranger.

La Sœur de la Nuit rabattit sa capuche. Sous l'éclairage cru, ce que vit Luke le fit frémir d'horreur.

Les cheveux blancs de la femme étaient emmêlés. Ses yeux ressemblaient à deux boules rouges. Son visage, abomination suprême, n'avait plus rien d'humain. Constellé de vaisseaux éclatés, il ressemblait à une bouillie carmin.

— Je sens ta peur, dit la Sœur de la Nuit à Teneniel. Que peux-tu craindre dans notre domaine ?

Yan s'interposa entre la sorcière et leur compagne.

— Avec tant de gardes absents, des rumeurs courent au sujet d'une émeute. J'ai peur qu'elles charrient une part de vérité...

La sorcière acquiesça. Luke sentit qu'elle essayait de les sonder ; il faillit dégainer son blaster, puis changea d'avis, invoquant la Force pour endormir la méfiance de la femme.

— J'irai faire un tour dans le bloc C. Ma présence devrait calmer le jeu. Merci de m'avoir prévenue.

La sorcière remonta sa capuche et repartit vers l'ascenseur.

Yan guida ses compagnons dans la tour. Poussant une porte, il pénétra dans une sorte de salle commune. Une dizaine de Sœurs de la Nuit en robe noire étaient étendues sur des coussins. Fascinées, elles regardaient flotter dans l'air des images d'hommes et de femmes superbes tout en se gavant d'étranges biscuits jaunâtres. Elles ne levèrent même pas les yeux.

Yan marcha jusqu'à un ascenseur. Le commando y entra en bon ordre.

— La Sœur de la Nuit... C'était Gethzerion... balbutia Teneniel. Je suis sûre qu'elle m'a reconnue.

Luke fixait la porte de la cabine. Soudain, il eut l'impression d'être très haut dans les airs en train de contempler Dathomir.

La planète était noire et gelée. Plus rien ne vivait. Les hommes, les bêtes, les plantes...

Il ferma les yeux, pensant que la fatigue affectait sa vue. Mais l'image ne s'effaça pas ; un désespoir absolu s'empara de lui. Il aurait voulu crier.

L'avenir. Voilà ce qu'il venait de voir...

— Luke ? demanda Leia, que se passe-t-il ?

— Nous ne devons pas partir... Nous ne *pouvons* pas partir ! Pas de cette manière...

— Que veux-tu dire ? demanda Isolder.

Solo fit chorus.

— Ouais, qu'est-ce que ça signifie ? Nous allons partir, et vite !

— Non. (Il retira son casque et tenta de reprendre sa respiration.) Sur Dathomir, tout est mauvais. Il y a trop d'obscurité...

Il la sentait approcher. Le froid de la mort s'insinuait en lui.

— Reviens sur terre, Luke, le secoua Solo. Nous sommes là pour récupérer des pièces détachées. Le *Faucon* réparé, on lèvera le camp. Dès notre retour sur Coruscant, on pourra envoyer une flotte. Tu auras un million d'hommes, si nécessaire. On ne lésinera pas.

— Non, affirma Luke, nous ne pouvons pas partir.

Il était terrorisé, et il n'avait pas l'ombre d'un plan. Impossible de poursuivre les sorcières pour les attaquer. Un affrontement aurait signifié leur perte.

— Luke, écoute ce que dit Solo, lui conseilla Isolder. Ces gens sont coincés ici depuis des années. Ils n'ont pas besoin qu'on sacrifie nos vies pour eux. Pour être sauvés, ils peuvent attendre notre retour.

Peu à peu, le Jedi retrouvait sa lucidité.

— Non, ils ne *peuvent pas attendre*. Observe, et tu comprendras. Crois-moi, Isolder, les forces de l'obscurité seront bientôt au complet. La flotte hapienne arrive dans six jours, dis-tu ? Si nous ne faisons rien, elle trouvera une planète morte.

Yan secoua la tête, songeur.

— Luke, vieux frère, ce n'est pas le moment de craquer. Je sais que tu subis une sacrée pression, et je sympathise, tu peux me croire. Mais si tu continues à effrayer nos amis, je vais être obligé de sévir. Compris ?

Luke ne pouvait donner tort à son ami...

Quand la cabine s'immobilisa, il appuya sur un bouton.

Les portes s'ouvrirent.

— Voilà l'entrepôt de Gethzerion, Yan. N'hésite pas à te servir.

Leia écarquilla les yeux. Il y avait là les épaves d'au moins trente navires : des transports, des chasseurs Tie, des frégates...

Yan examina l'étrange cimetière et roula des yeux ronds comme des billes. Au centre de la pièce, illuminés par des projecteurs, se trouvaient un chasseur Tie et un petit transport qui ressemblait beaucoup au *Faucon*.

Ses capteurs avant étaient orange, ce qui se mariait à *merveille* à la coque olive et aux réacteurs arrière bleus. Des marques de soudures témoignaient de l'imagination du concepteur de la nef.

— Elles ne sont pas loin d'avoir un vaisseau ! s'étrangla le Corellien. (Il ôta son casque pour mieux voir.) On dirait qu'il ne leur manque plus grand-chose.

— C'est trop beau pour être vrai... murmura Leia.

— A leur époque, ces petits transports corelliens étaient les vaisseaux les plus populaires de la galaxie, expliqua Yan. Il n'existe toujours pas de modèle plus résistant.

Isolder retira également son casque.

— Tu veux dire plus mal équilibré et bruyant ?

— C'est la même chose ! triompha Yan.

Il s'engagea sur la rampe d'embarquement.

— Attends ! cria Leia.

Le Corellien se retourna.

— Ces vaisseaux sont gardés sous terre, illuminés comme des œuvres d'art... Tu ne trouves pas bizarre l'absence de sentinelles ?

— A quoi bon en mettre ? objecta Yan. Ces navires ne peuvent pas voler. Et puis tu as vu la colonne, tout à l'heure ! Cet endroit est à court de personnel, très chère.

— Et les alarmes ? demanda Luke. (Il scruta l'entrepôt avec ses macrojumelles.) Je ne vois pas de lasers, mais ça ne veut rien dire. Il peut y avoir des détecteurs de mouvements, des visualiseurs de champs magnétiques... Dans ce fouillis, on pourrait chercher pendant des jours...

— Alors on se croise les bras ? protesta Yan. Il faut voir ce que ce vaisseau a dans le ventre, Luke.

— Il a raison... lâcha Leia à contrecœur.

Tous s'engagèrent sur la rampe d'embarquement. Hélas, le sas du navire était verrouillé.

Solo considéra d'un air morne le clavier du boîtier de commande.

— Si je voulais protéger ce navire, c'est là que je mettrais une alarme. Si quelqu'un compose la mauvaise séquence... Branle-bas de combat !

— Quelle est la *bonne* séquence ? voulut savoir Teneniel.

Luke laissa courir ses doigts sur le clavier. Personne ne l'avait touché depuis longtemps.

Il ne sentit rien.

— Je nage, avoua Yan. Chaque capitaine a son code... Bien entendu, les autorités des spatioports peuvent passer outre. Regardez, ce sont les visas...

Il désigna une colonne de caractères. Des pictogrammes raffinés côtoyaient des encoches faites à la pointe du couteau.

— Le propriétaire de ce vaisseau a beaucoup bourlingué dans les systèmes chokien, viridien et zi'dek. Au temps de l'ancienne République, je connaissais certains codes. Manque de chance, les Impériaux les ont changés. J'ai abandonné trop vite la contrebande...

Isolder approcha et saisit d'une main sûre une séquence de chiffres.

Le hayon s'ouvrit.

— Le code de l'Empire Chokien, annonça-t-il, tout sourire.

Yan ne cacha pas sa surprise.

— Tu t'es promené dans ce système malgré leur foutue peste ?

— Je connaissais une fille dans le coin...

— Ce devait être un sacré bon plan, marmonna Leia.

Yan entra dans le vaisseau.

— Je vais m'assurer que ces pièces sont dignes d'être volées. Isolder, Leia, dégottez des outils et démontez les capteurs des senseurs. Ensuite, attaquez-vous aux générateurs. Luke, trouve quelques bidons, qu'on puisse récupérer le réfrigérant.

Quand les autres furent entrés dans le navire, Skywalker resta seul avec Teneniel.

— Ça va prendre un moment... Ouvre l'œil, tout ça ne me dit rien qui vaille.

Leia et Isolder trouvèrent des outils dans le vaisseau et démontèrent la batterie de capteurs. Luke dénicha des conteneurs au fond du hangar, et entreprit d'en faire rouler un jusqu'au transport corellien.

Teneniel lança des sorts pour améliorer ses sens, mais ça ne lui servit pas à grand-chose, car, inconsciemment, elle avait déjà mobilisé la Force pour ce faire. Ainsi, elle entendait avec une acuité presque gênante tout ce que faisaient ses compagnons.

Fuyant les exclamations de Solo, la jeune sorcière s'éloigna du navire tandis que Luke arrivait avec son conteneur, qu'il poussa dans le vaisseau.

— Reste à me procurer une pompe manuelle, marmonna-t-il.

A l'écart du raffut, Teneniel estima qu'elle remplirait mieux son rôle de sentinelle. Néanmoins, elle regretta de ne pas avoir avec elle un fusil-blaster qui lui eût communiqué un meilleur sentiment de sécurité.

Pour mieux voir, elle décida de monter sur le toit d'un transport qui tenait plus du tas de boue que du navire. Trouvant des prises, elle se hissa à la force des bras et des jambes.

Soudain, elle crut entendre un bruit de voix...

Elle inspecta le hangar à la faible lumière des projecteurs illuminant les deux navires en réparation.

Ne voyant rien, elle continua son ascension.

Arrivée à destination, elle eut pour la première fois une vue d'ensemble de la salle. Au fond du hangar, côté nord, une porte ouverte laissait passer la lumière lunaire.

Teneniel frissonna. Ce décor lui rappelait cruellement la Salle des Guerrières, où elle était entrée juste après la mort de sa mère.

La même angoisse, le même vide régnaient dans le hangar.

Son regard perçant les ombres, elle crut voir des silhouettes bouger dans le noir.

Lançant un sort de détection, elle blêmit. Elle sentait ses ennemies. Ces monstres approchaient...

Elle écarquilla les yeux, tendit l'oreille... Mais ses sens étaient comme brouillés.

Sans transition, sa vision s'éclaircit.

Baritha était au pied du transport, trois autres Sœurs de la Nuit à ses côtés. L'une entonna une incantation, le pouce et l'index se rapprochant pour serrer quelque chose.

Teneniel manqua s'étouffer. Des doigts invisibles lui écrasaient la trachée artère.

— Bienvenue, sœur Teneniel, souffla Baritha. Il a suffi que nous tendions un piège pour que vous y tombiez. Mais que fais-tu là ? En avais-tu assez de tes montagnes ?

La jeune sorcière luttait pour respirer. Le sang battait à ses tempes, et ses poumons brûlaient. Elle voulut lancer un sort pour se défendre, mais comment s'y prendre sans air pour faire vibrer ses cordes vocales ?

— Dommage que je ne puisse pas te laisser vivre encore un peu, regretta Baritha. Gethzerion aurait adoré te torturer...

Elle fit un signe de la main ; l'autre sorcière se mit à chanter plus fort.

Si près de la mort, Teneniel se souvint des mots de Luke : « Laisse la Force te submerger... »

Comme elle ne pouvait pas chanter, les Sœurs de la Nuit la croyaient impuissante. Essayant de se calmer, la jeune femme implora la Force de libérer sa trachée de la pression. Sous elle, le transport en ruine se mit à vibrer, la secouant comme un rancor effrayé. Elle tomba à genoux.

La Force restait sourde à son appel. Elle n'était nulle part... Avant de mourir, Teneniel la solitaire voulut pousser un cri de révolte.

Aucun son ne sortit de ses lèvres. Elle sombra dans

le néant comme sa mère l'avait fait longtemps avant elle.

Luke entendit le cri de Teneniel résonner à l'intérieur de son crâne. Hurlant à Yan de le suivre, il abandonna la pompe manuelle et se rua hors du navire.

À une trentaine de mètres, il aperçut les Sœurs de la Nuit drapées dans leurs robes noires. D'un coup d'œil, il comprit que Teneniel était en grand danger.

— Arrêtez ! cria-t-il. Laissez-la !

Recourant à la Force, il libéra sa nouvelle amie de l'étreinte de la sorcière.

— Quoi ? s'étonna Baritha. Un minable petit homme prétend nous donner des ordres ?

Elle fit face au Jedi.

— Va-t'en, lui cria-t-il. Dis à Gethzerion de partir et d'emmener ses sœurs. Qu'elle libère aussi ses esclaves !

— Sinon, que se passera-t-il, étranger ? Tu nous aspergeras de sang quand ta pauvre tête éclatera comme une noix ? Ignores-tu qui nous sommes ?

— Sois assurée que non ! J'ai triomphé de vos semblables sur bien d'autres mondes...

Derrière Baritha, deux de ses compagnes se mirent à chanter. Les contours de leurs silhouettes se troublèrent.

Luke comprit qu'elles tentaient d'altérer ses perceptions.

— Vous ne pouvez pas vous cacher de moi ! tonna-t-il. Où que vous alliez, je vous traquerai. Votre seule chance de survivre est de battre en retraite sur-le-champ.

— Tu mens ! cracha Baritha en rabattant sa capuche. *Artha, Artha !*

Skywalker dégaina son blaster et tira. Arrêtant de psalmodier, Baritha dévia le trait d'énergie d'un geste, puis fit sauter l'arme des mains du Jedi.

— Tu n'es pas un jeteur de sorts ! triompha la sorcière.

Une des sœurs bondit. Luke prit son sabrolaser,

l'activa et le lança en le faisant tourner sur lui-même. La sorcière tenta de saisir la garde.

Ayant prévu la manœuvre, le Jedi utilisa la Force pour inverser la rotation de l'arme. Quand la vibrolame eut tué la sorcière, il fit revenir le sabrolaser dans sa main.

Baritha et les deux survivantes reculèrent.

— Gethzerion, cria l'une, viens à notre secours !

Teneniel sauta de l'épave pour atterrir souplement à côté de Luke.

— Non ! glapit Baritha.

Elle psalmodia de nouveau. Un panneau solaire se détacha d'un chasseur Tie et s'écrasa sur la jeune femme. Sonnée, elle tomba à genoux.

Baritha chanta plus fort. Un autre panneau vola à travers le hangar.

Teneniel l'évita et défia la vieille femme du regard.

— Tu ne crois pas m'avoir avec ce vieux truc ! siffla-t-elle.

Derrière eux, les moteurs du transport corellien vrombirent. Luke se demanda s'il était raisonnable de vouloir faire voler l'appareil avec des réacteurs au minimum de leur puissance. Comment échapper aux superdestroyers qui patrouillaient dans l'espace ?

Pour l'heure, la question était académique. Le premier danger, c'était Baritha et ses acolytes.

Une antenne se désolidarisa du chasseur Tie et fonça sur Teneniel.

— Suis-moi ! cria Luke.

La jeune femme ne bougea pas et entonna un sort de défense. L'antenne, repoussée, partit dans l'autre sens. Baritha s'en sortit d'une esquive de toréador, mais la sœur qui se tenait derrière elle n'eut pas ce réflexe. Elle s'écroula.

— Sois maudite, Gethzerion, rugit Teneniel. J'en ai assez que tu nous traques, assez de devoir toujours fuir. Tu as fait trop de mal, tué trop de gens ! M'entends-tu ?

Luke regarda son amie. Elle était folle de rage, prête à tout. Les yeux pleins de larmes, le visage empourpré, elle lança un sort et un cyclone miniature commença à tourbillonner dans la pièce. Un chasseur Tie tourna sur lui-même comme une toupie. Il se dirigea vers les deux dernières sorcières, qui improvisèrent un sort de défense.

— Non ! Ne cède pas à la colère ! implora Luke. Ça n'est pas Gethzerion, tu m'entends ? Elle n'est pas là !

Teneniel se retourna, cherchant le regard du Jedi. D'un coup, elle redevint lucide.

Yan ouvrit le feu avec la batterie de blasters avant du transport. Il désintégra les épaves qui leur barraient la route.

Luke tira Teneniel jusqu'à la rampe d'embarquement. Les deux jeunes gens s'engouffrèrent dans le vaisseau, puis refermèrent le sas avant de se précipiter sur la passerelle.

Yan était seul. Luke n'entendait plus le chant des sorcières, mais il les voyait gesticuler dehors.

Solo pulvérisa la cloison du fond de l'entrepôt et tenta de faire démarrer l'appareil.

— Les moteurs sont encore plus mal en point que je le pensais, grimaça-t-il. Ce vieux clou ne décollera jamais !

Sur leur droite, d'autres silhouettes en robe noire accouraient.

— Tire-nous de là, vite !

Le Corellien empoigna le levier de commande.

— Ce foutu truc est coincé ! cria-t-il en le prenant à deux mains.

Skywalker regarda les sorcières. Toutes semblaient occupées à retenir un objet invisible.

Le navire, bien sûr !

En appelant à la Force, Skywalker tendit la main et tira sans peine le levier.

Le vaisseau jaillit hors de l'entrepôt comme un diable de sa boîte.

Les sorcières se trouvaient sur la trajectoire du jet de flammes des réacteurs.

Des traits de blaster s'écrasèrent contre les boucliers.

— Ça n'est rien, Yan, fit Luke. Les sentinelles de la prison essayent de faire un carton, mais les boucliers déflecteurs tiendront.

Yan mit les gaz. Sans grand résultat.

— Ce truc est un veau, râla le Corellien. Ta Seigneurie, beugla-t-il dans l'intercom, où en es-tu avec les générateurs ?

— Nulle part. Laisse-nous quelques minutes de plus...

— Puis-je te rappeler que Dathomir est une planète interdite ? ironisa Yan. En ce moment même, une armada de superdestroyers doit s'apprêter à nous pulvériser.

— Solo, on fait ce qu'on peut ! s'impatienta le Hapien.

— Je m'en contrefiche ! Réussissez !

— Je vais les aider, décida Luke.

Il courut dans la coursive. Teneniel n'avait pas bougé depuis qu'ils étaient à bord.

— Je suis désolée, Luke, souffla-t-elle. Ça ne se reproduira plus...

Skywalker lui fit un signe de tête et continua son chemin. Parvenu dans la salle des machines, il découvrit Isolder, une énorme clef à la main, qui s'acharnait en vain à débloquer des boulons. Leia l'aidait de son mieux en secouant le coffrage métallique.

Le Jedi sortit son sabrolaser.

— Isolder, je vais faire sauter les boulons avec ma vibrolame. Ecarte-toi ! Leia, bouche le bidon de réfrigérant !

Les générateurs libérés de leur compartiment, Isolder et Luke les transportèrent jusqu'au sas. Ensuite, ils aidèrent Leia à faire de même avec le bidon.

— Evacuation du vaisseau ! ordonna la voix de Solo dans l'intercom.

Le message était à peine terminé qu'il rejoignait ses compagnons.

— Nous allons survoler un lac dans trente secondes. Je l'ai vu sur les écrans...

Yan ouvrit le sas. La rampe sortit de son logement, entraînant avec elle les générateurs et le bidon.

Surpris, Luke constata qu'ils volaient à cinq mètres du sol. Il estima leur vitesse à soixante kilomètres à l'heure.

Il y eut un bruit sourd ; le vaisseau vibra.

— Les superdestroyers ouvrent le feu, annonça Yan. Espérons que les boucliers tiendront encore vingt secondes.

Un tir de barrage secoua le transport. Isolder saisit le bloc de capteurs que Leia et lui avaient démonté. Puis il s'engagea sur la rampe.

Perdant l'équilibre, il dut lâcher son fardeau, qui suivit le chemin emprunté par le reste du matériel.

— Voilà le lac ! cria Yan.

Leia, Luke et Teneniel s'apprêtèrent à sauter. Le Corellien, en bon capitaine, passa le dernier.

— On y va ! ordonna le Jedi.

Ils plongèrent dans l'eau boueuse. Remontant à la surface d'un coup de talon, Skywalker chercha ses compagnons.

Teneniel nageait près de lui. Yan et Leia étaient à moins de vingt mètres. Plus loin, le prince flottait sur le dos. Leia se dirigea vers lui.

Luke leva les yeux. Ses boucliers parvenus au terme de leur résistance, le vieux vaisseau explosa en une boule de feu.

Le Jedi rejoignit la princesse et le Hapien.

S'étant mal reçu, ce dernier crachait de l'eau en toussant.

— Il a de la chance de ne pas s'être brisé le cou, commenta Leia.

Luke toucha l'épaule du jeune homme.

— Il va très bien...

Autant en marchant qu'en nageant, les cinq compagnons gagnèrent la berge. Luke sentait comme une distorsion dans la Force. Gethzerion essayait de les atteindre...

Ils étaient à moins de dix kilomètres de la prison, en terrain découvert. Même si elle avait vu exploser le navire, la sorcière sondait le terrain à la recherche de survivants.

Luke fit le vide dans son esprit. Du coin de l'œil, il vit que Teneniel luttait pour se contrôler.

Le danger passa, du moins pour l'instant...

— Eh bien, haleta Leia, ça n'était pas si difficile !

— Bien dit ! approuva Isolder, un peu remis. On devrait y retourner !

— Assez plaisanté, fit Luke. Gethzerion enverra des soldats pour chercher les survivants. Il ne faut pas qu'ils trouvent notre piste.

— Donne-moi tes macrojumelles, demanda Yan.

Quand le Jedi les lui eut tendues, il scruta le ciel.

— Qu'est-ce que tu vois ? s'enquit Isolder.

— Je vérifie quelque chose... J'ai repéré un truc étrange sur les senseurs...

— Quoi donc ?

— Des satellites... Les hommes de Zsinj en ont lancé des milliers.

— Des mines orbitales ? avança le Hapien.

— Peut-être...

Leia leva les yeux.

— On les voit à l'œil nu, maintenant. Ça ne me dit rien qui vaille...

Luke frémit. Fermant les yeux, il fut de nouveau envahi par la terrible prémonition du froid éternel qui régnerait bientôt sur la planète...

21

Un soleil pâlichon montait dans le ciel. Luke était en train de travailler sur le bidon de réfrigérant quand les rancors arrivèrent. Yan et Isolder avaient retrouvé le conteneur, les générateurs et les capteurs. Bientôt, il serait temps de partir, car les hommes de Gethzerion ne tarderaient plus.

Descendant de sa monture, Chewbacca poussa de longs cris de joie.

— Pour l'amour du ciel, s'exclama C-3P0, nous vous avons trouvés ! (Il se tourna vers D2 et Chewie.) Je vous avais dit que tout irait bien. Sa Majesté le roi Solo n'est pas du genre à se laisser pulvériser en vol. Mais que faites-vous donc là, maître Luke ?

— Nous avons sauté du vaisseau avant l'explosion. Un bidon est fêlé. J'ai rebouché la fissure, mais il faut attendre que ça sèche. Cela dit, nous sommes très heureux de vous voir.

— C'est moi qui vous ai trouvés, fanfaronna C-3P0. Grâce à mon super Verbo-processeur AA-1, j'ai décodé le message des Impériaux. (D2 protesta vigoureusement.) Avec l'aide du petit tonneau, bien sûr. Nous étions en route pour vous prévenir...

— Nous prévenir de quoi, monsieur Verbo-truc ? demanda Yan.

— Gethzerion ! s'exclama le droïd. Elle avait l'intention de vous tendre un piège...

— On s'en est aperçu, Bâton d'Or. En tombant dedans !

— Mais ça n'est pas tout, continua C-3P0. Montre-leur le dernier message, D2.

Le petit droïd projeta dans l'air l'image en 3D de deux personnes : Gethzerion et un jeune officier vêtu de l'uniforme gris des commandos de Zsinj.

— Général Melvar, dit la sorcière, vous pouvez informer votre chef que nous avons capturé Yan Solo. En conséquence, nous attendons la navette qu'il nous a promise en échange.

La vieille femme avait les mains croisées sur l'estomac. Melvar la fixait de son regard de tueur, se grattant le menton avec des ongles en platine aiguisés comme des griffes. Ces implants coûtaient une fortune et posaient quelques problèmes, leurs propriétaires s'infligeant maintes blessures accidentelles. Les joues du général, grêlées de micro-cicatrices, n'échappaient pas à la règle.

— Le seigneur Zsinj a reconsidéré son offre. Il est navré d'avoir dû faire détruire le vaisseau qui tentait de quitter la prison. A présent que le *Faucon* n'existe plus, rien n'est pareil. Car c'était bien le navire de Solo ?

Gethzerion fit oui de la tête.

— Qui était à bord ?

— Des soldats, mentit la sorcière. Voyant le navire en réparation, ils ont tenté de le voler. Si Zsinj ne les avait pas tués, je l'aurais fait...

— Je m'en doutais... (Il sourit.) J'espérais tellement que ce soit vous, chère amie, qui pilotiez le *Faucon*. Mais assez badiné ! Vous avez Solo, et vous voulez une navette...

Gethzerion acquiesça.

— Comprenez que votre proposition, sans le vaisseau, perd de son intérêt. Dans sa grande bonté, le seigneur Zsinj daigne cependant faire une offre à votre bande de... hum... *mégères*...

— Voilà qui ne m'étonne pas, contre-attaqua Gethzerion. (Le général baissa les yeux, agacé d'avoir été deviné.) Tout le monde sait que Zsinj tient sa parole quand ça l'arrange. Je sais qu'il n'a pas envie de nous laisser quitter Dathomir. Alors, je vous écoute...

— Dans trente-six heures, le seigneur viendra en personne prendre livraison de Solo. En échange, il ne détruira pas votre planète.

— En un mot, il ne nous offre rien !

— Si, vos vies. Ça devrait vous ravir.

— Vous ne comprenez pas les Sœurs de la Nuit, général. Nos vies ne comptent pas. Donc, il ne nous offre rien.

— Qu'importe ces arguties ! Nous voulons Solo. La mort est un état permanent, sorcière. Prenez le temps de la réflexion...

— Faites à Zsinj la contre-proposition suivante : s'il nous laisse quitter Dathomir, nous le servirons.

— Comment être sûrs de votre loyauté ? demanda Melvar, soudain intéressé.

— Nous lui confierons nos filles et nos petites-filles, toutes celles qui ont moins de dix ans. Il les gardera en otages. Si nous lui déplaisons, il pourra les tuer.

— Tout à l'heure, vous disiez ne pas tenir à la vie. Pourquoi hésiteriez-vous à sacrifier vos enfants ?

La voix de Gethzerion se chargea d'émotion.

— Aucune mère ne peut être aussi cruelle. Que Zsinj réfléchisse à notre offre comme nous examinerons la sienne.

L'hologramme disparut.

— Alors, demanda Yan, quelqu'un a une idée de ce que Zsinj prépare ? Un bombardement ?

Leia s'abstint de rappeler que le seigneur envisageait de détruire la planète.

— Il a peut-être un as dans sa manche, hasarda-t-elle.

— Une nouvelle Etoile Noire ? proposa Luke. Non, je ne crois pas...

— Je ne sais que penser, avoua Yan. Gethzerion prend Zsinj pour un idiot. Elle prétend me garder dans ses geôles et avoir détruit mon vaisseau... Elle ferait n'importe quoi pour quitter cette planète.

— Zsinj semble prêt à tout pour t'avoir, fit remarquer Leia.

— Ouais, grommela Yan. Gethzerion et lui ont beaucoup de points communs. Si on les présentait l'un à l'autre, ce serait le coup de foudre assuré.

Le front plissé par la concentration, Leia regarda Yan.

— Je n'y comprends rien, souffla-t-elle. Zsinj, venir ici en personne ? Il se donne beaucoup de mal, non ? Qu'est-ce qu'il a contre toi ?

Solo se gratta le menton. D'un grognement, Chewie l'encouragea à parler. Luke devina que la déclaration allait valoir son pesant d'or.

— Eh bien... Après avoir détruit son destroyer Super Star, je... Hum, je l'ai appelé sur le holonet, et j'ai un peu... dansé sur sa tombe...

— Dansé sur sa tombe ? répéta Leia.

— J'ai oublié les mots exacts, mais je me suis vanté d'avoir désintégré le vaisseau, et j'ai dû finir sur quelque chose comme : « Va te faire voir chez les Wookies. »

Chewie éclata de rire.

— Résumons-nous, intervint Isolder, tu as insulté le plus puissant seigneur de la guerre de la galaxie ?

— D'accord, d'accord, concéda Yan, j'ai eu tort. Inutile de retourner le couteau dans la plaie. C'était dans l'excitation de la victoire...

Le Hapien flanqua une grande claque dans le dos de Yan.

— Mon ami, tu es encore plus bête que je le pensais ! Quel numéro tu fais ! Mais j'aurais donné cher pour voir la tête de Zsinj quand tu lui as sorti ça !

Skywalker ne manqua pas de s'étonner de la cordialité du prince avec son rival. *Mon ami ?*

— Ça ne m'aurait pas attristée non plus, avoua Leia. Yan, tu aurais pu vendre des billets !

Solo chercha le regard du Hapien.

— Tu penses ce que tu dis, Ta Grâce ? Bon sang, il était écarlate ! Mais sais-tu que c'est un génie ? Il peut jurer en quelque soixante langues. J'en ai entendu des vertes et des pas mûres dans ma vie, mais ça dépassait tout.

— Je te crois ! renchérit le Hapien. Tu sais qu'il voudra voir ta tête sur un plateau ? Considérant sa réputation, il risque bien de la manger...

— Et alors ? Ce genre de défi rend la vie intéressante !

— On se souciera de Zsinj plus tard, coupa Luke. Pour l'heure, dépêchons-nous d'amener les pièces au *Faucon*. Ne traînons pas ici. Quand Gethzerion aura compris que nous avons survécu, les environs deviendront malsains...

Il regarda le bidon. Avant sa réparation, la moitié du réfrigérant s'était répandue dans la nature. Pour sauter dans l'hyperespace sans risque, la moindre goutte pouvait être vitale.

Leia lui tapota l'épaule.

— On se débrouillera, ne t'inquiète pas...

Faute de pouvoir faire mieux, le Jedi hocha la tête.

Après avoir chargé les pièces sur les rancors, le petit groupe se dirigea à vive allure vers les collines. Au terme d'un tour de cadran sans sommeil, tous étaient épuisés. Les rancors étant en bonne forme, ils avancèrent néanmoins jusqu'à la tombée de la nuit.

Malgré la fatigue, Luke ne put s'endormir. Pour se calmer, il grimpa au sommet d'une colline.

Tandis qu'il regardait au loin, la vision s'imposa de nouveau à lui. *La nuit éternelle*, murmura une voix dans sa tête. *Elle vient*.

Le Jedi se demanda si tout cela n'était pas simplement une représentation de sa propre mort.

Il se concentra sur la Force et sentit combien elle était troublée. L'armée conduite par les Sœurs de la Nuit était à mi-chemin de la forteresse du clan de Teneniel. Gethzerion disposait d'un landspeeder. Le voyage ne lui prendrait qu'une heure. En attendant, elle avait tout loisir de peaufiner sa stratégie.

Par le passé, Luke avait souvent imaginé les batailles pour mieux s'y préparer. A ces occasions, la Force l'avait toujours guidé, lui soufflant des idées qu'il n'aurait pas eues sans elle. Cette fois, c'était différent. La brève visite à la prison ne lui avait presque rien appris sur la puissance des Sœurs de la Nuit. Il regretta que Yoda ou Ben ne soient pas là pour le conseiller. Puis il se souvint du maître de Dagobah disant : « *Les sorcières nous ont repoussés...* »

Yoda avait été un Jedi dix fois supérieur à Luke. Pourtant, les sorcières l'avaient vaincu, alors qu'il combattait aux côtés de Chevaliers Jedi compétents. Luke douta soudain de son pouvoir. La Force. D'où venait-elle vraiment ? Yoda disait qu'elle était de la pure énergie créée par la vie. En ce cas, pouvait-il l'utiliser en toute conscience ? S'il enlevait de l'énergie aux autres, un peu comme un vampire leur prend du sang, ses actions étaient-elles justifiables ?

Il y avait plus gênant. Dans ses affrontements contre Dark Vador et l'Empereur, il n'avait pas poussé son pouvoir à ses limites. Désirant le convertir, Vador n'avait jamais tenté de le tuer. Gethzerion ne serait pas aussi complaisante.

— Que se passe-t-il sur ce monde, Ben ? murmura le Jedi. Est-ce une épreuve ? Veux-tu savoir si je suis enfin capable de m'en sortir seul ? Crois-tu que je n'ai plus besoin de ton aide ?

Obi-wan Kenobi ne répondit pas. Une brise vespérale soufflait, qui soulevait mollement les feuilles mortes. Regardant le soleil couchant, Luke fut surpris par la beauté du paysage. Abstraction faite de Zsinj et des Sœurs de la Nuit, Dathomir était un monde superbe. Si la carte d'Augwynne disait vrai, seul un centième de la surface habitable avait été exploré.

Skywalker soupira. A l'échelle du temps ou de la galaxie, Gethzerion n'était rien, et ses manigances comptaient beaucoup moins que le premier cri d'un nouveau-né.

Cette pensée réconforta le jeune homme...

Pendant que Luke méditait, Isolder, assis près du feu, écoutait Yan discourir avec C-3P0. Leia dormait déjà.

S'apercevant que Teneniel était seule un peu plus loin, le Hapien se leva et alla la rejoindre.

— Quand je dors dehors, souffla-t-elle, j'aime regarder les étoiles en me demandant à quoi ressemblent les gens qui les peuplent.

Isolder leva les yeux. Doué pour l'astronomie, le Hapien connaissait ce secteur de la galaxie pour l'avoir sillonné pendant ses années de contrebande.

— J'ai souvent fait de même, confia-t-il à la jeune femme. Mon éducation et mes voyages m'ont beaucoup apporté. Choisis une étoile, et je te dirai tout d'elle.

— Celle-là !

La jeune sorcière avait désigné l'astre qui brillait le plus intensément à l'horizon.

— Ça n'est pas une étoile, mais une planète, objecta Isolder.

— Je sais. Il fallait bien que je teste tes connaissances. D'accord : tu vois les six étoiles qui forment un cercle, sur notre droite. Parle-moi de la plus brillante...

Le prince étudia un instant la question.

— C'est le système Cedre. Il n'est qu'à trois années-lumière d'ici. Il n'y a pas de vie autour de ton étoile, car elle est trop jeune. Sa lueur est bleue... Sélectionne plutôt une jaune, ou une orange.

— Parle-moi de la grosse qu'on voit loin sur la gauche.

— C'est un soleil double appelé Fere. Ça n'est pas la porte à côté, tu peux me croire. Il y a deux cents ans, la planète du même nom abritait une civilisation remarquable. Ces gens construisirent quelques-uns des meilleurs vaisseaux de la galaxie. Des petits croiseurs de luxe... Un de mes oncles collectionne les navires anciens. Il possède un croiseur ferien.

— Ce peuple ne fabrique plus de nefs ?

— Non. A cause d'on ne sait trop quelle guerre, des réfugiés se sont posés sur Fere. L'un d'eux était porteur d'un virus qui tua les Feriens en quelques jours. Pourtant, avec un télescope assez puissant, tu pourrais encore les voir tels qu'ils étaient, très grands, avec une peau ivoire et six doigts très fins à chaque main.

— S'ils sont morts, objecta Teneniel, comment pourrais-je les voir ?

— Parce que ton télescope capterait la lumière que leur monde reflétait il y a des centaines d'années. Ainsi, tu observerais le passé.

— Je comprends... Avez-vous des télescopes de ce genre, sur ton monde ?

— Hélas non. Personne ne sait les faire aussi bons...

— Parle-moi de l'étoile qu'on voit derrière Fere, à présent.

— C'est Orelon. Je la connais bien... D'ici, c'est le seul astre de la Confédération Hapienne qu'on peut voir. En réalité, il y a soixante-trois planètes dans notre système. Ma mère règne sur toutes.

— Elle a donc tant de pouvoir ? s'étonna la jeune sorcière.

— Oui...

— A-t-elle une armée ? Une flotte spatiale ?

— Des milliards de soldats, des milliers de vaisseaux...

Teneniel blêmit. Isolder comprit que ses réponses l'avaient effrayée.

— Pourquoi ne m'avoir rien dit ? J'ignorais que mon esclave avait une mère si importante.

— Je t'ai révélé qu'elle était une reine, et que ma femme le deviendrait à son tour.

— Je croyais qu'elle régnait sur un clan... (La jeune femme semblait abasourdie.) Alors, quand tu seras parti, je saurai où tu es en regardant ce soleil ?

— Exact.

— Pourras-tu regarder le mien et penser à moi ? demanda Teneniel, la voix inquiète.

— Ton soleil ne brille pas assez pour qu'on le voie de Hapes. Ma planète a sept lunes qui absorbent toute la lumière des astres peu brillants.

Le ton de la jeune femme le surprenait. Il tenta de sonder son expression, mais la vision nocturne des Hapiens était très mauvaise. Avec sept lunes, qui aurait besoin d'être nyctalope ?

— Teneniel, je ne te comprends pas. Que suis-je pour toi ? Tu m'appelles ton esclave, pourtant tu me traites comme un ami...

— Je serais incapable de t'imposer quelque chose par la force... D'autres femmes du clan n'auraient pas ces scrupules...

Isolder se souvint de la façon dont elle l'avait capturé. Sa lente approche, son sourire, la corde tendue... En fait, elle lui avait laissé toute latitude de s'enfuir, et il n'avait pas bougé.

Ce rite nuptial n'était pas plus bizarre que d'autres. Encore fallait-il que les deux parties en comprennent les règles.

— Je vois... souffla le prince. Imagine que je reste et qu'on ne s'aime pas, ou que notre mariage tourne au cauchemar. Que se passerait-il ?

— Je pourrais toujours te vendre. Si tu préférais une autre femme, il serait de mon devoir de trouver un terrain d'entente avec elle.

— Et si je ne voulais personne ?

— Tu pourrais t'enfuir dans la forêt pour exprimer ton insatisfaction. Je devrais alors te rattraper et t'offrir une meilleure vie. Tu vois, les possibilités ne te manqueraient pas.

Isolder dut en convenir. Même s'il semblait barbare de prime abord, le « régime matrimonial » des sorcières tenait la route. Comme sur son monde natal, les femmes dominaient, mais les hommes n'étaient pas dépourvus de moyens de se défendre. Il songea au passé de Dathomir : des petits groupes d'humains affrontant sans armes des hordes de rancors. En ce temps-là, épouser une sorcière et bénéficier de sa protection était une chance, même s'il fallait devenir son esclave.

Teneniel lui offrait la liberté. En retour, elle souhaitait qu'il ne l'oublie pas.

Songeant à la cupidité de ses tantes et à l'avarice de sa mère, il se demanda combien de Hapiennes auraient su se montrer si généreuses.

Cette femme avait décidément une grande beauté intérieure...

Isolder se pencha vers elle et l'embrassa sur la joue, conscient que c'était une manière de lui dire adieu.

Il sentit de l'humidité sous ses lèvres ; elle pleurait.

— Si je parviens à revenir sur Hapes, je ne t'oublierai pas. Certains soirs, je regarderai en direction de Dathomir, et je me demanderai si tu es en train de penser à moi...

Une heure plus tard, Skywalker réveilla ses compagnons. Ils partirent aussitôt, menant les rancors à un train d'enfer. Très tard dans la nuit, ils firent une deuxième halte à une vingtaine de kilomètres de la forteresse. Leurs montures, exténuées, n'auraient pas fait cent mètres de plus.

Luke aurait aimé continuer, mais il dut se rendre à l'évidence.

— On va se reposer, concéda-t-il.

Se laissant glisser sur le sol, ses compagnons s'enroulèrent dans leurs couvertures. C-3P0 et D2 s'étaient déjà désactivés pour la nuit.

Luke mangea un peu pendant que Teneniel faisait boire les rancors. Ensuite, elle les bichonna du mieux qu'elle put, leur passant un tissu humide sur la peau.

Luke s'étonna de ce manège, puis il se souvint que ces animaux n'avaient pas de glandes sudoripares. Ils souffraient donc horriblement de la chaleur.

Le Jedi approcha de la sorcière.

— Utilise la Force pour les aider, lui conseilla-t-il. Elle peut refroidir leurs corps.

Il posa la main sur le premier rancor, qui soupira bientôt de satisfaction.

Teneniel ne cacha pas son agacement.

— Je ne comprends toujours pas comment tu fais. Un sort me semblerait tellement plus simple...

— Si tu as besoin de mots pour te concentrer, ça ne peut pas faire de mal. Mais la Force ne doit pas être inféodée aux mots.

— Luke, je suis désolée de ce que j'ai fait à la prison. J'ai failli tuer ces femmes. Ma fureur était telle que tes paroles en perdaient tout sens. Je voulais en finir avec le mal, comprends-tu ?

— Elles te tendaient un piège. Si tu avais basculé du côté de la haine...

— Je sais. Mais je ne sentais pas combien le bon côté de la Force est plus fort que le mauvais.

— Jamais je n'ai prétendu qu'il l'était... Si tu cherches la puissance, les deux côtés peuvent te l'apporter. Mais vois les Sœurs de la Nuit, et regarde ce qu'offre le Côté Obscur : la peur au lieu de l'amour, la guerre en place de la paix, et une ambition dévorante plutôt que la sérénité.

« Le Côté Obscur donne le pouvoir à ceux qui le désirent. Mais il les prive de tout le reste...

Luke soulagea tous les rancors de leur souffrance. Teneniel lui passa les bras autour de la poitrine et se blottit contre son dos.

— Et si je désire l'amour plus que toute chose ? demanda-t-elle. Le bon côté de la Force me le donnera-t-il ?

Ne pas comprendre la question eût été un exploit. Pourtant, Luke aurait volontiers joué les simples d'esprit. Il trouvait la jeune femme séduisante, mais parler d'amour aurait été... dangereux.

— Je ne sais pas, répondit-il. Je crois que oui...

— Avant votre arrivée, je vous ai aperçus en rêve, Isolder et toi. J'étais seule depuis si longtemps que je voulais seulement trouver un mari et retourner dans mon clan. Je venais de lancer un sort de divination quand je vous ai vus. Peut-être êtes-vous mon destin. Es-*tu* mon destin...

Luke lui prit les mains.

— Je ne crois pas au destin. Chacun décide de sa vie. Nos choix font notre avenir. Teneniel, je dois te dire une chose, même si elle risque de te blesser : nous nous connaissons à peine, il vaudrait mieux ne pas nous emballer.

— Tu veux dire qu'il vaudrait mieux que *je* ne m'emballe pas. Dans mon peuple, nous choisissons un mari très vite, parfois dès le premier coup d'œil. Quand je t'ai vu, j'ai compris que tu étais fait pour moi. Je n'ai pas changé d'avis. Toi, tu sembles penser que l'amour doit naître lentement.

— J'ignore comment il naît, avoua Luke, mais je sais qu'il meurt souvent de mort subite.

— Et alors ? Si notre amour devait mourir, qu'aurons-nous perdu à essayer ?

— Je ne peux faire ça. L'amour est plus que la curiosité ou l'excitation d'un moment. Deux personnes ne peuvent savoir s'il est réel avant d'avoir passé du temps ensemble. Il leur faut une histoire commune, comprends-tu ? Moi, j'ai un devoir à accomplir. Je dois achever mon initiation de Jedi. Quand j'aurai quitté cette planète, il est probable que nous ne nous reverrons plus. Alors, comment se connaître ?

Il aurait aimé lui en dire plus, ajouter qu'il avait toujours espéré rencontrer une femme comme elle, mais sous les arbres, Yan bougea dans son sommeil, leva une main, et cria :

— Non ! Non !

Puis il tira la couverture sur sa tête.

Luke trouva cela étrange. Jamais il n'avait entendu Yan parler dans son sommeil. Pourtant, ils avaient longtemps bourlingué ensemble...

Alors le Jedi sentit une distorsion dans la Force, comme si une présence invisible les suivait. Pensant qu'il s'agissait d'un animal, il fut vite détrompé.

Quelque chose lui serrait la tête comme si on venait de la couvrir d'un casque d'obscurité. Un frisson courut le long de sa colonne vertébrale. Luttant pour rester calme, le Jedi identifia une sorte de sonde mentale.

— Qu'est-ce qui se passe ? demanda Teneniel.

Luke lui fit signe de se taire. Il lutta pendant quelques minutes, puis il sentit la présence se retirer.

Alors Teneniel cria de surprise. On eût dit qu'on venait de l'asperger d'eau froide.

Elle se prit la tête à deux mains, leva les yeux, et rit.

— Gethzerion, tu ne tireras de moi aucune information !

La voix rauque de la sorcière résonna dans les bois :

— J'ai puisé dans ton esprit tout ce qu'il me fallait, ma fille. Je sais que Solo est vivant, et qu'il rêve de réparer son vaisseau. Je suis ravie qu'il ait pu récupérer ses précieux générateurs. J'espère autant que vous que le *Faucon* volera bientôt.

Luke lança un tentacule de Force pour essayer de toucher l'esprit de Gethzerion. Il y puisa l'image d'une colonne de bipodes avançant dans le noir.

Très vite, la sorcière le repoussa.

— Il faut seller les rancors ! déclara Luke, se félicitant d'avoir aidé les bêtes à récupérer. Nous devons partir. Gethzerion fait marcher ses troupes de nuit. L'attaque est pour demain.

22

Le groupe se remit en selle pour une ultime cavalcade. Mais la nuit avait apporté de subtils changements. Teneniel et Isolder voyageaient ensemble, comme Leia et Yan. Luke partageait la monture de D2.

Avoir parlé à la jeune femme portait déjà ses fruits. Elle le délaissait, et il se sentait soulagé.

Autour d'eux, la forêt était silencieuse. Pas de petits reptiles, aucun chant d'oiseau. Sentant l'approche du combat, les animaux se cachaient...

Poussant les rancors à leurs limites, Luke et ses compagnons arrivèrent bientôt en vue de la forteresse. A l'aplomb de la vallée de la Montagne qui Chante, le ciel était rouge. Les Sœurs de la Nuit avaient mis le feu à la forêt.

Skywalker entendit la voix d'Augwynne dans sa tête :

« Luke, Teneniel, venez vite ! »

« Nous sommes en chemin ! » répondit-il.

Il poussa un peu plus son rancor.

Le Jedi sentait l'obscurité vers laquelle ils se ruaient. Au creux de son estomac, il éprouvait une sourde angoisse, un indéfinissable malaise. L'air charriait l'odeur des flammes et de la suie. Les cendres et la fumée tourbillonnaient dans le ciel couleur cuivre.

Luke enrageait de devoir faire un détour pour éviter l'incendie et la troupe ennemie, massée au sud pour attaquer.

Les rancors s'engageaient sur le flanc nord de la montagne quand le jeune Jedi sentit la présence de Sœurs de la Nuit non loin de lui. D'une main levée, il ordonna à la petite colonne de faire halte.

Le terrain était trop propice à une embuscade pour continuer sans précaution.

Au-dessus de leurs têtes, la fumée s'amassait, étrangement statique. Pour qu'elle bouge si peu, il fallait une explication surnaturelle. Luke comprit que les sorcières utilisaient la Force pour créer un écran protecteur.

L'air était chargé d'électricité.

— D2, ordonna le Jedi, effectue un balayage senseurs. Recherche une activité électronique.

L'antenne de l'astrodroïd commença à tourner.

— Maître Luke, intervint C-3P0, l'atmosphère est saturée d'électricité statique, et l'ionisation affole mes circuits. Je doute que D2 puisse capter grand-chose. Ce n'est pas un temps pour un droïd.

— Ça n'est un temps pour personne, répondit Luke, humant l'air.

Soudain, la masse de fumée et les nuages se déchirèrent. Un instant, le visage de Gethzerion s'imprima sur le ciel rougi par les flammes.

L'illusion ne dura pas, mais Luke garda l'impression désagréable que la sorcière était toujours là-haut, cachée derrière les nuages pour les observer.

Les rancors renâclèrent.

— Du calme, souffla Teneniel aux bêtes comme à ses compagnons. Gethzerion essaye seulement de nous inquiéter.

— Ah bon ? railla Yan. En tout cas, ça marche !

D2 émit un bip, son antenne orientée vers le sud-est.

— Il détecte une colonne de bipodes dans cette direction, traduisit C-3P0.

Luke scruta l'horizon, puis étudia la falaise qu'il leur restait à escalader. L'ombre des multiples éperons rocheux les protégerait peut-être des regards humains, mais les senseurs des bipodes les repéreraient en une seconde.

S'il se chargeait de créer une diversion, cela laisserait le temps à ses compagnons de grimper.

Luke toucha l'encolure de sa monture. La bête était de nouveau bouillante. Il sentait sa fatigue et son trouble.

Utilisant de nouveau la Force, il rendit un peu de vigueur aux animaux. Alors, il parla à leur chef de horde :

— Tosh, que les deux meilleurs grimpeurs conduisent mes amis dans la forteresse. Je resterai ici avec les deux autres rancors pour retarder l'ennemi.

La matriarche donna quelques ordres dans son langage guttural. Les deux mâles la déchargèrent des générateurs. L'autre femelle, la fille de Tosh, réunit les lances et les filets qui allaient servir au combat.

— Yan, dit le Jedi, Leia, Isolder, Chewie, toi et les droïds allez vous occuper du *Faucon*. (D'un geste de la main, Skywalker fit léviter D2, qui se posa entre le Corellien et la princesse.) Teneniel, tu les accompagnes...

— Qu'est-ce que tu racontes, gamin ? s'insurgea Solo. Je reste avec toi ! Un cerveau et un blaster de plus ne seront pas du luxe !

— Tu as un blaster, c'est vrai, mais pour ce qui est du cerveau...

Yan prit un air offusqué.

— Mais... bêla-t-il.

L'orage éclata au-dessus de la forteresse. Des éclairs jaillirent comme des flèches d'énergie pourpre.

— Yan, s'énerva Leia, réfléchis un peu ! Pour les sorcières, le *Faucon* est l'assurance de quitter la planète. Si nous voulons éviter un massacre, le mieux est de réparer au plus vite, et de partir !

— Je sais tout ça, grogna le Corellien. Malgré les plaisanteries douteuses de Luke, j'ai quelque chose dans le crâne. D'accord, on y va !

Au fond de son cœur, Luke le savait, Solo détestait abandonner un ami obligé de combattre.

Chewie et C-3P0 prirent place derrière Isolder et Teneniel. Quatre cavaliers n'étaient pas un problème pour un rancor. Le poids des générateurs, du bidon et des capteurs inquiétait davantage le Jedi.

— Ça ira ? demanda-t-il aux deux mâles.

Des grognements rassurants lui répondirent.

Une ombre passa sur le visage de Leia.

— Ne t'en fais pas, je vaincrai les bipodes...

— Je n'en doute pas un instant, mais fais bien attention à toi. Inutile de jouer les héros. Il y a des gens dangereux dans les environs. Je le sens avec mes pauvres petits pouvoirs...

Luke hésita, ne sachant que répondre. S'ils avaient jamais eu besoin d'un héros, c'était bien aujourd'hui...

— J'essayerai d'être prudent... finit-il par dire.

Enfourchant Tosh, le Jedi tourna le dos à ses amis et s'éloigna. La rancor parcourut une centaine de mètres, s'immobilisa, et huma l'air. L'endroit lui semblait un champ de bataille idéal ; Luke partageait son avis.

La femelle poussa un petit grognement dont le Jedi saisit sans peine le sens. Afin de se déplacer plus rapidement pendant la bataille, elle désirait qu'il mette pied à terre.

Elle s'accroupit et il sauta sur le sol.

Il sonda l'obscurité. Il ne voyait rien, ne sentait rien, même lorsqu'il avait recours à la Force.

Les rancors renâclèrent. Postés à mi-pente d'une colline, l'humain et les deux animaux savaient qu'ils n'auraient pas à attendre longtemps...

— Droit devant, sur la falaise ! cria un commando dans le micro de son casque.

Luke tourna la tête. Les deux rancors progressaient lentement, trouvant des prises là où des humains auraient basculé dans le vide.

Alors les canons-blasters ouvrirent le feu. Ce que Skywalker avait pris jusque-là pour des buissons était en fait un filet de camouflage dissimulant des pièces d'artillerie. Une dizaine de commandos en armure, quatre bipodes et une Sœur de la Nuit complétaient le dispositif d'attaque.

Luke savait qu'il y avait une multitude d'équipes

semblables dans les environs. Il pria pour que la neutralisation de celle-ci suffise à gagner le temps dont avaient besoin ses amis.

Tosh et sa fille brandirent leurs lances et chargèrent, utilisant les détonations du canon pour couvrir le bruit de leurs pas. Se retournant une dernière fois, Luke vit que les deux mâles avaient évité les premiers tirs, sans doute au prix d'acrobaties à vous donner le vertige. Ecarquillant les yeux, le Jedi aperçut les lanières de whuffa qui pendaient des murs de la forteresse. Une aide providentielle dans ce genre de situation...

Rassuré, Skywalker suivit les deux rancors. Tosh était déjà au contact. Déchaînée, elle venait d'écrabouiller deux bipodes en un clin d'œil. Les commandos, d'abord surpris, avaient ouvert le feu, les décharges de fusils-blasters rebondissant contre la peau épaisse de l'animal.

Luke dégaina son blaster. Tirant par trois fois, il abattit les hommes en armure. Au même moment, la fille de Tosh fendit un bipode en deux d'un seul coup de son énorme lance.

Le dernier véhicule impérial ouvrit le feu avec ses canons-blasters jumelés. Le bras droit de la jeune rancor fut coupé net au niveau de l'épaule. Un os jaunâtre pointait de l'amas de chair sanguinolent.

Horrifiée, la fille de Tosh regarda sa blessure. Puis elle saisit son filet avec sa main gauche et le lança sur le bipode.

Enfin elle s'effondra, raide morte.

Le poids du filet déséquilibra le véhicule, qui bascula sur le côté. Tosh vint le piétiner, écrasant du même coup un commando affolé qui tentait de fuir.

Des gerbes d'étincelles s'élevèrent du bipode quand ses moteurs rendirent l'âme. Pourtant, rien n'arrêtait Tosh, avide de venger la mort de sa fille.

Luke abattit deux autres commandos. Soudain, il entendit le chant de la Sœur de la Nuit. Elle essayait par tous les moyens d'échapper à la fureur de Tosh.

Luke saisit son sabrolaser et l'activa.

— Toi ! cria-t-il. Ose m'affronter !

La sorcière se retourna, sa capuche glissant de sa tête. C'était une adolescente, presque une enfant. Le Jedi ne pouvait la voir comme une incarnation du mal absolu. D'ailleurs, il sentait sa terreur.

Mobilisant la Force, Skywalker obligea son adversaire à cesser de chanter. Elle se figea, sûre que sa dernière heure avait sonné.

— Ne m'oblige pas à te tuer ! implora-t-il. Promets simplement de quitter pour toujours Gethzerion et son clan.

La jeune fille hocha la tête. Captant sa peur et son désir de vivre, Skywalker la libéra.

Elle tomba à genoux et le regarda, les yeux brillants de rage. Le Jedi sentit combien elle avait été surprise de sa propre impuissance.

D'un simple geste, elle lança un sort qui arracha le sabrolaser des mains de Luke.

Skywalker tira. Eructant un sortilège, l'adolescente tenta de dévier le trait de sa main nue. Mais elle était trop inexpérimentée et trop faible. L'énergie destructrice pénétra sa chair, lui laissant une main à demi carbonisée.

La sorcière la regarda, incrédule.

Le sabrolaser décolla du sol, prêt à frapper Luke à la tête. Grâce à la Force, le Jedi désactiva la vibrolame au dernier moment et reprit l'arme par la garde.

— Je t'en prie ! cria-t-il. Arrête !

La sorcière entonna un nouveau sort. Hélas pour elle, Tosh surgit et l'écrasa comme un moustique d'un seul coup de sa gigantesque patte.

Ecœuré par le craquement des os broyés et le jaillissement d'un geyser de sang, Luke s'étonna du comportement autodestructeur de son ennemie. Si jeune, pouvait-on être déjà vouée corps et âme au Côté Obscur ?

Du bout d'une griffe, Tosh souleva l'humain et le posa sur son dos.

Puis elle se lança à toute vitesse dans la forêt...

Les sœurs de la Montagne qui Chante attendaient

dans la salle de la forteresse où se trouvait la carte en relief. Quand Luke arriva, Yan et les autres avaient déjà rejoint le *Faucon*.

Augwynne accueillit sobrement le Jedi. Il vit sur son visage combien contrôler son angoisse lui était difficile.

— Je suis contente de te voir, Luke Skywalker, déclara-t-elle tandis que ses compagnes continuaient de chanter. J'espérais bien que tu te presserais... Nous lançons un sort de découverte pour localiser les Sœurs de la Nuit et en savoir plus sur leur stratégie.

Du bout d'un bâton, elle poussa la maquette du speeder de Gethzerion plus près de la forteresse.

Si la matriarche ne se trompait pas, leur adversaire était à moins de deux kilomètres. Elle avançait entre deux colonnes de soldats, utilisant le speeder pour leur donner ses ordres directement.

— Avez-vous réussi ? demanda la vieille femme.

— Aussi bien qu'on pouvait l'espérer, répondit Luke.

— Parfait... Combien de temps faudra-t-il au général Solo pour réparer son navire ?

— Deux heures. Hélas, Gethzerion sait que nous disposons d'un vaisseau réparable.

— Je me doutais qu'elle l'apprendrait. Nous essayerons de la retenir jusqu'à ce que Yan ait fini.

Une sœur du clan se pencha et posa dix-sept pierres noires au pied de la face est de la montagne. La stratégie de Gethzerion était rudimentaire. Disposés à intervalles réguliers, des avant-postes encerclaient la forteresse. Chacun comptait une sorcière dans ses rangs. Pour avoir vaincu un de ces détachements, Luke en connaissait parfaitement la composition. Afin de renforcer le dispositif, Gethzerion avait placé trois bataillons d'assaut face à la montagne. L'un visait directement l'escalier — la seule entrée accessible — les deux autres constituant ses flancs.

A l'évidence, Gethzerion projetait une attaque massive qui ne s'embarrasserait pas de subtilités. Une armée classique voulant jouer à ce jeu s'y serait cassé les dents. Connaissant le pouvoir de la Force, Luke savait que ce plan grossier avait des chances de réussir.

— Nous ignorons toujours où se trouve la plus grande partie des Sœurs de la Nuit. Il faudra rester vigilants.

Augwynne poussa le modèle réduit de speeder plus près du pied de la montagne, et sortit sur le balcon.

Luke vint la rejoindre, bientôt suivi par les autres femmes. A quelques minutes du lever de soleil, les nuages commençaient à s'effilocher. Avec la fumée qui continuait à monter de la forêt, Skywalker se demanda s'il y aurait vraiment une aube aujourd'hui.

Luke sentit ses paupières s'alourdir. Depuis combien de temps n'avait-il pas dormi ? Qu'importait... Au pied de la montagne, les bipodes ennemis se déployaient.

— Jedi, as-tu un avis à nous donner, ou un conseil ? demanda Augwynne.

— Utilisez vos pouvoirs au seul service de la vie, pour vous protéger et défendre ceux que vous aimez.

— Veux-tu dire que nous ne devons pas tuer les Sœurs de la Nuit ? demanda une sorcière.

— Oui, du moins si vous pouvez l'éviter. Aujourd'hui, je doute que ce soit possible. C'est pourquoi j'ai prévenu Gethzerion et sa bande...

— Nous avons fait de même, dit Augwynne. Ceux qui nous combattront mourront avec leur propre sang sur les mains. Pour ma part, je serai impitoyable.

Elle se tut. Teneniel vint se placer à côté de Luke et leurs doigts s'emmêlèrent.

— Tes amis travaillent aussi vite que possible. Luke, je le sens comme si j'étais près d'eux. Je crois... que je suis plus utile ici...

Le Jedi ne répondit pas, mais il lui serra plus fort la main.

L'attente ne fut pas longue. Supposant que Gethzerion serait d'abord venue parlementer, le Jedi fut presque surpris quand éclata l'avertissement d'Augwynne.

— Les voilà !

Les femmes de la forteresse commencèrent à chanter ; en bas, les Sœurs de la Nuit les imitèrent. Sentant de la poussière tomber sur ses cheveux, Luke leva les yeux : les nuages de suie venaient de crever.

Le Jedi prit des lunettes de protection à sa ceinture et les mit.

La Force gémissait comme un animal blessé...

Alors le vent se leva, charriant un maelström de suie et de gravillons. Les sœurs se protégèrent les yeux et battirent en retraite dans la salle.

Teneniel Djo entonna une incantation.

— *Waytha ara quetha way... Waytha ara quetha way...*

Des traits de blasters s'écrasèrent sur le parapet, juste sous Luke, qui n'avait pas quitté son poste d'observation. Un bipode s'élevait dans les airs pour tirer d'une meilleure position. A l'évidence, les Sœurs de la Nuit unissaient leurs forces pour le faire léviter.

Teneniel tendit les mains, les doigts écartés, et lança un sort. Un javelot de lumière bleue percuta le bipode, qui explosa. Les acolytes de Gethzerion cessèrent de le soutenir. Il tomba comme une pierre tandis que commandos et véhicules s'égaillaient en tout sens pour ne pas se trouver là quand il entrerait en contact avec le sol.

Luke se pencha pour mieux voir. Du haut de l'escalier, une petite formation de rancors jetait de gros rochers sur les envahisseurs. Touché de plein fouet, un bipode se renversa, déséquilibrant l'engin qui le suivait et plusieurs fantassins.

Skywalker s'étonna du mépris de la vie de Gethzerion. Cette attaque était un phénoménal gaspillage d'hommes et de matériel.

La voix d'Augwynne tira le Jedi de sa méditation.

— Ferra, Kirana Ti, allez défendre la porte principale. Nos ennemies avancent !

Luke se pencha un peu plus. Grâce à la Force, il repéra les trois Sœurs de la Nuit qui escaladaient la paroi à pic comme des araignées. A une vitesse incroyable, elles prirent pied sur le balcon.

Criant un avertissement à ses alliées, le Jedi dégaina son sabrolaser et recula d'un pas. Près de lui, une jeune femme manqua de réflexe. Une décharge de blaster la foudroya.

Luke coupa l'assaillante en deux d'un mouvement sec de sa vibrolame. A l'autre bout du balcon, Augwynne luttait contre une furie. Skywalker dégaina son blaster. Il n'eut pas besoin de s'en servir : la matriarche venait de propulser son adversaire dans le vide.

Alors Luke sauta à la poursuite de la dernière sorcière.

Les marches de l'escalier étaient jonchées de cadavres de commandos impériaux. Des traits de blasters destinés aux rancors jeteurs de rochers frôlèrent le Jedi.

Le palier qu'il visait arrivait à toute vitesse. Se réceptionnant près de deux Sœurs de la Nuit, Luke dégaina son blaster dans le même mouvement et tira.

La sorcière qu'il toucha resta debout, des flammes s'élevant de sa robe noire. Luke songea que la Force devait être très puissante en elle.

La deuxième détala sans demander son reste.

Gethzerion, car c'était elle, abaissa lentement sa capuche. Ses yeux rouges s'écarquillèrent de surprise.

— Enfin, cracha-t-elle assez fort pour dominer le bruit de la bataille, nous nous rencontrons. J'ai senti ta présence dans la Force, Jedi. J'ai toujours voulu combattre un de tes semblables. Pourtant, quand nous nous sommes croisés, dans la prison, je ne t'ai pas reconnu.

Elle étudia soigneusement Luke pour s'assurer qu'il était bien un Jedi.

— Gethzerion, j'ai vu des multitudes d'êtres comme toi. Ecoute mon conseil : détourne-toi du Côté Obscur avant qu'il soit trop tard.

La sorcière hocha pensivement la tête.

— Excuse-moi d'être si directe, Jedi, mais je ne te trouve pas impressionnant. Dommage que tu doives mourir avant de voir tes amis se tordre de douleur entre mes mains...

Elle pointa un doigt sur Luke. Avant qu'il puisse

esquisser un geste, une vague de Force le percuta. Sa vision se troubla, il vit une lumière vive, et le côté droit de sa tête lui sembla avoir servi d'enclume à un marteau. Ses jambes se dérobant, il mit un genou à terre. Les détonations des blasters et les cris d'agonie qui montaient de toutes parts devinrent un lointain bruit de fond.

Gethzerion frappa une nouvelle fois.

Le marteau s'écrasa sur la tempe gauche de Skywalker. Il tomba lourdement sur le côté.

Une pluie de rochers s'abattit sur lui. Certains étaient propulsés par la Force, d'autres par les rancors qui défendaient toujours la forteresse.

Le temps sembla ralentir. Dans sa tête, les veines battaient au rythme affolé de son cœur.

Ses joues s'engourdirent. Avec un calme effrayant, le Jedi réalisa que les coups de Gethzerion avaient fait exploser les vaisseaux sanguins irriguant son cerveau. Il allait mourir au milieu des innombrables victimes d'une absurde bataille.

Ainsi, c'est ce qui se serait passé si Dark Vador avait voulu me tuer ?

Le jour de leur rencontre, Teneniel avait eu raison : il ne ressemblait pas à un guerrier, et d'ailleurs il n'en était pas un.

Ben, je t'ai trahi. J'ai déçu tout le monde...

Une vague de douleur lui traversa le crâne. Luke tenta de se rappeler à qui il parlait. Son esprit agonisant refusa de lui livrer un nom.

Il fallait qu'il appelle à l'aide !

Mais son cerveau était vide comme les grands déserts qui cuisaient sous le soleil de Tatooine, sa planète natale.

23

Isolder saisit le bloc de capteurs récupéré dans la prison. Chewbacca démontait l'ancien pendant que Leia et Yan s'occupaient de mettre en place les nouveaux générateurs de champ anticoncussion. Les droïds, eux, se chargeaient de refaire le plein du circuit de refroidissement.

A l'extérieur de la forteresse, une petite guerre se déroulait. Le sol tremblait au rythme des salves de canons-blasters qui ébranlaient l'édifice.

On aurait cru que la montagne allait s'écrouler d'un moment à l'autre. Isolder regrettait que la salle n'ait ni fenêtre ni balcon, car il aurait aimé suivre le déroulement des opérations. D'un autre point de vue, il ne se sentait pas si mal dans cet endroit clos, avec une seule porte à surveiller.

Le prince apporta le bloc de capteurs au Wookie, qui lui fit signe de patienter un moment, car il n'avait pas encore débloqué le système de fixation du précédent.

Le Hapien constata que le compagnon poilu de Solo mourait de peur.

Soudain, le jeune homme entendit résonner derrière lui une voix qui semblait distante alors que sa propriétaire criait.

— Gethzerion, je les ai trouvés !

De surprise, le prince laissa tomber les capteurs. Une Sœur de la Nuit se tenait sur le seuil de la porte. Elle haletait, sans doute pour avoir trop couru. Isolder dégaina son blaster et fit feu.

D'un revers de la main, la sorcière dévia le trait d'énergie.

— Quel beau spécimen de mâle ! s'exclama-t-elle. Quand tout sera fini, je reviendrai te chercher...

Chewie sauta devant la sorcière, qui recula d'un pas. Le Wookie fit mine de vouloir s'enfuir par la porte. Au moment où elle s'écartait, il lui saisit le bras à une vitesse incroyable et... le lui arracha.

La Sœur de la Nuit regarda le sang qui coulait à flots de son épaule. Le Hapien tira une deuxième fois.

La sorcière s'écroula.

Chewie poussa un grognement désespéré et regarda le sol avec une frénésie inquiétante. Sans parler la langue de l'étrange copilote, Isolder comprit qu'il avait laissé tomber les boulons du bloc de capteurs.

— Va en chercher d'autres dans le vaisseau ! cria le prince. Vite !

Le Wookie obéit. Isolder s'engagea également sur la rampe, blaster au poing.

Un bruit formidable lui fit tourner la tête. Les murs se fissuraient comme si un poing géant les avait martelés. Se protégeant le visage avec les mains pour ne pas être blessé par les éclats de pierre, le Hapien tenta d'entrer dans le vaisseau.

Un vent surnaturel balayait la salle. Autour de lui, le prétendant de Leia entendit s'élever des chants.

Ecrasant le bouton de fermeture du sas, il cria :

— Sauvez vos vies, mes amis !

Puis une évidence le frappa. S'il ne parvenait pas à fuir cette pièce, la prophétie de Rell se réaliserait dans les minutes à venir.

Le Hapien sprinta vers la porte.

Alors qu'il reprenait espoir, la silhouette d'une sorcière se découpa dans l'encadrement.

Elle leva une main ; le jeune homme eut l'impression que le plafond lui tombait sur la tête.

Teneniel avait vu Luke sauter à la poursuite des

Sœurs de la Nuit, mais elle n'avait pas osé le suivre. Entendant des enfants crier de terreur quelque part dans la forteresse, elle décida d'aller à leur secours. Les six sœurs de la Montagne qui Chante qui défendaient le balcon pourraient s'en sortir sans elle...

Ferra et Kirana Ti, recrutées au passage, suivirent leur compagne dans l'escalier en colimaçon. Au milieu de l'infernale descente, Ferra poussa un cri d'horreur vite étranglé. Sans cause apparente, sa tête venait de tourner si violemment que ses cervicales avaient cédé.

Kirana Ti leva son blaster, attendant qu'une ennemie se montre. Mais la folie s'empara de Teneniel. Sans murmurer d'incantation, elle envoya un vent déchaîné balayer les marches avec assez de violence pour que le cadavre de leur amie en dévale quelques-unes.

Avançant, Teneniel découvrit deux Sœurs de la Nuit accrochées à la rampe pour ne pas être emportées par la tempête.

Folle de rage, la jeune sorcière concentra toute sa puissance sur les deux harpies, qui partirent dans le vide en tourbillonnant, la rampe arrachée du mur par la force du vent.

Alors Teneniel ordonna aux éléments de se calmer.

Kirana Ti posa sur elle des yeux terrorisés. Pourquoi cette stupide gamine ne repartait-elle pas au combat ?

— Qu'est-ce que tu regardes ? hurla Teneniel. Misérable imbécile ! (Sur le balcon, elle reconnut la voix d'une de leurs sœurs poussant un cri d'agonie.) Viens te battre ! Nos compagnes meurent !

— Ton visage, gémit Kirana Ti. Une veine a éclaté comme sur celui de nos adversaires...

Teneniel tendit la main et passa les doigts sur sa joue. Kirana avait raison. Elle portait la marque des Sœurs de la Nuit.

Son esprit refusa d'abord la réalité, puis elle se souvint qu'elle avait tué les deux femmes sous le coup de la colère.

Faisant volte-face, elle remonta les marches quatre à quatre. Le chant maudit de ses Némésis retentissait dans les derniers étages. Comment étaient-elles arrivées jusque-là ?

Les salles les plus hautes de l'édifice n'avaient ni balcon ni fenêtre. Pour entrer, les Sœurs de la Nuit avaient dû défoncer les murs.

Le *Faucon* ! Voilà ce qu'elles cherchaient !

La jeune sorcière accéléra le pas, traversant en trombe les couloirs où s'alignaient les portraits d'héroïnes du clan mortes depuis des lustres.

Enfin, elle arriva dans la salle où on gardait le vaisseau.

Une dizaine de Sœurs de la Nuit psalmodiaient un sortilège, les mains tendues. Elles avaient éventré le mur nord, qui ouvrait maintenant sur le ciel torturé.

Le *Faucon* était aspiré par une tempête de Force. Non loin de la porte, une silhouette en robe noire se penchait sur le corps inanimé d'Isolder. Teneniel comprit que la femme ne pouvait résister à la tentation de s'approprier un si bel esclave.

La jeune sorcière s'arrêta et s'adossa à un mur pour réfléchir. Contre autant d'adversaires, elle était impuissante. Si elle essayait de les empêcher de voler le *Faucon*, par exemple en brisant leur concentration, le navire risquait de se fracasser sur les rochers. Sorcière ou pas, elle était incapable de retenir un objet si lourd.

Le seul espoir était que Yan et Leia soient à l'intérieur du navire. Elle tenta de toucher l'esprit de la princesse.

« Je vous en prie, allumez vos moteurs ! »

Après une grande inspiration, la jeune sorcière focalisa la Force sur Isolder et fit léviter son corps inconscient. Repoussant la Sœur de la Nuit qui ne voulait pas lâcher sa proie, elle le prit dans ses bras et le plaqua contre le mur, lui faisant un bouclier de son corps.

Les moteurs du *Faucon* s'allumèrent, emplissant la pièce de flammes blanches. Les Sœurs de la Nuit crièrent de terreur ; protégée par la Force, Teneniel regarda le vaisseau de ses amis s'engouffrer dans la brèche.

La jeune sorcière se laissa glisser sur le sol. Sa robe était brûlée, mais il aurait été mal venu de se plaindre.

Le retour de flammes avait dévasté la salle. Parmi les assaillantes, une seule avait survécu. Elle rampait vers Teneniel, le visage noir de suie...

Leia pilotait le *Faucon* à travers le tourbillon de débris soulevé par la tempête de Force. Le champ anticoncussion fonctionnait à mi-puissance. Normal, la moitié des générateurs n'étaient pas montés. Sans senseurs, incapable de savoir si le plein de réfrigérant était fait, la princesse n'osait pas quitter la zone de turbulences. Après tout, la fumée et les nuages de suie étaient tout ce qui empêchait les vaisseaux impériaux de les détecter.

Leia fit deux fois le tour de la forteresse. Apercevant le soleil derrière les nuages, elle retourna vers la vallée, où la tempête faisait rage.

Yan émergea de la soute :

— Que fais-tu à mon vaisseau ? grogna-t-il. Il faut s'éloigner de là.

Il s'assit à la place du copilote.

C-3P0 fit irruption sur la petite passerelle.

— Roi Solo, Votre Grâce, j'ai de bonnes nouvelles ! Le réfrigérant est dans le circuit !

— Génial, Bâton d'Or ! ironisa Yan. Tu as une idée pour arrêter cette tempête ?

— Sire, je vais devoir y réfléchir...

Le *Faucon* volait en rase-mottes. Devant eux, Leia aperçut une formation de douze bipodes accompagnés d'une bonne vingtaine de Sœurs de la Nuit. La colonne avançait sur une piste. Yan les repéra également.

— Je déteste démolir une belle route ! râla-t-il en lançant deux torpilles à protons.

Un bruit formidable fit vibrer le vaisseau. Quand l'intensité lumineuse eut baissé, ils constatèrent qu'il ne restait plus rien de vivant devant eux.

Les boucliers du *Faucon* avaient résisté à l'onde de choc...

Yan éclata de rire et se passa une main dans les

cheveux. Peu à peu, Leia réalisa qu'ils avaient réussi un coup de maître. La tempête de Force était retombée. Les torpilles de Yan venaient de priver Gethzerion d'une de ses meilleures acolytes.

Dans la forteresse, Teneniel se leva. La clameur de joie montant de la vallée lui confirma ce qu'elle avait senti : aussi abruptement qu'elle était apparue, la tempête de Force venait de s'évanouir.

Les premiers rayons du soleil se montrèrent...

Teneniel s'approcha de la Sœur de la Nuit blessée. La femme leva les yeux et tenta de marmonner un sortilège. Aucun son ne sortit de ses lèvres.

Teneniel regarda son ennemie dans les yeux. Elle était atrocement brûlée. Dans son regard, la jeune femme lut qu'elle s'attendait à des tortures — ou du moins à être achevée.

— N'aie pas peur, je ne te ferai pas de mal. J'ai tué trop de tes semblables aujourd'hui. Tant pis si tu dois un jour me frapper dans le dos, mais je veux t'offrir quelque chose...

Regardant l'horrible femme, avant tout victime de ses propres démons, Teneniel lui donna assez de sa force vitale pour qu'elle puisse survivre avec des soins appropriés.

Yan regardait le soleil, le cœur bondissant de joie.

Un court instant, il crut qu'il avait gagné.

Alors l'obscurité contre-attaqua. À l'horizon, un point noir apparut, suivi d'un autre, puis d'un autre...

En quelques secondes, il y en eut une multitude, comme si les lampes qui éclairaient les cieux s'étaient toutes éteintes.

Une minute passa ; le *Faucon* volait maintenant dans un ciel d'un noir d'encre. Seules les flammes des incendies qui faisaient toujours rage au sol donnaient encore un peu de lumière.

— Roi Solo, au secours ! gémit C-3P0. Mes photo-récepteurs enregistrent un phénomène des plus inquiétants. Le soleil de Dathomir semble sur le point de mourir !

— Sans blague ? ironisa Yan.

— Que se passe-t-il ? demanda Leia, blême.

— Quelque chose qui dépasse le pouvoir des Sœurs de la Nuit, répondit Yan. Nous ne sommes pas très bien partis...

24

Solo posa le *Faucon* et coupa les moteurs. La nuit était tellement insondable qu'il se demanda s'il n'y avait pas un problème avec l'écran principal. Un moment, il fut tenté de lui flanquer un bon coup de poing pour voir ce qui se passerait.

— Leia, soupira-t-il, ton petit détour dans la tempête nous coûte cher. Un système sur deux est en rade...

— Tu aimerais mieux être mort ? demanda la princesse.

— Non, admit Solo. Où est Isolder ?

— Je n'en sais rien... Il s'occupait des capteurs... Je crois que les Sœurs de la Nuit l'ont eu.

— L'ont eu ? Tu veux dire qu'elles l'ont tué ?

— Je l'ignore... Il était étendu sur le sol quand nous avons activé les moteurs. Teneniel était près de lui. J'ai entendu sa voix...

Yan regarda sa bien-aimée. La lumière du vaisseau soulignait son amertume. En allumant les moteurs, combien de personnes avaient-ils condamnées ?

— On devrait prendre un médikit et aller voir de quoi il retourne, proposa Solo. Le prince a peut-être besoin d'un coup de main. A combien sommes-nous de la forteresse, d'après toi ?

— J'ai surtout tourné en rond, répondit la princesse. Sûrement moins d'un kilomètre...

Yan se tourna vers Chewie :

— Leia et moi repartons à la forteresse. Avec C-3P0, essaye de mettre en place les générateurs. D2, si tu peux te substituer aux senseurs, n'hésite pas. S'il y a du nouveau, prévenez-moi aussi vite que possible.

Chewie grogna affirmativement. Yan prit un médikit, un fusil-blaster et un casque. Il donna une lampe-torche à Leia.

Ils descendirent dans la vallée.

La poussière et la suie volaient encore dans l'air. Aux alentours, de petits foyers continuaient à brûler. Dans le lointain, Yan reconnut les feux arrière d'un groupe de bipodes occupés à battre en retraite.

Leia n'alluma pas sa lampe, la lueur des incendies suffisant à leur ouvrir la route. Ils mirent moins de dix minutes pour atteindre leur but.

Le combat était terminé. Des Impériaux hébétés erraient sur le champ de bataille, brandissant leur torche comme des cierges. En haut de l'escalier, des rancors agonisaient avec des cris déchirants.

Leia alluma sa lampe et la dirigea vers les animaux. Tosh était penchée sur la dépouille d'un de ses fils.

Leia et Yan se frayèrent un chemin parmi les morts. Dans la salle où se trouvait le *Faucon* quelques heures plus tôt, ils découvrirent Teneniel couchée sur le corps d'une Sœur de la Nuit. Elle était vivante. Solo l'examina et ne vit rien de grave.

— Où est Isolder ? demanda Leia.

Teneniel ne bougea pas. Balayant les alentours avec sa lampe, la princesse aperçut une silhouette familière.

Elle se précipita, suivie de Yan. Alors qu'ils approchaient, ils entendirent le prince... ronfler.

Leia le secoua.

— Où suis-je ? demanda-t-il en s'éveillant. Que s'est-il passé ? (La mémoire parut soudain lui revenir.) Leia, quelle joie de rouvrir les yeux sur toi !

Il passa un bras autour des épaules de la jeune femme et lui donna un rapide baiser.

— Bon, marmonna Yan, assez d'effusions. On a du travail...

Jetant un coup d'œil par la brèche du mur, il constata que le ciel était toujours aussi noir.

Une voix le fit sursauter.

— C'est donc là que vous êtes ?

C'était Augwynne, une ribambelle d'enfants accrochés à ses jupes. Elle tenait une torche et avançait à pas lents, le visage défait.

Voyant Teneniel, elle souffla à un gamin :

— Va chercher l'archiatre...

— Que se passe-t-il ? demanda Yan.

La matriarche haussa les épaules.

— J'espérais l'apprendre de votre bouche, général. Gethzerion est repartie vers la prison. J'ai vu les lumières de son speeder au-dessus de la forêt. Nous avons une dizaine de mortes et de nombreuses disparues. Luke Skywalker manque également à l'appel.

Leia poussa un petit cri, écarquillant les yeux comme si elle se fût attendue à voir le Jedi se matérialiser dans la pièce.

— Vous ne savez vraiment pas où il est ? insista Yan.

— Au début de l'attaque, il a poursuivi des Sœurs de la Nuit. Il a fait un bond impressionnant...

— Luke est assez grand pour sortir seul, plaisanta Solo afin de rassurer la princesse. Laissons-lui encore quelques minutes, je suis sûr qu'il va revenir.

Leia n'en semblait pas convaincue...

Augwynne approcha de la brèche pour scruter le ciel.

— Peu de villageois ont été blessés, c'est déjà un bien. L'obscurité nous a sauvés. Sans elle, l'attaque aurait réussi... Je retourne dans la Salle de Guerre. J'attendrai que mes sœurs s'y regroupent...

Leia et Yan guettèrent l'arrivée de l'archiatre. C'était une vieille femme qui passa les mains trois fois le long du corps de Teneniel, psalmodia une incantation, puis resta assise près de la jeune sorcière.

— Repose-toi, mon enfant. Tu as donné un peu de ta vie pour en sauver une autre. De qui s'agit-il ?

— Une Sœur de la Nuit, souffla Teneniel en désignant la silhouette étendue sur le sol.

L'archiatre s'en approcha, lui prit le pouls, et resta un long moment pensive. Enfin, elle se détourna et sortit sans avoir prodigué de soins à la blessée.

Leia cria dans son dos :

— Vous allez la laisser mourir ?

La vieille femme s'immobilisa. Sans se retourner, elle répondit :

— J'ai de modestes talents, et les femmes de mon clan en ont besoin. Si Gethzerion veut s'occuper de son acolyte, elle peut envoyer une autre guérisseuse. Mais il m'étonnerait qu'elle le fasse...

Leia serra les poings de rage ; Yan lui posa une main réconfortante sur l'épaule.

— Je vais parler à Augwynne de cette affaire, déclara la princesse.

Isolder prit Teneniel dans ses bras.

— On l'emmène aussi, annonça Leia à Yan en désignant la Sœur de la Nuit agonisante.

Dans la Salle de Guerre, Isolder et Solo déposèrent les deux blessées sur des coussins pendant que Leia se querellait avec Augwynne. Les sorcières survivantes étaient réunies autour du feu, le regard vide.

Les hommes s'occupaient des mortes, les lavant et les habillant pour le bûcher funéraire.

Vaincue par l'argumentation serrée de Leia, Augwynne consentit à soigner la Sœur de la Nuit. Lui imposant les mains, elle psalmodia jusqu'à ce que la créature malfaisante ouvre les yeux.

Yan la dévisagea, se demandant si elle ne simulait pas sa faiblesse. En tout cas, elle paraissait aussi digne de confiance qu'une vipère. A sa grande honte, le Corellien dut admettre qu'il aurait préféré la savoir morte.

— Yan, l'appela Leia, je m'inquiète pour Luke. Il devrait être de retour...

— Je me fais aussi du souci, avoua Solo.

— Je ne le *sens* pas, Yan ! D'habitude, j'ai toujours conscience de sa présence. Il faut que j'aille le chercher !

— Impossible ! intervint Isolder. C'est trop dangereux. Gethzerion est partie, mais les autres rôdent encore dans les environs...

Augwynne posa sur la princesse des yeux voilés par la fatigue.

— Le prince a raison. On ne peut pas sortir. Le Jedi est sûrement mort. Même s'il n'est que blessé, comment le trouver ?

D2 entra dans la pièce en bipant à l'envi.

— Que veux-tu ? lui demanda Yan. Tu as trouvé la cause de l'obscurité ?

Se renversant en arrière, D2 projeta une scène holographique dans l'air. L'image, fractionnée, restituait une conversation holographique entre Zsinj et Gethzerion.

— Seigneur de la guerre, commença la sorcière, que signifie cette aberration ?

Elle désigna le ciel d'un geste de la main.

Petit homme chauve aux grandes moustaches grises et au regard perçant, le guerrier sourit.

— Tout d'abord, je te salue, Gethzerion... Il est si agréable de te revoir après tant d'années... Cette obscurité est un cadeau de ma part. Oui, un cadeau. Le nom usuel, très poétique, est « manteau de nuit orbital ». J'ai trouvé que ça ferait un présent parfait pour une adepte du mal. C'est très amusant, comme principe. Tu veux savoir comment ça marche ? Il s'agit d'une chaîne de satellites conçue pour capter et absorber la lumière solaire. Ingénieux, non ?

Gethzerion ne parut pas apprécier. Zsinj continua néanmoins :

— Il y a deux jours, tu as prétendu détenir Yan Solo. Le moment est venu de me le remettre. Si tu refuses, le manteau de nuit restera en place, et Dathomir continuera à refroidir. Demain matin, il y aura de la neige dans la vallée... Trois jours de plus, et toute vie végétale aura disparu. Dans deux semaines, il fera cent au-dessous de zéro sur toute la planète. Alors ce sera au tour de la vie animale de s'éteindre.

— Et tout ce qu'il te faut pour arrêter, c'est Yan Solo ?

— Parole de soldat !

— Ta parole est... hum... garante de lendemains qui déchantent... As-tu réfléchi à notre offre ?

— Oh que oui ! Hélas, je n'ai pas trouvé place pour vous dans mon organisation...

— N'en existe-t-il pas une *hors* de ton organisation ?

— J'ai peur de ne pas comprendre...

— Tu es en guerre contre la Nouvelle République. C'est un ennemi trop bien implanté dans la galaxie pour que tu puisses le vaincre. J'ai vu cela dans l'avenir... Laisse-nous accéder aux mondes de la République, Zsinj. Nomme un système solaire et nous y sèmerons la panique, je puis te l'assurer.

Zsinj s'offrit une brève réflexion.

— Voilà une offre des plus inhabituelles... Combien de tes sœurs faudra-t-il transporter ?

— Soixante-quatre, moi comprise.

— Et dans combien de temps serez-vous prêtes ?

— Quatre heures...

— Voilà comment nous allons procéder : deux de mes transports se poseront sur tes terres dans quatre heures. L'un sera armé, l'autre non. Tu livreras en personne Yan Solo au capitaine du vaisseau armé. Ensuite, tes sœurs et toi embarquerez dans l'autre, qui décollera pour la destination que j'aurai choisie. Ça te va ?

— Oui... Ça ne paraît pas si mal... Merci, seigneur Zsinj.

L'image disparut. Yan attendit les réactions de ses compagnes.

— Bah, grogna une vieille femme, ce sont deux menteurs, voilà tout ! Gethzerion ne détient pas le général Solo, et Zsinj n'a pas la moindre intention de tenir sa promesse...

— As-tu senti cela, demanda Augwynne, ou est-ce une supposition ?

— Je n'ai rien senti, concéda la sorcière, mais Zsinj est un piètre menteur...

— Pour ça, il ne vaut pas un diplomate, c'est sûr, souffla Leia.

Augwynne la regarda.

— Que veux-tu dire par là, ma sœur ?

— Simplement qu'il a la réputation d'être un menteur pathologique. Malgré tout son entraînement, il reste peu crédible.

— Je comprends. Mais peut-être est-il plus malin que tu le penses ?

— A moins qu'il bluffe, intervint Isolder. Il fait grand cas de son manteau de nuit, mais ses satellites seraient assez faciles à détruire.

— Tout à fait exact, renchérit Leia. Il me semble qu'il a parlé d'une « chaîne de satellites »...

— Et toute chaîne peut être brisée, compléta Yan. Il suffit de trouver les maillons faibles...

— Je pourrais aller faire un tour là-haut avec mon chasseur et descendre deux ou trois satellites, proposa Isolder.

Yan se dit que le Hapien avait le goût des missions-suicides. Une quinzaine de destroyers défendaient le dispositif. Un seul chasseur n'avait aucune chance de leur échapper.

— Ce manteau de nuit ne paraît pas une arme bien redoutable, fit remarquer Leia. N'importe quelle planète dotée d'une flotte, ou même d'un émetteur radio assez puissant...

— ... Serait à même d'en venir à bout, acquiesça Augwynne. Ce système est bon pour soumettre des planètes primitives comme Dathomir. Pour nous, le coup est imparable.

— Trois jours... lâcha Isolder en regardant le feu.

— Pardon ? Que se passera-t-il dans trois jours ?

— Si nous tenons jusque-là, la flotte de ma mère nous tirera d'affaire. Pour le moins, nous pourrons évacuer...

— Impossible d'attendre trois jours, objecta Yan. Si le manteau de nuit reste en place, Dathomir sera un monde écologiquement mort quand ta chère maman arrivera. Jusqu'à exécution du contrat de cession, cette planète est à moi, et je n'ai pas l'intention de la laisser détruire.

— Te connaissant, Solo, je suis sûr que tu trouveras une idée. En attendant, mettre la population à l'abri ne serait pas une mauvaise chose.

— Mon peuple a peur, avoua Augwynne. Une évacuation lui redonnerait courage.

— Ce serait sûrement mieux que de se réfugier dans des grottes souterraines pour échapper au froid, approuva Leia.

Yan réfléchit. Attendre trois jours semblait difficile. A vrai dire, la seule proposition valable était celle du Hapien. A ceci près que Solo n'avait aucune intention de ne pas être aux premières loges.

Tant pis pour les destroyers et tout ce qui s'ensuivait !

Il chercha le regard du prince et y lut une détermination aussi forte que la sienne.

— On tire le chasseur à la courte paille ? proposa le Corellien.

— Voilà une bonne idée...

— Arrêtez ! cria Leia. Il doit y avoir une autre solution. Isolder, la flotte hapienne est partie en même temps que toi. Elle peut arriver en avance, non ?

Le prince secoua la tête.

— Si elle suit le cap standard, c'est hors de question. Ces vaisseaux coûtent des milliards de crédits. Ma mère n'est pas femme à les risquer pour si peu... Comme on dit, elle connaît la musique !

Isolder avait parfaitement raison. Au long de l'Histoire, de nombreux généraux avaient opté pour une trajectoire risquée afin de s'assurer un avantage sur l'ennemi. La plupart du temps, ils s'étaient retrouvés à la tête d'un cimetière flottant...

Solo se tourna vers la porte. Un instant, il crut y voir se découper la silhouette de Luke.

Le Jedi n'était pas du genre à abandonner des amis dans l'embarras. Son absence devenait très inquiétante. Solo dut se retenir pour ne pas se précipiter dehors en hurlant le nom de son vieux compagnon.

Leia croisa les mains sur son ventre comme si elle eût voulu protéger une graine de vie. Yan savait qu'elle était morte d'inquiétude...

Lui hésitait entre deux options : partir à la recherche de Luke (même si c'était pour découvrir son cadavre) ou aller à la chasse aux satellites dans le chasseur du Hapien.

Pour l'heure, il se contenta d'approcher de Leia et de la prendre dans ses bras.

Des larmes montèrent aux paupières de l'Alderaanienne.

— Je ne le sens plus, Yan. Il est...

Elle n'osa pas prononcer l'affreux mot : mort !

— Allons, allons...

Réconforter Leia était au-dessus des forces du général, qui croyait depuis toujours à la communauté d'esprit des deux jumeaux. Si la princesse ne sentait rien, c'était qu'il n'y avait plus rien à sentir...

— Leia, tout va s'arranger, mentit-il piteusement. Tu verras...

Un vœu pieux, voilà tout ce qui lui restait...

Soudain, quelque chose se fraya un chemin jusqu'à sa conscience comme si une main invisible s'enfonçait dans son cerveau. Assimilable à un viol mental, l'expérience était des plus désagréables.

Une image se forma dans la tête du Corellien. Des hommes et des femmes en uniforme orange marchaient dans une salle violemment éclairée. Tous avaient les yeux levés...

Des commandos, fusil-blaster au poing, se tenaient en position de tir à l'étage supérieur. Solo reconnut le réfectoire de la prison.

Une voix résonna dans sa tête.

« Yan Solo, c'est moi, Gethzerion... J'espère que tu trouves mon petit truc amusant. Comme tu vois, je suis dans la prison, et j'ai organisé une... réunion. Je suis convaincue que tu es un homme plein d'amour et de compassion. Je me trompe ?

« J'ai tout tenté pour t'attirer dans mes filets, Solo. Cette énième initiative sera-t-elle la bonne ? »

L'angle de vision de Yan changea. A présent, il regardait les choses avec les yeux de la sorcière, qui leva une main noire couturée de cicatrices.

Obéissant à ce signal, les soldats ouvrirent le feu sur la foule. Hurlant de terreur, les prisonniers essayèrent de fuir, mais toutes les issues étaient verrouillées. Des dizaines de cadavres jonchaient déjà le sol.

Yan se mit les mains devant les yeux, mais ce geste enfantin ne suffit pas à chasser l'atroce vision.

La main de Gethzerion se porta à sa ceinture et dégaina un blaster. Comme si c'était le sien, Yan vit un bras se tendre vers une pauvre femme qui criait à s'en casser la voix.

Le coup partit, faisant mouche sans difficulté. Gethzerion tira une deuxième fois, éclatant la tête d'un homme qui était tombé à genoux pour demander grâce.

« Il y a cinquante prisonniers dans cette salle, Solo, et tous mourront par ta faute. Quand le dernier aura rendu l'âme, j'en ferai entrer cinq cents de plus, qui subiront le même sort.

« Tu peux les sauver, Solo. Dans une heure, une de mes acolytes sera au pied de la forteresse avec le landspeeder. Si tu n'es pas au rendez-vous, ces cinq cents imbéciles mourront, et tu auras le privilège d'assister à leur fin. Ensuite... Sais-tu qu'il y a des milliers de prisonniers ici ? Tu finiras par craquer, crois-moi. La compassion est un vilain défaut... »

Voyant Yan reculer, les mains sur les yeux, Leia pensa d'abord qu'il pleurait. Mais quand il se figea, le souffle court, et découvrit ses pupilles, elle lui vit un regard halluciné comme jamais il n'en avait eu.

— Yan, que se passe-t-il ? cria-t-elle.

Le Corellien ne répondit pas.

— C'est un message, expliqua Augwynne. Gethzerion lui parle...

Leia regarda la matriarche. Assise au coin du feu, les cheveux défaits, elle ressemblait à une vieille dame impuissante.

Yan sembla s'enfoncer davantage dans son fantasme.

— Je dois y aller, marmonna-t-il. Il le faut.

Comme un automate, il tourna les talons et s'engagea dans l'escalier.

— Yan, attends ! cria Leia.

Elle courut à sa poursuite. D2 émit une série de bips

pour leur dire à tous deux de revenir, mais ni l'un ni l'autre n'en eut cure.

Yan franchit couloirs et escaliers au pas de charge, puis il disparut dans l'obscurité.

Haletant, Isolder arriva au côté de la princesse. Il s'était muni d'une lampe-torche dont il pointa le faisceau dans le dos du Corellien.

— Où va-t-il ?

— Il rejoint le *Faucon*, répondit Leia.

Les deux jeunes gens emboîtèrent le pas au général...

Ils le retrouvèrent dans le vaisseau, où il s'affairait déjà à monter le dernier générateur. Chewie l'aidait en grognant tristement. Apercevant Leia et le prince, il leva les yeux.

— Ta Grâce, j'ai besoin d'aide. Il faut réparer le navire et partir au plus vite. Retourne à la forteresse et ramène-moi ces fichus capteurs. (Isolder resta un moment immobile comme s'il attendait d'autres instructions.) Dépêche-toi, bon sang !

Le Hapien s'exécuta.

— Qu'est-ce que tu fais ? Quelle mouche t'a piqué ? demanda Leia.

— Gethzerion a passé la vitesse supérieure. Elle massacre des innocents. (Il finit de bloquer un boulon, puis jeta la clef sur le sol.) Je suis navré de t'avoir amenée ici, Leia. Sans mes âneries, Zsinj n'aurait pas utilisé son manteau de nuit, et la sorcière ne massacrerait pas les prisonniers. Mais ces gens ne me connaissent pas ! Ils ont affaire au général Solo, un héros sur qui la Nouvelle République compte !

— Alors que fais-tu ? demanda de nouveau Leia. Tu fuis ? C'est tout ce que tu as trouvé ? Le clan d'Augwynne est désespéré. Yan, je te croyais une sorte de génie militaire. Reste ici et bats-toi, bon sang ! On a besoin de toi.

Le Corellien se dirigea vers la console des communications.

— J'appelle Gethzerion...

— Ici Contrôle de la prison. Vous avez un message pour elle ?

— Oui. Je suis le général Yan Solo, et j'ai quelque chose d'important à lui apprendre. Je me rends, entendez-vous ? Je viens... Dites-lui de ne plus tuer personne. Je serai au pied de la forteresse à l'heure convenue.

— Contrôle Un à Solo. Message bien reçu. Mais qu'en est-il de vos compagnons ? Le seigneur Zsinj les veut également.

— Ils sont tous morts, mentit Yan. Zsinj devra se contenter de moi.

Il coupa la communication, tourna les talons et courut vers le quartier des passagers.

— Arrête ! cria Leia. Yan, tu ne peux pas faire ça. Zsinj veut ta mort...

Le Corellien se retourna sans cesser de courir.

— Ça ne me ravit pas, crois-moi, mais il faut bien finir un jour...

Il entra dans sa cabine, approcha de sa couchette et retira le matelas, dévoilant un arsenal dont Leia ignorait l'existence. Elle reconnut une gamme de fusils-lasers, d'antiques armes à balles, et même un canon-laser portable. Toutes ces « merveilles » étaient illégales sur le territoire de la Nouvelle République. Ecartant un fusil, Solo appuya sur un bouton qui révéla une deuxième cache contenant un assortiment de grenades interdites depuis des lustres. Yan choisit un minuscule détonateur thermique talesien, assez puissant pour faire sauter un immeuble de cinq étages.

Il allait merveilleusement dans sa main.

— Ça devrait marcher, marmonna-t-il en glissant le détonateur dans sa ceinture.

C'était une arme de terroristes se fichant autant de leurs propres vies que de celles des autres. S'il l'utilisait, Yan sauterait aussi, il n'y avait pas d'autre possibilité. Il tira sur sa chemise pour qu'elle bouffe un peu et dissimule son atout caché.

— Ça ne se voit pas trop ? demanda-t-il calmement à la princesse.

On ne distinguait rien, mais Leia, les yeux pleins de larmes, n'avait pas le cœur de lui répondre.

— Ne prends pas ça au tragique, princesse ! C'est

toi qui me répètes sans arrêt de me comporter en digne héros de la République ! Si je me débrouille bien, Gethzerion et ses âmes damnées seront rayées de l'univers. Isolder devra se charger de Zsinj. C'est un type bien, Leia. Tu as fait le bon choix.

La princesse entendit ces mots comme s'ils venaient d'un autre monde. Elle n'avait pas pensé à ses sentiments pour Isolder depuis trois jours. Pourquoi croyait-il qu'elle avait choisi ? Au fond de son cœur, elle se demandait toujours si elle aimait Yan...

Ça, c'était l'aspect personnel. En réalité, elle *avait* choisi Isolder. Pour des raisons politiques. Son peuple avait besoin qu'elle devienne la reine de la Confédération. Il n'y avait rien à objecter. Tant que les vestiges de l'Empire seraient une menace, elle n'aurait pas d'autre solution.

Elle regarda la ceinture de Solo et se força au calme :

— Parfaitement invisible, Yan. Avec une bombe sur toi, tu as une allure folle, mon cher !

Il la prit dans ses bras et l'embrassa avec fougue. Soudain, la princesse réalisa combien ses étreintes lui avaient manqué.

Elle avait besoin d'éprouver de la passion pour un homme.

Jetant un coup d'œil par-dessus l'épaule de Yan, elle vit que Chewie s'occupait à ranger des outils. Quand leurs regards se croisèrent, elle lut dans celui du Wookie toute la mélancolie du monde.

Fermant les yeux, Leia rendit son baiser à Solo pendant de longues minutes.

— Yan... commença-t-elle quand ils s'écartèrent l'un de l'autre.

— Ne dis rien, l'implora-t-il. J'ai déjà assez de regrets comme ça...

Il s'approcha de Chewbacca, lui parla à l'oreille, puis l'étreignit. Assise au bord de la console holographique, Leia tentait d'étouffer ses sanglots.

Arrivé en trombe, C-3P0 s'était lancé dans un discours censé dissuader Solo de se sacrifier. Après avoir écouté *Bâton d'Or* une dernière fois, le Corellien se détourna et repassa devant Leia.

— C'est l'heure, princesse...

Il s'engagea sur la rampe de débarquement.

Leia ne put s'empêcher de le suivre. Au pied du vaisseau, elle constata que la plupart des feux avaient fini par s'éteindre. Sous le ciel noir, un vent glacé soufflait, présageant du destin atroce de la planète.

— Yan ! Yan ! appela la jeune femme.

Il se retourna et la regarda.

— Il y a quelque chose que j'ai toujours aimé en toi, cria Leia, répondant à la question qu'il lui avait posée avant cette absurde aventure. La coupe de tes pantalons !

Le Corellien sourit.

— Je sais...

— Yan ! appela-t-elle encore.

Elle aurait voulu lui dire « je t'aime », mais c'eût été le blesser, à pareil moment. Pourtant, comment le laisser partir sans qu'il sache ?

Solo se retourna encore.

— Je sais... Tu m'aimes. Je l'ai toujours su...

Lui disant adieu d'un signe de la main, il s'enfonça dans les ténèbres.

Leia se laissa glisser sur l'herbe et éclata en sanglots. Chewbacca et C-3P0 sortirent du *Faucon*. Le Wookie posa une main sur l'épaule de sa vieille amie.

La princesse attendit que le droïd-protocole ait trouvé un mensonge réconfortant à dire. N'était-ce pas sa spécialité, dans les situations désespérées ?

Rien ne vint.

Luke, Luke, j'ai tellement besoin de toi...

25

Tandis que la vie de Luke s'échappait de lui, un doux bruissement emplit ses oreilles. En haut des marches, les rancors jetaient toujours des rochers. Un éclair lumineux jaillit quand l'un s'écrasa sur un bipode, le faisant exploser.

Au dernier étage de la forteresse, les murs s'ouvraient comme de gigantesques ventres percés de coups de couteau. Le long des parois, des Sœurs de la Nuit grimpaient telles des araignées géantes. Elles utilisaient la Force pour ne pas basculer dans le vide.

Les tempes douloureuses, Skywalker se coucha sur le côté. Un rocher s'écrasa à quelques centimètres de son bras droit. Du fond de son passé, le Jedi entendait des voix.

Il reconnut celle de Teneniel.

« Mère nature vous aime, et vous ne pouvez pas mourir. Es-tu immortel ? »

Un corps tomba près de lui. C'était une femme du clan d'Augwynne. Avec le tintement des petits crânes et des gemmes, son casque roula devant elle. Voyant le sang pourpre qui coulait de sa bouche, le Jedi se dit que le soleil devait mieux percer les nuages...

Skywalker n'avait pas l'impression qu'il était en train de mourir. Il eût plutôt dit que sa conscience se *répandait* dans l'Univers, prête à le remplir.

Il entendait une multitude de bruits. Pas ceux de la guerre, non, mais d'autres, beaucoup plus importants.

Le frottement des griffes d'un lézard sur la pierre...

Les vers qui creusaient la terre sous sa tête...

Un buisson dérangé par le vent frôlant un rocher...

La vie était partout, et la Force brillait à quelque endroit qu'il regarde, animant les arbres, les rochers, les guerriers qui s'affrontaient sur le flanc de la montagne...

Le lézard leva la tête. Une aura de Force l'enveloppait.

— *Bonjour, petit ami,* le salua Luke.

Le lézard avait la peau verte ; ses petits yeux noirs luisaient fièrement. Il ouvrit la gueule. Une brume blanche en sortit, venant effleurer la joue de Luke comme une caresse.

Le Jedi comprit qu'il *voyait* la Force ; il ne se contentait plus de la sentir.

— *C'est un cadeau pour toi*, murmura le lézard.

La douce lumière vint au secours de la Force déclinante du Jedi.

Le buisson qui frôlait le rocher sembla se tordre ; des brindilles lumineuses passèrent au-dessus de la tête du Jedi.

— *Prends, prends, c'est de la vie...* murmura le buisson.

Un caillou se mit à luire. Très loin de là, dans la plaine, un Voyageur Bleu du Désert cessa de mâchonner une plante et releva la tête.

« Ami », pensa-t-il en évoquant l'image de Luke.

Le jeune homme se remémora les paroles de Teneniel : « *Mère nature vous aime...* »

Ignorant s'il contrôlait inconsciemment la Force, ou si la vie alentour se mobilisait pour le soigner, Skywalker accepta les présents qu'on lui offrait.

Contrôler la Force, l'utiliser, n'était pas une chose aussi violente qu'il l'imaginait. La Force était partout, plus abondante que la pluie ; elle s'offrait à qui voulait la prendre. Rêvant depuis longtemps d'être un maître Jedi, il comprit qu'il existait des niveaux de *contrôle* immensément supérieurs au plus fou de ses rêves.

Une douce puissance coulait en lui sans qu'il sache s'il la commandait, ou si elle *le* commandait.

Dans son cerveau, les artères se régénérèrent.

Alors s'effaça la vision immédiate de la Force...

Luke resta longtemps étendu, confiant en la Force qui lui redonnait vie.

Puis Leia cria son nom et il ouvrit les yeux. Le ciel était d'un noir si profond qu'on eût cru qu'une nuit parfaite était enfin descendue sur le monde.

Les bruits de la bataille ne se faisaient plus entendre. Des lampes-torches brillaient çà et là.

— Leia ! appela le Jedi.

Un faisceau lumineux s'immobilisa.

— Luke ? Luke, c'est bien toi ?

— Yan ! souffla Skywalker d'une voix affaiblie.

Sentant son sabrolaser à sa hanche, il le saisit et l'activa, espérant que son ami reconnaîtrait l'éclat de la vibrolame.

Quelqu'un se pencha sur lui.

— Luke ! Luke ! Tu es vivant ! Attends, je vais t'aider à te relever...

Le Jedi s'assit sur le sol. Au contact des mains de son ami corellien, il sentit qu'il était terrifié.

— Ecoute-moi bien, vieux frère, je dois te laisser. Leia t'attend pas loin d'ici. Veille sur elle à ma place, d'accord ? Promets, Luke...

Solo tenta de s'écarter du Jedi.

— Yan ! cria celui-ci en lui saisissant le poignet.

— Désolé, ami, mais tu n'es pas en état de m'aider, cette fois !

Il se dégagea ; Luke retomba dans son hébétude.

Après ce qui lui sembla une éternité, des mains se posèrent sur lui, le secouant, le soulevant.

Ouvrant les yeux, Luke aperçut les visages burinés de plusieurs paysans vêtus de simples pagnes de cuir.

— Portez-le dans le *Faucon Millenium*, ordonna la voix de Yan.

Un concert de questions s'éleva.

— Oui, dans mon vaisseau, le *Faucon*. Dépêchez-vous, je dois partir !

Les yeux mi-clos, le Jedi se laissa transporter...

26

Dans la salle aux murs éventrés, Isolder trouva les capteurs à l'endroit où il les avait laissés. Des cadavres de Sœurs de la Nuit gisaient un peu partout ; ajouté à l'obscurité, cet élément lui mettait les nerfs à vif.

Tendant une main pour saisir le bloc de capteurs, il entendit du bruit. Blaster au poing, il braqua sa lampe-torche sur une silhouette noire.

C'était Teneniel Djo. Elle le regarda, puis détourna les yeux. Ses joues ruisselaient de larmes.

— Ça va ? lui demanda le prince. Tu as besoin de quelque chose ?

— Non. Je suis en pleine forme... (Le ton de sa voix démentait l'information.) Ainsi, tu es sur le départ ?

— Oui.

Isolder dirigea le faisceau de sa lampe vers le mur pour ne pas éblouir la jeune femme. Il ne savait pas grand-chose des plans de Yan, mais un point semblait acquis : quitter Dathomir était à l'ordre du jour !

Teneniel avait ôté son casque ; débarrassée de ses robes, elle portait une simple tunique d'été et des bottes, comme le jour de leur rencontre.

Elle contemplait le ciel sans étoile.

— Je m'en vais aussi, déclara-t-elle.

— Vraiment ? Où donc ?

— Dans le désert, pour méditer.

— Je croyais que tu voulais rester avec ton clan ? Tu disais te sentir seule...

Elle tourna la tête vers lui. En dépit du peu de lumière, il vit le stigmate, sur sa joue.

— Mes compagnes sont d'accord. J'ai tué sous le coup de la colère, violant ainsi mes vœux. Si je ne me purifie pas, je risque de devenir une Sœur de la Nuit. Le bannissement est une juste punition. Dans trois ans, si je désire revenir, elles m'accepteront.

Elle encercla ses genoux de ses bras.

Isolder l'observa un moment, ignorant quelle conduite adopter. Devait-il lui dire adieu, tenter de la réconforter, ou partir sans un mot avec ses capteurs ?

S'asseyant près d'elle, il lui tapota l'épaule.

— Ecoute, tu es une fille solide. Tu t'en sortiras...

Pouvait-on proférer pire niaiserie ? Quel avenir s'offrait à la jeune femme ? Dans trois jours, la flotte hapienne écraserait les forces de Zsinj. Mais Dathomir serait dans un sale état, ayant perdu au minimum les récoltes de l'été.

Le prince suspectait qu'il y aurait d'autres conséquences. Après une telle agression, l'écosystème risquait de n'être plus jamais le même.

Débarrassée du manteau de nuit, Dathomir demeurerait une planète blessée.

Et il y avait les Sœurs de la Nuit. Peu de femmes de la Montagne qui Chante ayant survécu, les forces des ténèbres auraient la partie belle.

La jeune femme devait se tenir le même raisonnement, car les larmes coulaient de plus en plus fort sur ses joues.

— Teneniel, le *Faucon* peut transporter six passagers... Si tu le désires, il y a une place pour toi.

— Mais où irai-je ?

— Où tu voudras ! Choisis une étoile, c'est tout !

— Je ne connais rien à l'Univers. Comment savoir où aller ?

— Viens sur Hapes avec moi, proposa le prince.

Prononçant ces mots, il comprit que c'était la chose qu'il désirait le plus au monde. Il admira ses longs cheveux, ses jambes nues. Malgré la folie et la mort qui ravageaient la planète, plus rien ne comptait pour lui que la tristesse de cette femme. Oubliant qu'il était presque fiancé à Leia, il aurait donné n'importe quoi pour prendre Teneniel dans ses bras.

La sorcière le regarda, ses yeux lançant des éclairs.

— C'est ça ! Et que deviendrai-je ? Une curiosité ? Teneniel, la primitive de Dathomir ?

— Je t'engagerai comme garde du corps... Avec la Force pour alliée, tu pourras... (La moue de la jeune femme le dissuada de continuer.) Ou alors, deviens ma conseillère. Grâce à tes pouvoirs, tu seras mon plus grand soutien. Je parie que tu serais capable de deviner les complots de mes tantes, et...

Il se tut, songeur. Jamais il n'avait vu les choses comme ça, mais c'était la pure vérité : elle serait très utile à son peuple.

Il avait besoin d'elle.

— Et que serai-je d'autre ? demanda la jeune femme. Ton amie ? Ta maîtresse ?

Isolder déglutit péniblement. Il savait ce qu'elle voulait. Sur Hapes, sans titre ni héritage, on la tiendrait pour une roturière. S'il l'épousait, ce serait pour essuyer une humiliation publique suivie d'une implacable disgrâce. Pouvait-il laisser un de ses cousins s'emparer du trône par épouse interposée ?

Il serra brièvement la jeune femme contre lui pour lui dire adieu.

— Tu as été une amie fidèle, et une maîtresse juste, puisque je suis toujours ton esclave, selon ta loi. Je te souhaite beaucoup de bonheur...

Il se leva, prit les capteurs et tourna une dernière fois la tête. Teneniel le regardait. Il eut l'impression qu'elle lisait en lui comme dans un livre ouvert.

— Comment pourrai-je être heureuse si tu me quittes ? demanda-t-elle.

Isolder ne répondit pas.

— Tu as toujours été un homme courageux, n'est-ce pas ? Pourras-tu te regarder encore dans un miroir si tu abandonnes la femme que tu aimes ?

Il se figea. Lisait-elle dans son esprit, ou interprétait-elle simplement ses émotions ?

M'entends-tu ? pensa-t-il très fort.

Aucun écho...

Il songea à ses longues jambes, à l'odeur du cuir qu'elle portait, à ses yeux couleur cuivre comme aucune Hapienne n'en avait jamais eu.

Il songea à ses douces lèvres, qu'il aurait tant voulu embrasser.

— Pourquoi ne le fais-tu pas ? demanda-t-elle.

— Je ne peux pas, répondit-il sans se retourner. J'ignore ce que tu veux me faire, mais sors de mon esprit !

— Je ne veux *rien* faire, Isolder. C'est toi le responsable. Nous sommes liés l'un à l'autre, j'aurais dû m'en apercevoir dès le premier jour. Tu étais dans le désert pour trouver l'amour, comme moi. Notre lien a grandi de jour en jour. Il est impossible de tomber amoureux d'une sorcière de Dathomir sans qu'elle le sache. En tout cas, pas si elle t'aime aussi...

— Tu ne comprends pas ! s'énerva le Hapien. Si je t'épouse, ce sera la disgrâce. Mes cousins...

Le blaster du prince vibra dans son holster ; des étincelles en jaillirent pour former une boule de feu. Un vent surnaturel se leva, qui déchira les derniers lambeaux de tapisseries et fit tourbillonner les gravats.

Isolder regarda la sorcière : elle était très en colère.

— Je me moque de la désapprobation publique et de tes cousins ! Vivre sur ta planète ne m'intéresse pas. Choisis un monde désert, si ça te chante, et nous y serons heureux.

Elle se leva, se campa devant lui, et chercha son regard.

Puis elle approcha, séductrice.

Le cœur du Hapien fit un bond dans sa poitrine.

— Sois maudite ! éructa-t-il. Tu vas faire un gâchis de ma vie !

Teneniel acquiesça. Lui passant les bras autour du cou, elle l'embrassa.

Isolder se revit à neuf ans, avec son père, sur la plage de Dreena, une planète inhabitée de la Confédération. Comme l'océan, le baiser de Teneniel était pur.

Comme lui, il chassait les doutes, noyait les incertitudes.

A regret, il se dégagea.

— Allons-y. On a peu de temps.

Se tenant la main, les deux jeunes gens s'engagèrent dans l'escalier.

Quand les villageois lui ramenèrent Luke, Leia crut d'abord qu'il était mort. Du sang séché sur le visage, son frère avait les yeux vitreux.

Mais dès que ses porteurs l'eurent posé sur l'herbe, sous la lumière des projecteurs du *Faucon*, il sourit faiblement.

— Leia... Tu m'as appelé, n'est-ce pas ?

— Je... Ne t'inquiète pas, tout va bien...

— C'est faux... Où est Yan ?

— Chez Gethzerion. Elle massacrait des otages. Il ne pouvait pas laisser faire ça. Zsinj viendra le chercher dans trois heures.

Luke tenta de s'asseoir.

— Non ! Je dois arrêter Gethzerion ! C'est pour ça que je suis venu ici.

— Tu n'es pas en état, objecta Leia, le forçant à se rallonger. Luke, ta vie est en danger ! Repose-toi ! Bats-toi pour vivre un jour de plus.

— Trois heures de repos suffiront... Promets de me réveiller.

— Endors-toi... Je promets...

Le Jedi faillit sombrer dans le sommeil.

Au dernier moment, il rouvrit les yeux et regarda sa sœur, une expression furieuse sur le visage.

— Ne mens pas ! Tu n'as aucune intention de me réveiller...

Isolder approcha, Teneniel à son côté. Tous deux s'acharnaient depuis un moment à mettre en place le bloc de capteurs.

— Ami Luke, affirma le Hapien, Leia a raison. Repose-toi. Tu es trop faible pour agir.

Luke renversa la tête en arrière, fermant les yeux comme s'il ne pouvait plus rester éveillé.

Puis il parla, la voix redevenue ferme et impérieuse.

— Qu'on me laisse un peu de temps... Tu ne connais pas le pouvoir de la Force, prince...

Le Hapien posa une main sur l'épaule de son ami.

— Je l'ai vue à l'œuvre, et...

— Non, tu ne sais rien ! s'insurgea Luke. (Il parvint à s'asseoir.) Aucun de vous ne sait ! Jurez de me réveiller ! Jurez-le !

Epuisé, il se laissa retomber sur le dos.

Dans ses mots, Leia sentit davantage que de la conviction. Il y avait en lui quelque chose de puissant, comme un feu qui couve. Soudain, l'espoir de la jeune femme renaquit de ses cendres.

— Je promets, murmura-t-elle.

Elle recula, observant la silhouette brisée étendue sur une civière. Il était inutile de se bercer d'illusions. Dans quelques jours, une semaine peut-être, sans doute serait-il capable de défier Gethzerion.

Mais dans trois heures...

Isolder étendit une couverture sur le Jedi.

— Tu veux que nous le portions sur une couchette du *Faucon* ?

— Oui... Le bloc est en place ?

— Affirmatif, mais j'ai toujours des problèmes avec les senseurs longue distance.

Leia ne savait plus que penser. Tout en elle lui criait de courir porter secours à Yan. Mais le temps leur manquait. La prison était à deux jours de rancor. S'ils essayaient d'utiliser le *Faucon*, les vaisseaux de Zsinj les repéreraient et les détruiraient. A part sauter dans l'hyperespace, ils n'avaient rien à faire qui...

Une idée germa dans son esprit.

— C-3P0, D2, venez par là !

Le droïd-protocole accourut.

— Que puis-je pour vous, princesse ?

D2 dévala à son tour la rampe.

— D2, demanda Leia, peux-tu déterminer combien il y a de superdestroyers là-haut ?

L'astrodroïd hésita un moment. Son compartiment ventral s'ouvrit, et un capteur en sortit. Il effectua un balayage du ciel, puis bipa frénétiquement.

— D2 ne peut pas focaliser ses senseurs sur un objet extra-orbital, traduisit C-3P0. Il ne capte que les ondes radio. Apparemment, le manteau de nuit bloque la lumière sur tout le spectre, y compris les ultraviolets et les infrarouges. Cependant, D2 a détecté vingt-six sources d'émission radio. D'après ses calculs précédents, il estime que quarante destroyers de Zsinj sont présents.

Isolder soupira.

— Pas étonnant que j'aie des problèmes avec les senseurs longue distance. Ça n'est pas une panne, mais un blocage...

— Exact, approuva Leia.

— A l'inverse, tant que nous volerons sous le manteau de nuit, nous serons invisibles. A condition, bien sûr, de garder le silence radio.

— Encore exact !

Isolder regarda les tubes à torpilles du *Faucon.*

— Allons faire sauter le repaire des sorcières et voir si on peut sauver Yan !

— Non, pas tout de suite... Luke veut que nous l'attendions...

Dans le speeder, Yan était assis au milieu d'une vingtaine de Sœurs de la Nuit qui composaient une assemblée déprimante et quelque peu malodorante.

L'appareil slalomait parmi les arbres géants. Solo espéra que la sorcière qui pilotait savait ce qu'elle faisait.

Sans le fouiller — une erreur fatale — les femmes lui avaient lié les mains devant lui avec des lanières de whuffa.

Le speeder passa une colline puis piqua avec une brutalité à faire vomir. La forêt derrière lui, l'engin fonçait vers les lumières de la prison.

Yan ferma les yeux, songeant à son avenir immédiat. Attendre était la bonne option. Il pouvait déclencher le détonateur n'importe où, bien sûr, mais il voulait emporter Gethzerion avec lui dans la mort.

Bientôt... Très bientôt...

Ils arrivèrent dans la cour de la prison. Les sorcières descendirent de l'engin et s'égaillèrent.

Deux d'entre elles conduisirent Solo dans un immense hangar à ciel ouvert.

— Adosse-toi à ce mur et ne bouge plus, lui ordonna la plus vieille.

Les deux femmes se postèrent près de la porte.

Yan réalisa que son cœur battait la chamade. Gethzerion n'allait pas tarder à se montrer.

Il passa les pouces dans sa ceinture. Le détonateur n'attendait plus que son bon plaisir...

Plusieurs heures étaient passées. La température baissait régulièrement et la fichue sorcière ne s'était pas montrée.

Solo regarda sa montre. L'heure du rendez-vous approchait. Les transports de Zsinj ne se montrant pas, le Corellien se demanda si la sorcière n'était pas en train de jouer à un jeu dangereux avec le seigneur de la guerre.

Peut-être mégotait-elle sur les détails du marché ?

Pour apaiser ses craintes, le speeder de Gethzerion effectua deux petits voyages qui prirent le temps nécessaire pour aller et venir de la forteresse.

Gethzerion ramenait ses brebis au bercail...

A l'issue du dernier trajet, deux points lumineux apparurent au-dessus de la prison.

La décente fut rapide ; les transports se posèrent sans problème.

— Général Solo, il est temps de partir, siffla une des sorcières.

Yan déglutit, fit quelques mouvements pour se dégourdir les membres, puis marcha vers la sortie. Les phares des transports l'obligèrent à cligner des yeux.

Des commandos en armure se déployaient dans la cour. Mais où étaient les sorcières ? S'il faisait tout sauter maintenant, peu de soldats survivraient, et un transport, au moins, en aurait un sacré coup dans l'aile.

Mais Gethzerion...

— Halte ! cria un Impérial.

Un officier descendit du navire. Solo le reconnut à ses implants en platine. Le général Melvar...

Il approcha de Yan et le dévisagea. Plaquant un ongle tranchant sous l'œil de son prisonnier, il fit mine de vouloir l'extirper de son orbite.

Il se ravisa à l'instant où le Corellien allait appuyer sur le bouton de mise à feu.

Melvar parla dans un micro fixé à son épaule :

— Identification positive. C'est bien Solo.

L'officier se tut. Yan remarqua qu'il portait une oreillette.

— Compris, maître. Je le conduis à bord.

Le général prit son prisonnier par le bras, lui enfonçant ses ongles dans le biceps.

— L'ami, n'abîme pas la marchandise, d'accord ? Tu pourrais le regretter un jour...

— Voilà qui m'étonnerait, général. Faire souffrir les autres n'est pas qu'un passe-temps pour moi. Sous les ordres de Zsinj, c'est devenu une mission... très agréable.

Il accentua sa pression, touchant un nerf. La douleur irradia dans l'épaule du Corellien et jusqu'au bout de ses doigts.

— Je dois reconnaître que tu es doué, mon gars, admit Yan.

— Quel bonheur d'avoir affaire à un connaisseur ! Général, je suis sûr de pouvoir convaincre mon maître de me laisser... régler votre sort. Ce serait plein d'enseignement, non ? En attendant, dépêchons. Zsinj n'aime pas attendre...

Il poussa Solo vers la rampe d'embarquement du transport. Le Corellien se demanda s'il allait seulement apercevoir Gethzerion.

Il était à mi-chemin du sas quand une voix s'éleva :

— Un instant !

Melvar se figea, puis se retourna.

Au pied de la tour, à cent mètres de là, Gethzerion défiait l'officier du regard. Une dizaine de Sœurs de la Nuit l'entouraient.

La vieille femme approcha. Solo comprit que le

moment d'agir était venu. Quand elle serait près d'eux, le feu d'artifice enverrait en enfer quelques beaux spécimens de monstres.

Il aurait pu faire mieux, mais il ne fallait pas se plaindre.

Savoir qu'il allait mourir dans quelques instants déconcertait le Corellien. Il n'avait pas de nœud dans l'estomac, pas de boule dans la gorge. Las, démoralisé, plein de regret, voilà comment il se sentait. Après une vie aussi brillante, c'était plutôt décevant.

Gethzerion s'arrêta au pied de la rampe, à moins de deux mètres de lui. Il sentit son haleine chargée d'ail et de mauvais vin.

— Général Solo, on peut dire que vous nous aurez fait courir... J'espère que votre séjour vous a plu...

— Je savais que vous viendriez fanfaronner, lâcha Yan. C'est pourquoi j'ai apporté un petit cadeau...

Il sortit le détonateur de sous sa chemise et appuya sur le bouton.

Melvar recula vivement. Renversant un de ses soldats, il s'étala à terre avec lui.

Rien d'autre ne se produisit. Yan regarda le détonateur.

La goupille était cassée.

— Des problèmes techniques, général ? s'enquit la sorcière. (Elle sourit.) Sœur Shabell a détecté votre détonateur. D'un simple sortilège, elle l'a saboté. Espèce de crétin plein d'autosuffisance ! Croyais-tu pouvoir menacer Gethzerion ? Vermine !

Elle prit le détonateur des mains de Yan et le tendit à Melvar, qui s'était relevé.

— Je vous confie cet objet, général. Il est mieux entre vos mains que dans les siennes.

— Merci, grogna l'officier.

— J'ai un autre présent pour vous...

Ses yeux rouges brillant intensément, la sorcière pointa l'index sur Melvar. L'officier se prit la tête à deux mains comme s'il venait de recevoir un coup de massue, puis il tituba et s'écroula.

Dans la cour, près de cent commandos en armes

subirent le même sort. Certains parvinrent à tirer une ou deux fois en l'air ; la plupart n'eurent même pas ce réflexe.

Yan tourna la tête vers le transport, s'attendant à le voir ouvrir le feu.

Rien ne se passa.

Des Sœurs de la Nuit se ruèrent dans la cour, poussant devant elles les prisonniers qui feraient office d'équipage. Une sorcière écarta violemment Solo, qui bascula de la rampe.

Des cris se firent entendre. Si les servants des canons étaient sûrement morts en même temps que Melvar et les autres, il restait à bord quelques hommes qui vendaient chèrement leur peau.

Les sorcières négligeaient le transport désarmé. Yan ne s'en étonna pas. Gethzerion aurait été stupide d'affronter les superdestroyers dans un cercueil volant...

La sorcière avança vers lui. A ses pieds, Yan avisa un blaster lâché par un commando. Même s'il parvenait à plonger, son adversaire ne lui laisserait pas le temps de tirer.

— Que vais-je donc faire de toi, général ?

Yan leva ses mains liées.

— Madame, sachez que je n'ai rien contre vous... Ces derniers jours, j'ai surtout cherché à vous éviter, ce qui n'est pas une offense, bien au contraire. Serrons-nous la main et restons bons amis...

Gethzerion eut un sourire cruel.

— Bons amis, vraiment ? Ne trouves-tu pas plus juste que je me venge ?

Elle leva l'index. Yan sentit que ses pieds décollaient du sol. Une corde invisible lui serrait le cou.

Gethzerion se mit à chanter. La pression augmenta.

Solo toussa, se débattit, flanqua des ruades dans le vide.

— Je me demande ce que m'aurait fait ton détonateur thermique ? s'interrogea la sorcière. Je suppose qu'il aurait déchiré ma chair, pulvérisé mes os, et carbonisé mes entrailles. Donc, je devrais te rendre tout ça. Mais pas si vite, pas tout à la fois... Par souci d'originalité, j'ai bien envie de commencer par l'intérieur. Avec mon pouvoir, je suis à même de te briser les os un par un. Tu sais combien il y en a dans un corps humain ? Quand j'en aurai fini avec toi, tu pourras tripler ce nombre... Amusant, non ? Commençons par une jambe. Ecoute bien !

Elle pointa l'index. Le tibia de la jambe droite de Yan craqua sinistrement. La douleur remonta jusqu'à sa hanche.

— Aaaahhh ! cria-t-il.

Puis il vit quelque chose dans le ciel noir.

Les lumières du *Faucon*, à deux kilomètres de là. Le navire volait en rase-mottes...

Leia ?

Un sourire cruel se dessina sur les lèvres de la sorcière.

Yan chercha un moyen de modérer le zèle de son bourreau.

— Madame, commença-t-il, vous n'allez pas faire ça à mes dents, hein ? (L'idée n'était pas géniale, mais il n'en avait pas trouvé d'autre.) Je veux dire... hum... je suis très sensible des dents...

Il regarda autour de lui. Les Sœurs de la Nuit sortaient par grappes de la tour.

— Oui, les dents... Je n'y avais pas pensé...

Elle agita son index.

La molaire supérieure droite de Solo explosa avec un petit bruit dégoûtant. La douleur irradia jusqu'à l'œil, comme si Gethzerion avait l'intention de le tirer par l'intérieur pour qu'il traverse son palais.

Yan se maudit de lui avoir donné des idées pareilles. Le *Faucon* n'arrivait pas assez vite. A ce rythme, il serait en bouillie avant d'être secouru...

— Un instant ! cria-t-il. Si on discutait ?

Gethzerion pulvérisa la molaire supérieure gauche du Corellien.

Par bonheur, le *Faucon* choisit ce moment pour tirer son premier missile. La base de la tour explosa et plusieurs Sœurs de la Nuit s'envolèrent dans les airs, pas toujours en un seul morceau.

La tour pencha ; elle s'écroulerait bientôt.

Gethzerion tourna la tête. Libéré de son emprise, Yan retomba sur le sol. La douleur déchira sa jambe brisée.

Les blasters du *Faucon* ouvrirent le feu avec une précision diabolique. Des traits d'énergie frôlèrent la tête de la sorcière, qui bondit de côté.

Yan se demanda ce qui se passait. Personne ne pouvait tirer aussi précisément avec les blasters d'un vaisseau. Pas même lui.

Il roula sous la rampe d'embarquement pour se protéger des débris volants. Les droïds postés sur les six tours de la prison venaient de prendre le *Faucon* pour cible avec leurs canons-blasters.

Le vaisseau fondit sur la prison en effectuant un quadruple looping qui lui permit d'éviter les projectiles. Solo n'avait jamais vu personne manœuvrer comme ça, Chewie et lui compris.

Le type assis dans le fauteuil du pilote était un as comme il n'en existait pas deux dans la galaxie. Hélas, ce devait être ce bellâtre d'Isolder...

Après un *retourné* presque impossible, le *Faucon* repassa sur la prison, tirant de toutes ses armes.

Les droïds et les tours disparurent dans un nuage de fumée. Le transport désarmé fut touché et s'embrasa.

Implacable, le *Faucon* amorça un autre survol.

Gethzerion devait avoir compris que tout essai de résistance au sol serait inutile, car elle bondit sur la rampe d'embarquement et la remonta à une vitesse surhumaine. Peu après, les réacteurs du transport vrombirent ; l'air environnant prit une nuance bleue.

Les boucliers déflecteurs !

Le navire était un transport impérial armé jusqu'aux dents et très bien protégé. Pour le *Faucon*, ça ne serait pas un adversaire négligeable.

S'il ne voulait pas finir rôti, Yan avait intérêt à sortir vite de sous le transport. En conséquence, il rampa aussi lestement qu'il le pouvait et se réfugia derrière un tas de gravats, non loin de la tour. Dans leur hâte, il y avait peu de risque que les Sœurs de la Nuit lui tirent dessus.

Le *Faucon* engagea ses canons à ions dans la bataille, mais les boucliers du transport résistèrent. Sous le tir de barrage, l'engin décolla...

Le *Faucon* contourna une colline, perça une brèche dans le mur de la prison et se posa à quelques mètres de Solo.

Le sas ventral s'ouvrit et Leia cria :

— Yan, viens !

Augwynne sauta à terre avec trois de ses sœurs casquées et armées. A leurs regards, Solo eut pitié des gardiens de la prison.

Il rampa jusqu'au *Faucon*. Isolder vint à sa rescousse, le portant quasiment à l'intérieur.

Le Corellien regarda le prince.

— Mais... qui pilote ?

— Luke, répondit Leia.

— Luke ? Impossible ! Il est bon, mais pas à ce point !

— Personne ne l'est ! confirma Isolder en tapotant l'épaule du blessé. Il faut que j'aille voir ça !

Il repartit vers la passerelle.

Leia plongea son regard dans celui de Yan. Puis elle lui prit le visage et l'embrassa. Malgré ses molaires douloureuses, le Corellien apprécia le baiser.

Le vaisseau se cabra et fit une franche embardée, car Luke s'autorisait des figures que le stabilisateur d'accélération ne pouvait compenser. Sur la passerelle, Chewie poussa un grognement désespéré.

Avec l'aide de Leia, Yan gagna un fauteuil et s'y laissa tomber. Dans un compartiment, au-dessus de sa tête, il prit un médikit et colla un timbre anti-douleur sur son bras.

Les canons-blasters dorsaux du *Faucon* ouvrirent le feu. Solo regarda autour de lui. Chewbacca, Isolder, Teneniel et les droïds étaient tous là.

— Qui s'occupe des canons-blasters ? demanda Solo.

— Luke, répondit Leia.

Yan ouvrit de grands yeux. Il était possible de servir les canons-blasters depuis la passerelle, mais on y perdait beaucoup de précision. Or, Skywalker avait presque arraché la tête de Gethzerion, évitant Solo, qui se trouvait à moins d'un mètre. Tout ça en pilotant un vaisseau lancé au maximum de sa propulsion classique.

Ça faisait beaucoup pour un seul homme...

Dans le siège du pilote, Skywalker était inondé de sueur. Les manettes et les boutons du tableau de commande semblaient animés d'une vie propre. En réalité, il les déplaçait avec la Force...

Le Jedi faisait le travail du pilote, du copilote, et du canonnier. Quand il tira un barrage de missile sans désactiver le bouclier anti-particules, Chewie grogna de terreur et se plaqua les mains sur les yeux.

Au moment fatidique où tout aurait dû exploser, Luke coupa le bouclier une fraction de seconde, puis le ralluma. Les missiles étaient passés de justesse...

Solo n'avait jamais vu des réflexes pareils.

Les boucliers arrière du transport résistèrent avec peine. Alors les sorcières ouvrirent le feu avec leurs propres canons-blasters.

Luke accéléra à fond. Le *Faucon* fit un bond en avant, évitant les traits d'énergie. Sans perdre de temps, le Jedi tira une salve de torpilles à protons.

Les Sœurs de la Nuit pulvérisèrent l'un après l'autre les projectiles. Yan n'en revint pas. Aucun canonnier n'était capable de ça !

— Leia, Isolder ! cria Luke. Chargez-vous des canons ventraux et dorsaux. Feu à volonté !

— Abandonne ! lança Yan. Leurs boucliers sont trop solides ! Tu vas juste abîmer mon vaisseau...

— Tu veux que ces sorcières sèment la terreur dans la galaxie ? Pas question ! Je continue. Leia, Isolder, aux canons !

Luke écrasa le bouton d'activation des brouilleurs radio, envoyant dans l'espace une véritable tempête d'informations. Yan se demanda quelle mouche piquait son ami. Les sorcières n'avaient sûrement pas l'intention d'appeler quelqu'un. Les brouilleurs servaient simplement à prévenir la terre entière qu'un vaisseau était là.

Leia et Isolder commencèrent à tirer. Baissant tous les boucliers, Luke ajouta à leur partition une salve de canons à ions.

Le transport accéléra, échappant au danger.

— Elles vont sauter dans l'hyperespace ! prévint Yan.

Sur l'écran, le transport filait comme une flèche.

— Pas si près du puits gravitationnel ! affirma Luke.

Il accéléra à son tour.

Yan comprit soudain la tactique du Jedi. Conscient que l'armement du *Faucon* ne percerait pas les défenses du transport, il avait activé les brouilleurs pour avertir Zsinj que les sorcières essayaient de monter assez haut pour sauter dans l'hyperespace.

Le *Faucon* s'enfonça dans l'obscurité du manteau orbital. Yan retint son souffle quand tous les écrans devinrent noirs.

Luke coupa les brouilleurs ; le *Faucon* jaillit hors du manteau de nuit, le transport ouvrant toujours la route.

Solo cligna des yeux... Tant de lumière !

C'était comme respirer un bol d'air frais après un séjour sous terre.

Les indicateurs de proximité bipèrent. Levant les yeux, Yan vit deux superdestroyers fondre sur eux. Luke se dégagea à tribord. Une pluie de missiles percuta les boucliers affaiblis du transport.

Yan compta les impacts sur la coque du vaisseau. Des fragments de métal chauffé à blanc s'en détachèrent pour tourbillonner dans l'espace.

Une nouvelle salve acheva le travail. Devenu incandescent, le transport explosa, boule de feu un instant aussi lumineuse qu'une étoile.

Solo hurla de joie tandis que Luke faisait demi-tour, visant la protection du manteau de nuit.

Une nouvelle fois, l'obscurité les avala.

— Leia, Isolder, restez concentrés ! ordonna Luke. On n'a pas encore fini...

Les exclamations de triomphe des deux jeunes gens se turent.

Luke ouvrit la radio. Aussitôt, la passerelle fut

envahie par un flot de communications codées. Solo comprit : des chasseurs les avaient suivis à l'intérieur du manteau de nuit. Zsinj ne les lâchait pas.

— Qu'est-ce que tu as encore en tête, gamin ? demanda Yan.

— Il faut détruire le manteau de nuit ! Il n'y a pas que des êtres pensants sur Dathomir, mais des arbres, de l'herbe, des lézards et des vers. La vie, Yan. Tout un monde de vie !

— Plaît-il ? s'indigna le Corellien. Ne me dis pas que tu veux risquer ta peau pour des lézards et des vers ! Trouvons une faille dans la défense adverse et filons d'ici !

— Pas question ! répondit le Jedi.

Chewbacca grogna, mais Skywalker ne lui prêta pas la moindre attention. Enfoncé dans son siège, il scrutait l'obscurité.

Au moins, il nous éloigne des chasseurs, se félicita Solo.

Luke ferma les yeux, comme s'il était en transe, et accéléra.

Regardant son ami, Yan comprit qu'il allait tous les faire tuer. Etrangement, cela lui parut sans importance.

D'accord, fais-nous tuer ! Après tout, on serait déjà morts sans toi...

— Merci, murmura Luke comme si Yan avait prononcé ces mots à voix haute.

Le Jedi fit feu avec les deux batteries de blasters. Solo ne vit même pas leurs traces lumineuses. L'obscurité était si totale que même cette infime lueur leur était refusée.

Skywalker attendit un moment. Le Corellien regarda l'écran tactique. Il n'y avait pas l'ombre d'une cible. Pourtant, le Jedi tira de nouveau avec une grande concentration.

Il continua ce manège pendant les vingt minutes suivantes, sans résultat.

C-3P0 se glissa derrière Yan et murmura :

— Pardonnez-moi, Votre Majesté, mais ne devriez-vous pas vous charger des tirs ? J'ai peur que tout ça ne nous mène nulle part...

— Faisons confiance à Luke, marmonna Solo. Il sait ce qu'il fait...

Skywalker ouvrit brièvement la radio. Le volume de communications avait triplé, voire quadruplé. Des centaines de chasseurs devaient tourner dans le secteur. Apparemment, les efforts de Luke commençaient à inquiéter Zsinj.

Soudain, le Jedi tira une dernière salve, et ils sortirent à nouveau de l'obscurité pour voler parmi les étoiles. Solo eut besoin de quelques minutes pour comprendre que le manteau de nuit n'existait plus. Dathomir s'affichait de nouveau sur l'écran de contrôle, avec ses océans turquoise et ses continents marron foncé.

Chewie grogna ; Luke s'éloigna de la planète.

Levant les yeux vers l'écran tactique, Yan manqua s'étrangler. Il y avait des centaines de vaisseaux dans le secteur. Des superdestroyers impériaux, bien sûr, mais aussi une nuée de Dragons hapiens. Les chasseurs Tie et les ailes X dansaient un ballet mortel autour des plus gros bâtiments.

La mère d'Isolder venait d'arriver !

Un vaisseau hapien tira dans toutes les directions une salve de torpilles à l'éclat argent typique. Solo frissonna. Les Hapiens piégeaient l'hyperespace avec des mines spéciales. La manœuvre était risquée, car elle contraignait tous les vaisseaux à rester dans l'espace normal pendant dix à quinze minutes. Jamais les Rebelles n'avaient utilisé cette tactique à la signification limpide : la victoire ou la mort.

Luke passa en vitesse d'attaque, verrouillant ses blasters sur un superdestroyer déjà pressé par un Dragon. Autour du navire impérial, l'espace fourmillait de chasseurs Tie. C'était beaucoup plus qu'un seul vaisseau pouvait en contenir dans ses baies. Ils étaient tombés sur un gros poisson.

— Qui peut bien être dans ce navire ? demanda Solo, étonné de voir d'autres bâtiments se porter à son secours.

— Zsinj, répondit Luke. C'est un Super Star, Yan.

Le Poing d'Acier. Quand tu as cru l'avoir détruit, tu as dû te montrer un peu optimiste...

— Laisse-moi ton fauteuil, gamin, ce type est à moi.

Luke tourna la tête. Pour la première fois, Yan s'aperçut que le visage de son ami était couvert de contusions. Mais ses yeux restaient clairs.

— Tu peux t'en sortir ? Yan, c'est un gros morceau...

— Oui, mais c'est ma planète qu'il menace. Le poisson est à moi. Cela dit, rien ne t'empêche de m'aider à ramener la ligne, si ça te chante.

— Vos désirs sont des ordres, majesté, obtempéra Luke.

A son ton, ça n'était pas qu'une plaisanterie. Il libéra le siège du pilote.

Yan s'assit, serra les dents pour ne pas sentir les élancements de sa jambe, et s'adossa au siège. Pour la première fois depuis des mois, il se sentait chez lui.

— Maintenant, ouvre bien les yeux, gamin. (Il modifia le cap du *Faucon* pour qu'il s'éloigne du *Poing d'Acier*, comme s'il voulait changer de cible.) Je ne connais pas tes trucs de Jedi, mais le meilleur moyen d'approcher un Super Star est de faire semblant de vouloir en être le plus loin possible.

Le Corellien jeta un coup d'œil à l'écran *armement*. Il restait quatre missiles à concussion Arakyd dans les tubes de lancement, mais plus l'ombre d'une torpille à protons. Il arma les missiles et transféra sur sa console les commandes des batteries de blasters. Fondant sur un chasseur Tie, il tira une courte salve suffisante pour désintégrer le petit appareil. Cela fait, il fit mine de vouloir s'attaquer à un autre Tie.

Accélérant, il sentit le *Faucon* résister comme si une main invisible le retenait.

Un rayon tracteur.

Chewie gémit.

— Je sais, souffla Yan. Toute la puissance aux boucliers déflecteurs arrière. Ils ne nous tiendront pas longtemps...

Serein, il accéléra en direction du *Poing d'Acier*,

donnant assez de puissance pour que le *Faucon*, malgré le rayon tracteur, soit une cible mobile. Quand il plongea sous un essaim de chasseurs Tie, il entendit Luke toussoter. Ils fonçaient sur le destroyer Super Star à une vitesse vertigineuse.

Solo attendit de découvrir vers quelle zone du navire ennemi le tirait le rayon. Quand il le sut, il guetta le moment où ils traverseraient le bouclier anti-particules.

Alors il largua deux missiles à concussion.

Le rayon tracteur les attira vers la coque du Super Star. A l'impact, deux boules de feu enveloppèrent le *Poing d'Acier*. Profitant d'une brève interruption du faisceau tracteur, Yan se dégagea.

Il retint son souffle en passant au-dessus d'une tourelle qui ne parvint pas à pivoter assez vite pour les canarder.

— Tu es à l'intérieur de leur champ anti-concussion, cria Isolder dans l'intercom. Solo, tu peux tirer quand tu veux !

— Ouais... Je sais...

Un canon-blaster les prit pour cible. Yan piqua pour éviter les traits d'énergie.

Puis il régla sa radio sur la fréquence impériale.

— Message urgent pour le seigneur Zsinj ! Code rouge. *Poing d'Acier*, répondez ! C'est de la première importance !

Un long moment passa avant que le visage du seigneur de la guerre s'affiche sur l'écran.

— Zsinj, j'écoute ! cracha-t-il, les yeux exorbités par la fièvre de la bataille.

— Ici le général Solo. (Le *Faucon* vint se placer en face du module de commande du *Poing d'Acier*.) Regarde tes écrans, vermine. Et va te faire voir chez les Wookies !

Il attendit une demi-seconde avant de tirer ses deux derniers missiles. L'horreur se peignit sur le visage de Zsinj.

La moitié supérieure du module de commande se désintégra dans une gerbe de feu. Ses boucliers hors service, le destroyer Super Star devenait une cible facile. Un canon ionique hapien saisit l'occasion de frapper. Un autre tira un chapelet de torpilles à protons.

Yan s'éloigna du navire agonisant, content de laisser les Hapiens finir le boulot. Zsinj mort, la flotte ennemie ne tarderait pas à se rendre.

Personne ne cria de joie derrière lui. Dans le silence, Solo s'aperçut que ses mains tremblaient.

— Chewie, prends les commandes...

Le Corellien croisa les mains sur sa poitrine. Des mois de frustration, d'inquiétude et de peur. Voilà ce que Zsinj lui avait coûté.

Yan sentit les mains de Leia se poser sur ses épaules. Souriant, il la laissa le masser. Peu à peu, ses muscles se détendirent. Pour la première fois en cinq mois, il eut l'impression qu'ils se dénouaient.

J'étais une vraie boule de nerfs, sans elle...

Comment avait-il pu ne pas s'en apercevoir ? En tout cas, ça ne se produirait plus jamais...

— Ça va mieux ?

Solo réfléchit. Tuer un homme, même Zsinj, n'avait rien pour le réjouir. Pourtant, il était... soulagé.

— Oui... Je ne me suis pas senti aussi bien depuis... Bon sang, je ne sais pas au juste...

— Le monstre a une tête de moins...

— C'est ça... Maintenant que le papa requin est mort, ses petits vont s'entre-dévorer...

— Ce qui nous fera beaucoup moins de requins, en fin de compte...

— Et profitant de la confusion, la Nouvelle République pourra pénétrer sur l'ancien territoire de Zsinj et reprendre une petite centaine de systèmes solaires...

Leia fit pivoter le siège. Isolder, Teneniel, Luke et les droïds étaient massés dans la coursive.

Les gens adoraient fêter les victoires en groupe. Yan avait toujours préféré les célébrations solitaires.

— Tu as gagné, murmura Leia, les yeux brillant de larmes.

— La guerre ? s'étonna Solo, trouvant qu'elle en rajoutait. Non. Pas encore...

— Je ne parlais pas de ça. Avant notre départ, tu as dit que je devrais t'épouser si je retombais amoureuse de toi sur Dathomir. Eh bien, c'est fait. Tu as gagné...

— Heu... C'était une sorte de pari, mais un peu stupide, non ? Je ne voudrais pas te forcer à... Enfin, oublions ça...

— Pas question, Yan Solo ! *Dette de jeu, dette d'honneur !*

Elle se pencha sur lui et l'embrassa.

Oubliant ses douleurs, il sut qu'il était l'homme le plus heureux du monde.

Isolder les regardait en souriant. Sur Hapes, cette histoire allait lui causer une multitude de tracas. Pour sûr qu'il ne s'amuserait pas... Pourtant, il était heureux pour ses deux amis.

Son comlink bipa sur une fréquence réservée à la sécurité de la Confédération. L'image d'une Hapienne s'afficha sur le petit écran de l'appareil.

— Je suis content de te revoir, Astara. Je ne m'attendais pas à accueillir la flotte avant trois jours... Quelqu'un a dû choisir une route... hum... plus rapide.

— Par l'holonet, j'ai programmé le chemin emprunté par le Jedi sur l'ordinateur de navigation de la flotte. Ça lui a économisé quelques parsecs...

— Pas mal joué, mais très dangereux...

— J'ai agi sur ordre de la reine, prince. Elle arrive demain avec les vaisseaux olanjis. Pour l'heure, plusieurs destroyers ennemis se sont rendus. Tant que la Ta'a Chume n'est pas là, vous commandez la flotte... Quels sont vos ordres ?

Isolder s'ébroua. Que sa mère ait risqué ses précieux vaisseaux pour lui l'étonnait au plus haut point.

— N'accepte que les redditions sans condition. Tous les navires en bon état deviendront propriétés de Hapes. Quant au spatioport, détruis-le !

— Compris. Quand repartons-nous ?

Le prince réfléchit. Zsinj pouvait avoir appelé des renforts. Mieux valait ne pas traîner dans le coin.

— Deux jours.

— Tant que ça ? s'étonna Astara, habituée à des retraites plus rapides. Je devrai demander confirmation à votre mère.

— Il y a des prisonniers politiques sur Dathomir, plus des indigènes qui voudront peut-être en partir. Il faut les contacter, et organiser un éventuel exode... J'ai dit deux jours !

27

Le lendemain soir, dans la Salle de Guerre de la forteresse, Yan offrit une petite fête aux sœurs des neuf clans de Dathomir.

Les sorcières portaient leurs plus beaux atours, qui paraissaient bien ternes comparés aux soieries et aux bijoux de la reine-mère.

La Ta'a Chume semblait apprécier fort peu la compagnie. Assise sur des coussins de cuir qu'elle jugeait inconfortables, harcelée par des moustiques, elle n'avait qu'une hâte : retourner à Hapes s'occuper de ses affaires.

Yan la regarda toute la soirée, intrigué par son visage voilé, et impressionné par ses mauvaises manières, qu'il savourait en expert.

Au plus fort du festin, Solo offrit à Augwynne le titre de propriété de Dathomir. Emue jusqu'aux larmes, la vieille femme fit signe à des servantes, qui vinrent déposer aux pieds du Corellien des paniers remplis de gemmes et d'or.

D'abord abasourdi, Yan balbutia :

— Heu... J'avais oublié cette partie du marché... Je n'ai pas besoin de tout ça... (Il regarda Leia.) J'ai déjà le plus beau trésor du monde...

— Un accord est un accord, général Solo. Et notre dette envers toi ne s'éteindra jamais. Tu nous as libérées de Zsinj *et* des Sœurs de la Nuit.

— C'est vrai, mais...

Leia lui enfonça un coude dans les côtes.

— Accepte, souffla-t-elle, ça servira à payer le mariage.

Yan baissa les yeux sur le trésor, se demandant quel genre de cérémonie elle avait prévu.

— J'ai une nouvelle importante à annoncer, déclara Isolder en se levant. Teneniel Djo, petite-fille d'Augwynne Djo, consent à devenir ma femme.

— Non ! s'exclama la reine-mère. Tu ne peux épouser une paysanne venue de ce trou perdu ! Cette gueuse, régner sur Hapes ?

— C'est une princesse, et elle héritera un jour d'un monde. N'est-ce pas une qualification suffisante ? Mère, il te reste des années de règne. Tu la formeras...

— Même si c'est vraiment une princesse — ce que je te défie de prouver — sa famille possède Dathomir depuis exactement cinq minutes. Peux-tu me dire où est la lignée royale là-dedans ?

— Je l'aime, éluda Isolder. Avec ou sans ta permission, je l'épouserai.

— Imbécile ! N'imagine pas que je te laisserai faire !

— Bien sûr que vous l'en empêcherez, lança Luke depuis le fond de la salle. D'ailleurs, vous ne l'auriez pas non plus laissé épouser Leia ! Soulevez votre voile, et dites-lui en face qui a envoyé des tueurs à la princesse...

La voix de Luke avait le ton impérieux que lui donnait la Force. La reine-mère tressaillit.

— Allez ! Retirez votre voile, et parlez !

La souveraine obéit.

— C'est moi qui ai engagé les tueurs.

Isolder la dévisagea.

— Pourquoi ? Tu m'avais donné ta permission. Tu as offert des cadeaux... Pouvais-je agir plus ouvertement ?

— Tu rêvais d'une alliance que je n'approuve pas ! Pourquoi es-tu allé choisir une pacifiste bêlante dans une démocratie ? L'as-tu entendue vanter sa République ? Notre famille dirige la Confédération depuis quatre mille ans. En une génération, ses enfants gâcheront des siècles d'efforts. Je les vois déjà prêcher la tolérance...

« Mais je ne voulais pas avoir l'air de bafouer tes droits. Ni m'aliéner ta loyauté en te contrariant... Alors...

— Tu aurais préféré tuer une innocente... Espérais-tu ainsi m'éloigner un peu plus de mes tantes ?

Les yeux de la reine-mère s'étrécirent.

— Tes tantes n'ont pas besoin qu'on leur impute des crimes... Isolder, elles sont aussi dangereuses que tu le penses. Mais Leia est une pacifiste ! Je ne pouvais te laisser faire. Comment aurait-elle régné ? Comprends-moi : si Hapes avait été militairement forte, avant la naissance de l'Empire, comme je le souhaitais, nous n'aurions jamais eu de problèmes. Les pacifistes et les diplomates ont failli détruire la Confédération.

— Ma première fiancée était aussi une pacifiste, souffla Isolder. Es-tu responsable de sa mort ?

La souveraine remit son voile.

— Je ne me laisserai pas insulter en public. Bonsoir...

— Et mon frère aîné... Etait-il trop faible à ton goût ? Tu refuses de laisser quelqu'un d'autre choisir celle qui te succédera, n'est-ce pas ?

La reine-mère se retourna.

— Garde tes déductions pour toi, Isolder ! Ne juge pas ce que tu ne peux comprendre. Après tout, tu n'es qu'un mâle !

— Je sais ce que sont le meurtre et l'infanticide !

La Ta'a Chume n'écoutait plus. Alors qu'elle se dirigeait vers la porte, Teneniel prit le bras du prince.

— Laisse-moi m'en occuper... (Elle psalmodia :) Ta'a Chume... Ta'a Chume...

La reine s'arrêta comme si la sorcière avait tiré sur une laisse.

— Je vais épouser ton fils, et je régnerai un jour à ta place.

La mère d'Isolder se retourna, ses yeux lançant des éclairs.

— Sois certaine que je n'ai rien d'une pacifiste. Ces deux derniers jours, j'ai tué pas mal de gens. Si tu t'attaques à moi, ou aux miens, je te forcerai à confesser publiquement tes crimes, puis je te ferai exécuter. Crois-moi, je te juge assez méprisable pour une telle fin.

Les quatre gardes du corps de la reine se tenaient à l'entrée. Teneniel l'ignorait, mais menacer la souveraine était un motif d'exécution immédiate.

Les gardes portèrent la main à leurs blasters. D'un geste, Teneniel propulsa les armes très loin d'elles. La plus grande chargea. D'un autre geste, la sorcière l'assomma à distance.

La Ta'a Chume blêmit sous son voile.

— Réfléchis, mère... Te rappelles-tu m'avoir dit que tu ne voulais pas voir tomber Hapes entre les mains d'une dynastie de plieurs de petites cuillers ? Avec Teneniel pour bru, tes propres petits-enfants plieront les cuillers. N'est-ce pas une solution élégante ?

La souveraine dévisagea Teneniel.

— Peut-être ai-je jugé trop rapidement... Teneniel Djo, princesse de Dathomir, fera une excellente reine-mère. Mais avant de venir chez nous, qu'elle mette des habits corrects, pour l'amour du ciel !

Elle tourna les talons.

— Une dernière chose, mère ! La Confédération va rejoindre la Nouvelle République. Sur-le-champ !

La Ta'a Chume hésita, hocha la tête, et sortit au pas de course...

Le matin suivant, Luke se tenait sur le balcon de la Salle de Guerre. Il contemplait le ballet des navettes amenant les derniers prisonniers vers les vaisseaux hapiens.

Augwynne vint lui tenir compagnie.

— Etes-vous sûre de ne pas vouloir partir ? demanda le Jedi. Le secteur restera longtemps dangereux...

— Dathomir est notre monde. Nous n'avons rien qu'on puisse vouloir nous prendre. Enfin, presque rien. Je sens que tu désires quelque chose, Luke Skywalker.

— Une épave, dans les marécages... Ce vaisseau, le *Chu'unthor*, était autrefois une Académie Jedi. J'aimerais revenir un jour et le renflouer, pour voir si les archives sont intactes.

— Je me souviens... Nos ancêtres ont mené une grande bataille contre les Jai, il y a longtemps.

— Et elles ont gagné.

— Non... Il n'y a pas eu de vainqueur. A la fin, nous avons négocié, et conclu un accord.

— Ils vous ont laissé le navire, mais il est perdu dans les marécages depuis trois siècles. Qu'avez-vous gagné ?

— Je l'ignore... Seule Rell était là, et son esprit n'est plus cohérent...

— Rell ? répéta Luke.

Un étrange sentiment de paix l'envahit. Augwynne l'interrogea du regard, mais il traversa la salle en trombe et entra dans la chambre de Rell.

L'ancêtre était toujours assise dans le même fauteuil, près du coffre de pierre. Elle leva sur lui un regard vide.

— Mère Rell, c'est moi, Luke Skywalker.

— Luke ? Tu as tué toutes les Sœurs de la Nuit ?

— Oui.

— Alors ce monde finit et un autre commence, comme Yoda l'avait prédit. (Luke tremblait d'excitation.) Je suppose que tu es venu pour les archives ?

— Oui.

— Nous les voulions, sais-tu, mais les Jai ont refusé de nous confier la technologie qui permet de les lire. Leurs enseignements étaient trop puissants, disaient-ils, pour que nous les ayons tant qu'il resterait des Sœurs de la Nuit sur notre monde. Yoda a promis que tu partagerais un jour ces trésors avec nos enfants.

Se levant, elle s'approcha du coffre et essaya de l'ouvrir.

— Aide-moi...

Luke obtempéra. A l'intérieur se trouvait un coffret métallique équipé d'un boîtier de commande. Luke réfléchit un moment, puis saisit les deux glyphes qui composaient le nom de Yoda.

Le coffret s'ouvrit. Luke tira sur la petite porte.

Des centaines de puces de données attendaient d'être lues. Les informations qu'elles contenaient suffisaient à occuper dix vies !

Le même jour, à midi, une navette hapienne passa prendre Teneniel et Isolder. Luke, Yan, Leia, Chewie et les droïds vinrent leur dire adieu.

Le prince semblait hésiter à quitter la planète.

Leia l'étreignit ainsi que Teneniel, et leur souhaita tout le bonheur possible. La jeune sorcière lui rappela qu'ils se verraient de temps en temps, maintenant que Hapes était unie à la Nouvelle République.

Yan serra la main de Teneniel et tapa sur l'épaule du Hapien.

— A un de ces jours, *vermine*. Méfie-toi des pirates...

Isolder sourit et soutint le regard du Corellien. Les sorcières et Luke avaient fait leur possible pour guérir sa jambe et ses dents. Néanmoins, il portait toujours une attelle, qui lui donnait l'air d'un pirate.

L'allure toujours insolente, Yan gardait quelque chose d'aérien et de sautillant dans la démarche.

Oui, même avec une attelle !

— A un de ces jours, *crétin*, répondit Isolder.

Mais il ne pouvait finir sur cette réplique.

— Où pensez-vous passer votre lune de miel ? demanda-t-il.

Yan haussa les épaules.

— J'avais pressenti Dathomir, mais c'est si calme, depuis deux jours... J'ai peur qu'on s'ennuie.

— Pourquoi ne pas visiter la Confédération ? suggéra le Hapien. Je jure que cette visite se passera pour Yan mieux que la précédente...

— Une promesse facile à tenir... Il suffit qu'on ne me tire pas dessus...

— Qui oserait ? Néanmoins, nous fouillerons tes sacs, à ton départ, histoire de récupérer ce que tu auras volé...

Yan éclata de rire et flanqua une grande tape dans le

dos de son ancien rival. Quand Chewie et C-3P0 eurent fait leurs adieux, ce fut le tour de Luke.

Le Jedi ne céda pas au sentimentalisme. Il prit la main de Teneniel et la regarda dans les yeux — non, *derrière* les yeux.

— Tu donneras d'abord naissance à une fille, qui sera forte et vertueuse, comme toi. Quand tu jugeras l'heure venue, tu me l'enverras pour que j'en fasse une Jedi...

Teneniel sourit et l'étreignit. Luke serra la main du prince.

— N'oublie pas de servir le bon côté de la Force. Même si tu ne seras jamais capable de manier un sabrolaser ou de soigner un malade, il y a en toi de la lumière. Sois-lui fidèle...

— Je le serai, promit Isolder.

Il s'étonna de mesurer combien sa vie avait changé en quelques jours. Une brusque inspiration l'avait décidé à accompagner Luke sur Dathomir ; à présent, il suivrait toute sa vie la voie du Jedi.

— Je le serai...

Un moment, tous se regardèrent. Puis Isolder contempla la vallée, le village, la forteresse, les rancors qui se baignaient dans l'étang... S'emplissant une dernière fois les poumons de l'air de Dathomir, il constata que ses sinus brûlaient un peu.

Il avait dû être allergique à quelque chose sans trop s'en apercevoir...

Le prince monta dans la navette au côté de la femme qu'il emmenait vers d'autres mondes, d'autres étoiles...

Six semaines plus tard, à Coruscant, Luke, fraîchement baigné, venait de revêtir sa plus belle bure. Témoin au mariage de Leia, il avait prévu d'arriver longtemps à l'avance, mais le pilote de la navette l'avait déposé au consulat alder*ee*nien, occupé par des insectoïdes charmants au demeurant, mais distant de deux cents kilomètres du consulat alder*aa*nien.

En conséquence, il fallait qu'il se dépêche. Sortant de la chambre, il s'engagea dans le long couloir qui menait à la Salle d'Apparat.

A une intersection, il aperçut C-3P0 qui courait devant lui, et le rattrapa sans mal.

— Eh bien, qu'est-ce qui ne va pas ?

— Maître Luke, je suis tellement content de vous voir ! Je nous ai tous mis dans une situation affreuse. Il faut arrêter ce mariage !

— De quoi parles-tu ?

— L'ordinateur de la ville vient de m'apprendre une terrible nouvelle. En approfondissant ses recherches, il a découvert que Yan n'est pas du tout de sang royal.

— Sans blague ?

— Comme je vous le dis ! Son arrière-grand-père, Korol Solo, n'était qu'un vague prétendant au trône qui a fini pendu pour ses crimes. Il faut prévenir tout le monde !

— Je comprends pourquoi notre ami avait l'air si embarrassé, au Conseil Alderaanien, quand tu as annoncé qu'il avait du sang bleu. Il savait la vérité, mais il n'a pas osé le dire...

— Voilà ! Il faut arrêter le mariage !

— D'accord, d'accord ! Ne t'inquiète pas...

Luke posa les mains sur les épaules du droïd.

— Je vais m'en occuper...

— Que c'est gentil à vous, maî...

D'un geste précis, Luke désactiva le droïd. Après l'avoir traîné dans un bureau vide, il verrouilla la porte et continua son chemin.

La Salle d'Apparat se distinguait par une magnifique voûte ornée de sculptures ; pénétrant par le dôme, la lumière du jour prenait une allure céleste particulièrement adaptée en ce jour de noces.

Un millier d'invités venant de toutes les planètes de la galaxie assistaient à la cérémonie. Quand Luke entra, certains se tournèrent vers lui.

Dans la rangée d'honneur, Teneniel Djo et le prince Isolder étaient assis à côté de D2-R2 et de Chewbacca, shampooiné et brossé de frais. Le prince tenait une fleur sur ses genoux : une aralutte violette en forme de trompette...

Du fond de la salle, Skywalker regarda l'autel de marbre où Yan et Leia étaient agenouillés côte à côte.

Dans son manteau brodé d'émeraudes, l'officiant rappelait ses droits et ses devoirs à la princesse.

Quand elle se tourna vers Luke, son diadème brillant comme une étoile, le Jedi sentit qu'elle ne lui en voulait pas d'arriver en retard, du moment qu'il était là.

Plus sereine et heureuse que jamais, Leia débordait d'une *joie* qui alla droit au cœur du Jedi.

Achevé d'imprimer en février 1998
sur les presses de l'Imprimerie Bussière
à Saint-Amand (Cher)

POCKET - 12, avenue d'Italie - 75627 Paris Cedex 13
Tél. : 01-44-16-05-00

— N° d'imp. 486. —
Dépôt légal : mars 1998.

Imprimé en France

Les Galaxies de la Science-fiction

HERBERT
La maison des mères

Les Planètes de la Science-Fantasy

McCAFFREY
Le dragon blanc

Les Univers de la Fantasy

MOORCOCK
La quête de Tanelorn

Les Abîmes de la Dark Fantasy

LOVECRAFT
La trace de Cthulhu